UM
BABÁ
EM MINHA VIDA

HOLLY PETERSON

UM BABÁ
EM MINHA VIDA

Tradução de
NATALIE GERHARDT

EDITORA RECORD
RIO DE JANEIRO • SÃO PAULO
2009

CIP-Brasil. Catalogação-na-fonte
Sindicato Nacional dos Editores de Livros, RJ

P578b   Peterson, Holly
        Um babá em minha vida / Holly Peterson; tradução de Natalie
        Gerhardt. – Rio de Janeiro: Record, 2009.

        Tradução de: The manny
        ISBN 978-85-01-07931-2

        1. Romance americano. I. Gerhardt, Natalie. II. Título.

                            CDD – 813
09-2731   CDU – 821.111(73)-3

Texto revisado segundo o Novo Acordo Ortográfico da Língua Portuguesa

Título original em inglês:
THE MANNY

Copyright © 2007 by Holly Peterson

Editoração eletrônica: Abreu's System

Todos os direitos reservados. Proibida a reprodução, no todo ou em parte, através de quaisquer meios.

Direitos exclusivos de publicação em língua portuguesa somente para o Brasil adquiridos pela
EDITORA RECORD LTDA.
Rua Argentina 171 – Rio de Janeiro, RJ – 20921-380 – Tel.: 2585-2000
que se reserva a propriedade literária desta tradução

Impresso no Brasil

ISBN 978-85-01-07931-2

PEDIDOS PELO REEMBOLSO POSTAL
Caixa Postal 23.052
Rio de Janeiro, RJ – 20922-970

EDITORA AFILIADA

Para Rick,
Minha vida

Este livro é uma obra de ficção. Os personagens, nomes, incidentes, diálogos e trama são produtos da imaginação da autora ou são usados de forma fictícia. Qualquer semelhança com pessoas, empresas ou eventos é mera coincidência.

1

É só decolar!

Se você quiser ver os ricos agindo realmente como ricos, vá à escola para meninos St. Henry às 15 horas de um dia de semana. *Nada* deixa os ricos mais loucos do que estarem com outros ricos que talvez sejam mais ricos que eles. Levar e buscar os filhos no colégio particular realmente funciona como um estímulo para eles. É uma oportunidade sustentar as aparências, mostrar as riquezas e deixar que os outros pais saibam que fazem parte do 0,001 por cento da nata da elite.

Uma procissão de minivans e carros com chofer subiam o quarteirão ao meu lado, enquanto eu corria para o jogo após a aula de meu filho. Havia faltado a mais uma reunião de trabalho, mas nada me impediria de ir naquele dia. Havia nogueiras-do-japão e mansões de calcário alinhadas na rua onde uma multidão se aglomerava diante do colégio. Apressei o passo e passei por um mar de pais: os homens de terno e falando ao telefone celular, as mães com óculos de sol glamourosos e braços tonificados, muitas com pequenas princesas bem-vestidas ao seu lado. Ao serem levadas com vestidos bordados da aula com um tutor francês para a aula de violoncelo e discutidas como se fossem animais premiados na feira da 4-H, essas crianças representam um importante papel no jogo sem fim de seus pais para que se sintam superiores.

Parado na frente da escola, com a janela traseira com insulfilme um pouco aberta, um dos gigantes do setor de cosméticos lia um artigo sobre si mesmo em uma coluna de fofocas. Ao seu lado, a filhinha de 4 anos assistia ao DVD *Barbie Fairytopia* na pequena tela presa ao teto do carro, enquanto ele acabava de ler. A babá, com um uniforme branco engomado, esperava pacientemente no banco da frente até que ele informasse que era hora de sair para pegar o filho dele.

Um pouco mais à frente no quarteirão, vi um salto verde de 9 centímetros tentando alcançar a calçada, de dentro de uma Mercedes S600 prata. O chofer piscou as luzes amarelas do farol para mim. Depois, vi uma saia de *tweed* marrom ajustada a uma coxa em forma e, por fim, uma mulher de 30 e poucos anos, sacudindo o cabelo cor de mel, enquanto o chofer tentava pegar o seu braço.

— Jamie! Jamie! — chamou Ingrid Harris, acenando a mão com unhas esmaltadas.

Dezenas de grossas pulseiras de ouro batiam uma na outra toda vez que ela abaixava o braço.

Tentei evitar seu olhar.

— Ingrid, por favor, adoro você, mas não. Tenho de ir ao jogo de Dylan.

— Estava tentando alcançá-la.

Enfiei-me no meio da multidão, sabendo que ela viria atrás de mim.

— Jamie! Por favor, espere! — Ingrid me alcançou, deixando o motorista para trás para lidar com seus dois filhos que choravam no banco de trás. Ela soltou um grande suspiro, como se os 4 metros que caminhou desde a Mercedes tivessem sido esforço demais. — Hooo! — Lembre-se de que esta é uma multidão que raramente coloca os pés no chão de verdade. — Graças a Deus você estava em casa ontem à noite.

— Sem problemas. Pode me procurar quando precisar.

— Henry está em dívida com você — afirmou Ingrid.

O forte chofer tirou cada um dos meninos mais novos do carro fazendo um arco gracioso no ar até colocá-los na calçada, como se estivesse colocando ovos em uma cesta.

— Quatro comprimidos para dormir. Henry ia caçar com alguns clientes por cinco dias. Ele tinha de estar pronto às 22 horas para ir para a Argentina e ficou um pouco descontrolado.

— Jamie — chamou uma voz que amo.

Tratava-se de minha amiga Kathryn Fitzgerald. Ela veio de Tribeca e estava de jeans e tênis franceses. Como eu, ela não era uma dessas pessoas que cresceram no Upper East Side e que nunca tocaram uma maçaneta na vida.

— Rápido, vamos abrir caminho até a frente.

Quando chegamos aos degraus de mármore, um Cadillac Escalade branco se aproximou do meio fio. Você poderia dizer a quilômetros de distância que os filhos de um CEO importante estavam lá dentro. Quando o carro parou, um chofer com ar aristocrático, usando uma cartola curta, saiu, deu a volta no carro e abriu a porta para os quatro filhos de McAllister que estavam acomodados no utilitário esportivo acompanhados pelas quatro babás filipinas — cada uma segurando a mão de uma criança.

As quatro babás usavam calças brancas, sapatos brancos com solado de borracha e camisetas iguais com a estampa de *Dora, a Aventureira* com pequenos band-aids colados nelas. Havia tantas crianças e babás no carro que eles pareciam uma centopeia subindo os degraus.

Às 15h05, o portão do colégio foi aberto, e de forma educada, mas firme, os pais empurraram uns aos outros para entrar. Depois de subir quatro lances de escada até o ginásio, pude ouvir o eco de jovens vozes masculinas e tênis arranhando o chão. O time do quarto ano da St. Henry já estava pronto e treinando com seus uniformes em azul-vivo e branco. Observei rapidamente a quadra em busca do meu Dylan, mas não o encontrei. Os pais e as mães da escola de Dylan estavam começando a se juntar em um dos lados da arquibancada. Espremidos entre eles estavam os irmãos dos membros do time com suas babás, representando quase todos os países das Nações Unidas. Nada de Dylan. Por fim, consegui vê-lo sentado em um banco perto da porta do vestiário. Ele ainda estava vestindo a calça cáqui e a camisa branca com colarinho aberto. O blazer azul estava dobrado no banco ao seu lado. Quando me viu, desviou os olhos. Meu marido, Phillip, fazia exatamente essa expressão quando estava zangado ou magoado.

— Dylan! Estou aqui!
— Você está atrasada, mamãe.
— Querido, eu não estou atrasada.
— Bem, algumas mães chegaram antes de você.
— Sabe por quê? Há uma fila lá fora com muitas mamães, e eu não posso furar a fila. Ainda há muitas mães chegando atrás de mim.
— Que seja — disse ele, desviando os olhos.
— Querido, onde está o seu uniforme?
— Na mochila

Eu podia sentir as ondas de teimosia emanando do meu filho e sentei-me ao lado dele.

— É hora de colocá-lo.
— Eu não quero.

O treinador Robertson se aproximou.

— Sabe do que mais? — perguntou ele, fazendo um gesto com os braços que dava sinais de exasperação. — Eu não vou obrigá-lo a colocar o uniforme todas as vezes. Já disse que ele perderia o jogo, mas não consigo convencê-lo a vestir o uniforme. Se você quer saber a verdade, ele está sendo ridículo...

— Ninguém aqui está sendo ridículo, tá? — Esse cara nunca conseguiu compreender Dylan. Puxei o técnico de lado. — Nós já discutimos isso. Dylan fica inseguro antes do jogo. Ele tem 9 anos. É seu primeiro ano no time. — O treinador não se sensibilizou e saiu. Coloquei o braço ao redor de Dylan. — Querido, o treinador Robertson não é a pessoa de quem mais gosto, mas ele tem razão. É hora de colocar o uniforme.

— Ele nem gosta de mim.
— Ele gosta de todos os garotos de forma igual e, mesmo que ele seja durão, ele só quer que você jogue.
— Mas eu não vou jogar.
— Nem por mim?

Dylan ergueu a cabeça. Ele tinha olhos castanhos grandes e traços fortes com cabelos escuros e grossos que nunca pareciam estar penteados. Os lábios de Dylan abriram um sorriso.

— Dylan! Rápido! — Douglas Wood, um garoto pequeno e atrevido, com sardas, cabelo curto e um bumbum rechonchudo, acenou.
— O que há de errado com você, Dylan?
— Nada.
— Então por que você não vai jogar?
— Claro que vou jogar.
— Então, por que ainda não está de uniforme?
— Porque minha mãe queria conversar comigo. A culpa é dela.

O treinador Robertson, zangado com Douglas por ter deixado o aquecimento e com meu filho devido à sua recusa a jogar, aproximou-se de nós, coçando o cotovelo.
— Vamos lá, menino. O tempo já acabou.

Depois pegou a mão de Dylan e foi com ele até o vestiário. Dylan virou os olhos para mim e seguiu o treinador, arrastando o uniforme pelo chão. Fui para a arquibancada com o coração apertado no peito.

Kathryn, que havia seguido na frente para guardar um lugar para mim na arquibancada, agora acenava da quinta fileira do lado da St. Henry para me chamar. Ela tinha gêmeos na turma de Dylan, assim como uma filha ainda na creche. Os gêmeos, Louis e Nicky, estavam lutando por uma bola, e o treinador Robertson apitou bem alto em seus ouvidos para acabar logo com aquilo. Observei Kathryn levantar-se para ver melhor a discussão, seu longo rabo de cavalo louro descendo pelas costas do surrado casaco de camurça. Depois que passei por vinte pessoas para me sentar ao lado dela, ela também se sentou e pressionou meu joelho.
— Chegamos bem a tempo — disse ela, sorrindo.
— Nem me fale.

Apoiei a cabeça cansada na palma das mãos.

Alguns segundos depois, o time da escola para meninos Wilmington entrou pelas portas do ginásio como um exército invasor. Vi meu filho hesitante se posicionar ao lado dos outros jogadores. Seus suados companheiros de equipe corriam para frente e para trás, todos nos últimos anos da infância, antes de chegarem à devastação tola da adolescência. Raramente jogavam a bola para Dylan, porque ele nunca fazia contato visual e sempre corria pelos lados do time, seguro contra qualquer comoção. Sua compleição magra e os joelhos ossudos faziam com que seus movimentos não fossem nada graciosos. Ele parecia mais uma girafa dando pequenas paradas.

— Dylan não está jogando bem.

Kathryn olhou para mim.

— Nenhum deles joga bem. Olhe para eles: mal podem acertar o aro. Eles ainda não são fortes o suficiente.

— Acho que você tem razão. Mas ele é sempre derrotado.

— Nem *sempre*. Só às vezes — respondeu Kathryn.

Barbara Fisher, que estava na fileira de baixo, virou-se para mim. Ela estava usando jeans justos, uma camisa branca engomada com o colarinho para cima, contra a gravidade, e um suéter fúcsia de tricô que parecia muito caro. Estava bronzeada demais e magra como uma estátua de Giacometti.

— Ohhhh, aqui está a mãe ocupada demais com o trabalho para ser mãe.

— Significa muito para mim poder ver meu filho — respondi na hora, enquanto olhava por sobre a cabeça dela em direção aos meninos.

Barbara elevou-se um pouco para bloquear minha visão e dar outra alfinetada.

— Estávamos falando na reunião beneficente da escola como deve ser difícil para você nunca poder se envolver nas atividades de Dylan.

Ela era tão desagradável...

— Eu gosto de trabalhar. Mas se você escolheu não trabalhar fora, eu certamente posso compreender. Deve ser um estilo de vida bem mais agradável.

— Mas com certeza você não faz isso por dinheiro. É *óbvio*. Phillip é um advogado de sucesso. — Ela estava sussurrando (ou achava que estava), mas todos à nossa volta podiam ouvi-la. — Quero dizer, você não pode estar contribuindo muito financeiramente em uma escala que faça *diferença*.

Virei os olhos para Kathryn.

— Na verdade, ganho muito bem Barbara. Mas não, eu não trabalho pelo dinheiro. Trata-se apenas de algo que gosto de fazer. Pode chamar isso de espírito competitivo. E agora preciso me concentrar no jogo de Dylan porque ele também pode ser competitivo e tenho certeza de que ele gostaria de me ver assistindo ao jogo.

— Faça isso, então.

Kathryn beliscou meu braço com força porque ela odiava Barbara mais do que eu. Pulei devido à dor e dei-lhe um soco no ombro.

Ela cochichou no meu ouvido:

— Incrível Barbara não ter encontrado um modo de falar sobre o novo avião. Caso você não tenha lido o quadro de avisos, o Falcon 2000 de Aaron finalmente foi entregue no fim de semana passado.

— Tenho certeza de que logo ficarei sabendo sobre isso — respondi, olhando para a quadra.

Dylan agora estava tentando bloquear um arremesso, mas o jogador conseguiu passar por ele e marcar um ponto. O som do apito soou e o aquecimento havia acabado. Todas as crianças voltaram para o seu lado.

— Você sabe o que é detestável? — perguntou Kathryn em voz baixa.

— Tantas coisas.

— Eles não podem apenas dizer: "Temos de sair às 15 horas para o fim de semana", o que, na verdade, significaria que eles estavam saindo às 15 horas de carro, ou de trem ou em algum voo comercial. — Ela se aproximou um pouco mais de mim. — Não, eles querem que saibamos de uma coisa: eles têm um voo particular. Então, de repente, começam a falar como seus pilotos. "Estamos viajando para o fim de semana e temos de estar prontos para a *decolagem* às 15 horas". — Ela balançou a cabeça e forçou o riso. — Como se eu desse a mínima para o que estão fazendo.

Quando me casei e cheguei a esse grupo, vindo da classe média do interior, é claro que essas famílias de Upper East Side de Manhattan me intimidavam. Meus pais, que sempre usavam mocassins Mephistos e pochetes engraçadas em volta da cintura, frequentemente me lembravam de que eu deveria manter distância das pessoas nessa nova vizinhança — que lá em casa em Minneapolis, era muito mais fácil ser feliz. Embora eu tivesse tentando me adaptar pelo bem do meu marido, nunca consegui me acostumar com pessoas que citavam o nome de seus pilotos em conversas como se fosse o nome da faxineira "Pensei em dar um pulo em Cape para o jantar, então pedi a Richard para estar pronto às 15 horas."

Dylan estava no banco com outros dez colegas do time quando o treinador Robertson jogou a bola para o salto de posse. Graças a Deus Dylan estava animado com o jogo. Estava falando algo com o garoto sentado ao seu lado e apontando para a quadra. Relaxei um pouco e soltei o ar.

Dois minutos depois um copo bateu no meu ombro e caiu no colo de Kathryn. Nós duas olhamos para trás.

— Sinto muito — disse uma babá filipina com um forte sotaque.

A centopeia McAllister estava tentando se acomodar em uma fileira de cadeiras atrás da minha. Duas das crianças mais novas estavam vociferando como macacos. Esse era o tipo de coisa que tirava Kathryn do sério. Ela não desconhecia o mau comportamento dos próprios filhos, mas não tinha estômago para a falta de respeito que as crianças endiabradas de Park Avenue demonstravam para com suas babás.

Ela olhou para eles e depois para mim.

— Pobres mulheres. Imagina o que elas têm de aguentar. Vou perguntar agora. Não quero nem saber. Vou perguntar se elas têm uma tabela para combinar os uniformes e ver o que respondem. Algo do tipo Bob Esponja na segunda-feira, Dora na terça-feira etc.

— Pare com isso, Kathryn. Por favor. Quem se importa?

— Alou? Como se você, a maníaca por listas, não quisesse saber. — sorriu Kathryn. — Da próxima vez que for a uma festa de aniversário na casa de Sherrie, dê uma fugida até a cozinha e vá até a mesa perto do telefone. Há um manual encadernado com códigos de cor sobre a casa que ela pediu para a secretária de Roger digitar. Há instruções para tudo, tudo mesmo que você possa imaginar.

— Como o quê?

— Pensei que não estivesse interessada.

— Tudo bem, talvez eu esteja um pouco interessada.

— Horários para sobreposição de turnos da equipe: primeiro turno das 6h às 14h, segundo turno das 9h às 17h, e o terceiro das 16h à meia-noite. Horários para os animais de estimação, para as pessoas que passeiam com os cachorros e para os faxineiros. Diretrizes sobre como as roupas das crianças devem ser dobradas ou penduradas. Como organizar as luvas e os cachecóis para o outono, roupas sociais ou esportivas de inverno. Onde pendurar as fantasias de princesa no armário de madeira depois que tiverem sido passadas. Isso mesmo *passadas*. Que louça usar para o café da manhã, o almoço e o jantar e em que estação do ano: conchas para o verão, folhas para Ação de Graças, guirlanda de flores para o feriado de Natal. Não consigo me lembrar nem da metade do conteúdo — informou Kathryn. — O manual não tem preço.

— Sabe o que é ainda mais doentio? — acrescentei. — Gostaria de me acomodar sob as cobertas com uma xícara de chá quente e ler cada uma das palavras desse manual maluco antes de dormir.

Trinta minutos depois, o jogo estava quente. De repente Wilmington fez um ponto e a multidão ficou de pé e comemorou. Eu fiquei em pé sobre o banco para poder ver melhor e quase caí em cima de Barbara Fisher. Depois, Wilmington tomou a posse de bola da St. Henry. Meu Dylan, em sincronia com eles uma vez na vida, tentava bloquear a bola enquanto os oponentes jogavam a bola para a frente e para trás em volta do centro da quadra. O tempo estava se esgotando. Wilmington estava um ponto na frente. Um dos jogadores fez um movimento arrojado para marcar outro ponto, mas a bola bateu no aro. Eles pegaram a bola e tentaram de novo. Dessa vez, a bola bateu na tabela a cem por hora. E foi direto na direção de Dylan. Como um milagre, ele a agarrou e ficou completamente impressionado. Parecendo petrificado, olhou a distância entre ele e a cesta, do outro lado da quadra, milhas e milhas de distância antes de marcar. Então encontrou uma abertura entre dois oponentes e avançou. A multidão comemorou.

Eu olhei para o relógio... 7, 6, 5 4. Todos contávamos os segundos antes que a campainha tocasse. Dylan estava bem em baixo da cesta. Ai, por favor; meu Deus, fazer esse ponto iria sacudir o seu mundo. O arremesso estava livre. Ele olhou para mim. Olhou para os colegas que corriam na direção dele. Olhou para a cesta.

— Arremesse, Dylan! Arremesse — gritavam eles.
— Vamos lá, querido. Vamos lá. Está bem ali. Você pode fazer isso.

Enterrei as unhas no braço de Kathryn. Dylan pegou a bola, abraçou-a com os dois braços como um bebê e caiu no chão chorando. Ele simplesmente não conseguiu fazer o arremesso. A campainha indicando o final do jogo soou. Silêncio total na quadra. Todos os olhos estavam presos no meu menino problemático.

2

Enjoo matinal

— O que ele disse esta manhã?

Meu marido, Phillip, estava nu, inclinado sobre sua pia, limpando o creme de barbear que sujara sua orelha com uma toalha branca e grossa.

— Ele disse que está tudo bem, mas sei que não está. — Eu estava semivestida diante da minha própria pia, a um metro de distância dele, colocando o bastão do rímel de volta no tubo. — Sei que ele não está bem. A coisa foi muito feia.

— Vamos ajudá-lo a passar por isso, querida — respondeu ele de forma calma.

Sabia que ele achava que a minha reação estava sendo exagerada.

— Ele não quer falar sobre o que aconteceu. Ele sempre fala comigo. *Sempre*. Principalmente à noite, quando está pronto para ir para a cama. — Estiquei o pé de galinha ao redor dos meus olhos.

— A propósito, sei o que você está pensando agora, e você está magra e parece mais nova do que os seus 36 anos. Mas não culpe Dylan por não querer desabafar. Dê alguns dias a ele. Não se preocupe. Ele vai superar.

— Era um grande momento, Phillip, eu lhe contei tudo ontem à noite.

— O 4º ano é duro. Ele vai superar, tenho certeza, e eu vou me certificar de ajudá-lo.

— Você é muito bom quando tenta me acalmar, mas simplesmente não entende.

— Claro que entendo! Ele estava sob muita pressão — continuou Phillip. — E se desesperou. Deixe isso pra lá ou você tornará as coisas ainda piores.

Ele deu um tapinha no meu bumbum e foi para o closet. Uma vez lá, olhou para mim e piscou um olho, com uma expressão cheia de autoconfiança.

— Já chega de Dylan, tenho uma surpresa para você!

Eu sabia. As camisas. Fiz um esforço enorme para mudar de humor.

Phillip desapareceu de novo no quarto de dormir e gritou:

— Você vai desmaiar quando vir o que finalmente chegou!

As camisas estavam arrumadas em uma grande caixa azul-marinho sobre a cama. Phillip estivera aguardando por elas com mais excitação do que uma criança na noite de Natal. Quando voltei para o quarto, ele havia apanhado a primeira camisa de 250 dólares feita sob medida e estava tirando o adesivo que prendia o papel de seda vermelho com cuidado. O papel era grosso e caro, macio de um lado e brilhante e liso do outro. O papel estalou alto quando ele o rasgou para revelar uma camisa com listras largas amarelas e brancas. Era o tipo de camisa que lembrava a aristocracia inglesa e todos os outros advogados que conhecíamos.

Eu estava sem paciência para camisas naquela manhã. Segui pelo corredor para ir até a cozinha.

— Jamie! Volte aqui. Você nem...

— Só um minuto!

Voltei segurando minha caneca de café e com o jornal preso no cotovelo.

— As crianças já estão acordando. Você tem dois minutos para fazer o show das camisas.

— Ainda não estou pronto.

Sentei na ponta de uma poltrona e comecei a ler as manchetes.

— Olhe para isso!

Phillip estava encantado consigo mesmo enquanto colocava a camisa sobre sua estrutura de 1,90m. Alguns cachos castanhos molhados cobriram a ponta do colarinho, e ele penteou os cabelos ondulados para trás passando a palma da mão sobre eles. Riu para si mesmo e começou a cantar enquanto abotoava a camisa.

— Muito bom, Phillip. O tecido é ótimo. Você fez uma ótima escolha.

Voltei a atenção para o jornal e pelo canto dos olhos o vi caminhar com passos leves até o closet de mogno, onde remexeu em uma taça de prata que ele ganhou em uma regata quando estava no ensino médio. Pegou três conjuntos de abotoaduras e colocou-as sobre a cômoda — um pequeno ritual que só se desenvolveu quando Phillip começou a ganhar dinheiro de verdade e pôde comprar mais de um par de abotoaduras decentes. Escolheu sua favorita, halteres de ouro com detalhe em lápis-lazúli nas extremidades.

— Tudo bem, querido. — Larguei o jornal e fui até a porta. — Já terminamos aqui? Você se importa se eu...

Uma nuvem escura apareceu do nada.

— Merda!

Claramente havia um problema com a camisa nova. Phillip estava tentando colocar as abotoaduras nas casas que tinham uma costura muito apertada. Isso o deixou em um estado de espírito que alguns poderiam chamar de zangado.

Ele tirou a camisa amarela de listras e deu uma olhada.

Nossa filha de 5 anos, Gracie, entrou no quarto esfregando os olhos. Ela agarrou a coxa fina dele.

— Fofinha, agora não. Papai te ama muito, mas agora não. — Ele a enxotou em minha direção, e eu a peguei no colo.

Phillip voltou para a cama, nada de passos leves agora, e pegou outra camisa feita sob medida. As listras eram azul-lavanda e brancas. Ele parou e respirou fundo, como um touro em Madri antes de entrar na arena. Segurou a camisa engomada diante de si e colocou a cabeça de lado, como se quisesse manter o pensamento positivo. Em pé ali, com cuecas samba-canção de seda azul, camiseta branca e meias pretas, ele colocou a camisa nova e tentou, de novo, colocar as abotoaduras nas casas. E, de novo, elas não entraram. Nosso wheaten terrier, Gussie, entrou, sentou-se nas patas traseiras e colocou a cabeça de lado, como Phillip tinha acabado de fazer.

— Agora não, Gussie. Saia!

O cachorro apenas virou a cabeça para o outro lado, mas o seu corpo se manteve rígido e firme exatamente onde estava.

Encostei-me na porta do quarto, mordendo o lábio, com Gracie em meus braços.

Advogados da terceira geração de Exeter, Harvard e Harvard Law não possuem um tremendo aparato psicológico para lidar com as pequenas decepções da vida. Principalmente os advogados como Phillip, que nasceram e cresceram em Park Avenue. Eles foram criados por babás, alimentados por cozinheiras e porteiros silenciosos estavam a postos para lhes abrir a porta. Esses caras são capazes de ganhar ou perder 300 milhões de dólares de seus clientes num piscar de olhos e manter a calma, mas Deus me livre se o motorista não estiver onde deveria estar depois de um jantar. Quando uma pequena falha incomoda meu marido, sua reação não é, em qualquer cenário da história do mundo, proporcional ao problema em questão. Por via de regra, são os eventos mais insignificantes que provocam explosões quase sísmicas.

Aquela manhã era um bom exemplo. E também um dos momentos em que as regras rígidas de papai sobre palavrões não se aplicavam.

— Filho da puta esse Sr. Ho. Esse anão obsequioso vem de Hong Kong, me cobra uma fortuna por dez merdas de camisas feitas sob medida e o cara é incapaz de costurar a porra da casa da abotoadura de forma adequada? Será que 250 dólares não são o suficiente para eu ter uma merda de uma casa de abotoadura do tamanho certo?

Ele voltou para o closet.

Coloquei Gracie sob as cobertas da nossa cama, onde ela ficou com os lábios apertados e os olhos arregalados. Mesmo aos 5 anos, ela já sabia que o pai estava agindo como um grande bebê chorão. E também sabia que se dissesse qualquer coisa agora, papai não teria uma reação favorável. Michael, nosso filho de 2 anos, entrou no quarto e colocou a mão para cima, indicando que queria ajuda para levantar. Eu o coloquei ao lado de Gracie e beijei sua cabecinha.

Esperei enquanto lutava com o zíper nas costas da minha blusa, sabendo...

— Jamieeeeeee!

Quando Phillip me pediu em casamento, ele disse que queria uma mulher que tivesse uma carreira, uma mulher cujo primeiro e principal interesse estivesse fora de casa. Declarou-se um homem moderno, que não precisava dos serviços mundanos de uma esposa. Dez anos depois, sou obrigada a discordar.

Coloquei o DVD da *Pinky Dinky Doo* para as crianças e segui calmamente até a voz, que agora estava no estúdio, perguntando-me quantas mulheres nos Estados Unidos estariam, neste exato momento, lidando com explosões de raiva matinais do marido por causa de uma coisa totalmente sem sentido.

— Quantas vezes preciso dizer para Carolina *NÃO* tocar na minha mesa? Será que você poderia lembrá-la de que ela perderá o emprego se tirar mais uma vez as tesouras da minha mesa?

— Querido, vamos tentar lembrar que estamos lidando apenas com um problema de abotoaduras. Tenho certeza de que ela não as pegou, você deve tê-las colocado...

— Sinto muito, querida. — Ele beijou minha testa e apertou minha mão. — *Sempre* coloco as tesouras neste copo de couro aqui, para que sempre que eu precise delas saiba onde pegá-las. Merda de tampinhas idiotas! Sr. Ho, filho da puta.

— Phillip acalme-se. Não chame os chineses de tampinhas idiotas. Sei que você não quer dizer isso. Pare, por favor. Isso é extremamente ofensivo. Vou pegar outra camisa para você.

— Eu não quero outra camisa, Jamie. Eu quero achar alguma tesoura pequena, de preferência uma tesourinha de unha, para que eu possa abrir um pouco a casa do punho da camisa.

— Phillip, você vai estragar a camisa se fizer isso.

Peguei uma camisa perfeitamente passada no armário. Ao olhar para ela, ele fechou os olhos e respirou fundo pelo nariz algumas vezes.

— Estou cansado das minhas camisas velhas.

Ele abriu as gavetas da escrivaninha e revirou o conteúdo de cada uma delas até achar uma tesourinha de unha. Nos dois minutos que seguiram, observei meu marido — um homem que é sócio de uma das firmas de advocacia de maior prestígio — tentar lidar com o caro algodão egípcio.

A abotoadura passou direto pela casa e caiu no chão.

— Merda, agora a casa ficou grande demais.

Dylan escolheu aquele momento desagradável para entrar em cena. Ele não fazia ideia do que estava acontecendo e não dava a mínima.

— Papai, eu ouvi isso. Você disse um palavrão e me deve um dólar. Mamãe não consegue me ajudar com o dever de matemática. Ela nem sabe fazer contas de porcentagem. — Ele jogou o livro de matemática do 4º ano para o pai. — Preciso que você me ajude com isso.

Dylan já estava pronto para a escola: blazer azul, gravata de listas, calça cáqui e sapatos de pala com solado de borracha. Mesmo depois de tentar abaixar o cabelo com água, ainda havia um bolo de cabelo despenteado no alto de sua cabeça. Aproximei-me para dar um abraço em meu filho, mas ele me afastou.

— Agora não, Dylan. — Phillip analisou as casas aumentadas, mexendo nelas com a tesourinha de unha. — Tenho um grande problema em mãos.

— Phillip, eu já disse que você vai estragar sua nova...

— Deixe... que... eu... faça... o... que... preciso... fazer... para... chegar... à reunião... com... o cliente... na... hora... para... que... possa... ganhar... nosso... sustento.

— Mamãe disse que já esqueceu como se faz para multiplicar frações.

— Dylan, esse não é o momento de pedir ajuda com o dever que você deveria ter feito ontem. — Phillip estava tentando ser gentil, mas sua voz saiu um pouco tensa e aguda. Então ele amoleceu um pouco, lembrando-se do jogo. Sentou-se na cadeira para que pudesse ficar da altura do filho. — Dylan, sei que você teve uma experiência muito ruim durante o jogo de basquete ontem e...

— Não tive, não.

Phillip olhou para mim pedindo orientação; ele nem estava em casa ontem para conversar com Dylan.

— Você não teve problemas no jogo de ontem?

— Não.

— Certo, Dylan, vamos esquecer o jogo e conversar sobre matemática...

— Eu não quero nunca mais falar sobre o jogo. Isso não é importante. Meu dever de casa é importante e é difícil demais.

Dylan cruzou os braços e, com uma expressão magoada no rosto, olhou para o chão.

— Entendo. — Phillip estava realmente tentando entender as coisas. — É por isso que quero falar também sobre a questão da matemática. Por que você não terminou o dever ontem à noite? Foi porque estava chateado por causa do jogo?

— Eu já disse a você! Eu não estava chateado. O jogo não importa. Devíamos estar conversando sobre o motivo por que você nunca me ajuda com o dever de matemática. O pai do Alexander *sempre* o ajuda com o dever de casa *e* o pega de bicicleta depois da aula.

— O pai do Alexander é um violinista e o Alexander vive em um barraco.

— Phillip, *por favor*. Hora dos adultos. Venha comigo. — Peguei a mão dele, puxei-o até o closet e fechei a porta.

Ele deu uma piscada de olho para mim. Cruzei os braços. Ele colocou as mãos em concha no meu bumbum e me puxou para ele. Depois começou a me beijar no pescoço.

— Você é tão cheirosa. Tão limpa. Adoro o seu xampu — sussurrou ele.

Eu não estava dando a mínima.

— Você devia ter ouvido as coisas que falou esta manhã.

— Sinto muito. É essa reunião com um cliente. Fiquei nervoso e agora você me deixou cheio de vontade.

Afastei as mãos dele.

— Você não pode dizer que os chineses são tampinhas idiotas perto das crianças. Para mim, isso soa muito ofensivo, e se eles ouvirem você...

— Você está certa.

— E se Alexander vive em um apartamento pequeno, você não precisa dizer isso como uma crítica contra o pai dele, que é um músico mundialmente reconhecido. Que tipo de exemplo você acha que está dando para os seus filhos?

— É, não foi legal.

— Então, o que você está pensando? Você está me deixando louca. Ele tentou abrir a minha blusa.

— Você está *me* deixando louco — Ele fez cócegas na minha costela.

Gracie bateu na porta.

— Mamãe!

— Pare — ri, apesar de estar zangada. — Você sabe que eu não consigo. Eu já tenho três filhos e não preciso de um quarto. É só uma casa de botão, tá bom? Será que você consegue se acalmar?

— Eu te amo. Sinto muito. Você tem razão. Mas aquelas camisas custaram uma fortuna e se poderia esperar...

— Por favor.

— Tudo bem. Vamos começar de novo.

Ele abriu a porta para mim e, de forma galante, me acompanhou, carregando Gracie embaixo do braço, como se fosse lenha.

Dylan estava olhando pela janela, ainda furioso. Phillip sentou-se na cadeira e voltou a se concentrar no filho.

— Dylan, sei que o dever de casa é difícil. Acho que você poderia me dar um tempo e não me pedir ajuda quando tenho de correr para o escritório...

— Você não estava aqui ontem à noite. Se estivesse, eu teria pedido para você me ajudar.

— Sinto muito, filho. — Phillip pegou as mãos de Dylan e tentou olhá-lo nos olhos. Mas Dylan se afastou. — Você já é bem grandinho para fazer o seu dever de casa sem a ajuda do papai ou da mamãe. Se você precisa de um tutor, podemos discutir isso, mas já são quase 7h30, o meu carro está esperando e você tem de ir para a escola.

Dylan jogou-se no sofá, sentindo-se totalmente frustrado.

— Drooooga.

Ele se deitou de costas no sofá e tampou os olhos com o braço. Dylan já era grande demais para chorar à toa, mas eu sabia que era exatamente isso que ele queria fazer. Também sabia que se eu me aproximasse para abraçá-lo, ele perderia a frágil compostura que ainda mantinha. Mantive uma distância segura.

— Nenhuma das mães consegue ajudar com o dever de matemática, e todos os pais dos meus colegas os ajudam. Não é justo que você não me ajude.

— Você está passando muito tempo com o seu Xbox? — Phillip olhou para mim. — Jamie, temos de começar a controlar o tempo que ele passa jogando, é muito...

— Papai, foi você que me deu o Madden '07!

— Ele não joga videogame até que termine o dever de casa. Ele conhece as regras — respondi. — Você sabe que hoje seria um bom dia para afrouxar as regras...

— Dylan — disse ele suavemente, sentando-se na ponta do sofá. — Às vezes é difícil para o papai entender. Eu amo muito você e tenho muito orgulho de você. Hoje à noite vamos pensar em algo para resolver isso. — Ele tocou o nariz de Dylan com o dedo. — Entendeu?

— Entendi. — Dylan reprimiu o sorriso.

Gracie apareceu na porta do escritório de Phillip com uma pequena tesoura cor-de-rosa de plástico da Barbie e, em silêncio, ofereceu-a ao pai.

Phillip olhou para ela. Depois para mim. Depois, começou a rir alto.

— Obrigado, querida.

Ele pegou Gracie no colo e bagunçou seu cabelo. Depois pegou Dylan e deu-lhe um grande abraço de urso. Sempre que eu me convencia de que Phillip era um monstro de verdade, ele fazia algo que me fazia pensar que talvez eu ainda o amasse. Nos meus momentos mais honestos, eu dizia à minha amiga Kathryn que, em algum momento, eu acabaria deixando Phillip. Às vezes ele era impossível, mas então mudava e fazia algo responsável e paternal, e eu decidia tentar fazer as coisas funcionarem.

— Dylan, vamos passar por isso juntos, como uma família. — Ele se virou para mim. — Pegue a camisa velha. Estou atrasado. Ligue para o Sr. Ho para mim e diga que ele tem 24 horas para consertar todas as dez camisas. Se eu tiver de lidar com ele, vou passar dos limites.

Descemos juntos no elevador com mochilas, telefones celulares e casacos por todos os lados: meu marido, Dylan, Gracie e o bebê Michael, Carolina, a governanta, com nosso wheaten terrier, Gussie, e nossa babá, Yvette. O fato de Phillip ter superado o ataque de raiva devido ao tamanho das casas de botão do punho da camisa não significava que ele realmente se misturaria conosco. Vestindo seu terno de advogado e usando sapatos pretos brilhantes, ele estava se preparando para uma reunião com um cliente e conseguia ignorar o caos à sua volta. Colocando o dispositivo do celular na orelha, Phillip começou a discar para o correio de voz com o polegar, enquanto segurava um grosso pacote de jornais embaixo do braço.

Peguei Gracie com uma das mãos e coloquei um grampo em seu cabelo com a outra. Yvette, cheia de orgulho de suas obrigações bem cumpridas, todo dia vestia meus dois filhos menores como se vestiam as crianças aos domingos para a missa. E já que ela estava conosco desde que Dylan nasceu, eu não interferia. Gracie estava com um vestido vermelho de tecido de algodão, sapatos Mary Jane vermelhos combinando e um grande chapéu branco do tamanho de um 767 do lado da cabeça.

— Mamãe, você vai me buscar ou vai ser a Yvette? — choramingou Gracie. — Você nunca me busca.

— Hoje mamãe não pode. Você sabe que terça-feira é o dia que mamãe trabalha, querida. Eu tenho de trabalhar o dia todo. Mas tente se lembrar de que sempre tento buscá-la nas segundas e nas sextas.

"Tentar" era a palavra importante aqui. Embora eu trabalhasse meio expediente na emissora, meu horário era irregular e quando havia um furo de reportagem eu tinha de trabalhar em horário integral. Essa falta de consistência não era fácil para as crianças. Seu rostinho delicado começou a se contorcer naquela expressão que eu conhecia muito bem. Arrumei seu cabelo com a mão e a beijei na testa. Sussurrei:

— Amo você.

A mochila de Dylan era maior do que ele. Ele a virou para pegar o chaveiro Tamagotchi e começou a brincar com aquilo como se fosse um cientista louco. Igualzinho o pai fazia com o BlackBerry.

— Não posso participar de uma *conference call* às 15 horas da tarde. — Mesmo estando dentro do elevador, Phillip insistia em retornar as mensagens do correio de voz na hora em que as escutava. — Ligue para minha secretária, Hank, ela vai resolver. Agora, preciso de um relatório completo sobre a transação da Tysis Logic...

— Phillip, por favor. Será que isso não pode esperar? É tão rude.

Phillip fechou os olhos e bateu com a mão na minha cabeça, depois colocou o indicador sobre os meus lábios. Senti vontade de mordê-lo.

— Será um inferno imprevisível por três motivos: vamos começar com a divisão das ações; não temos o número suficiente de ações autorizadas...

Michael, que estava no carrinho, agarrou minha saia e enfiou a unha na bainha, abrindo alguns pontos da costura.

Carolina segurou firme a coleira de Gussie quando o elevador parou no quarto andar. Phillip lançou um olhar sombrio para ela. Aparentemente, ele ainda não tinha se recuperado por não ter encontrado a tesourinha de unha.

A porta do elevador abriu para um senhor de cabelos brancos de 78 anos, usando uma gravata listrada e um terno bege. Fazia pouco tempo que o Sr. Greeley do apartamento 4B tinha se aposentado, mas todas as manhãs ele colocava o terno para sair e comprar café e os jornais. De alguma forma, ele encontrou coragem para entrar no elevador cheio, apenas para que Gussie começasse a cheirar sua virilha como se tivesse encontrado um buraco de rato. Carolina puxou a coleira e Gussie sentou-se nas patas traseiras, olhando para a porta. Phillip ainda estava gritando ao telefone sobre seus planos de batalha. Acenei para o Sr. Greeley com um sorriso gentil, como se estivesse me desculpando. Nesse meio-tempo, ele se concentrou no mostrador de andares do elevador, ignorando-nos a todos. Nos dois anos que morávamos neste prédio, ele nunca sorriu de volta para mim. Tudo o que consegui até hoje foi um aceno discreto de cabeça.

A porta do elevador se abriu e saímos para o saguão de mármore. Segurando a pasta Dunhill cheia de documentos, Phillip despediu-se com a mão e apressou-se em partir, espremendo ainda mais o fone do celular no ouvido. Na sua cabeça distraída, a reunião já tinha começado há cinco minutos.

— Amo vocês! — gritou ele sem olhar para trás.

O porteiro, Eddie, ofereceu-se para carregar algo, mas Phillip não deu atenção e entrou no carro, que já estava à sua espera. Quando o Lexus partiu, pude ver o *Wall Street Journal* aberto na frente dele.

A carreata de Yasser Arafat não levava vantagem sobre a nossa. Depois que o carro de Phillip saiu do caminho, meu motorista, Luis, parou nosso monstruoso Suburban azul-marinho em frente ao toldo. Luis é um equatoriano gentil de 40 anos de idade que trabalha na garagem e só fala cerca de quatro palavras de inglês. Tudo que sei sobre ele é que tem dois filhos e uma esposa e mora no Queens. Por 50 dólares por dia — em dinheiro — ele me ajuda a deixar Dylan às 8 horas e Gracie às 8h30. Três dias por semana ele também me espera enquanto volto para casa, troco de roupa e brinco com Michael, depois ele me leva para o trabalho na emissora de TV às 10 horas. Não deixo de notar que com 250 dólares por semana, minha mãe, em Minneapolis, podia nos alimentar, pagar as contas e ainda guardar algum dinheiro.

Eddie me ajudou a colocar Gracie no banco do carro, enquanto Dylan entrava de forma desastrada por cima dela, arranhando seu rosto com a mochila.

— Dylan — gritou ela. — Pare com isso.

Beijei Michael no carrinho e ele esticou os bracinhos para mim e tentou desesperadamente se soltar do cinto de segurança que o prendia. Em um instante, Yvette pegou o boneco do Elmo e colocou na frente dele, que sorriu.

Pelo espelho retrovisor, vi a van da creche de cães de Gussie tomar o nosso lugar. Do lado da van estava escrito "Mimo para cães". A porta abriu-se magicamente para Gussie, e Carolina deu-lhe um beijo na cabeça antes de ele se juntar aos amigos babões.

Fechei os olhos enquanto seguíamos por vinte quarteirões, subindo a Park Avenue até a escola de Dylan, feliz por não precisar fazer contato visual com ninguém. Luis nunca falava, apenas dava um caloroso sorriso latino e concentrava-se em se desviar de táxis e caminhões de entrega à nossa volta.

Gracie ainda era nova o suficiente para que o balanço do carro a deixasse sonolenta, então ela enfiou o dedo na boca e seus olhos começaram a piscar como borboletas na tentativa de resistir ao sono. Os polegares de Dylan apertavam os teclados do Game Boy. Ele já sabia que eu o deixaria continuar se ele deixasse o som mudo.

— Gracie, pare! Manhêêêêêêêê!

Minha cabeça doía.

— Gracie chutou a minha mão de propósito para que eu perdesse os últimos segundos e agora estou de volta ao nível três!

— Eu não fiz nada! — gritou Gracie, de repente muito alerta.

— Dylan, por favor — pedi.

— Por que você está dando razão para ela? — gritou ele.

— Eu não estou dando razão para ninguém. É só que ela tem 5 anos e eu acho que você pode continuar jogando. Já conversamos sobre isso.

— Mas o que ela fez foi muito errado, mamãe. Ela me fez perder o jogo.

Ele jogou o Game Boy no chão e olhou pela janela com os olhos cheios de lágrimas. Talvez não tenha sido uma boa ideia ter parado as consultas com o Dr. Bernstein. Ele odiava ir ao psiquiatra e disse que tudo o que eles faziam era jogar Banco Imobiliário e construir aeromodelos. Achei que se o forçasse a continuar o deixaria estigmatizado, já que ele não tinha um diagnóstico formal como o onipresente distúrbio do déficit de atenção. Além disso, eu não queria transformar em patologia uma situação que parecia ser principalmente causada pela tristeza e perda da autoestima provavelmente decorrentes de um pai ausente e, sim, talvez de uma mãe perturbada... e distraída — embora doa muito ter de admitir isso.

Olhei para o banco de trás, para meu filho e o Game Boy no assoalho do carro. O Dr. Bernstein disse que era importante mostrar empatia com Dylan e aceitar seus sentimentos.

— Sinto muito, Dylan. Deve ter sido muito frustrante, principalmente quando você estava prestes a ganhar.

Ele não respondeu.

3

O waffle

— Rápido, temos de conversar. — Minha colega coreana, Abby Chong, localizou-me na redação lotada, enquanto nossos colegas completavam um plantão de notícias do pouso de um ônibus espacial.

Passei pelas fileiras de baias e cumprimentei alguns dos assistentes de produção de 20 e poucos anos. A maioria deles parecia não dormir havia dias. Passei pelos projetores alinhados do lado de fora das baias com fitas empilhadas precariamente sobre eles. Nos meus ouvidos, ressoava a cacofonia familiar de telefones tocando, teclados de computador e o áudio de vários aparelhos de televisão e rádio ligados ao mesmo tempo. Abby agarrou meu braço e me puxou até a porta. Eu consegui pegar três jornais de uma pilha.

— Você quase derrubou o meu café no chão! — Olhei para as gotas que pingaram na minha blusa nova.

— Desculpe — respondeu Abby. — Estou cansada. Esgotada. Mas você tem problemas maiores agora.

— Grandes mesmo? Como os seus problemas com o papa?

— Não. O âncora maluco já esqueceu isso. Agora Goodman quer uma entrevista com Madonna.

— Como você conseguiu se livrar de uma entrevista exclusiva com o papa e transformá-la em uma entrevista com Madonna?

— É o lance do crucifixo. A crucificação foi representada em um show dela há um tempo. Ele foi a um jantar ontem à noite. Sentou-se ao lado de alguém que o convenceu de que ela atrairia os demônios entre os 18 e os 49 anos. Ele decidiu que ela é mais irritável do que o papa. Mas só depois de termos ficado aqui até às 4 horas fazendo pesquisa. Ele usou a palavra "fresco". Tudo tinha de ser *fresco*. Ele queria referências do papa na Bíblia para que pudesse escrever uma carta para ele e usá-las como citação. Eu disse que não havia esse tipo de citação na Bíblia, e ele disse: "Ele é o papa. Pelo amor de Deus, encontre-as!"

— Bem, eu também não vou trabalhar no projeto da Madonna. Eu não produzo perfis de celebridades. Está no meu contrato.

— Você não vai conseguir outro contrato quando descobrir a merda em que está.

Achei que ela estava tendo uma reação excessiva. Abby sempre ficava calma quando estávamos ao vivo, mas era uma pessoa nervosa, em alta rotação, durante o resto do tempo — como agora. Seu cabelo preto estava preso no alto da cabeça como uma bruxa, e ela estava usando um terninho violeta forte que lhe caia horrivelmente. Ela me empurrou até o meu escritório e fechou a porta atrás de si.

— Sente-se — disse ela, enquanto andava pela sala.

— Você se importa se eu tirar o meu casaco?

— Tudo bem. Mas rápido.

— Por favor, eu só preciso de dois minutos, está bem? — Pendurei meu casaco no gancho atrás da porta, sentei-me e tirei meu bolinho de amoras da bolsa. — Tudo bem, Abby. O que a deixou tão enrolada dessa vez?

Ela se inclinou sobre minha mesa com os braços estendidos para a frente. E não hesitou. Nada de delicadezas. Ela simplesmente deu a notícia fatal.

— Theresa Boudreaux concedeu a entrevista a Kathy Seebright. Elas gravaram na segunda-feira em uma locação não divulgada. Vai ao ar na quinta-feira no *News Hour*. Drudge já divulgou isso no seu website.

Ela se sentou, seu joelho esquerdo balançando de forma incontrolável. Apoiei a cabeça na mesa, fazendo um barulho.

— Você está ferrada. Não tenho outra palavra. Sinto muito. Goodman ainda não chegou, mas aparentemente nosso destemido líder ligou para ele há 15 minutos para dar a notícia. Portanto, dois chefões já sabem.

Obriguei-me a olhar para cima.

— Goodman está tentando falar comigo?

— Eu não sei. Tentei ligar para o seu celular, mas caiu direto no correio de voz.

Pesquei o celular na bolsa, puxando o fio do fone de ouvido. O celular estava em modo silencioso desde a noite anterior. Seis mensagens. Coloquei o telefone no carregador sobre a mesa. Senti-me enjoada. Não ajudava em nada o fato de eu ter tomado um monte de vitaminas com o estômago vazio. Abri o bolinho, peguei algumas amoras e alinhei-as enquanto pensava sobre o que faria a seguir.

— Bem, me dê um segundo para pensar em como vou lidar com esse desastre.

— Estou aqui esperando.

Ela se recostou na cadeira e cruzou os braços sobre o peito. Abby era uma mulher muito bonita, que, aos 42 anos, parecia jovem para a idade, com o cabelo preto liso e a pele asiática sedosa. Como chefe de pesquisas do programa, durante as apresentações ao vivo sempre ficava sentada a 1,5m de distância do âncora, Joe Goodman, mas fora do alcance da câmera. No console em frente a ela havia centenas de cartões contendo dados e fatos que um apresentador pomposo poderia querer de um instante para outro: tipo de carro de combate mais usado na Guerra do Iraque, o número de passageiros mortos no voo 103 da Pan Am e biografias de figuras históricas importantes, como Kato Kaelin e Robert Kardashian.

Listei algumas opções:

— Eu poderia apenas me desculpar com Goodman agora, antes de ele chegar aqui. Uma ação antecipada sempre é boa. — Respiro fundo. — Poderia ouvir minhas mensagens para ver se o advogado de Boudreaux se importou em me informar que a sua cliente estava falando com outra emissora. Ele só me prometeu a entrevista na sexta-feira. Não é de estranhar que ele não tenha atendido às minhas ligações no fim de semana.

Retirei as fitas de shows da mesa para abrir espaço, e elas deslizaram para o chão como lama.

— Achei que a entrevista fosse sua. — Abby estava tentando ajudar. — Achei mesmo. Especialmente depois de sua ofensiva charmosa da semana passada. Pensei que tivesse conseguido. Goodman chegará em 15 minutos. Cheque suas mensagens antes para que pareça estar por dentro das coisas, mesmo que...

— Mesmo que o quê?

Mesmo que eu tenha perdido a maior "parada" do ano para a loura atrevida, Kathy Seebright, a namoradinha da América? Na intimidade, nós nos referíamos a ela como a mulher com o sorriso mais doce que podia arrancar os testículos de um homem com os dentes e cuspi-los na cara dele.

— Por que contei para Goodman na sexta-feira que tínhamos feito um trato? Eu devia saber que essas coisas só contam quando a fita está rolando.

Abby deu de ombros. Nem mesmo ela sabia que eu tinha saído do trabalho mais cedo na sexta-feira para ir pegar minha filha na aula de balé. Eles provavelmente haviam suposto que eu estava fora arrumando as coisas para a entrevista.

Algumas vezes, mulheres sensuais gostam de agir como burras só porque isso as ajuda a conseguir o que querem. Theresa Boudreaux era bem desse tipo: uma garçonete destemida de um restaurante de waffle com uma tendência maléfica. Infelizmente para um certo tipo de líder eleito com muitos votos, ela teve a espertezа de ir à Radio Shack comprar um dispositivo de gravação telefônica de 9 dólares, que depois usou para gravar conversas telefônicas picantes com Huey Hartley, um membro do congresso dos Estados Unidos e um político poderoso, hipócrita e casado há trinta anos. Ele vinha do sólido estado do Mississippi. Quando âncoras de telejornais perdem entrevistas como essa, eles ficam mesquinhos e assustadores. É por isso que os produtores os chamam de monstros, tenham eles perdido uma entrevista ou não. Eles são assustadores, mesmo quando tentam ser legais. Mas ninguém estava sendo legal comigo hoje.

Por um momento, achei que fosse ser demitida. Em minha defesa, só podia dizer que eu realmente achei que tivéssemos conseguido. Peguei meu telefone celular.

A mensagem número quatro realmente era do advogado de Theresa Boudreaux. Ele tinha ligado no dia anterior às 22 horas. Que pessoa desprezível. Ele ligou depois que a entrevista havia sido gravada, quando, então, achou que deveria me dizer que as coisas haviam mudado.

— Jamie, é Leon Rosenberg. Obrigado novamente pelas flores que enviou na sexta-feira. Minha esposa adorou. Ah, precisamos discutir algumas mudanças nos planos. Theresa Boudreaux tem algumas preocupações. Ligue para minha casa hoje à noite. Você tem os meus números.

Liguei para o escritório de Leon sentindo a raiva crescer no peito. Sua assistente irritante, Sunny, atendeu. Ela nunca sabia onde ele estava, não sabia como conseguir falar com ele, mas sempre me fazia esperar para "verificar". Esperei dois minutos.

— Sinto muito, Sra. Whitfield. Não sei onde ele está agora, de modo que não é possível fazer uma conexão. Quer deixar recado?

— Sim. Por favor, escreva isto, palavra por palavra: "Já estou sabendo sobre Seebright. Vá se foder. De Jamie Whitfield."

— Não acho que seja apropriado escrever esse tipo de coisa.

— O Sr. Rosenberg não ficará surpreso. Ele achará muito apropriado diante das circunstâncias. Por favor, passe o recado.

Desliguei.

— Isso vai chamar a atenção dele.

Charles Worthington fez um gesto de aprovação com a cabeça enquanto entrava na minha sala. Ele encontrou um lugar no sofá e pegou um jornal. Charles era um colega produtor que fazia todo o trabalho investigativo do programa. Um afro-americano de 35 anos de pele clara que passaria facilmente no teste do saco de papel pardo,*

---

* *Paper bag tests* eram feitos em festas dadas por afro-americanos de pele mais clara que só permitiam a entrada de pessoas com a pele mais clara que uma sacola de papel pardo. (*N. da T.*)

ele crescera na elite crioula de Louisiana. Era baixo, magro e estava sempre vestido de forma perfeita. Charles falava com voz calma e tinha um discreto sotaque sulista. Já trabalhávamos juntos há dez anos e tínhamos crescido juntos no trabalho. Eu sempre me referia a ele como meu marido no trabalho, mesmo sabendo que ele é gay.

O telefone tocou trinta segundos depois.

— Sim, Leon.

— Jamie, francamente. Aquilo foi muito rude. Ela é só a minha secretária e está toda abalada e muito envergonhada.

— *Rude? Rude?* Posso sugerir outras palavras para você usar. Que tal antiético? Não profissional? Fraudulento? — Charles levantou-se do sofá com os dois punhos cerrados, fazendo o sinal de torcida. — Você disse que tínhamos um acordo. Quantas cartas eu escrevi para aquela megera sexy que é a sua cliente? Quantas vezes eu levei o grande âncora Goodman para provar suas panquecas gordurosas? O que você faria, concederia a entrevista para Kathy Seebright na ABS e gravaria o comercial de jeans No Excuse de Theresa Boudreaux no mesmo dia? E por que ela deu a entrevista para uma mulher? Isso não se encaixa muito bem.

Megeras como Theresa sempre preferem âncoras homens, que não conseguem se concentrar na próxima pergunta porque estão ocupados demais arrumando o volume nas calças.

— Jamie, tente se acalmar. É só televisão. No último minuto, Theresa decidiu que Kathy faria perguntas mais fáceis durante a entrevista. Ela ficou com medo do cara. Ele tem uma reputação de saltar direto na jugular.

— E eu tenho certeza de que a decisão foi *toda* dela, Leon. Você não teve nada a ver com isso. — Revirei os olhos para Abby e Charles.

— Preste atenção — disse Leon. — Prometo que vou compensá-la. Tenho alguns documentos legais de O. J. Simpson selados que arrancariam os telhados da emissora e eu tenho certeza de que...

Desliguei na cara dele.

— Qual foi a desculpa dele? — perguntou Charles.

— A mesma de sempre: "Seebright parece mais doce que Joe Goodman."

Como pude deixar essa entrevista escapar por entre os meus dedos quando já a tinha nas mãos? Por que não tomei medidas extras para segurá-la? E por que nós queríamos fazer essa entrevista? Só porque Hartley era um político controverso, pró-família com quatro filhos? Será que seu comportamento lascivo realmente merecia toda essa cobertura da mídia? Com certeza.

Hartley não era um cristão conservador nas trincheiras, mas seu discurso feroz contra os homossexuais e pró-família o tornaram um dos políticos sulistas mais comentados. Mais de 35 quilos acima do peso e 1,90 m de altura, ele geralmente subia ao púlpito para falar de modo que se sobrepusesse em relação à audiência, erguendo os punhos no ar enquanto sua papada balançava. O bigode e o cavanhaque grisalhos acentuavam sua boca enorme e seu lábio inferior protuberante. Ele tinha olhos azuis cristalinos e uma careca sempre suada que refletia as luzes das câmeras. Hartley ajudou na vitória das eleições de 2004 do Mississippi e da presidência ao defender a realização de um plebiscito acerca do casamento gay em 24 estados. Essa estratégia da Casa Branca conquistou os defensores religiosos e foi um dos principais fatores de triunfo do Partido Republicano. Agora, ele já pegara o bonde antigay de novo para as eleições de 2008, fazendo lobby para colocar antigas leis antissodomia em plebiscito em trinta estados, onde elas ainda não estavam nos livros.

Tentei aceitar a magnitude do meu erro antes de entrar na sala do produtor executivo Erik James. Desse modo, eu não discutiria. Discutir nunca era uma boa ideia quando Erik estava zangado. Ele estava na mesa terminando uma ligação quando sua assistente me deixou entrar. Olhei para as dezenas de Emmy Awards alinhadas no alto de uma prateleira. Ele já trabalhava para a NBS havia mais de vinte anos, primeiro como produtor executivo de noticiários dominicais e depois lançando o programa vencedor de vários prêmios e líder de audiência *Newsnight with Joe Goodman*.

Ele desligou o telefone e me olhou. E então a enxurrada de críticas começou.

— Você perdeu um grande jogo.
— Não era a minha intenção.
— Você não fez um bom acompanhamento.

Ele empurrou a cadeira para trás, contornou sua mesa até ficar diante dela e tirou as luvas. Com 1,70 m, Erik tinha uma barriga que parecia a de uma mulher grávida duas semanas depois da data prevista para o parto. Mesmo estando a uma distância segura, seu estômago quase me tocava.

— *Você é uma merda!*
— Não sou, não!
— *É, sim!*

Ele jogou as mãos no ar como King Kong. Um dos seus suspensórios se soltou e ele tentou pegá-lo furiosamente atrás de si. Agora, ele realmente estava puto da vida.

— Erik, Leon Rosenberg tinha me assegurado...
— Eu não dou a mínima para o que ele assegurou a você! Quantas vezes você foi até lá? O que você estava fazendo? Compras?

Isso foi um golpe baixo. Sem dúvida eu era a única produtora do *Newsnight* que tinha um marido rico, mas eu havia trabalhado muito por dez anos para esse cara e já tinha conseguido mais histórias do que qualquer outro produtor da equipe.

— Isso é muito injusto. Você sabe. Eu me matei para conseguir essa história.

Ele abriu as narinas.

— Para sua informação, da última vez que verifiquei, você não tinha conseguido porra *nenhuma* de história.
— Eu, eu...

Ele me desprezou. Depois, esticou o braço, enfiou a mão em um jarro e pegou balas Delicado.

— Saia já daqui — murmurou ele, e uma parte de uma bala verde caiu na minha blusa, do lado de uma mancha de café.

Por hora, a batalha tinha terminado. Começaríamos a trabalhar por outro ângulo a história de Theresa Boudreaux, juntos, como uma equipe, mas só amanhã. Não era a primeira vez que eu passava por isso. Não que minha derrota não me deprimisse, mas eu me recusava a deixar que isso me atrapalhasse. A pressão para conseguir alguma história era grande, e tínhamos de fazer algum avanço. Todos os tabloides do país haviam publicado fotos de Theresa na capa, muitos com um ponto de interrogação. "Hartley, arrebatador de corações?" Estações de rádio de direita davam total apoio a Hartley, enquanto acabavam com os membros sedentos de sangue da elite liberal da mídia.

No final das contas, quando a história seguiu seu curso, Theresa nada revelou a Kathy Seebright. Apenas confirmou que o conhecia e que eles eram "próximos". Portanto, naquele momento, eu e meus chefes estávamos fazendo muito barulho por nada. Mas fazer drama por nada é o preço que se paga quando se está no ramo das notícias.

De volta à minha sala, retoquei o batom com cuidado enquanto tentava assumir o controle do dia. Parei por um momento com o estojo de pó compacto nas mãos e olhei pela janela, admirando o rio Hudson. E minha ansiedade cresceu: problemas no trabalho, meu marido insuportável, Dylan e seus problemas. Olhei para o relógio: 11 horas. Dylan tinha aula de educação física antes do almoço: talvez o exercício o tivesse animado um pouco. Ele tinha pedido para cancelar os encontros com os amigos aquela semana. Obviamente a humilhação do jogo fez com que ele quisesse se esconder atrás da porta de casa depois da escola e concentrar-se em montar um robô de Lego, mas eu disse que não cancelaria nada, acreditando que a interação com os amigos lhe faria muito bem. Eu não sabia muito bem o que fazer com ele, exceto seguir a rotina e me certificar de que não se fechasse em si mesmo. Quando fico deprimida, como chocolate Kit Kat. Enquanto abria o invólucro com os dentes, meu celular começou a tocar.

— Amor, sou eu.

Ouvi uma buzina e o som de pneus cantando por causa de uma freada brusca.

— Sim?

— Queria pedir desculpas.

— Tudo bem. Vamos ouvir o que tem a dizer.
— Sinto muito sobre hoje de manhã. Desculpe se fui difícil.
Ouvi o som de uma sirene.
— Difícil?
— Sinto muito. Eu fui impossível.
— Foi mesmo.
Dei uma mordida no chocolate.
— Eu sei. E é por isso que estou ligando. Amo você.
— Tudo bem. — Talvez eu pudesse perdoá-lo.
— E você vai me amar mais do que nunca.
— É mesmo? E por quê?
— Bem, você sabe que o meu sucesso no negócio da Hadlow Holdings teve muitos efeitos.
— Eles devem muito a você.
— E eles vão me dar algo grande.
— Certo. E isso seria?
— A pergunta certa é: o que eles darão à minha esposa?
— Phillip, eu não faço a menor ideia. Não é dinheiro, então o que é? Como eles podem compensá-lo?
— Eles me fizeram exatamente essa pergunta.
— E...?
— O que você acha de trabalho *pro bono* para o Sanctuary for the Young?
Meu trabalho de caridade. Eu apoiava crianças órfãs e fazia parte da diretoria havia dez anos. A organização estava falida, quase acabando mesmo. Eles mal podiam ajudar as crianças desesperadas. Meus olhos se encheram de lágrimas.
— Você não fez isso.
— Eu fiz.
— Quanta ajuda?
— Muita.
— Quanto?
— Eles vão tratar vocês como uma conta regular.
— Não acredito que você fez isso. Isso mudará tudo.
— Eu sei. Foi por isso que fiz isso.

— Nem sei o que dizer.
— Não precisa dizer nada.
— Obrigada, Phillip, isso foi demais. Você nem me disse que estava pensando nisso.
— Você dá a eles muito dinheiro e muito do seu tempo, mas eu queria que desse algo mais substancial. Sei o quanto isso significa para você.
— Muito.
— Eu sei.
— Eu também amo você.
— Item número dois: há algo que preciso que faça para mim antes do meu voo para Cleveland.
— Onde você está? — perguntei. — Mal posso ouvi-lo com todas essas buzinas. Você está na Times Square?
— Na verdade, estou correndo como sempre. Você vai pegar as crianças?
— Só Gracie. Eu não pude lidar com sua carinha de tristeza hoje. Vou pegá-la na escola, mas vou pedir a Yvette para me encontrar do lado de fora para levá-la para casa. Depois volto voando para o trabalho.
— Perfeito. Preciso que você passe em casa antes de pegar Gracie.
— Não terei tempo.
— Isso é urgente. — Phillip de repente parecia um diretor de colégio inglês. — Preciso que vá em casa, vá até o estúdio, ligue o computador e pegue o segredo do meu cofre novo. A tela automaticamente vai solicitar a minha senha.
— Phillip, isso não pode esperar?
— Pelo amor de Deus, faça o que eu estou pedindo!
— Não, eu não vou fazer o que você está pedindo. Meu dia foi uma merda até agora e eu ainda tenho muito trabalho pela frente. Então, estou dizendo que definitivamente *não* é um dia em que eu possa sair do escritório e ficar fora por muito tempo. Não posso dizer o quanto esse negócio do trabalho *pro bono* significa para mim, mas não posso fazer isso agora.

— Querida, eu não estou pedindo. Trata-se de algo "que você tem de fazer para mim agora". Vou viajar, passar três dias fora, antes de partir tenho de ter certeza de que isso foi resolvido.

— Isso é tão importante assim?

— É sim, linda. — Ele continuou sendo charmoso. — É muito importante. Amo você. Por favor. Vou ficar em débito com você.

Decidi que faria uma parada rápida em casa depois de pegar Gracie; talvez ninguém nem notasse que eu havia saído do escritório.

— Rápido. Qual é a senha?

Não houve resposta.

— Phillip, eu vou fazer isso para você, mas também estou com pressa. Qual é a senha do seu computador pessoal? Por que você não pensou nisso hoje de manhã?

— Eu estava distraído hoje de manhã. Com Dylan, é claro.

Batendo com a caneta no meu bloco, suspirei.

— Você ia me dizer a senha...

— Ah...

— Phillip! *Qual* é a senha?

— A senha é "xoxota".

— Você está brincando.

Nenhuma resposta.

— Phillip, a senha é "xoxota"? É tão horrível. Essa é a senha para o seu computador do trabalho também? Em uma firma de advocacia como a sua? Imagina se o cara da informática entra em sua conta...

— Por que eu deveria me preocupar com o cara da informática?

— Phillip, eu não posso acreditar que você quer que eu digite X-O-X-O-T-A.

— Sinto muito. É uma senha secreta. Eu sou a única pessoa que a conhece e, agora, infelizmente, você também. Sou um idiota. E daí? Agora vá até o estúdio e digite X-O-X-O-T-A no meu computador. Pegue o código do cofre. Está escondido em um documento chamado "atividade das crianças". É 48-62 alguma coisa...

— E depois?

— Sobre a minha mesa, na caixa de entrada, sob alguns papéis do banco, ou bem na pilha à direita em cima da mesa, você vai ver uma pasta com o nome Ridgefield. Preciso que coloque essa pasta no cofre.

— Por quê?

— Carolina.

— O que isso tem a ver com a Carolina?

— Primeiro é a tesourinha de unha. Depois ela pega a pilha de jornais em cima da mesa, enquanto está limpando, depois, por acidente, ela pega pastas importantes e joga tudo fora. Eu perco tudo. E não posso correr o risco de perder isso.

— Phillip, faça-me o favor. Você está sendo neurótico. Eu ligo para ela e digo para não tocar na sua mesa.

— Eu digo a ela todos os dias para não tocar na minha tesourinha de unha ou na minha caneta Mont Blanc favorita, e todos os dias não consigo encontrar esses objetos quando os procuro. Ela simplesmente não ouve.

— Você sabe que maridos dão muito mais trabalho que filhos, não sabe? — Meu corpo agora estava largado na cadeira como casca de banana.

— Eu nunca pediria isso, mas na época em que vivemos, nunca se sabe.

— Nunca se sabe o quê?

— Nunca se sabe de nada! Estamos na era da informação! Tudo é roubado da lata de lixo dos outros... correspondência, computadores pessoais. — Phillip agora estava calmo, usando o tom de advogado que sabe tudo que precisa saber. — Venho de três gerações de advogados e sou treinado e versado para tomar decisões prudentes. Esta é uma decisão prudente, e eu estou a caminho do Newark Airport; não tenho como parar em East Side. Quero partir sabendo que isso foi feito.

— Por que não posso fazer isso à noite quando chegar em casa?

Ele acabou perdendo a paciência.

— Pela última vez, eu imploro, por favor, pare de me questionar. Seria tão mais fácil para mim se apenas dessa vez, só dessa vez, você fizesse o que estou pedindo.

Limpei a garganta e fui direto para casa, onde não fiz exatamente o que ele pediu.

4

Todo mundo sabe disso

Estava chovendo a cântaros em Nova York ao meio-dia do dia seguinte.
— *Oui?* — O *maître* enfiou seu enorme nariz francês pela fresta das grossas portas laqueadas em cor de chocolate.
— Eu, ahn, vim almoçar.
— *Avec?*
— Estou me molhando toda aqui. Susannah está...
— *Qui?*
— Susannah Briarcliff, com certeza o senhor...
A porta abriu. Jean-François Perrier olhou através de mim. Eu lhe disse que estava com minha amiga Susannah, que estava sentada logo ali, dei-lhe um sorriso tolo e encarei, de forma lastimosa, seus profundos olhos azuis. Ele acenou com a mão, chamando o ajudante de garçom para me acompanhar até lá. A regra de não contato estava em ação. A garota responsável pelas contas do restaurante, Francesca, me olhou de cima a baixo e concluiu que eu realmente não "fazia parte do grupo". Assim, ela decidiu continuar bebendo sua Diet Coke no bar, em vez de se preocupar com minha capa de chuva. Sacudi meu guarda-chuva sentindo-me enojada.

La Pierre Noire não possui nenhuma placa no toldo nem tem o número de telefone publicado. Trata-se de um restaurante destinado a uma das tribos mais peculiares do mundo: uma raça de seres humanos extremamente ricos que habita um grupo específico de quarteirões, a elite da alta sociedade de Nova York, que vai da 70th Street até a 79th Street, ao norte e ao sul, delimitada pela Park Avenue e a 5th Street, a leste e oeste.

Coitados dos moradores de West Side que passeiam por ali e, erroneamente, acham que este é um restaurante que funciona de acordo com os procedimentos normais, um restaurante que realmente serve ao público. Logo descobrem que não são bem-vindos, mesmo que muitas mesas estejam vagas. Pela janela, as pessoas podem ver cadeiras forradas de veludo cor de tangerina que cercam pequenas mesas de mogno no estilo de um café. Garçons franceses bonitos de 30 e poucos anos vestidos de jeans e camisa engomada de algodão Oxford amarela passam por entre as mesas apertadas.

Minhas melhores amigas não almoçam para ganhar a vida como Susannah Briarcliff. A maioria delas tem um emprego de verdade, mas Susannah é uma das poucas pessoas da elite de Nova York por quem sou capaz de sair do meu caminho para ver. É fácil esquecer que sob a riqueza fabulosa de Susannah e seus genes impressionantes, há uma garota divertida que se esconde dentro dela. Você pode encontrá-la basicamente em todas as colunas sociais que tenham fotos de festas — *Hapers's Bazaar*, *Vogue* e a seção de estilo do *New York Times* —, e é como encontrar Wally. Susannah tem dois filhos, três cachorros, sete empregados e um dos maiores apartamentos da cidade. Toda essa cortesia para com sua família está ligada a uma das dinastias mais antigas do mercado de imóveis. Ela tem 1,55m, uma compleição magra e atlética e cabelo louro cortado curto no estilo Meg Ryan. Ela também é casada com um dos editores chefes do *New York Times*, o que a afasta um pouco da maioria das socialites de East Side que são casadas com banqueiros. Embora não esteja na categoria de melhor amiga — Kathryn, de downtown, e Abby e Charles, do trabalho, é que possuem esse título —, ela é bem próxima.

Sentei-me na cadeira de veludo ao seu lado.

— Jamie. Você está *ótima*. *Ótima mesmo*.

— Não tenho certeza se estou vestida da forma adequada...

— Pode parar.

Doze das 15 mesas estavam ocupadas, muitas por jovens socialites de Nova York, usando suéteres com gola de pele e acompanhadas por seus organizadores de festa gay, a maioria deles charlatães que cobram 350 dólares a hora para escolher o tom correto de fúcsia da taça de água para combinar com o tema indiano de um jantar oferecido para 12 pessoas. Ou o sapato de salto de oncinha correto para usar com um terninho preto simples. Se qualquer uma dessas mulheres comprar uma peça reconhecível de uma coleção, terá de queimá-la antes do ano seguinte. E uma vez que uma blusa ou camisa apareça na *Vogue*, passam a fazer parte do passado para elas. Olhei para minha calça cáqui, minha camisa branca e meu suéter preto de seda simples. Quando conto para minha mãe sobre todas essas mulheres à minha volta — e como às vezes sinto que não consigo alcançá-las —, ela me critica por estar sendo envolvida por essas besteiras. "Como você esperar chegar aonde precisa se fica observando a todos no caminho? Não se concentre no que você erroneamente percebe como seus defeitos."

Ingrid Harris passou pela porta, acompanhada pela babá e sua filha de 4 anos de idade, Vanessa. Jean-François ficou de pé e correu para cumprimentá-la.

— *Chérrie!* — exclamou ele, dando-lhe um beijo em cada bochecha.

Ele estalou os dedos e Francesca rapidamente pegou o xale que cobria os ombros de Ingrid. Depois, ela desabotoou as presilhas de bombeiro da capa de chuva de Vanessa, revelando um vestido de tutu rosa por baixo. A babá ficou para trás, segurando o próprio casaco, já acostumada com essa rotina.

Ingrid estava absolutamente maravilhosa: seus olhos castanhos eram separados, seu cabelo comprido cortado em camadas estava puxado para trás e ela usava grandes óculos pretos estilo Jackie Onassis. Ingrid sabia melhor do que ninguém que um estilo sério tinha tudo a ver com atitude. Ela usava um jeans envelhecido com um casaco Chanel verde-limão que custava 4 mil dólares como se apenas o tivesse pegado no chão do armário. Não se trata do que você usa, mas *como* você usa; você não pode parecer excitada por estar usando um casaco pomposo e caro, pois não seria "uma delas" se agisse assim.

— Jamie, bom ver você — disse Ingrid. — Olá, Susannah.

Susannah deu um sorriso, mas não falou nada e nem chegou a erguer os olhos. Ela estava concentrada em mergulhar o pão no azeite de oliva aromatizado com alecrim e em mexer o canudo na sua Pellegrino.

Resolvi quebrar o silêncio desconfortável que se instalou:

— Ingrid, ainda não consigo acreditar que você teve um bebê há um mês. O seu corpo... Você está fabulosa!

Ingrid jogou o cabelo sedoso cor de caramelo para trás.

— Bem, eu disse a eles o caminho que eu queria seguir para voltar ao normal rápido. E eu estava certa, embora *todos* tenham objetado.

Susannah riu.

— O que você fez não foi normal. Sinto muito, mas a maioria dos médicos objetaria.

Ingrid, nem um pouco intimidada, colocou as mãos no quadril.

— Pode parecer anormal para você, com seus dois filhos nascidos de parto normal. Mas eu não descendo dos puritanos ingleses, como você. Meu pessoal não acredita em desconforto voluntário.

— Isso não significa...

— E isso significa que *nada* me faria passar pelo trabalho de parto. Informei isso ao meu médico no instante em que ele me disse que eu estava grávida. Eu disse: "Dr. Shecter, que notícia maravilhosa, mas eu não vou entrar em trabalho de parto."

Achei que Susannah ia matá-la, mas Ingrid continuou:

— Muito esforço. Eu disse a ele o meu lema: "Se não posso fazer de salto alto, então, não estou interessada." Falei que não faria isso e que queria uma cesariana.

— E o que ele disse? — perguntou Susannah.

— Ele disse: "Querida, tenho notícias para você. Seu corpo vai entrar em trabalho de parto queira você ou não." E eu respondi: "Não, amigo, eu é que tenho notícias para você e parece que você não está entendendo: *Eu não vou* entrar em trabalho de parto."

— Então o que você fez?

— Fui a outro médico, que entendeu o que eu disse, concordou em fazer uma cesariana e disse que faríamos o procedimento na trigésima nona semana.

Susannah revirou os olhos.

— Mas, então, *aquele* médico não quis me prometer uma anestesia geral. — Ingrid bateu o pé e cruzou os braços de forma impaciente. — Bem, eu disse a ele no East Side Presbyterian que eles teriam de fazer isso para *mim*.

— E eles concordaram? — perguntou Susannah, incrédula. — Sem uma razão médica para isso?

— Bem, querida, eles certamente não queriam, mas eu obriguei Henry a dar ao chefe de obstetrícia o título de sócio do Atlantic Golf Club, então eles não tiveram escolha.

Susannah tossiu no guardanapo como se pudesse vomitar. Apesar do comportamento louco de Ingrid, eu a admirava por sempre conseguir o que queria, sem nunca ter medo de pedir.

— E foi por isso que vim até aqui, Jamie — continuou Ingrid. — Você recebeu o meu e-mail sobre o leilão?

— Recebi, sim.

— Este ano, eles não vão fazer naquele espaço repugnante na galeria em West Village. Eu disse que se eles fizessem lá, eu não iria ao evento. Falei para o comitê organizador: "Alou? Olhem para a multidão que irá. As pessoas ricas não gostam de sair de Upper East Side!" Também não gostamos de parecer pobres, certo? Porque não somos. Então vamos fazer o leilão no Doubles, que será fechado para vocês.

— Não tenho certeza se poderei ir.

— Mesmo que não possa, queremos que o seu âncora permita que leiloemos uma visita à gravação do *Newsnight with Joe Goodman*. Você é próxima a ele, certo? Quero dizer, você trabalha para o programa desde que a conheço.

— Bem, ele é o meu chefe... Eu... eu não tenho certeza de que me sentirei confortável...

— Bobagem, Jamie. O que é mais importante para você, alguns momentos desconfortáveis com seu chefe ou a cura para o mal de Alzheimer? Então, posso contar com você?

— Bem, eu... Eu terei de verificar com...

— Já sei. O que você acha de eu enviar um bilhete no meu papel timbrado pessoal dizendo que nós duas somos amigas queridas e perguntar se ele não poderia...

— Ingrid, não acho que ele responderia bem a isso. Acho que eu devo pedir a ele.

— Tudo bem, foi isso que sugeri logo de cara. Então você pede a ele.

Ela tinha me vencido e sabia disso. Tive de rir.

— A propósito — sussurrou ela, enquanto erguia a sobrancelha recém-depilada na direção dos meus pés.

Olhei para as minhas sandálias de tiras pretas, pensando que tinha pisado em algo desagradável na calçada.

— Esses sapatos — instruiu-me ela com olhar de preocupação. — São *totalmente* para noite. É meio-dia ainda.

Quando o prato principal foi servido, paillard de frango com endívias cozidas para Susannah e salada tricolor com camarão grelhado para mim, eu trouxe à tona o assunto que estava na minha mente o tempo todo.

— Estou preocupada com Dylan. Ele meio que perdeu o jogo de basquete.

— Eu soube.

— É mesmo?

— É. Posição fetal em vez de arremessar a bola.

— Oh, não! Você acha que todas as crianças estão falando sobre isso?

— Acho.

— Estão mesmo? Ai, meu Deus!

Enterrei a cabeça no guardanapo, mas Susannah tirou-o da minha mão.

— Parece que foi um momento muito assustador no jogo.

— Ele apenas soluçava nos meus braços. Ele estava com tanta vergonha.

Ela colocou a mão no meu ombro.

— Trata-se de ansiedade de desempenho. Só isso.

— Bem, isso e um pouco mais. Não sei se é normal ou não, mas acho que o horário de trabalho de Phillip está criando sérios problemas de autoestima para ele. Ele não quer que eu o ajude com o dever de casa, ele quer que Phillip o ajude. Ele ficou totalmente inconsolável quando Phillip não o levou à festa de aniversário de beisebol no sábado. Ele chorava como uma criança de 4 anos de idade, atirando os brinquedos pelo quarto e jogando seus *cards* de beisebol no chão. E também teve toda a questão do basquete.

— Ele ainda está na psicanálise?

— Paramos. Ele me implorou para não o obrigar a ir e, honestamente, o cara não parecia estar ajudando. Ele fazia com que Dylan sentisse que havia algo errado com ele. E você sabe, ele está bem. Não há nada de errado com ele. Eu não quero rotulá-lo como essa criança hiperdeprimida. Ele ainda é o meu filho maravilhoso, que fica empolgado com o Lego, lê muito bem e está indo bem na escola, mas, ainda assim, há algo que não está certo.

— E o que Phillip tem a dizer sobre tudo isso?

Susannah adorava meu marido; eles tinham muita coisa em comum: ambos tinham vindo da mesma pequena raça de pessoas que vivia na Terra da Fantasia.

— Quem sabe? — perguntei, dando de ombros.

— O que você quer dizer com isso?

— Ele está preocupado com Dylan. É claro que está. Ele apenas... Sei lá... Ultimamente, não temos tido muito tempo para conversar.

Susannah apontou o dedo para mim.

— Lembra-se do que eu falei?

Eu concordei com a cabeça.

Ela se inclinou para ficar mais perto de mim.

— Você está fazendo o que eu falei?

Ergui as mãos, como se talvez não estivesse.

Ela bateu com os dedos na mesa.

— Eu já falei isso cem vezes. Sempre chupe seu marido. *Sempre.*

Mesmo que eu amasse Susannah, às vezes era difícil me ligar a ela porque havia muita coisa nela que fazia com que eu me sentisse inferior. Começando com o fato de ela *sempre* chupar o marido logo de manhã.

Ela deu tapinhas na minha mão.

— *Nunca* esqueça o que falei.

— Sabe do que mais? Eu nem sempre *quero* chupar meu marido.

— Eu também não! Mas só leva dez minutos, e você o deixa feliz e saltitante. Gostaria de ir ao programa de Oprah e dizer isso. Tenho certeza de que isso evitaria muitos divórcios. Seria um ótimo programa: "Sempre chupe seu marido."

— Então, sem exagerar, quantas vezes você faz isso?

Ela olhou para cima e pareceu hesitar por um momento.

— Quatro vezes por semana.

— Isso é muito.

— E sou *eu* que começo. Essa é a chave. Você *realmente* tem de se envolver. Essa é a outra chave.

— Me envolver? Como assim?

— Você tem de agir como se estivesse cheia de tesão. É isso que eles amam.

— Bem, mesmo que eu quisesse, mesmo que eu sentisse muito tesão nas manhãs dos dias de semana, o que certamente não é o caso, Phillip nunca está em casa.

— Phillip está viajando mais do que de costume?

— Agora, ele fica três noites por semana fora. E tem vários jantares com clientes quando está na cidade.

Susannah deixou de lado o papo do sexo oral e suspirou.

— Isso é demais para um menino de 9 anos. Eles não estão prontos para lidar com a ausência do pai.

Verdade.

— Quando me mudei para o nosso bairro, eu conheci todas as mães de East Side que contratavam equipes enormes em horário integral. Nada contra você, Susannah, eu apenas nunca tinha visto isso. Babás separadas para cada filho, faxineiras para limpar, chefs para cozinhar, motoristas para dirigir, governantas para gerenciar o serviço da casa. — Susannah apenas concordou com a cabeça. Ela tinha tudo isso e mais alguma coisa. — Eu já ouvi falar até que contratam "caras" para brincar com os meninos enquanto os pais banqueiros e ausentes estão ganhando a vida. Isso me surpreendeu, contratar um "cara" para bancar o pai do seu filho. Eu jurei que nunca seria uma dessas mulheres que contratam um pai substituto para as tardes.

Susannah sorriu.

— E?

— E agora eu comecei a pensar. Aqui estou eu, vivendo essa vida obscenamente rica e, bem, talvez eu devesse contratar um "cara" para ficar com Dylan. Sabe, um garoto de faculdade, que pegaria Dylan, o levaria para jogar futebol no parque, conversaria com ele sobre carros e esse tipo de coisa. Mas será que eu me transformei em uma dessas mulheres horríveis que não são capazes nem de lidar com o próprio filho? Isso é loucura.

Essa conversa estava me deixando ansiosa. Peguei um camarão enorme e coloquei na boca.

— Não é um "cara", tolinha — disse Susannah.

— É, sim. É exatamente isso. Eu me rendi. Sou como *você*. E que Deus me ajude.

— Não é um cara — interrompeu ela. — É um babá. *Todo mundo sabe disso.*

Todo mundo, menos eu.

— Um babá? É assim que vocês os chamam? Você só pode estar brincando.

— Esqueça o psicanalista. Estou dizendo, contrate um babá! Ele vai dar ao seu filho a atenção masculina de que precisa enquanto o pai está fora puxando o saco dos clientes em Pittsburgh.

— Então, com esse babá, meu filho cosmopolita poderá ir ao parque pegar insetos e fazer todas as coisas que um garoto dos subúrbios faz?

— É isso! O babá de Jessica Baker leva os três filhos dela para a ESPN Zone na Times Square toda terça-feira. *Você* quer ir à ESPN Zone na Times Square? *Não.* A sua governanta ou a sua babá jamais iriam até lá e, se fossem, sentariam em um canto e ficariam de cara emburrada. Você sabe quem mais contratava babás-homem todo verão?

— Quem?

— Os Kenneddy. Todos os primos Kennedy tinham babás-homem cuidando deles no Hyannis. Babás-homem velejam e jogam futebol. Mas na época eles não eram chamados desse modo, mas sim de tutores.

Ri.

Susannah continuou:

— Sim, querida, um babá é a resposta às suas preces. Não mande a babá ou a governanta embora, porque posso assegurar-lhe que ele não limpará as janelas nem cozinhará o jantar. Mas comece a procurar um agora mesmo. E o seu rabugento Dylan ficará feliz da vida. Considere-o como o primo mais velho com quem todas sonhamos, mas com a paciência que só o dinheiro pode comprar.

5

Há um babá em casa?

A recepcionista do trabalho ligou para o meu ramal.
— Nathaniel Clarkson está aqui para falar com você.
Eu estava esperançosa.
— Pode mandá-lo entrar. Encontro com ele no meio do caminho. Obrigada, Deborah.
Saí da minha sala e quase derrubei Charles no corredor.
— Ei! São 11 horas — disse ele. — Ainda falta muito para irmos ao ar. Vá com calma, querida.
— Desculpe, tenho de encontrar uma pessoa. Não quero que ele se perca por aí. Eu ligo para você.
— Com quem vai se encontrar?
— Não encontrar. *Entrevistar*. — Depois coloquei as mãos curvadas ao lado da boca e sussurrei: — Babás-homem.
— Algo muito profissional de se fazer no trabalho — disse ele por sobre o ombro, enquanto seguia pelo corredor.
Não dava a mínima se isso era profissional ou não. Quem notaria o que eu estava fazendo? Estavam todos enlouquecidos com o programa. Decidi fazer as entrevistas dos babás na segurança do escritório porque os dois primeiros caras que entrevistei tinham bons currículos, mas pareciam um pouco desequilibrados: um tinha cabelo oleoso e usava o moletom com gancho muito alto e o outro não sorriu nenhuma vez. Por meio de uma agência de empregados domésticos, com um processo de seleção completo, já entrevistei cerca de 12 ra-

pazes interessados no trabalho no período da tarde com Dylan: atores ou garçons sem trabalho, músicos em busca de dinheiro extra, treinadores querendo um trabalho extra. Tudo errado. Ou eles falavam demais ou eram quietos demais, e nenhum deles tinha a experiência necessária para lidar com Dylan. Eu estava em busca de alguém que não permitisse que Dylan o manipulasse e que não o deixasse desaparecer no espaço cósmico.

No papel, Nathaniel parecia ser um bom candidato. Seu currículo era impressionante: ele se graduara em uma escola pública de boa reputação com uma boa média. Ainda não havia entrado na faculdade, mas aos 20 anos já tinha passado boa parte do tempo como treinador de uma pequena escola no Harlen. Liguei para o diretor, e ele me pareceu ser uma pessoa de quem todos gostavam e que trabalhava duro.

Uma criança negra com um casaco de moletom grande demais com a logomarca da Tupac, que lhe cobria a mão e ocultava parte de seu rosto, me aguardava na recepção. Por baixo do capuz, ele estava usando um gorro feito de meia-calça com um nó na ponta.

— Você deve ser...

Ele estendeu a mão.

— Nathaniel.

— Venha comigo — disse eu, tentando ser o mais amigável possível.

Entramos na minha sala. Ele não tirou o capuz e eu mal podia ver seus olhos.

Abri a pasta que usava para a seleção do babá e tentei manter a mente aberta: talvez esse fosse o antídoto perfeito para a indisposição de Dylan, talvez ele precisasse de alguém maneiro e descolado para contrastar com a vida protegida que levava fazendo parte da elite de Nova York. Talvez *eu* precisasse de um babá maneiro para me ajudar a ficar calma. Suas referências diziam-me que o cara devia ter muitos talentos escondidos, um talento para fazer as crianças saírem de suas conchas. Afinal, o que eu sabia sobre contratar babás-homem? Eu nunca havia contratado um antes. Olhei novamente para o currículo dele.

— Então, você é o técnico de um time no Harlem?
Ele manteve a cabeça baixa.
— É.
— Trata-se apenas de basquete ou você treina as crianças em outros esportes?
— As duas coisas.
— As duas? Você quer dizer basquete e outros esportes?
— É.
— Desculpe. Mas o quê? Basquete e mais um ou muitos outros?
— Apenas basquete e, às vezes, beisebol.

Ele ainda não tinha olhado para cima. Charles parou na porta da minha sala, olhou para Nathaniel e me olhou como se eu estivesse completamente louca. Então, ele entrou só para me atrapalhar e me pressionar.

— Ah, oi. Eu não sabia que estava fazendo entrevistas aqui no escritório. — Ele se sentou no sofá.

Suspirei e olhei para ele.

— Charles, este é Nathaniel. Nathaniel, Charles é um colega de trabalho que deu uma passadinha rápida. — Virei-me para Charles. — Mas, agora, Charles, preciso pedir que saia, porque esta é uma reunião confidencial. — Dei-lhe um sorriso falso, do tipo vá se danar.

Ele sorriu de volta e saiu.

Vinte minutos mais tarde, depois que eu já havia acompanhado Nathaniel até a saída, Charles apareceu de novo. Quando ele não tinha uma história, gostava de vir ao meu escritório me perturbar. Eu o ignorei e continuei digitando, olhando diretamente para a tela.

Ele se sentou bem à minha frente e apoiou o cotovelo na mesa para que eu o olhasse.

— Você é doida, Jamie.
— O quê? — perguntei.
— Como se Phillip fosse permitir que você contratasse um garoto que parece um traficante de rua.
— Charles! Você é muito racista. Ele é um bom garoto, trabalha muito, o seu mentor...

— Besteira. — Ele se recostou e cruzou as mãos atrás da cabeça.
— Você não pode contratar um garoto durão do bairro para trabalhar como o babá do seu filho.
— Como você pode dizer isso?
— Ei, ele é um irmão. Eu gostaria que ele conseguisse o emprego. Mas estou dizendo que você está completamente louca. Isso não vai funcionar em seu apartamento luxuoso com um marido de nariz em pé e todo...
— Seria bom para Dylan. Ele é um bom garoto e é esperto. Não que ele tenha dito muita coisa, mas eu consegui ver que ele era. Acho que ajudaria a fazer com que Dylan ficasse com os pés no chão — respondi, mas sem muita convicção.
— É você que está usando estereótipos aqui, Jamie. Contratar um garoto negro e pobre para ajudar seu filho a ser menos mimado? Como se só uma criança negra soubesse das coisas?

Enterrei a cabeça nas mãos. Talvez Charles estivesse certo: Nathaniel era monossilábico e mal me olhou nos olhos. Parecia óbvio que eu já estava ficando um pouco desesperada. A maioria dos técnicos com quem entrei em contato por minha conta e que eu realmente queria contratar já tinham empregos em período integral e estavam ocupados no período da tarde, treinando seus times. Nathaniel era o único treinador disponível.

Olhei para Charles.
— Mas eu preciso de um homem.
— Claro que sim. — Charles não era muito fã de Phillip.
— Charles, estou falando sério. Eu preciso de um homem mais velho e responsável na minha casa, pelo menos durante as tardes, para levar Dylan ao parque. Não que uma jamaicana forte como Yvette não saiba como chutar uma bola — disse eu, cobrindo o rosto com as mãos. — A escola me ligou hoje de manhã de novo.
— Dor de estômago?
— Sim. Começou cinco minutos antes da aula de educação física. Ele foi para a enfermaria. Não é apenas o basquete, é o queimado e agora o futebol. Pelo menos, antes daquele jogo de basquete, ele ainda fazia as aulas de educação física.

— Obrigue-o a ir! Eu não tenho filhos, mas observo os pais mimando os filhos, e deixe-me dizer uma coisa, isso só serve para estragar as crianças. Minha mãe era durona. E nós não éramos pobres, então não me diga que é algo exclusivo do gueto negro. Ela certamente não aturava esse tipo de besteira.

— Estou tentando.

— Então, qual é o problema? Por que ele está na enfermaria? Por que isso é permitido?

— Charles, tudo parece mais simples quando você não é o pai. Você não pode obrigar uma criança a...

— Claro que pode!

— Mas ele se recusa a sair da enfermaria! O psicólogo do colégio tem de entrar em cena, junto com o assistente do professor de ginástica, que não pode ficar, porque estão no meio da aula. Mas ele simplesmente não conversa, apenas olha para eles e diz: "Ei, já disse que não estou me sentindo bem para jogar." Então os professores conversam com ele depois da aula. Eles me ligam. Phillip e eu vamos a uma reunião com eles, é claro. Phillip, sempre desejoso de estar presente como um fronte unido perante as autoridades escolares, cancela todos os compromissos para estar presente nessas reuniões, mas é incapaz de ir assistir a uma merda de um jogo de basquete. O que mais posso fazer?

— Você precisa ser mais dura. É exatamente isso que estraga tudo. Você tem de ser mais dura com ele. Assim, ele não terá mais para onde ir e começará a superar isso.

— Sou dura, mas você tem de se lembrar que ele algumas vezes fica deprimido, e eu simplesmente sinto que ele precisa ser amado por mim e que se sente seguro para chorar nos meus braços. Ele ainda faz isso. E se eu fizer o papel de durona, ele vai parar de me procurar. Phillip não se envolve o suficiente. Ele tenta lidar com algumas questões, mas não consegue se envolver de verdade. E, embora ele me diga para não me preocupar, eu sei que no fundo ele está decepcionado por ter um filho tão complicado.

— O que aconteceu com o time de basquete?

— Eu o obriguei a ir porque sou rígida nesse ponto, como você mesmo disse, tenho de ser, mas o treinador disse que ele não arremessa a bola, ele dribla e corre um pouco. Na verdade, nem chega a isso, mas agora ele está fazendo a mesma coisa na aula de educação física. Conheço meu filho. Sei do que ele precisa. Quero encontrar um cara legal para ficar com ele à tarde e brincar com ele, exatamente como sua mãe fazia, só que no Central Park.

Charles pegou meu pulso por cima da mesa.

— Você vai encontrar o cara certo. Mas não é nenhum desses que você já entrevistou. Você sabe disso.

Em um dia de verão uma semana depois e sem ter feito avanços em minha busca, eu andava pelo parque para voltar ao trabalho depois de uma almoço de negócios em East Side. Estava no meio de uma ligação com Abby, que estava mortificada com o último pedido de Goodman.

— Eu vou matá-lo! — gritava ela pelo meu fone de ouvido. — Literalmente. Eu estava sonhando com isso esta manhã no metrô.

— Ah, Abby! O que foi dessa vez?

— Você conhece Ariel LaBomba? A garota do tempo latina e sexy do *Good Morning New York*?

— Acho que sim. Talvez. Não tenho certeza.

— Juro para você que ela não é nada de mais. Mas ela faz esses programas de turismo de aventura, e Goodman quer fechar o programa com eles; acha que ela já está pronta para sair de um canal local para uma rede de TV.

— OK. Isso não é tão estranho. Tenho certeza de que ela é bonita.

— Não, eu ainda não acabei. As coisas são ainda piores. Ouça isto: ele vai se encontrar com ela esta tarde e quer que eu espere por ela do lado de *fora* do prédio.

— Não no saguão? E a assistente dele não pode fazer isso?

— Não, ele confia mais em mim. Depois, ele quer que eu dê a volta no quarteirão com ela até a entrada errada...

Eu ri.

— Eu já sei aonde isso vai chegar.

— É! Só para que passemos pelo anúncio no ponto de ônibus que o mostra apresentando um programa no topo dos escombros do World Trade Center.

— Abby, espere...

— Odeio aquele anúncio. Ele acha que parece Iwo Jima.

E nesse momento eu por acaso topei com uma cena de *Alice no país das maravilhas* no gramado: cerca de trinta crianças estavam esticando um tecido enorme com a estampa de um tabuleiro de xadrez. Usavam roupas estranhas também: uma cabeça de cavalo, reis e rainhas, soldados... Será que era algum tipo de apresentação performática? O diretor — um cara bonito, de calça cáqui, camiseta de Cassius Clay e boné de beisebol — estava conduzindo as crianças para suas posições. Talvez ele estivesse dirigindo um ensaio para um festival ao ar livre. Considerando que estávamos na cidade de Nova York e no coração do Central Park, local que atraía todos os excêntricos, não fiquei surpresa.

E foi então que me dei conta: aquilo era um jogo de xadrez cujas peças eram as crianças. Eu mal podia esperar para me aproximar.

— ...Jamie, dá para acreditar nesse lance do Vidrex? — ouvi a voz de Abby pelo fone de ouvido.

— Que lance do Vidrex?

— Você está me ouvindo? Ele deu 5 dólares para uma estagiária, claro que foi aquela piranha que está sempre com as pernas de fora, e pediu que ela fosse comprar Vidrex para limpar o anúncio no ponto de ônibus.

Eu não podia tirar os olhos das crianças.

— Alô? — gritou Abby. — Limpar um ponto de ônibus com Vidrex? Fique zangada junto comigo. Você está tão distraída.

— Para ser sincera, estou sim. Vou ter de ligar para você depois.

Observei o diretor.

— Acho que vocês deveriam começar movendo os peões — disse ele.

Duas crianças, uma em cada ponta, deram dois passos para a frente no tabuleiro de xadrez.

— Não, não, não! — gritou ele com as mãos em volta da boca. — Vocês não podem mover duas crianças de uma só vez! Charlie não explicou isso?

Ele poderia ter entre 26 e 32 anos, era alto e sólido. Andava com a coluna bem reta, exalando autoconfiança. Cabelos longos, louros e sujos presos atrás das orelhas emolduravam o rosto quadrado e simpático. Seus olhos azuis estavam alerta e quentes. Eu não diria que ele era bonito no senso clássico da palavra, mas, definitivamente, era atraente.

— Charlie não falou sobre estratégias-chave? Não posso acreditar que ele se chama de professor! Primeiro os peões na frente da rainha, não os do final.

As crianças, rindo e brincando, voltaram aos seus lugares, e os soldados na frente de cada rainha deram dois passos à frente.

Duas adolescentes risonhas paradas por ali, mas que não estavam participando do jogo, se aproximaram dele. Notei uma delas batendo no coração e olhando secretamente para o diretor. A outra inclinou-se e disse algo no seu ouvido, depois a empurrou na direção dele. O cara estava irradiando luz, e elas queriam um pouco.

— E agora, crianças?

Um menino pequeno com uma grande cabeça de cavalo de papel machê cobrindo todo o seu corpo levantou a mão.

— Eu, eu!
— Por quê?
— Não sei.

O outro cavalo ergueu o braço.

— Você de boné vermelho. Alex, né?
— Eu sei! Porque você quer que seus cavaleiros saiam mais cedo para controlar o centro e atacar o outro time.

— Iiiiisso! — gritou o diretor. Ele pegou uma pequena barra de chocolate no bolso e jogou para o menino. — E são só os cavaleiros que devem sair antes?

Quatro crianças gritaram:

— Não!
— Então, quem mais deve sair?

— Os bispos! — gritou uma criança ansiosa. — Tire os cavaleiros e os bispos do caminho para poder fortificar o castelo mais cedo e proteger o rei!

O diretor encheu a mão de doces e jogou para a criança. As crianças se juntaram para tentar pegar um doce no chão.

Tudo bem, pensei. Esse cara obviamente conhece o jogo. Eu não gosto muito desse lance de balas, mas ele é duro sem precisar pegar no pé, talvez...

Aproximei-me dele e esperei por uma pausa, quando poderia obter sua atenção. Finalmente, ele parou de gritar ordens e deu às crianças um momento para elas decidirem o próximo movimento.

— Posso perguntar uma coisa?

— Claro. — Ele se virou para mim e deu um rápido sorriso, mas seus olhos instantaneamente voltaram para o jogo.

— O que você está fazendo?

— É um jogo de xadrez. Um jogo de xadrez humano.

— Isso eu já percebi...

— Com licença. O que você está pensando, cara? — Ele caminhou até um menino, pegou-o pelo ombro e colocou-o em um quadrado ao lado. — Nada de doce para você. — Ele tirou o pirulito da boca do menino e jogou-o por cima do ombro. Os outros vaiaram e começaram a rir.

— Então... — comecei de novo, quando ele voltou. — Você trabalha para uma escola?

Ele me ignorou.

— Jason, é esse o seu nome? O que você está fazendo aí?

— Quero dizer, essas crianças...?

— Se você mover o bispo dessa forma, o jogo acabou, amigo. Você está maluco. Pense de novo.

Tudo bem. Ele estava preocupado. Esperei dois minutos e tentei de novo.

— Então, desculpe incomodá-lo, mas eu estou muito curiosa. Isso é para alguma escola?

Dessa vez, ele olhou diretamente para mim.

— Você está realmente interessada?

— Estou.

— Não tem nada a ver com escola. Este é um grupo do acampamento de verão para crianças com necessidades especiais ou situações especiais.
— Situações sérias?
— Algumas muito sérias, sim.
— Por que xadrez?
— Acho que porque é difícil. Tenho de fazer com que se sintam inteligentes. Você sabe alguma coisa sobre xadrez e crianças?
— Tenho um filho de 9 anos.
— E ele joga?
— Eles jogam na escola, mas ele não gosta muito.
— Bem, talvez você devesse fazer com que ele gostasse. — Ele sorriu. Um sorriso de um quilowatt.
Bingo.
— Você também é professor? — Eu estava tão excitada. Sabia que aquele era o cara. — Você tem um emprego fixo nesse campo?
— Não sou professor.
Merda. Achei que se tratava de um profissional. Talvez ele não fosse o meu cara, afinal.
— Estou dando uma parada enquanto faço alguns planos. — Ele acenou para as crianças. — Tudo bem. Você com sorriso alegre. — Ele jogou um chiclete na cabeça da garota. — Você será a responsável pelas peças brancas e Walter ficará responsável pelas peças pretas. Vocês podem discutir os movimentos, mas a palavra final é deles!
Quando ele percebeu que eu não ia embora, parou, apoiou o braço em uma grade do parque e olhou-me nos olhos.
— Só estou substituindo um amigo. Dividimos o apartamento e ele é professor de uma escola pública e conselheiro no verão. Eu não sou um especialista em crianças como ele. — Ele pegou uma pilha de pano no chão e sorriu. — Agora, se não se importa...
Ainda assim... Achei que ele foi muito bom com as crianças.
Um dos meninos saiu do tabuleiro e virou as costas para o jogo, os ombros caídos como se estivesse desanimado. O diretor tentou amarrar o tecido em seus ombros, mas ele se afastou. Colocou alguns doces dentro de sua camisa, mas o garoto não riu. Jogou o pano no chão

para acertar as coisas com o garoto aflito e afastou-o do grupo para conversarem em particular.

Eu não pude deixar de notar que a calça cáqui que usava marcava o traseiro firme. Coloquei minha bolsa cheia de jornais no chão e aguardei.

O diretor levantou a aba do boné de beisebol do garoto.

— Vamos lá, Darren. — Ele segurou os ombros do menino e tentou levá-lo de volta ao grupo.

Darren apenas sacudiu a cabeça e depois enterrou o boné ainda mais. O diretor arrancou o boné da cabeça do garoto. Darren não achou graça. Ele o colocou de volta e enterrou-o com força dessa vez. Havia algo errado.

O diretor ajoelhou-se, olhou por baixo do boné do garoto e depois chupou o pirulito, como se isso o ajudasse a se concentrar.

— Fale comigo, cara.

Darren negou com a cabeça.

— Russell! Assuma.

Russel, um menino mais velho que estava na borda, acenou de volta.

O diretor colocou uma das mãos em volta dos ombros de Darren e a outra em seu braço e seguiu com ele até um banco a dez metros de distância. Darren, que parecia ter 11 anos, limpou o rosto com as costas da mão. Eu estava hipnotizada. Alguns minutos se passaram e parecia que ele estava conseguindo chegar ao garoto, gesticulando muito. Darren começou a rir e o diretor-gato derrubou o boné de beisebol de novo. Dessa vez, os dois riram, e Darren voltou correndo e assumiu sua posição no jogo.

Tudo bem, pensei, *ele não parece um psicopata. Ele não tem cheiro de psicopata. E é óbvio que as crianças gostam dele. Vamos tentar de novo.*

— Com licença...

Sua expressão era direta e educada. Eu tinha certeza de que ele não era de Nova York.

— Você de novo? — sorriu ele.

— É, sou eu de novo. Tenho uma pergunta.

— Você quer jogar? — perguntou ele, levantando uma sobrancelha.

— Não... Quer dizer, sim. Meu filho talvez queira.
— Temo que o grupo já esteja fechado. Eles ficaram juntos o verão todo...
— Não, não. Não é isso. Eu só estava me perguntando — disse eu.
— Você tem um emprego em tempo integral?
— Sim, sou o CFO do Citigroup Essa é a divisão de investimentos do banco.
Ri alto.
— É sério. Esse é o seu trabalho?
— Não, não é.
— Você tem um emprego?
— Parece que tenho um emprego?
— Você quer um emprego?
— Você está contratando?
— Bem, talvez. Você sabe o que é um babá?
— Um o quê?
— Ai, meu Deus. Desculpe. Deixe-me começar de novo. Meu nome é Jamie Whitfield — apresentei-me, pegando uma cartão de visitas e entregando a ele. — Eu trabalho na NBS News. Tenho três filhos e moro aqui perto. Você costuma trabalhar com crianças em qualquer instalação?
Ele manteve os olhos no grupo de crianças.
— Não.
— Você nunca trabalha com crianças?
— Quero dizer, eu posso me adaptar. Eles não estão em perigo aqui, talvez estejam apenas com o açúcar alto, mas isso é tudo.
Ele parecia um cara que não aturaria as bobagens de Dylan e que podia consertar as coisas. Talvez ele tivesse algumas horas livres. Obviamente, se um professor de verdade havia pedido a ele para controlar um grupo como esse...
— E qual é o seu nome e, se você não se importar, eu tenho uma outra pergunta.
— Peter Bailey.
Eu não sabia por onde começar, então fui direta.
— Estou procurando alguém para um emprego muito bom e com salário alto. Tardes e noites.

— OK, talvez eu esteja interessado em um emprego muito bom e com salário alto. Que tipo de emprego?

Respirei fundo.

— É complicado.

Eu precisava de alguns segundos para delinear a minha estratégia de venda.

— OK.

— Eu tenho um filho. Ele tem 9 anos e anda meio pra baixo. Eu diria até um pouco deprimido.

— Clinicamente deprimido? — Agora, eu tinha toda a atenção dele.

— Bem, não, não existe um diagnóstico formal, ele só teve alguns ataques de pânico. Não pratica esporte nenhum por causa disso.

— E como eu me encaixo nisso tudo?

— Bem, eu não sei. Talvez o xadrez...

— Eu sei jogar xadrez, mas não sou professor de xadrez, embora a parte do salário alto possa me transformar em um excelente tutor de xadrez — riu ele.

— Bem, não é para ser exatamente um professor de xadrez, mas sim, por que não? Um pouco disso.

— Entendo.

Meu telefone celular tocou dentro da bolsa. Peguei-o para desligá-lo, mas vi que era Goodman quem estava ligando. Talvez precisasse de mais Vidrex.

— Olhe, você tem de voltar para o jogo e eu preciso ir a um lugar. Você tem o meu cartão. Se não se importar, por favor, me ligue de manhã e conversamos melhor.

— Claro. Eu ligo para você. Prazer em conhecê-la.

Parei por um momento e voltei para ele.

— Posso perguntar só mais uma coisa?

Ele fez que sim com a cabeça.

— Como uma pessoa consegue trazer 32 crianças usando fantasias enormes de papel machê para o meio do Central Park?

— Ei. Eu não fiz nada. Eu tive a ajuda *deles*.

Depois ele voltou para as crianças.

E eu voltei para West Side, sem poder tirar o sorriso do rosto.

6

Com as cartas na mesa

— Então! — Eu não fazia ideia do que deveria dizer.

Peter Bailey me olhava com uma expressão de expectativa no rosto. Ele estava sentado em uma cadeira do outro lado da minha mesa de trabalho, usando calça tipo cargo e uma camisa de botão branca. Achei seu silêncio estranhamente intimidador. Não conseguia descobrir por que estava tão tensa se era *eu* quem *o* estava contratando.

— Então, obrigada por ter me ligado — disse eu.

— Obrigado por ter pedido para eu ligar.

— Então!

— Sim?

— Foi difícil chegar aqui?

— Este prédio fica em um dos maiores cruzamentos de Manhattan. Avenue of the Americas e a 57th Street são bem fáceis de se achar.

— É mesmo. Eu...

— É legal ver os bastidores de uma sala de redação de televisão.

Ele olhou para as centenas de fitas que ocupavam as prateleiras da minha sala, cada qual categorizada por assunto e programa com grandes letras na lombada. Dois pôsteres coloridos de apresentações passadas dentro da CIA e uma reunião inovadora no West Bank estavam na parede atrás de mim, cada uma de um lado da minha mesa.

— É meio bagunçado atrás da mesa do âncora.

— Não aqui.

Ao meu lado havia quatro jornais empilhados e meu estoque de artigos de papelaria estava organizado em cestas de metal preto sobre a prateleira: apontadores, bloquinhos Post-it de todas as cores, pequenas caixas com gavetas para os diferentes tamanhos de clipes de papel, blocos de anotações e cadernos, tudo organizado em grupos perfeitos.

— Você já trabalha há muito tempo para Joe Goodman? — perguntou ele.

— Há dez anos. Desde que comecei aqui. Eu tinha 26 anos.

— Como ele é?

— Inteligente, escritor lírico. E é muito exigente.

Eu não ia falar para um candidato a babá que Goodman era nervoso, rabugento e, em geral, mal-agradecido.

— É, ele parece ser assim mesmo.

Peter apontou para os retratos enormes de Goodman pendurados no corredor do lado de fora da minha sala: um do nosso âncora na frente de um carro blindado de transporte de pessoal, usando um colete à prova de balas e um capacete azul das Nações Unidas, outro ao lado de Boris Yeltsin em um carro de combate e outro com as luzes e câmeras visíveis enquanto ele entrevistava Lauren Bacall, que tinha jogado a cabeça para trás e estava rindo como se ele tivesse feito a pergunta mais brilhante do mundo.

— Você assiste ao programa?

— Não.

A maioria das pessoas pelo menos fingiria.

— Acho que você deve ficar bastante na frente do computador. Li no seu currículo que você está desenvolvendo um tipo de software online. Então, isso não toma muito tempo?

— O horário é flexível. E espero que o programa, que eu chamo de Homework Helper, mude a maneira como os alunos nas escolas públicas se comunicam com os professores. Ele os ajudará a colaborar nos deveres.

Eu gostava desse cara. Não fazia a menor ideia se esse lance de software era um plano arrogante ou se realmente podia ser feito, mas ele parecia focado e seguro sob a aparência desleixada.

— Parece interessante.
— É, quem sabe? Algumas pessoas me disseram que pode ser um negócio bem lucrativo, uma vez que as escolas o adotem.
— Bem, isso certamente parece que será um trabalho em tempo integral. E se isso acontecer, eu me preocupo...
— O programa de software não é um trabalho. É uma ideia. E, pode acreditar, será grande em algum momento, mas a verdade é que eu ainda não cheguei lá.

Meu telefone tocou.
— Sinto muito. Só um minuto... Jamie Whitfield.
Eu nunca deveria ter atendido.
— Ai, graças a *Deus* você está aí.
— Que é?
— Sou eu, Christina.

Christina Patten, uma das maiores cabeças-de-vento da nossa era e mãe de uma amiguinha de Gracie da creche.
— Christina, estou no meio...
— Sinto muito, Jamie, eu preciso fazer uma pergunta muito importante. Quero dizer, colocando em uma escala, não se trata de algo crucial, mas é uma dessas coisas que você tem de tomar a decisão certa.

Colocando o fone entre o ouvido e o ombro, abri a geladeira atrás da minha mesa, peguei duas garrafas de água Evian e dei uma a Peter. Não tinha prestado atenção no que Christina estava dizendo, mas tinha certeza de que o mundo continuaria girando.
— ... quero dizer, você é uma produtora profissional, certo? Então você deve saber. Tenho certeza de que você é maravilhosa em questões de organização, e é por isso que estou ligando para você.
— Christina, odeio ter de apressá-la, mas esse não é o momento mais conveniente...
— Então, você acha que eu tenho de levar pratos de papel de sobremesa de tamanho médio para o dia dos avós ou será que devo levar pratos maiores?

Ela só podia estar brincando.
— Quero dizer, você acha que os avós vão colocar salada de frutas *e* bolinhos no prato? Ou você acha que eles vão colocar salada de

frutas, bolinhos e bagels? Porque se você acha que eles vão colocar os bagels também, acho melhor optar pelos pratos maiores. Mas ao contrário, eu não quero que o prato pareça vazio, mesmo que eles tenham colocado o bolinho e algumas frutas.

— Christina, isso não é o ataque da Normandia. Tenho certeza de que você está tentando tomar a melhor decisão, mas tente confiar nos seus instintos e...

— Um prato grande apenas com um bolinho e salada de frutas? Isso não vai funcionar, e acho que pareceria realmente triste. É isso que meus instintos estão dizendo.

— Concordo. Isso seria triste, Christina. Mas acho que eles também vão comer um bagel e um bolinho também. Então opte pelos pratos grandes. Esse é o meu conselho de especialista.

— Tem certeza? Porque...

— Tenho. E agora tenho de desligar!

Clique.

Olhei para Peter.

— Sinto muito. Só uma questão doméstica sem sentido.

Não era a coisa mais inteligente para se dizer a um cara superqualificado para resolver os meus problemas domésticos.

O relógio digital na minha mesa indicava que mais um minuto se passara. Ele estava totalmente parado na cadeira.

Ele se inclinou para a frente. O couro da cadeira fez um ruído.

— E o que, exatamente, você tem em mente?

Eu havia sido vaga de propósito. Havia aprendido com Goodman que é melhor usar o telefone para atrair alguém para uma conversa cara a cara primeiro. Depois você vai direto ao assunto dizendo o que quer da pessoa. Eu não queria perder esse cara só por ter dado informações gerais ao telefone.

Tudo bem Jamie. Prepare-se. Respirei fundo.

— Bem, vamos lá. Eu tenho um filho, na verdade eu tenho três filhos, como já falei. Dylan tem 9 anos, Gracie, 5 e o bebê, Michael, 2. E, bem... foi sobre Dylan que já falei com você.

— Eu me lembro.

— Ele anda meio amuado ultimamente. Seu pai está fora a maior parte do tempo, e embora eu só trabalhe três dias por semana aqui, às vezes surgem projetos especiais que me obrigam a trabalhar a semana inteira. E às vezes eu tenho de viajar. E o meu filho precisa de uma figura masculina para brincar com ele. Isso é certo. Meninos costumam idolatrar caras mais velhos que lhes deem atenção.

— Eu sei.

— Bem, assim, ele sabe jogar um pouco de xadrez, adora ler e desenhar, mas o lance dos esportes não está funcionando e...

— Então você quer que eu trabalhe com ele o jogo de xadrez? Você me deu um valor extremamente alto ao telefone. É muito dinheiro apenas para ensinar xadrez.

— Na verdade, é assim: você chega à tarde, no horário de saída do colégio, que é às 15 horas, e trabalha com ele.

— Como assim, trabalhar com ele?

— Bem, ele tem 9 anos. Não é como... trabalhar.

— OK, então você quis dizer ajudar com o dever de casa?

— Sim. Definitivamente. Mas é muito mais do que isso. Quero dizer, ele precisa de alguém para brincar com ele.

Na minha cabeça eu estava pensando: *Só faça com que ele melhore, por favor, faça com que ele volte a gostar de si mesmo.* De repente, senti meus olhos se encherem de lágrimas e rapidamente peguei o currículo dele para ocultar o rosto.

— Quero dizer, você tem um mestrado em ciência da computação e já ensinou esqui. Você já trabalhou nessa empresa de livros didáticos. É um negócio familiar?

Nesse ponto da entrevista, descobri o seguinte: ele tinha 29 anos e faria 30 em dezembro. Cresceu nos subúrbios de Denver, estudou em Boulder por quatro anos antes de entrar no mercado de trabalho, trabalhando principalmente para o pai na empresa de publicações educativas. Fez o mestrado em ciência da computação à noite.

Quando lhe perguntei mais detalhes sobre seu projeto Homework Helper, comecei a perceber como a ideia era criativa. Ele estava tão excitado com a ideia que eu me perdi no meio, mas não o deixei continuar. Ele havia se mudado para Nova York porque queria testar o

Homework Helper no sistema educacional de escolas públicas da cidade. E, como muitas empresas novas no ramo da internet, ele descobriu, depois da animação inicial, que havia alguns problemas com o programa e que ele ainda teria de passar mais alguns meses no vermelho. Além disso, ele tinha o empréstimo da faculdade para pagar.

Comecei a compreender por que esse cara não tinha uma carreira mais tradicional — ele era um empreendedor — e gostava de assumir riscos. O que os cabelos compridos e ondulados diziam? Que ele era um cara da montanha, um esquiador que havia curtido as descidas por um tempo muito maior depois da faculdade, ou que ele era alguém que simplesmente não queria subir as ladeiras da carreira? Eu não podia julgá-lo, embora estivesse concentrada em todas as suas palavras. Enquanto ele falava, estudei os ossos proeminentes de seu rosto e seus grandes olhos azuis. Ele parecia alguém que assumiria o comando de qualquer situação, embora não houvesse um osso burocrático em seu corpo. Logo de cara, senti que ele era responsável e confiável, mesmo que estivesse diante de uma carreira nada promissora.

Então, contei-lhe tudo que pude pensar sobre Dylan, sobre o ataque no jogo de basquete, sobre como ele perdeu alguns dos amigos da escola e como eu temia que as coisas pudessem piorar.

— Se você não se importa de eu perguntar, gostaria de saber sobre o pai dele. Eles são próximos?

— Claro que sim.

— O pai joga xadrez com ele? O que eles fazem juntos?

Phillip não se sentava para brincar com Dylan desde que o filho tinha 3 anos.

— Bem, nos fins de semana, todos almoçamos juntos. Às vezes, meu marido o leva ao cinema. Phillip quer muito que ele goste de ler, então eles se deitam no sofá e leem sobre aviões ou algo do tipo. Você sabe, Phillip é advogado. Ele está fora a maior parte do tempo. Vê os filhos no café da manhã e na hora de dormir talvez uma ou duas vezes na semana.

— Eles vão ao parque nos fins de semana ou algo assim?

Phillip odiava playgrounds. E ele não era o tipo que gostava de andar no parque e curtir a natureza.

— Ah, claro que eles já foram ao parque juntos, mas não é uma coisa que costumem fazer sempre.

— Então você mora a um quarteirão do parque e tem um filho de 9 anos de idade e ele não costuma ir ao parque? — Ele sorriu. — Quero dizer, não estou criticando nem nada. Só não estou...

— Não, Dylan vai sempre ao parque com os amigos... Bem, ele costumava ir.

— Tudo bem, mas não com o...

— Não. Não com o pai. Nunca.

Eu me perguntei se ele já havia tido contato com um advogado da elite. Tentei imaginar os pensamentos girando em sua cabeça naquele momento — algo sobre crianças mimadas e como pais como eu e Phillip estavam estragando os filhos.

— E onde você está morando, Peter, se isso não for uma pergunta muito pessoal?

— Divido um loft com dois caras no Brooklyn. Na verdade, em Red Hook. Você conhece?

— Conheço o Brooklyn, sim.

Ele riu.

— Eu não consigo imaginá-la em Red Hook.

Tive de rir também. Sua irreverência era encantadora. Pela primeira vez, durante a entrevista, senti que relaxava.

— Bem, na verdade, tenho muitos amigos que moram no Brooklyn.

Ele pareceu não acreditar. A classe trabalhadora/boêmia de Red Hook e os yuppies de Brooklyn Heights — onde eu de fato conheço (vagamente) algumas pessoas — são dois continentes separados.

— Então, o que seus colegas fazem?

— Um escreveu um romance que obteve ótimos elogios da crítica, mas ele teve de trabalhar como garçom, pois nem todo livro bom vende bem. Então, ele conseguiu um emprego com uma agente literária famosa na Ink Well Management. O outro é professor de uma escola pública. O que eu estava substituindo. Ele está trabalhando como consultor do meu programa.

— Então cada um deles já abriu caminho em uma carreira.

— Acho que sim. Mas você está pagando mais do que eles ganham.
— Então o salário é mais importante do que delinear uma carreira?
— Eu estou delineando uma carreira. Olha só, você está tentando me convencer a não aceitar o trabalho.

Assumi meu ar profissional de durona.

— Tudo bem, vamos colocar as cartas na mesa. — Bebi um pouco de água. — Você está morando nessa nova vizinhança da moda no Brooklyn, até eu sei disso. Você é simpático, inteligente, bem-educado e é claro que não estou tentando assustá-lo. Mas eu preciso saber como você se sentirá trabalhando em uma casa de família, quando os seus amigos estão se tornando professores e agentes literários. Isso seria...

— O quê?

— Você tem quase 30 anos. Você se importa de pegar um trabalho desse tipo? — Cruzei os dedos por baixo da mesa. — Em uma casa com crianças? — Eu odiava dizer isso em voz alta, lembrando-lhe que ele era um cara formado que estava sendo entrevistado para um emprego de babá na Park Avenue. Mas eu também não queria que ele nos abandonasse depois de uma semana, quando se desse conta do que havia aceitado. — Quero dizer, não que isso não seja importante; alguns chamam esse trabalho com crianças... Você já ouviu falar de um homem babá?

— Não. Mas agora que você disse, eu já entendi tudo. — Ele riu. — Agora estou me lembrando. Britney Spears contratou um desses.

— É. Quero dizer, para ela, é um guarda-costas. Acho que o termo "um babá" soa um pouco...

— O quê?

Eu estava pensando em *humilhante*, mas não disse isso.

Ele se inclinou para chegar mais perto.

— Acho essa expressão muito engraçada.

— Então você não se importa?

— Para começar, eu nunca vou ser um engravatado.

— Mas você já trabalhou em escritório.

— Não fui muito feliz...

— Como na Denver Educational Alliance? Você não os citou como referência.

— Eu só fiquei lá por um ano e dois meses fazendo uma pesquisa. Você não ia conseguir referências lá.

— Você se importa de dizer por quê?

— Com prazer. Eles fazem um excelente trabalho lá, mas o fundador é um sujeito de comportamento passivo, que gostava de fazer seus colegas infelizes, e eu fui sincero e disse a ele o que eu pensava.

— Você disse a ele que ele era passivo?

O que ele vai pensar de *mim*? Uma mãe imperfeita de Park Avenue tentando ter tudo e fracassando feio no processo.

— Não exatamente com essas palavras. Bem, talvez eu tenha usado o termo, mas fui muito claro e respeitoso quando disse isso. Olha só, alguém tinha de dizer isso. Meu chefe era um imbecil completo. E um dia estávamos em uma reunião, e, como sempre, ele estava diminuindo uma colega, uma mulher cujo trabalho era excelente, e eu não consegui me segurar. Então eu apenas disse. De qualquer forma, eu disse o que todo mundo estava pensando.

— Isso é impressionante, eu acho.

— Sabe? Eu não disse isso para impressioná-la. Disse apenas para mostrar que não gosto de toda a M. que está por trás da estrutura de um escritório. É por isso que gosto de crianças. As crianças dizem o que sentem. Logo de cara. E se você ouvir o que elas têm a dizer, perceberá que têm um grande senso de justiça ao qual eu sou altamente responsivo.

— Entendo.

— Também gosto de trabalhar de forma independente. Honestamente, o emprego que você está oferecendo parece bom. Eu não posso trabalhar em tempo integral agora, e esse trabalho permitiria que eu trabalhasse no meu projeto sempre que minha presença não for necessária durante o dia, com Dylan na escola. Suponho que voltarei para casa depois que Dylan for dormir, certo?

— Sim. Carolina mora conosco e ela pode cobrir se precisarmos sair ou algo assim.

— E as outras crianças?

— Talvez eu às vezes precise que você lhes dê atenção também. É difícil em uma família com três crianças dar atenção a um de cada vez.

— Faz sentindo, mas eu não tenho experiência com crianças pequenas.

— A babá estará lá o tempo todo. Pode ser que eu às vezes precise de você de manhã também, apenas para levá-los ao colégio se eu estiver viajando ou algo assim.

— Se eu estiver disponível, sem problemas. Dependerá de como o projeto do software estiver indo. Quantas vezes você acha que pode precisar disso?

— Poucas vezes na semana.

— Tudo bem. Se eu puder.

Eu já estava achando que esse cara não era feito para trabalhar no setor.

— Você tem certeza de que esse trabalho significa algo para você...?

— Palavra de honra. — Ele ergueu dois dedos. — Ouça, se tudo sair como o planejado, meu projeto vai levar um ano e meio ou dois anos para ficar pronto. E quando isso acontecer, Dylan já estará bem e novinho em folha.

Eu ri.

— Parece um plano. Então, você gosta de Nova York?

— Gosto. Além disso, meus patrocinadores estão aqui e toda a tecnologia também... — Ele olhou para baixo. — E... e há um pequeno problema em casa e não é bom que eu esteja lá.

— Problema? É algo que eu deva saber?

— Não. Não é nada de mais. — Ele me olhou com um sorriso torto nos lábios. — Sinto muito, mas é pessoal.

Charles havia feito toda a verificação dos antecedentes dele, incluindo sua ficha policial, e não havia nada. Além disso, eu não queria me meter nos assuntos dele. Pelo menos, não agora.

— Mas eu tenho um problema — disse Peter.

— Isto é uma entrevista, você ainda não deve ter problemas.

Ele sorriu.

— Você me disse que o pai do Dylan está fora o tempo todo. Você pode comprar o tempo e a atenção de alguém, mas isso não é o mesmo que ter o pai. E pelo salário, eu não quero decepcionar nem você nem Dylan. Acho que ele vai sacar de cara que eu estou tentando substituir seu pai. Como você acha que ele se sentirá a respeito disso?

Eu sabia que era exatamente isso que aconteceria, mas também achava que Dylan ia se divertir tanto com esse cara maneiro que não teria tempo de se concentrar nessa questão.

A porta abriu com um estrondo. Um raio amarelo-canário passou. Abby, sem ar, vestida com um terninho novo, estava parecendo uma agente de aluguel de carros.

— Você não vai acreditar. Existe uma outra fita de Theresa Boudreaux!

Uau! Talvez eu tivesse uma tentativa de redenção.

— Eu sabia que isso ainda não estava acabado. Eu sabia! Tem certeza? Como você sabe?

— Charles.

Charles apareceu e apoiou-se na porta. Ele olhou para Peter e depois para mim, reticente em falar sobre a situação na frente de outro candidato a babá.

Peter já estava com as mãos nos braços da cadeira, pronto para se levantar.

— Peter, sinto muito. Temos uma situação aqui. Há uma cadeira do lado de fora da minha sala.

Ele deu um pequeno aceno para Abby e Charles e depois fechou a porta atrás de si. Charles começou:

— Aquele cara é um merda!

— Por favor, Charles. Estamos em um ambiente profissional.

— E é realmente muito profissional da sua parte entrevistar os candidatos a babá aqui.

Ignorei essa parte.

— Então, o que você ouviu?

— Ouvi que essas fitas acabam com as outras. — Charles juntou as mãos. — Além disso, as fitas que ela deu para o pessoal da Seebright eram um lixo. Não dava para escutar nada, e eu fiquei sabendo que essas fitas são de arrasar.

— Isso não faz sentido. Se você vai falar, fale logo na primeira entrevista.

— Talvez ela gostasse da publicidade, mas recuou. Talvez ainda tivesse algum tipo de escrúpulo que acabou de perder.

— Ah, vamos lá. Que escrúpulo que nada!

— A questão é que a história é uma bola de neve. Talvez ela queira uma onda maior? Conseguir um contrato para escrever um livro ou vender sua história para o cinema!

Charles sentou-se na ponta do sofá.

— Você tem de conseguir acabar com a ABS. É a sua hora de brilhar!

Erik e Goodman mal falavam comigo desde que Theresa foi para a rede concorrente, mesmo que ela não tivesse revelado nada.

— Nosso afiliado em Jackson, Mississippi, está tentando conseguir as novas fitas; os repórteres de jornais locais também estão tentando — continuou Charles. — Ninguém conseguiu nada ainda. O gerente da estação ligou para Goodman para ver se ele poderia usar a engrenagem de uma grande emissora de TV com Theresa Boudreaux. Acho que eles sabiam que estávamos perto de conseguir uma entrevista, mesmo que não tenhamos conseguido. Ou melhor, que *você* não tenha conseguido.

— Obrigada por me lembrar disso. O que você acha que tem nessas fitas? O que se passa na cabeça dessa mulher?

Abby gritou comigo:

— Será que você poderia ligar para Leon Rosenberg e parar de fazer perguntas tolas para as quais não temos resposta?

Disquei o número, lembrando-me de que havia desligado na cara dele da última vez que conversamos. A inacreditável secretária dele atendeu de novo.

— É Jamie Whitfield, da NBS Evening News. Preciso falar com Leon.

— Olá, Sra. Whitfield. Terei de verificar se...

— Por favor, não me diga que vai ver se ele está, Sunny. Eu sei que ele está. É por isso que estou ligando. Há uma nova história sobre Theresa Boudreaux saindo.

— Estamos cientes de que há uma história nova, mas infelizmente cerca de vinte repórteres ligaram antes da senhora esta manhã. Então, eu acho que é justo...

Tentei ser gentil ao dizer:

— Será que você poderia dizer a Leon Rosenberg que eu vou enforcá-lo se ele não pegar este telefone agora?

— Não precisa ficar nervosa de novo, Sra. Whitfield. Vou colocar seu nome na lista de chamadas...

— Isso não vai funcionar. — Fiquei de pé e tentei falar no tom mais frio possível. — Nosso âncora, Joe Goodman, e a equipe de advogados da NBS estão bem na minha frente agora, e nós vamos destruir toda a sua firma de advocacia com uma história que temos guardada sobre as práticas antiéticas de vocês. Eu mesma vou providenciar para que o seu nome, Sunny Wilson, seja citado.

Não houve resposta. Cinco segundos depois:

— Alô, Jamie — atendeu Rosenberg. — Não precisa traumatizar a minha secretária todas as vezes que ligar. Ela fez exatamente o que eu pedi que ela fizesse. Você realmente tem uma história sobre *nós*?

— Não. — Eu tive de rir. — Claro que não.

— Meu Deus, você conseguiu me assustar dessa vez.

— Sinto muito, Leon. E eu realmente quero me desculpar por ter desligado o telefone na sua cara. Foi um ato muito rude e desnecessário. Como posso compensá-lo? Você sabe que todos aqui na NBS adoram o seu trabalho. E sabemos o quanto você se esforça para proteger seus clientes.

— Pode pular essa parte, Jamie. Sei que devo uma a você. Eu sempre sou justo, especialmente quando se trata de uma belezura como você.

Que porco!

— É claro que o fato de você ser produtora de Joe Goodman também ajuda.

Revirei os olhos.

— Tudo bem. O que você tem para mim?

Nenhuma resposta. Será que ele estava fazendo um joguinho? Será que tinha algo? Será que realmente havia mais fitas?

— E não se esqueça daquela tomada maravilhosa que fizemos de você com terno Brioni saindo do restaurante de waffles da sua cliente. Os outros dois canais mostraram Boudreaux saindo sozinha. Mas não a NBS. A NBS não apenas mostrou você por 12 segundos naquele terno, como também mencionou seu nome. — Imitei a voz profunda e poderosa de Goodman: — "Boudreaux acompanhada por seu importante advogado, Leon Rosenberg, saindo da sua lanchonete em Pearl Mississippi." Goodman não achou que precisávamos disso. Eu achei que você ficaria feliz de ver isso. É claro que também achei que isso selaria nosso acordo sobre a entrevista com ela.

— Já entendi. Já entendi. Sei que estou em débito com você.

— Que conveniente. Eu me sinto da mesma forma.

— Por que não cai de joelhos e começa a agradecer?

Fiz o som alto de um beijo. Charles colocou o dedo na garganta em solidariedade. Pausa. Nenhuma resposta.

— Estou esperando Leon.

— Você está sozinha nesta linha?

— Juro. Deixe apenas que eu o coloque na espera um segundo.

Olhei para Abby e para Charles, fechei os olhos, cruzei os dedos das duas mãos e depois as pernas. Charles virou-se, pegou o fone extra e colocou no mudo enquanto eu mantinha a ligação na espera. Abby estava tão nervosa que poderia ter subido pelas paredes como o Homem-Aranha.

Fiz 3-2-1 com Charles para que ele pudesse ouvir clandestinamente a conversa. Essa não era a primeira vez que eu precisava que ele escutasse uma conversa. Já havíamos feito isso centenas de vezes.

Leon finalmente falou em voz baixa.

— Existem mais fitas.

— Mais fitas? Com conversas entre Theresa Boudreaux e Huey Hartley?

— Hummm-hummm.

Fiz um sinal de positivo para Abby. As sobrancelhas de Charles começaram a subir e a descer como a do comediante Groucho Marx.

Leon continuou:

— E ninguém além de mim já ouviu o conteúdo.

Abby me passou um dos seus cartões. PEÇA A ELE PARA CONFIRMAR SE SÃO BOAS.

— Elas são boas?

— Fazem as que foram exibidas pela Seebright parecerem os Teletubbies tomando chá.

Outro cartão. PERGUNTE A ELE OS DETALHES DO CONTEÚDO DA FITA.

— Eu preciso de *detalhes*, Leon. Somos uma organização séria de jornalismo. Eu não posso chegar a Goodman com uma informação incerta.

— Tudo bem, mas vocês não são uma organização séria de jornalismo. Se fossem, não estariam interessados em Theresa Boudreaux. Controle-se, gatinha.

— Estou esperando, Leon.

Nada ainda.

— Leon?

Ele respondeu:

— O que você acha do fato de o congressista Hartley gostar de entrar pelos fundos?

— Pelos fundos da lanchonete? — perguntei.

Charles colocou uma das mãos na testa e se deitou no sofá.

Abby ficava fazendo mímica com a boca: "O quê? O quê?"

— Talvez eu não tenha dado as primeiras fitas a você porque você é muito burra, como todas as garotas bonitas. Talvez você devesse ser a garota do tempo em vez de produtora. Já pensou nisso?

— A porta dos fundos da casa dela?

Eu não estava entendendo o que ele queria dizer. Charles sentou-se e começou a balançar os braços e a cabeça fazendo que *não*.

Leon respondeu lentamente.

— Não. Tipo cachorrinho. Entrando pelos fundos. Literalmente por trás, se é que me entende.

— Tipo cachorrinho? — repeti de um modo surpreendentemente profissional. Tive de andar em círculos para me ajudar a assimilar isso.

Abby arregalou os olhos, a tensão e a eletricidade eram visíveis nas veias altas do seu pescoço.

— Leon, preciso de alguns segundos.

Olhei para Charles e ele acenou com a cabeça, fazendo um gesto para eu ficar calma. Em uma das minhas viagens para visitar Theresa, eu havia comparecido a um café da manhã de orações que Huey Hartley também fora. Lembrei-me de como ele sempre falava como um padre dando sermão para o povo embaixo de chuva. "*Fornicadores não serão mais colocados em pedestais pelas elites do país. Deus criou Adão e Eva, não Adão e Ivo! Enquanto essa mídia liberal se concentrar em assegurar os direitos de os homossexuais se casarem, enquanto eles agridem as famílias e as crianças que estão para nascer, desrespeitam os Dez Mandamentos e mesmo as cenas do presépio de Natal, eu e você, as boas pessoas do Mississippi, vamos mudar as conversas dessa grande nação em que vivemos.*"

Recuperei o equilíbrio.

— Então, o Sr. Casado, ex-ministro, ex-dono da estação cristã de TV, a PBTG, atual deputado da Câmara, Huey Hartley, pai de quatro filhos, diz nessa fita com sua namorada garçonete que ele gosta da posição cachorrinho?

Olhei para Abby, que não estava mais sentada. Assumi que ela estava prostrada no chão. Debrucei-me sobre a mesa e vi que estava certa.

— Jamie. Não apenas tipo cachorrinho. É melhor prestar atenção enquanto eu ilustro de forma um pouco mais gráfica para as pessoas com problemas mentais como você entenderem. O pobre filho da mãe diz literalmente na fita que ele gosta de entrar por trás. Preferencialmente por trás da sua doce sulista Theresa. Ele fala sobre a próxima vez que ela vai levar por trás. Ele fala sobre o quanto gostou da última vez que a pegou por trás.

— Leon, você não pode estar falando sério.

— Não.
— Você está brincando comigo, não está? Ele diz literalmente "por trás"?

Abby gemia orgasmicamente no chão.

— Sim.

Coço a cabeça.

— Hartley é o líder do movimento para levar as leis antissodomia a plebiscito para as eleições presidenciais de 2008...
— Isso mesmo...
— E ele é um sodomita?

Leon riu.

— Isso mesmo.
— E ele é um defensor ardoroso da família, está sempre acompanhado por sua esposa loura com penteado bufante e seus quatro filhos...
— É.
— Que hipócrita convencido. Lembra quando ele fazia aquele programa no canal dele, com todo aquele proselitismo sobre família e esse tipo de coisa?
— Sim.
— Um homem de família e tanto.
— É.
— E Boudreaux está pronta para discutir isso tudo? Quero dizer, a perversão sexual?
— Sim.

Ergui a cabeça.

— OK, Leon. — Tive de rir. — Concedo o ponto sobre sermos uma rede séria de jornalismo. Eu tentei, mas não consigo ficar séria e dizer que você está errado.

Leon riu.

— E ele continua falando isso. É real. Ela está pronta para falar diante das câmeras. Sobre isso. Com detalhes. E tudo para Goodman.

Baixei o fone, caí de joelhos, fechei os olhos e fiz uma prece silenciosa, porque eu, Jamie Whitfield, tinha acabado de conseguir a história que daria índices de audiência do Super Bowl. E que talvez fosse o maior lixo lascivo já exibido em uma rede de TV, mas, gente, isso era demais.

Cinco minutos depois que Charles e Abby saíram, ouvi uma batida na porta.
Peter.
Ele colocou a cabeça pelo vão da porta.
— Você já terminou... o que você precisava fazer?
— Sinto muuuuito. — Dei a volta na mesa e convidei-o para entrar. — Estou abalada com a minha falta de educação. Eu apenas fiquei totalmente envolvida por uma história inacreditável.
Acho que ele percebeu que eu estava meio fora de mim no momento.
— Parece ser bom, seja lá o que for.
— Não sei se "bom" é a palavra certa para descrever. É mais como eu disse antes: literalmente inacreditável. Se você tivesse ouvido, talvez desculpasse a minha rudeza.
— OK. Então, eu estou muito interessado no trabalho.
Ai, meu Deus.
— Está?

7

A estreia do babá

Sentei na beirada da cama de Dylan e tirei o cabelo de sua testa.
— Tenho boas notícias para você.
Ele me olhou.
— O que é?
— Advinha.
— Você ganhou na loteria?
— Não.
— Você vai sair do emprego?
— Dylan!
— Bem?
— Dylan, eu passo bastante tempo com você.
— Passa nada.
— Querido, você sabe que a mamãe precisa trabalhar, mas são apenas alguns dias da semana. Nós sempre jantamos juntos...
— Não, não jantamos. Você está sempre trabalhando.
— Tudo bem, tenho de admitir que estou trabalhando muito nessa matéria. E eu expliquei para você que é a maior matéria que já fiz. E eu quero fazer tudo direitinho. E quero ficar orgulhosa do meu trabalho.

Ele revirou os olhos e virou-se para a parede.
— Dylan, eu amo muito você e ser sua mãe é a coisa mais importante da minha vida.

Ele cobriu a cabeça com a coberta.

— Olha só, eu não vou começar uma discussão agora. Sei o quanto é difícil ter uma mãe que trabalha duro. Sei que você preferiria que eu estivesse mais em casa. Mas prometo que, em algumas semanas, as coisas vão melhorar. Mas tenho boas notícias. Algo que vai deixá-lo feliz.

Intrigado, ele se deitou de costas e chegou para mais perto de mim. Desliguei a luz e deitei-me ao lado dele com a cabeça apoiada no cotovelo. Acariciei sua testa com meus dedos, nosso ritual da hora de dormir, e puxei o cabelo dele para trás.

— Um telefone celular? Meu próprio celular? Você disse que eu tinha de esperar até...

— Não é nada disso. Não é uma coisa. É uma pessoa.

Massageei suas sobrancelhas, traçando o contorno delas com o indicador e o polegar. Ele fechou os olhos, todo sonhador, deixando a raiva ir embora.

— Conte logo — sussurrou ele.

— Você vai fazer um novo amigo. Uma pessoa que vai se divertir muito com você.

Ele se sentou, apavorado.

— Ah, não! Você disse que eu não precisava mais conversar com o Dr. Bernstein! Eu não quero ver outro médico de sentimentos. É tão estúpido.

— Não é nada disso.

— É alguém na escola?

— Não, n...

— Na ginástica? No...

— Dylan, deite-se. — Empurrei seus ombros para que ele se deitasse de costas de novo. — Você nunca vai adivinhar, então eu vou explicar.

— Tudo bem.

— O nome dele é Peter Bailey. Ele vai ser seu amigo e estará sempre em casa com você. Quero dizer, desde depois da escola até a hora de você ir para a cama. Ele estará aqui amanhã depois da escola.

— Como um babá menino?

— Melhor do que isso.
— Quantos anos ele tem?
— Vinte e nove. Ele é do Colorado, é um excelente esquiador e também faz snowboarding. Ele adora jogar xadrez, trabalha com jogos de computador e está desenvolvendo um projeto para tornar o dever de casa mais divertido para as crianças da escola pública. E ele é superlegal. Superlegal *mesmo*. Ele tem cabelo comprido e tudo.

Meu filho ficou neutro. Achei que ele ficaria extasiado com as coisas que ele e Peter poderiam fazer juntos — e aliviado por não ter de voltar ao Dr. Bernstein. Claro que, em retrospecto, essa era apenas a minha versão empolgada de conto de fadas de como Peter entraria na nossa vida.

Acrescentei com um entusiasmo forçado:
— Mas o que importa é que ele é divertido! Ele vai pegar você, levá-lo para fazer esportes em qualquer lugar que queira! Até nas quadras no Chelsea Piers.

Nada ainda.
— Querido, você não está animado com a ideia de ir a uma quadra do Chelsea Piers? Como pode?

Ele manteve os olhos fechados e deu de ombros. Era de cortar o coração. Achei que isso daria ao meu pequeno Bisonho* um pouco de alegria. Em vez disso, a notícia só o deixou triste. Havia esperado até esse momento para dar a notícia porque queria que ele fosse dormir feliz. Seus lábios tremeram.

Tentei de novo.
— Você só vai até o Chelsea Piers em festas de aniversário. Estou dizendo que esse cara vai levar você em um dia de semana comum!

Ele se sentou. Depois acendeu a luz e me olhou com aqueles olhos estrábicos.
— Isso tudo é porque o papai nunca está em casa?

As crianças são muito mais inteligentes do que pensamos.

---

* Bisonho é um personagem do desenho *Ursinho Pooh*. Trata-se do burrinho de orelhas caídas que é sempre pessimista e resmungão. (*N. da T.*)

— **U**au. — Peter Bailey entregou-me seu casaco na tarde seguinte e eu procurei um cabide. — Esse armário é maior do que o meu quarto.

Ele olhou para a sala.

— Ainda me parece grande demais também. Nós nos mudamos há alguns meses. Mas você vai ver que a rotina da nossa casa é bem tranquila.

Eu havia dito a ele para se vestir de modo casual, então ele apareceu com uma calça de snowboarding com bolsos e zíperes dos lados. Uma camisa velha de flanela por cima de uma camiseta com a logomarca da Burton no peito. Nos pés, ele usava tênis Puma de camurça azul.

Peter tirou o boné e eu levei um susto.

— Ah, isso — disse ele, apontando para um galo do tamanho de uma tangerina na testa. — Foi por isso que vim de boné. Levei um tombo de skate a noite passada. Idiotice. Sei que está horrível. Sinto muito.

Balancei a cabeça.

— Não se preocupe, Dylan vai achar isso legal.

Peter era mais alto do que eu me lembrava. Ele só estava em casa há dois minutos, e eu já estava achando estranho ter um homem adulto com voz grave na minha casa no meio do dia. E eu o contratei para me ajudar como babá? E com um diploma? Ele era bem mais alto do que eu. Como eu poderia mandá-lo fazer as coisas? Levantando os pés e mandando que ele catasse os brinquedos agora? Senti uma onda de pânico.

— Peter, estou muito animada com você aqui.

— Não parece.

— Mesmo. Vai ser ótimo. Ótimo mesmo.

A luz do início de tarde entrava através das cortinas amarelo-claras da sala e refletia sobre a pilha de livros sobre a mesinha de centro e as duas caixas grandes de tupperware. Fiz um sinal para Peter se sentar em uma poltrona pequena e antiga, enquanto eu me sentava no sofá.

— Então, você quer beber alguma coisa?

Será que ele pediria uma bebida de homem, como uma cerveja?

— Claro.

Pulei como um coelho.
— Um guaraná, mas se não tiver, Coca-cola serve.
Peguei gelo na máquina de gelo e comecei a colocar em um copo de cristal alto. Espere um pouco, será que eu não estava mandando os sinais errados? Ele não era um convidado, mas sim um empregado. Nesse meio-tempo, Peter estava analisando as caixas de tupperware. Uma tinha um rótulo que dizia "Remédios das Crianças" e a outra "Remédios para Emergências Domésticas". Ao lado da mesa, havia uma caixa de papelão com uma etiqueta que dizia "Suprimentos para Emergências Domésticas". Eu tinha organizado essas caixas depois do 11 de setembro. Também havia uma pasta com duas folhas grampeadas com os números de telefone importantes e a agenda diária, tudo com código de cor por criança e por atividade: acadêmica, esportiva ou cultural. Minha mãe era a bibliotecária da escola local, então eu cresci em um lar no qual o sistema decimal de Dewey era usado para organizar a garagem. Era culpa dela se às vezes eu ficava um pouco compulsiva.

Eu podia ouvir o tique-taque do relógio sobre a lareira, enquanto Peter se mantinha sentado com um olhar educado e atento no rosto.
— Por que não explico a você como as coisas funcionam por aqui...?
— Que coisas?
— Bem, você sabe, os procedimentos da casa, por exemplo.
— Você quer dizer, como uma pequena empresa?
— Não. Isso é apenas o cronograma.
— Há um manual do empregado?
— Muito engraçado. Não, mas nós temos alguns empregados. Yvette é a babá e Carolina é a governanta. Ambas são ótimas, mas ainda vai levar alguns dias para que se acostumem com você.
— Não, não vai não. Onde elas estão?
Ele se levantou.
— Espere! Vamos apenas... passar alguns itens... Quero dizer, se estiver tudo bem para você. Quero dizer, você está bem? Tudo bem para você estar aqui?
— Sim. Só estou aqui há 7 minutos. Até agora, tudo bem. — Ele sorriu. — Você tem certeza de que está bem?

Será que eu era tão transparente assim? Juntei os papéis me sentindo nervosa, ainda sem saber como conversar com este adulto sem o rebaixar. Eu não queria parecer padronizadora. E aí eu pensei em como o fato de eu não ter problemas em orientar as empregadas da casa e não conseguir fazer isso com um homem era sexista.

— Dylan frequenta a St. Henry, que fica na 88th Street com a Park. Às segundas-feiras, ele tem aula de educação física na Randall's Island. O local é chamado de Adventurers. Eles pegam as crianças em um ônibus e depois as trazem para casa, mas algumas vezes as mães as levam para que possam assistir aos jogos. Você poderia levá-lo de carro. Você sabe como?

— Hummm, dirigir...
— Você não sabe dirigir?
— Talvez você pudesse me ensinar?
— Eu?
— Estou brincando! Claro que sei dirigir.
— Você sabe? Ótimo! — Eu tinha de começar a agir como uma pessoa normal. Aquilo já estava ficando ridículo. — Tudo bem, eu mereci isso... Acho que o que eu queria perguntar era se você já tinha dirigido uma van na cidade? Uma daquelas grandes, com três fileiras de assento.

— Quantos caras com 30 anos de idade que vieram dos Rockies você acha que não conseguem dirigir um utilitário?

— Não muitos. Sinto muito.
— Não sinta, é legal. É que eu já tive de lidar com trinta crianças sozinho e, sabe de uma coisa? Isso vai ser legal.
— Vai?
— Vai.
— Isso é tããão bom. — Parecia que eu estava elogiando uma criança de 3 anos e senti o rosto corar. — E às sextas-feiras ele tem aula de violoncelo, mas só às 17 horas. A aula é em uma excelente escola de música na 95th Street. Você sabia que já foi provado que crianças que tiveram aula de música quando ainda eram pequenas têm um rendimento 40% melhor na faculdade de medicina?

— Hum?

— É. Tem algo a ver com a integração de todas as notas na cabeça. O endereço está na pasta. Às quartas ele tem aula de marcenaria, o que lhe deu uma ótima base em geometria e é ótimo para trabalhar a coordenação motora fina e para manter o foco em um projeto do início ao fim. Então, às terças e quintas, das 15h30 às 17h30 ou mesmo até às 18 horas, tudo bem para mim, vocês dois...

— Peraí. — Ele parecia preocupado.

— Peraí? Como assim?

— É. Peraí. Eu ainda nem acabei de digerir o lance da geometria. Mas você já tem todos os dias totalmente planejados?

— Tenho.

— Posso perguntar por quê?

— Bem, eu trabalho. Nós moramos em Nova York. Esse é o modo como as coisas funcionam.

Ele me lançou um olhar reprovador, que eu interpretei como se ele estivesse ultrapassando alguns limites. Mas segui em frente para mostrar a ele quem estava no comando.

— Então, às terças e quintas, vocês podem fazer o que quiserem. Você poderia levá-lo a algum lugar. Por exemplo, existe um planetário na Times Square com vídeo...

— Eu tenho muitos lugares em mente.

— Tem? Como quais?

Eu falei como se não confiasse nele, como se ele fosse levar meu filho para uma casa que vende drogas.

— Eu gostaria de levá-lo primeiro ao parque e talvez fazer uns lançamentos...

— Ele está meio apavorado com o basquete.

— Eu sei. Eu sei.

— Então você tem de ir com calma com o basquete.

— E você vai ter de confiar em mim. Eu já disse que não sou bom em lidar com esse lance de hierarquia.

Ai, meu Deus! Esse cara não apenas não seria uma estrela no setor de serviços, como também era incapaz de seguir ordens?

— Estamos falando sobre o meu filho.

— Eu vou fazer tudo o que você quiser. Só tente confiar um pouco em mim. Tente se lembrar de que sou bom com crianças *e* que dirijo.

Ele sorriu.

Meu telefone celular tocou pela segunda vez no fundo da minha bolsa. Eu havia ignorado uma ligação, mas estava esperando por este telefonema havia uma semana. O painel de identificação de chamadas indicava a firma de advocacia de Leon Rosenberg.

— Peter, me dê um segundo.

Abri o celular.

— Sim, Leon?

— Já chequei três vezes com ela.

Ele estava berrando ao telefone. Eu o imaginei recostado na cadeira de couro, fumando o charuto onipresente. Como um chefão da máfia, ele estaria tirando a cinza de um dos horríveis ternos com listras brancas e grossas e tecido lustroso demais. Neste ponto, as redes de televisão estavam em frenesi total por causa do caso de Theresa e falavam disso o tempo todo. Os programas de entrevistas dissecavam o futuro político de Hartley, os programas de variedades do horário nobre traçavam perfis do passado dela — embora não conseguissem chegar perto dela — e os telejornais filiados tentavam esquentar ainda mais a história. No entanto, nenhum deles conseguiu avançar muito na história simplesmente porque os dois personagens principais nada declaravam.

— O mais importante é que ela sabe que você sabe o que está nas fitas e vai confirmar isso enquanto as câmeras estiverem filmando. O que significa todo aquele lance do cu.

Goodman e eu havíamos negociado os parâmetros exatos da entrevista com Leon Rosenberg: onde seria feita, quanto tempo das fitas gravadas poderíamos usar e, o mais importante, que Theresa compreendia que teria de falar sobre os detalhes sexuais — o que Leon acabara de confirmar. Goodman ficaria louco. Soquei o ar.

— Quanto aos outros detalhes — disse Leon. — Theresa está pronta esta semana para...

Neste momento, Peter abriu a tampa do tupperware de Remédios para Emergências Domésticas e tirou três enormes sacos plásticos:

um suprimento de iodeto de potássio, Cipro e Tamiflu que durariam a vida inteira. Ele começou a ler o cartão que coloquei ali para Yvette e Carolina sobre o que fazer em caso de explosão, ataque de antraz ou um surto de gripe aviária.

— Isso é ótimo Leon.

— Embora ela estivesse esperando por uma extravagância na cidade, ela compreende que vocês pagarão o hotel e uma diária de 85 dólares pelos dois dias que passará na cidade. Mas ela precisa estar linda. Portanto, quer passar o dia no spa, com tratamento facial, manicure e pedicure, entre outras coisas.

Afastei as outras caixas de Peter e coloquei-as perto dos meus pés. Elas continham antialérgicos para alergia a amendoim, bombinhas de asma e Benadryl — tudo para os colegas que vinham brincar com as crianças. Parecia que metade dos amigos dos meus filhos tinha uma alergia mortal a amendoim, e algumas das mães eram totalmente blasé a respeito disso. Algumas vezes, chegavam a esquecer de nos avisar. Dava para perceber que Peter me achava uma completa neurótica. Não que eu não fosse.

— Leon, vamos deixar as coisas claras para ela. Este não é um programa patrocinado de entretenimento ou um tabloide britânico. Estamos falando de uma divisão de jornalismo de uma das principais emissoras de TV do país. Vamos pagar pelo cabelo e pela maquiagem. Ponto. Não podemos pagar para conseguir entrevistas nem fazer com que pareça que estamos fazendo favores, como tratamento facial para os entrevistados. Temos padrões a seguir.

Leon gargalhou e bateu com alguma coisa pesada na mesa.

— Desça do salto por um segundo, querida, e ouça o que está dizendo. — Ele riu de novo. — Ooooh! Um poderoso como Water está comendo Cronkite e você e eu sabemos que a única coisa em que vocês estão interessados é no lance do cu.

Pisquei para Peter para que ele soubesse que essa ligação ainda ia levar um tempinho. Ele se levantou e inclinou-se na janela, olhando para a Park Avenue, depois seguiu para o outro lado da sala, que levava até o estúdio de Phillip. Pegou um exemplar de *Como criar os filhos em um ambiente abastado,* um livro que Phillip lera quando eu estava grávida de Dylan. Fiquei horrorizada, mas ele estava do outro lado da sala, de modo que eu não tinha como tirar o livro das mãos dele.

— Tudo bem, Leon. Estamos falando de um homem que costumava comandar uma rede de TV cristã, um homem que tem quatro filhos e que está casado há trinta anos com uma mulher que parece a perfeita matriarca, um homem que sai em defesa da família, que faz parte da coalizão cristã. Então há um pouco de hipocrisia aqui e essa é a questão. Mas você está certo, estamos muito interessados nas... eh... manifestações sexuais desse hipócrita. Principalmente na ironia que envolve as leis antissodomitas. Isso é bom demais. Mas, lembre-se, nós também estávamos muito interessados na história, mesmo antes que esse pequeno detalhe viesse à tona.

— Detalhe que vale 25 milhões de dólares, querida.

— Eu sei. E vamos deixar as coisas como estão.

— Tudo bem, docinho, enquanto você deixa as coisas assim, eu quero dizer mais uma coisa.

Dei um suspiro alto e deliberado ao telefone, enquanto aguardava o que ele tinha a dizer. Disse com os lábios "Sinto muito" para Peter. Ele levantou a cabeça e respondeu "Não se preocupe". Ele fechou o livro e caminhou até uma caixa grande perto da mesinha de centro.

— E Goodman entende que deve mencionar o advogado dela...

Peter agora estava mexendo na caixa dos Suprimentos para Emergências Domésticas. Ele tirou um panfleto do Departamento de Segurança no Lar, deu uma olhada e devolveu para a caixa. Depois, pegou uma máscara israelense contra gás, tirou-a da embalagem e começou a ler as instruções.

— Sim, Leon, vamos mencionar o seu nome e mostrar um vídeo de que goste, não aquele no dia da ventania, quando o seu cabelo ficou em pé...

Peter colocou a máscara contra gás. Depois pegou um macacão laranja antibioterrorismo, olhou a etiqueta, segurou-o na altura dos ombros e prendeu-o sob o queixo.

A porta da frente bateu. Eram 14 horas. Eu sabia que Carolina estava na cozinha, Yvette ainda estava no parque com meus filhos mais novos e Dylan ainda estava na escola. Em geral, ninguém chegava à porta sem ser anunciado. Virei a cabeça para olhar para a porta da frente, enquanto Leon começava a explicar exatamente qual o vídeo que queria que usássemos.

O casaco de Phillip voou pelo vestíbulo. Merda. Phillip em casa a essa hora? Eu sabia que ele não estava viajando e ele nunca viera para casa no meio do dia sem ligar. Ele entrou na sala acompanhado por um homem que eu nunca havia visto antes, só para deparar com Peter usando uma máscara de gás e segurando um macacão laranja.

— Jamie, pelo amor de Deus, o que significa isso?

Peter tirou a máscara de gás. Era a vez de ele estar com cabelo em pé. Ele estendeu educadamente a mão para Phillip.

— Não, não — gritei para ele.

Peter parou e me lançou um olhar que dizia: "Qual é o problema, mulher, eu só estou me apresentando."

Do meu celular:

— Você não tem esse vídeo, docinho? O que eu quero?

— Não. Eu não estava falando com você, Leon. Nós temos o vídeo. Sei exatamente o que você quer. Eu só... — Fiz um sinal com a mão para que Peter viesse sentar na sua cadeira. — Você quer o seu cabelo liso como no vídeo em que está usando um *trench coat* e um cachecol amarelo e meias combinando, e não aquele em que seu cabelo está parecendo um enorme Frisbee. Eu me lembro. Isso é tudo?

Phillip balançou a cabeça e seguiu pelo corredor até o estúdio, fechando a porta atrás de si.

— Tudo bem, então, Leon. Obrigada pela confirmação de Theresa. Tchau.

Desliguei o telefone e respirei fundo.

— Sinto muito — disse Peter. — Eu só estava tentando ser cortês...

— Não, sou eu que tenho de me desculpar. É aquela matéria importante de novo, e eu queria apresentá-lo ao meu marido em uma situação mais calma.

— Entendo.

— Sinto muito ter de interromper de novo. — Levantei-me. — Só preciso ver se ele precisa de algo. Vai levar apenas um segundo.

Atravessei a sala de forma silenciosa e encostei o ouvido na porta fechada.

— Mas que merda, Alan! Eu deixei os papéis aqui, pois não queria que ficassem no escritório. É óbvio.

— Então onde eles estão agora? Se você os mantém aqui, é melhor que estejam aqui.

Quem era esse Alan? Bati na porta e ouvi um abajur caindo no chão. A porta abriu um pouco, e meu marido normalmente controlado colocou o rosto pela fresta.

— Sim?

— Phillip, são 14 horas de um dia de semana. Você não me avisou que viria para casa. Por que está aqui? Quem está com você?

— Não importa.

— Eu ouvi você conversando com alguém chamado Alan.

— Ah, ele.

— É, ele. Alan. — Meu marido ainda não tinha me dado uma explicação. — Por que está agindo de forma tão estranha Phillip? Esta é a nossa casa.

— Por que *você* está tão estranha? Qual é a do cara experimentando o macacão laranja?

— Eu explico depois. O que *você* está fazendo em casa?

— Vim buscar uns documentos que preciso encontrar. No meu estúdio.

— E esse Alan está ajudando?

— É, ele está me ajudando, sim. Já acabamos? Sinto muito, querida, mas estou muito estressado. Será que poderia nos deixar sozinhos agora? Na verdade, seria ótimo se você trouxesse duas Diet Cokes. Com limão. Ao lado do copo. Não mergulhe as rodelas no refrigerante.

— Quanto tempo você vai ficar aqui?

— O dia todo. Mas não conte às crianças, ou elas vão me interromper. Eu devo terminar tudo até às 20 horas.

Hum. Tempo suficiente para apresentar Peter a Dylan, fazer com que passassem um tempo juntos e pedir para Peter ir embora antes que Phillip saísse do escritório. Ele entrou, fechou a porta de mogno e trancou-a por dentro. Como havia previsto, não reapareceu por horas. A Diet Coke que pediu também não lhe foi servida.

— Mesmo que haja um ataque de antraz — informei a Peter —, prometo que não vou mais me levantar nem atender ao telefone.

— Sem problemas. — Ele pegou uma sacola de Cipro. — Você certamente está preparada.

— Sinceramente, eu só fiquei um pouco nervosa depois dos ataques ao World Trade Center. Morar nesta cidade com crianças, você acaba imaginando coisas horríveis.

— Entendo.

— Voltando ao Dylan. Ele é muito inteligente. E muito esperto também. Gosta de dizer coisas para deixá-lo sem saber o que responder. Odeia ceder.

— Eu também.

— E aquele jogo de basquete realmente o deixou chateado.

— Você sempre fala nisso.

— Foi um problemão.

— Para você ou para ele?

Tentei ficar calma. O estilo direto dele era charmoso e, ao mesmo tempo, irritante.

— Dylan está mais hesitante do que costumava ser, mais do que eu gostaria que estivesse. Ele já tem quase 10 anos, mas ainda precisa de alguém para segurar sua mão. Ele não gosta que exijam muito dele até que esteja pronto.

— Você exige muito dele?

— O pai dele exige.

— E você deixa?

Uau. O cara era sério. Eu ainda estava um pouco nervosa, mas também impressionada pelo desejo dele de chegar ao âmago da questão.

— É uma questão de autoestima em relação ao pai. Francamente, Phillip exige muito dele, mas nunca está por perto para acompanhar. Quero dizer, ele adora o filho, mas trabalha demais. Muito mesmo.

— E eu poderia falar com o Sr. Whitfield? Você poderia nos apresentar mais tarde, quando não estiver ao telefone. Talvez eu nem use a máscara de gás. — Ele sorriu. — Ou, depois de alguns dias, quem sabe eu não poderia ligar para ele? Quero entender as coisas a partir do ponto de vista de Dylan.

Minha mente passou rapidamente pelos prós e contras de contar a Peter que meu marido não fazia ideia de que eu o havia contratado.

— Não vai dar.
— Entendo.
— Não, definitivamente não vai dar.

Peter de repente pareceu entender tudo.

— Ele não sabe sobre mim, sabe?

Tentei não dar um sorriso forçado.

— Bem, ele sabe...
— Tem certeza?
— Bem...
— Já entendi. Você está planejando contar a ele logo?

Ele se encostou no sofá com os braços cruzados atrás da cabeça.

— Claro que vou contar a ele. Ele só precisa se acostumar com a ideia. Ele está... aberto ao conceito. Olhe, só me prometa que não vai fazer com ele o que fez com aquele cara do seu trabalho antigo. Eu sei que estou lidando com as coisas do modo certo. Assim que Dylan começar a fazer progressos, Phillip vai aceitar você. Ele é um homem que quer ver resultados.

— Entendi.

Nosso apartamento tinha três quartos: um para Dylan, um para Gracie e Michael e a suíte — todos concentrados em uma extremidade do apartamento. O closet de Phillip era de um lado do nosso quarto e o estúdio, do outro. Cada quarto tinha uma decoração básica: cores claras com tapetes cor de canela e cortinas com bordas azul-marinho ou marrons. Carolina dormia em um pequeno quarto de empregada perto da cozinha, que não mostrei a ele de propósito. Sentia-me culpada porque o quarto era muito pequeno, mas tentei fazê-lo alegre. Quando saímos do quarto de Gracie e Michael, pude notar que Peter estava observando as cortinas onduladas e o papel de parede verde-acinzentado.

— Isso me lembra o quarto em que cresci.
— Mesmo?
— Não. — Ele riu, dando uns tapinhas no meu ombro para me fazer relaxar. — Mas eu gostei do apartamento. Sem ofensa, mas achei que tudo seria mais...
— O quê?
— Pomposo.
— Não somos pomposos. — Pensei um pouco sobre isso. — Meu marido pode ser um pouco formal.
— Ele e eu vamos nos dar bem.

Ai, meu Deus. Ele não tinha a menor ideia do que estava falando.

O cheiro do molho de tomate caseiro que Carolina estava fazendo vinha da cozinha, um aposento verde-maçã onde a família costumava se reunir. Almofadas de listras verdes e amarelas se alinhavam no banco estofado da copa. Oferici a Peter batatas fritas de um pacote aberto que estava sobre o balcão, e ele rapidamente mergulhou uma no molho que estava cozinhando no fogão. Carolina, que havia assistido a essa infração quando voltava do corredor, pareceu prestes a dar-lhe uma panelada na cabeça. Na véspera, eu havia contado a Yvette e a Carolina que eu havia contratado um homem de 30 anos para trabalhar com elas na casa. Quando saí, ouvi Carolina dizer a Yvette: "Ela é *muy loca*."

— Peter, esta é Carolina Martinez. Ela trabalha muito duro para tomar conta de nós e das crianças. — Procurei as palavras certas para lidar com a batata e o molho de tomate que escorria pelo queixo dele. — Carolina se preocupa muito com a qualidade da comida que prepara. — Foi tudo que consegui dizer. — Carolina, este é Peter Bailey. Ele já trabalhou muito com crianças e está muito feliz em poder nos ajudar.

Peter limpou o queixo, esfregou a mão na calça de snowbording e estendeu-a para Carolina. Ela colocou a cesta de roupas no balcão e apertou a mão dele com um ar de desprezo. Ela entregou-lhe um guardanapo enquanto lançava um olhar ameaçador para ele, que não se intimidou.

— Este molho está delicioso. Não tive como resistir.

Ela olhou para ele cheia de suspeitas.

— E estou feliz por não ter resistido. O melhor molho que já comi. — Ele se virou para mim. — Ei, Sra. Whitfield, o jantar está incluído? Se ela cozinhar, melhor ainda.

Ele sorriu e apertou o braço dela.

Instintivamente, ela se afastou, mas abrandou o olhar. Em 20 segundos, este cara havia conseguido lidar com o gênio de Carolina. Algo que ainda não conseguira fazer.

8

As babás são bem mais simples do que os babás

— Dylan, olhe para Peter nos olhos quando disser oi. Principalmente na primeira vez — disse eu.

— Sra. Whitfield, será que posso cuidar disso? — pediu Peter. — As crianças não gostam de serem educadas o tempo todo.

Dylan não falou nada; ele apenas olhou para o chão, enquanto Peter fazia de tudo para que se sentisse à vontade. Finalmente, foram para o quarto de Dylan, mas Peter saiu alguns minutos depois dizendo que tínhamos de ir devagar.

Na tarde seguinte, Peter chegou cedo e outra vez nos encontramos na copa. Eu disse a ele:

— Então, Dylan e eu conversamos muito na noite passada e ele está muito zangado.

— Por minha causa.

Tentei fazer uma expressão confiante.

— É.

— Acho que eu teria feito o mesmo na idade dele se estivesse na mesma situação. E eu meio que fiz isso.

— É mesmo?

— O cenário decididamente não era o mesmo. Mas, sim, eu tinha um pai duro e exigente, que nunca estava presente. Uma mãe controladora.

— Não acho que eu seja controladora. Estou tentando ajudá-lo.

Será que eu deveria me sentir ofendida? E por que eu não podia simplesmente dizer: "Ouça bem, você trabalha para mim, eu pago o seu salário. Me respeite, OK?"

— Eu já tinha previsto isso. Sabia que ele iria pensar que eu estava tentando tomar o lugar do pai e não ia gostar nem um pouco disso. Odeio dizer isso, mas eu sabia.

Será que todos os babás eram tão cansativos? Será que eu tinha fumado alguma coisa quando o achara tão charmoso no parque? Ele havia sido muito fofo com Carolina e até entendera o fato de eu não ter contado a Phillip sobre ele, e eu havia interpretado essas duas coisas como inteligência emocional. Mas pessoas com inteligência emocional não são chatas e metidas a sabe-tudo.

— É claro que ele está zangado porque o pai nunca está por perto. Isso não tem nada a ver com você.

— Então, vamos ter de lidar com isso de forma ainda mais leve — orientou Peter. — Você tem um computador que eu possa usar?

— Claro. Há um quarto de brinquedos no final do corredor, ao lado do quarto de Dylan. Você pode ir para lá.

— Isso vai levar tempo. Preciso que você entenda que se eu não estiver sentado brincando com Dylan nesta primeira semana, eu estarei trabalhando duro para isso.

Esse foi o primeiro comentário normal e adequado que Peter fez desde que chegou ao apartamento. De repente, ele se transformou de novo naquele cara magnético que controlava trinta crianças no parque como se fossem marionetes.

Como prometeu, Peter não pressionou Dylan. Durante o restante da primeira semana, ele vinha ao apartamento, lia o jornal na cozinha, depois ia para o quarto de brinquedos trabalhar no programa de computador que estava desenvolvendo. Por acaso — ao que parecia —, Dylan entrava no quarto e começava a jogar videogame sentado no chão. Não era como se o muro de Berlim os separasse — Peter podia dizer uma ou duas palavras, mas basicamente o ignorava. E o meu teimoso Dylan se recusava a conversar.

No início da segunda semana, Peter assumiu um interesse óbvio por Gracie. Ela era bem mais alegre e aberta que Dylan e conseguia conversar com todo mundo. Enquanto ela estava no seu colo, Peter lhe mostrava todos os tipos de websites para crianças, descobrindo jogos e músicas, e depois a ajudava a entrar no website das princesas, que ela amava. Depois, ela o puxava até o seu quarto para mostrar-lhe suas fantasias de princesa, enquanto Dylan fingia que não estava nem aí. Quatro dias de brincadeiras de panelinha e fantasias cor-de-rosa teriam deixado qualquer um louco, mas Peter se manteve firme. Durante todo o tempo, Dylan se manteve pelos cantos, assistindo a todos os movimentos de Peter.

Finalmente, na tarde da segunda sexta-feira, como Peter me contou depois, ele voltou a atenção para Dylan, que estava deitado de bruços, apoiado em um cotovelo com um carrinho na mão, e lhe fez uma pergunta direta:

— Ei, amigo, não aguento nem mais um minuto de Pocahontas. Você gostaria de ir ao parque comigo jogar bola?

— Não, obrigado.

— OK. Sem problemas.

E, então, Peter voltou a atenção para Michael. Ele o tirou do quarto, gritando e rindo, carregando-o nas costas — bem na frente de Dylan — e cantando alguns hinos de futebol, enquanto corria pelo apartamento com Yvette nos seus calcanhares, gritando: "Me devolva o bebê!"

Yvette teve de bater em Peter com o pano de prato para fazer com que sossegasse. Dylan adorava ver Yvette agitada porque, em geral, ela era muito condescendente. Ele sorriu atrás do carrinho que segurava.

Michael e Gracie começaram a brigar por Peter. O pequeno e rechonchudo Michael, extremamente simpático e bruto, agarrava-se aos joelhos de Peter e empurrava Gracie.

— Eu chamei Peter primeiro! Yvette! Eu chamei Peter primeiro — gritou ela.

Dylan colocou as mãos nos ouvidos.

— Arrrgh! Vocês podem calar a boca?!

Yvette deu uma batidinha no joelho de Dylan.

— Não fale assim.

— Ué, eles não param, e eu tenho dever de casa. E Peter estava trabalhando nesse lance do computador! Estamos trabalhando aqui! — gritou Dylan para os irmãos. — Ele não pode brincar com vocês agora.

— Pode, sim! — gritou Gracie. Michael mordeu a mão dela, que começou a chorar.

— Yvette, acho que pode levá-los agora — pediu Dylan. — Eles estão realmente nos atrapalhando.

Yvette, forte como um touro, carregou as duas crianças embaixo dos braços e sorriu para Peter ao sair.

Peter fechou a porta.

— Obrigado por me salvar. Ei, quer que eu mostre uma jogada de xadrez incrível que sempre vai acabar com os seus oponentes?

— Acho que tudo bem.

Percebi que eu tinha tomado a decisão certa ao trazer Peter para nossa vida. Eu ficava muito feliz quando Dylan sutilmente dizia gostar da ideia de ter um amigo adulto. À noite, ele gostava de confirmar que Peter iria pegá-lo e parou de usar sua camisa polo favorita porque Peter disse que não era maneira. Um dia depois da escola, ele pediu a Peter para me contar como ele tinha feito dez flexões de uma vez. Eu amava ver como Peter se envolvia e a rapidez com que conquistara meu filho. Olhar os dois juntos me fazia sentir segura, como se eu pudesse relaxar um pouco e confiar em alguém para entrar em cena.

E uma vez que estávamos juntos nesse ambiente seguro, Peter começou a me provocar regularmente — o que, é claro, eu adorava. Por exemplo, quando eu surgia com uma sugestão bem-intencionada do tipo:

— Dylan não fez nada na terça-feira. Por que vocês não vão àquele lugar de cerâmica, onde podem pintar um cofrinho em forma de porco? Eles o colocam no forno e a gente pega uma semana depois, já vitrificado.

E Peter olhava para mim com muito desdém.

— Cofre de porquinho? Você acha isso legal?

— Ué, ele... faz isso em festas de aniversário.
— Só porque as mães endinheiradas não têm imaginação.
— E eu suponho que você esteja me colocando no mesmo grupo, certo?
— Nunca — respondeu ele de forma sarcástica.
— É melhor que não mesmo.

Eu realmente gostava desse cara e disse a mim mesma que era porque eu sabia que ele iria curar o meu filho. Ponto. Não tinha *nada* a ver com o modo como ele sorria quando eu entrava no quarto. Ou como era divertido conversar com ele quando Dylan não estava por perto. E definitivamente não tinha *nada* a ver com o fato de ele ficar muito bem com calça tipo cargo.

— Na verdade, Peter, as crianças gostam de trabalhar com cerâmica. Não se esqueça de que ele só têm 9 anos.
— Elas podem gostar, mas não é maneiro, e nós não vamos fazer isso.
— Então o que vão fazer?
— Dylan gosta do Staten Island Ferry.
— Gosta?
— Claro. Pegamos o trem lá. É de graça. Ele acha essa a melhor parte. Vamos e voltamos. Leva uns 25 minutos. Você quer vir?
— Não tenho tempo.
— É mais divertido do que imagina.
— O que exatamente você quer dizer com isso?

Nesse ponto eu já estava sorrindo.

— Por que não vem conosco para descobrir?
— Acho que não. — Mas eu queria ir.

Eu sabia que ele era capaz de sentir minha hesitação e até mesmo que eu queria ir, mas ele continuou:

— Acho que vou levá-lo ao aeroporto LaGuardia esta semana.
— Vocês vão passear pelo aeroporto e ver os aviões decolando?
— Não. Não vamos andar pelo aeroporto. Há um campo no Queens bem perto da pista. Você se deita, e os aviões passam por cima de sua cabeça.
— Levem um tampão de ouvido e um cobertor.

— Não vamos levar um cobertor. Isso é para fracotes.
— Ele vai sujar o cabelo com cocô de rato!
— Então, lavaremos o cabelo dele quando chegarmos em casa.

Em uma noite durante a terceira semana de Peter conosco, Dylan e Peter estavam jogando xadrez na mesa da cozinha enquanto Carolina servia o jantar e, sem aviso, Phillip apareceu. As mangas de sua camisa estavam enroladas e ele parecia confuso e triste. Passou direto por nós e foi até a geladeira. Uh-oh. Peter engoliu em seco.

— Querido, o seu voo chegou mais cedo?

Peter sabiamente se levantou da mesa.

— Não. A reunião foi cancelada — disse ele de forma abrupta, sentando-se no banco com as crianças. Ele pegou um nugget de frango de Michael. — Carolina, faça-me um favor. Quero um sanduíche de presunto com mostarda de um lado e maionese do outro. Vou comer no estúdio em uma bandeja com chá gelado. Depois, tenho de voltar para o escritório.

Normalmente, nesse momento as crianças estariam uma gritando com a outra ou discutindo quem ficaria com o copo de canudo em forma de Q. Mas hoje à noite elas sentiram que o pai estava nervoso e sabiamente decidiram tomar o leite em silêncio.

Gracie olhou para a gravata frouxa e a camisa amarrotada do pai.

— Como você pode estar tão desarrumado?

Phillip riu, pegou um nugget em forma de estrela no prato da filha e mergulhou-o no ketchup do prato da *Bela e a Fera*.

— Estou cansado e desarrumado porque estou trabalhando muito para que eu possa comprar todos os nuggets de franco e ketchup que você quiser.

Ele escorregou mais no banco para que pudesse pegar Michael no colo e colocar os filhos mais velhos um de cada lado. Colocou os braços em volta de Gracie e de Dylan e os abraçou.

— Vocês sabem que eu amo vocês mais do que qualquer coisa neste mundo. Senti falta de vocês e vim para casa para sentar com vocês enquanto jantam!

Então, Phillip pegou o BlackBerry no bolso de trás e verificou-o por sobre a cabeça de Gracie, operando-o habilmente com uma só mão.

Ouvi a porta do quarto de brinquedos fechar devagar e senti-me aliviada por Peter ter entendido a mensagem do marido difícil. Dylan desceu do banco para mostrar a Phillip seu novo conjunto magnético de xadrez. Uma vez que Phillip colocava na cabeça que ensinaria aos filhos um jogo como xadrez, ele o fazia muito bem. Eu ficava triste por ele não dar mais atenção às crianças.

— Você vai jogar xadrez comigo depois do jantar? — pediu Dylan.
— Aprendi umas jogadas novas.
— Talvez, não posso prometer. Preciso verificar umas coisas...

E Phillip pegou o BlackBerry de novo e começou a mexer nos botões.

Phillip nem sempre estava distraído por causa do trabalho ou tinha ataques de pânico por causa de abotoaduras, mas — eu tinha de encarar a realidade — houve sinais de advertência que eu optei por ignorar quando me apaixonei por ele.

Nós nos conhecemos em Memphis em uma viagem de negócios. Era 1992: os golpes na Europa Oriental tinham acabado e as revoltas por causa do incidente com Rodney King estavam apenas começando, e Dan Quayle era ridicularizado por escrever a palavra "potato" (P-O-T-A-T-O-E) errado. Eu estava com 22 anos e começando a trabalhar no programa de análises na Smith Barney, tendo ido para Wall Street depois da faculdade em uma tentativa errônea de agradar ao meu pai contador. Era viciada em política desde o ensino médio e já tinha sido estagiária tanto no partido Republicano quanto no Democrata nos verões que eu passava em Minnesota. Depois de ter intencionalmente trabalhado para os dois lados, assumi uma postura mais centrada. Tudo o que eu queria era trabalhar em um escritório político em Nova York. Talvez até para o prefeito. Ainda assim, estava dando o melhor de mim em um banco em Nova York que estava recrutando em Georgetown.

Phillip e eu estávamos trabalhando na colocação primária de títulos de uma grande empresa de distribuição em Memphis, mas antes que o negócio pudesse ser feito, um grupo de banqueiros e advogados teve de vir até aqui para auditoria.

Eu ocupava o degrau mais baixo, trabalhando com os números até tarde da noite. Phillip era um sócio júnior bem-sucedido de uma grande firma de advocacia, tendo três sócios seniores acima dele na viagem. Havia oito pessoas na reunião, e eu era a única mulher. Na segunda manhã de trabalho, enquanto o resto de nós estava mergulhado até o pescoço em planilhas de Excel, Phillip passou pela porta com uma hora de atraso e uma pilha de relatórios nas mãos.

Ele não se desculpou nem pediu licença para interromper, apenas afirmou:

— Vocês fizeram tudo errado. Fiquei acordado a noite inteira corrigindo os relatórios e quero que ouçam com muita atenção o que descobri.

Ele começou a explicar como havíamos estragado nossa análise e basicamente perdido nosso tempo. O fato de que o chefe dele estivera nos orientando o tempo todo não o impediu de continuar. Esse motim talvez fosse inadequado, mas ele tinha a vantagem de estar certo. O desempenho de macho dominante me conquistou. Na época eu não era sofisticada o suficiente para saber que a sua confiança era alimentada por um senso vergonhoso de direito.

Enquanto ele estava ali em pé, sacudindo os relatórios, analisei os cabelos escuros que caíam um pouco sobre as orelhas e o colarinho. O terno era benfeito e o punho bem colocado na altura do pulso. Banqueiros e advogados antiquados nunca tinham cabelo comprido. Eles queriam parecer o mais profissionais possíveis para os clientes corporativos — este cara certamente não se ajoelharia diante de ninguém. Ele tinha pelo menos 1,80 m de altura, um físico esbelto e pernas longas e magras. Vi os músculos de suas coxas sob a calça enquanto ele dava a volta na mesa, colocando os arquivos na frente de cada um de nós.

Ele olhou para o meu chefe, Kevin Kramer, e disse:

— Tudo bem, gente. Mudança nos planos. A partir de agora trabalharemos da seguinte forma: se olharem para o prospecto...

Lembro-me de pensar que Phillip até podia ser um cara que tinha comida na geladeira. Seus grandes olhos azuis e seu rosto forte me conquistaram. Phillip me lembrava os alunos da escola preparatória com cabelos compridos, que escolhiam os atalhos e jogavam *Frisbee* no gramado da frente da minha escola secundária em Minneapolis, os pelos louros do peito deles brilhando de suor enquanto mergulhavam para agarrar o disco.

Havíamos trabalhado até meia-noite na terceira e última noite, quando ele sugeriu que quatro de nós saíssemos para tomar um drinque no bar do Hotel Peabody, o estabelecimento mais antigo de Memphis. Phillip sentou-se ao meu lado, ignorando-me e conversando com meus chefes, Kevin e Donald, do outro lado da mesa. O lugar com painéis de carvalho era escuro, com velas brilhando em vasos com cores de pedras preciosas colocados em cada mesa. Um *bartender* gordo com uma camisa de smoking aberta conversava com um cliente local que usava um chapéu preto de caubói.

Eu me sentia um pouco intimidada por Phillip, mas completamente hipnotizada por sua competência. Dividi-lo com meus dois chefes chatos não tinha nada de divertido. Kevin e Donald só ligavam para como conseguiriam fazer mais dinheiro.

Kevin olhou para Ross Perot, que estava aparecendo na CNN de uma televisão colocada no alto de uma parede.

— Dá para acreditar nesse cara? Nos Estados Unidos da América, nossa grande nação? Como ele quer que um sistema de três partidos funcione aqui? Pode esquecer!

Eu esperava que meu rosto não refletisse o desdém que sentia em relação a esse tipo de comentário político ingênuo.

— Alou? — disse ele, olhando para mim, agindo como se estivesse falando com uma criança. Ele fez uma concha com as mãos e colocou-as de um lado da mesa. — Temos os Democratas aqui. — Depois colocou as mãos do outro lado da mesa. — E os Republicanos aqui. Dois partidos. Entendeu?

— Sim, Kevin. Entendi. Mas será que você já ouviu falar em uma coisa chamada Bull Moose Party?

É claro que não ouvira.

— Bull Moose o quê?

— É, não é nada de mais. Só o partido de Teddy Roosevelt — respondi, mastigando um cubo de gelo.

— Tudo bem, espertinha, então isso aconteceu uma vez. Mas meu argumento ainda é válido.

Ele fez um som insolente, pegou um punhado de castanhas e sacudiu-as na mão como se fossem dados.

Agora era a minha vez. Isso era divertido. Bati na mão dele.

— Também teve o Dixiecrats. Você sabe, aquele Stom Thurmond: apenas outro político sem importância.

Roger piscou para mim.

— Grande coisa: duas vezes na história.

— Na verdade, um pouco mais do que isso. — Eu não conseguia esconder o meu prazer em vencê-lo, mesmo que nem estivesse me esforçando muito. — George Wallace em 1968 e 1972 e John Anderson em 1980.

Os três homens ficaram impressionados. Phillip começou a rir e jogou o braço atrás do banco. Inalei o cheiro quente de macho dominante.

— Kevin, talvez ela trabalhe *para* você, mas ela acabou com você.

— É. E quem você acha que a contratou? Eu! Sabia que ela tinha um quê a mais.

Assunto encerrado. Kevin e Donald começaram a discutir os méritos de fazer uma oferta pública inicial em comparação com uma recapitalização. Phillip mexeu o gelo do seu uísque Johnnie Walker Black com o dedo, lambeu-o e depois colocou a mão sob o meu cabelo.

— Você não vai trabalhar em um banco de investimentos pelo resto de sua vida — sussurrou ele no meu ouvido.

— O quê?

Será que ele detectara erros no meu trabalho?

— Não está no seu sangue — sussurrou ele de novo. — Você é muito mais interessante do que isso.

Depois de dizer isso, ele continuou me ignorando pelo resto da noite e mal se despediu quando subiu para o quarto.

Fiquei devastada. Na manhã seguinte, ele estava em Houston, e eu tinha voltado para o meu apartamento na East 30th Street em Murray Hill. Lembro-me de me encostar na frágil porta de sanfona da minha minúscula cozinha, tendo a absoluta certeza de que nunca mais encontraria alguém para amar. Eu passara um ano e meio com um editor de revista sedutor que me traiu e foi despedido por não ser confiável. Esse cara arrojado chamado Phillip por quem eu ficara obcecada desde Memphis estava totalmente fora do meu alcance. Nova York é a cidade mais solitária do mundo quando se está solteira e confusa e se odeia o emprego.

Mas, de qualquer forma, fui atrás dele. Nas duas semanas que se seguiram, mandei a Phillip três bilhetes escritos a mão presos por um clipe na frente dos memorandos de negociação, tentando desesperadamente inventar motivos para ele me ligar. Não funcionou. Ele ligou para o meu chefe. Às vezes, quando estava indo para casa, eu me demorava na entrada da firma de advocacia dele, que ficava a duas quadras do meu banco. Na confusão de ternos cinza que inundavam as calçadas de Wall Street, eu não o vi nem uma única vez.

Cinco semanas depois, por volta das 18 horas de um dia agradável de outono, eu estava tentando pegar um táxi, quando uma BMW prata conversível encostou na calçada.

— Quer uma carona, banqueira?

Meu coração saltou dentro do peito.

— Pensei que você tinha dito que eu não deveria ser uma banqueira.

— E não deve. E você sabe disso. Quer uma carona?

A gravata e o paletó estavam no banco de trás e ele tinha aberto os dois botões de cima da camisa. Usava óculos de sol Ray-Ban modelo aviador.

— Tem certeza?

Eu não podia acreditar que isso estivesse acontecendo comigo.

— Claro que tenho certeza.

E quatro meses depois eu estava deitada diante da lareira dele sobre o tapete Aubusson gasto com a cabeça apoiada em uma almofada de tapeçaria grossa no seu apartamento de dois quartos em um pequeno prédio construído antes da guerra que ficava na 71th Street, entre a Park e a Madison. Estávamos nos beijando havia uma hora. Phillip amava beijar. Nunca havia encontrado um homem que não estivesse ansioso para chegar ao próximo estágio. Não que não transássemos como coelhos naquela época.

Phillip havia se levantado para encher minha taça de vinho, e eu observei-lhe as costas nuas enquanto atravessava o corredor. Ele dava passos elegantes, fortes e decididos. Eu ainda não conseguia acreditar que ele havia se apaixonado por mim, uma morena baixa, suburbana de classe média, em vez de por alguma deusa loura do clube. Eu me preocupava com o que aconteceria quando meus pais viessem me visitar e insistissem para assistir a um musical da Disney e fazer um tour pela cidade em um ônibus de dois andares.

Ele se sentou ao meu lado com as pernas cruzadas e colocou minha mão sobre seu joelho. A calça dele estava tão esfarrapada que parecia flanela fina.

— Então, vou dizer o que penso: acho que deve pedir demissão.

— E fazer o que para me sustentar?

— Eu nunca sugeriria que você não trabalhasse. Mas você precisa de uma mudança. Você tem de mudar de área agora, enquanto é jovem. Enquanto não é nada de mais entrar por baixo.

— É muito difícil conseguir trocar.

— Vou ajudá-la. Ou pelo menos ajudá-la a ter confiança. Olhe para isto. — Ele apontou para cinco jornais bagunçados no chão ao meu lado. — Você é uma jornalista. Está na sua alma. Você passará para isso de forma natural. Você sabe muito sobre política e notícias estrangeiras e nem sequer está nessa área. O que você pensa que está fazendo examinando planilhas de Excel sobre alguma oferta pública inicial quando podia estar trabalhando com algo de que realmente gosta?

— Eu tentei. Já lhe contei isso. É impossível conseguir um emprego desses. Não basta você decidir que quer entrar na área de jornalismo ou política assim.

— Sim. Você pode. Você está mais qualificada agora. Você seria ótima para o caderno de negócios do *New York Times*. Você já escreveu a monografia da faculdade e agora conhece a Wall Street.

— Você não sabe o que está dizendo. É preciso passar três anos no *South Florida Sun-Sentinel* antes de sequer poder passar pela porta de um jornal de Nova York. Eu teria de me mudar para alguma cidade pequena e começar a trabalhar muito rápido.

— OK. — Ele fez uma pausa. — Isso definitivamente não vai funcionar para mim. Não mesmo. — Ele pensou um pouco mais. — E o que você acha de telejornalismo. Tente conseguir um emprego como pesquisadora na CNBC ou em qualquer um desses novos canais a cabo. Você tem experiência em negócios agora, eles vão querê-la. — Ele colocou um joelho sobre o meu estômago e apoiou-se no cotovelo. Nossos rostos estavam próximos e ele acariciava o meu com a ponta dos dedos. — Você vai fazer isso. E eu vou assistir a todos os passos até você chegar lá.

— Vai?

— Você confia em mim?

E eu confiei. E este é o paradoxo de Phillip. Este sempre foi o paradoxo de Phillip: ele é um garoto mimado, que tem ataques infantis de raiva por nada, mas quando você precisa que algo seja feito, não existe ninguém melhor do que ele para estar ao seu lado. E este era o motivo pelo qual eu ainda estava com ele depois de dez anos de casamento. Ele sempre conseguia fechar o negócio. Eu desprezava sua obsessão por dinheiro, que havia se disseminado como metástase com o passar dos anos. Ele estava sempre se comparando com nossos vizinhos mais ricos da elite de Nova York, com o avião ou o apartamento maior de alguém. Ele parecia não ser capaz de perceber como tínhamos sorte, e sua autoconfiança exibicionista deveria tê-lo ajudado a se elevar acima dessas besteiras, mas não ajudou. Em vez disso, levou-o a crer que ele merecia mais, que deveria ser ainda mais rico.

Mas havia três crianças adoráveis nessa equação. Ele tentava ser um bom pai para elas. Ele ainda me amava. Então, eu me obrigava a fazer as coisas darem certo.

— Carolina! Onde está meu sanduíche?
— Está aqui no balcão, Phillip — disse eu.
— Desculpe. — Ele abriu o pão para se certificar de que havia maionese e mostarda suficiente de cada um dos lados. — Ei, Dylan, quem era aquele cara que estava sentando aqui à mesa com você mais cedo?

Phillip não ligara Peter ao homem vestido de macacão laranja e pronto para um ataque de antraz algumas semanas antes.

— Era o Peter — respondeu Dylan. — Ele é tipo um treinador.

Carolina derrubou algumas panelas na pia, parecendo ocupada para que pudesse ouvir a conversa.

Phillip olhou para mim cheio de suspeitas.

— Por que o treinador veio jantar com as crianças hoje? Ele veio trazer Dylan?

— Querido, eu já expliquei para as crianças. — Sentei-me na extremidade da mesa, tentando agir como se não fosse nada de mais. — Yvette tem ficado um pouco sobrecarregada no período da tarde por ter de levar todos para suas atividades. Peter vai ajudá-la um pouco, especialmente com Dylan. Você sabe, os garotos podem brincar um pouco antes do jantar.

— Bem, parece divertido, não é Dylan? — perguntou Phillip, com um tom de voz um pouco agudo.

Dylan sentiu que o pai estava incomodado com o babá. Então tentou tirar proveito da situação.

— Claro. Por que não? E ele é muito bom em matemática.

Esfaqueie seu pai e depois mostre a faca.

Phillip pareceu realmente magoado, mas não conseguiu argumentar ou tranquilizar o filho. Em vez disso, pegou a bandeja com o sanduíche de presunto, um punhado de biscoitos e uma garrafa de Snapple, o saleiro e o recipiente de pimenta, um jogo americano e um guardanapo combinando. Ainda segurando as pastas sob os braços, ele pegou a bandeja e começou a se afastar, mas parou no meio do caminho e virou-se tão rápido que a garrafa de Snapple quase caiu no chão.

— Jamie, será que você poderia me encontrar no estúdio? Tenho um assunto para discutir com você.

Merda.

Phillip recostou-se em sua cadeira, esfregando os olhos com as mãos. Enquanto me encarava sem nenhuma expressão no rosto, ele deixou os dedos escorregarem pelo rosto. Aos 42 anos, ele ainda era extremamente bonito, ainda mais do que quando estava na casa dos 30 anos, mas hoje seu rosto parecia indefinido e pálido. Ele cruzou as mãos e colocou-as sobre o peito.

— Acredite em mim, Jamie, quando digo que tenho problemas mais sérios do que este no trabalho, nos quais deveria estar me concentrando agora. Mas estou curioso para saber por que agora temos um treinador na nossa folha de pagamento.

Sentei-me em uma cadeira forrada de tecido vermelho exuberante e apoiei os pés na poltrona. Uma estante verde-floresta contendo livros de direito encadernados em couro preenchia as paredes do estúdio de Phillip. Uma luminária de metal adornava cada coluna das estantes, conferindo um brilho suave aos volumes gastos de couro marrom. Este era o aposento mais extravagante do apartamento e, como era de se esperar, meu marido o adorava. Uma televisão de plasma ocupava a parede à minha esquerda. À minha direita, estava a mesa de Phillip, com pastas e documentos empilhados sobre ela e no chão ao seu lado. Também comecei a esfregar a testa com os dedos e depois os deixei escorregar pelo rosto. Eu não queria conversar sobre o babá.

— Por que você tem chegado mais cedo em casa?
— Eu perguntei sobre o treinador, Jamie.
— E eu perguntei sobre o trabalho.
— Jamie, quem é o treinador?
— Ele?
— É. Ele.
— Ele é um garoto do Colorado que conheci e que vai ajudar de vez em quando com as crianças.

— Com que frequência?
— Hummm. — Pausa longa. — Todos os dias.
— O quê?! — Phillip bateu com as mãos na mesa e olhou para mim. — Durante três anos Yvette e Carolina trabalharam muito bem sozinhas, e de repente, um dia, você contrata outra pessoa em período integral e nem me conta? Você acha que eu cago dinheiro?
— Você deveria ficar muito orgulhoso do quanto ganha, agora que se tornou sócio e nós pudemos comprar este apartamento grande.
— O apartamento não é grande.
— Sim. É muito grande.
— Nós nem temos uma sala de jantar.
— Pobrezinho.
Ele deu de ombros.
— Sou pobre.
— Ai, meus Deus. Não vamos começar de novo.
Ele afrouxou o nó Windsor da gravata.
— Ouça, eu não digo pobre em comparação com as pessoas lá fora, que vivem em sei lá qual bairro. Estou falando *daqui* — afirmou ele, apontando para o chão. — Da minha vida. Da *minha* realidade. É sobre isso que estou falando e é isso que importa, OK?
— Você está indo muito bem, Phillip.
— Não, não estou. Vinte anos em uma das principais firmas de advocacia e eu ainda tenho de lidar com o limite de três cartões de crédito todos os anos. — Ele enrolou as mangas da camisa. — Cinquenta mil para o colégio de dois filhos, 180 mil por ano para a hipoteca e a manutenção, cem mil para a hipoteca e os reparos da casa de campo, mais cem mil para Yvette e Carolina. E agora você quer acrescentar mais uma pessoa à folha de pagamento? — Enquanto ele saía do estúdio e entrava no nosso quarto, gritou: — Comida, roupas e duas férias, e eu fico zerado. Mais do que zerado. Não dá para guardar nada. Isso é péssimo.

Phillip foi criado num tempo em que seu pedigree de anglo-saxão branco e protestante era o suficiente para comprar poder. Quando ele era criança, ele não pagava pelos lanches no clube que frequentava. Foi para a mesma escola e para a faculdade que faz parte da mesma Ivy League que o pai e o avô frequentaram. Entrou para uma firma renomada de advocacia. Fez tudo certo. E, sim, seu passado de sangue azul ainda contava em Park Avenue, mas nessa época pós-1990, pós-explosão da internet e pós-11 de setembro, as medidas sociais ficaram mais cruas. E, agora, o dinheiro ultrapassava questões de berço. Phillip hoje ganhava 1,5 milhão de dólares por ano. Para o pessoal da elite de Nova York, diz ele, esse é o salário mínimo. E o mais doentio de tudo é que ele está certo.

A maioria dos banqueiros da elite da sociedade ganha muitos milhões, alguns chegam a dez milhões. Ele vê homens da sua idade dirigindo corporações, construindo uma terceira casa em resorts de esqui e alugando ou comprando aviões. E ele se pergunta o que fez de errado. Por que eles têm aquilo tudo e ele, mesmo trabalhando feito um louco, continuava pobre no final do ano? Os ricos não ficam mais ricos por causa de heranças inesperadas; eles ficam mais ricos porque nunca se sentem ricos.

Achei que ele estava ajeitando obsessivamente os vincos de sua calça antes de pendurá-la.

— Você sabe que o problema não é o dinheiro, Phillip. Já contratei e despedi várias pessoas sem sequer perguntar a você.

— Tudo bem, Jamie, então me diga exatamente qual é o problema. Ou será que você está querendo dizer que o problema é *meu*?

— Você sabe... — Ergui a cabeça. — Deixa para lá. Ouça nós só vamos tentar isso por um tempo.

— Não. Eu realmente quero saber. Qual é o *meu* problema, ou melhor dizendo, o que você quer? O que você acha que é o *meu* problema? Mesmo. Estou curioso. Muito curioso sobre esse meu problema.

— Eu só acho que você não gosta do fato de haver um homem em casa quando você não está.

— Por causa de você e *ele*?

— Meu Deus, não! — Tive de rir. — Não por causa de mim e ele. — Eu não tinha cem por cento de certeza de que estava sendo sincera na última frase. — Mas por que um cara está brincando com seus filhos quando você não está em casa e você preferiria que fosse uma mulher. Uma mulher faria com que se sentisse menos culpado, pois você não estaria sendo substituído.

Ele colocou as mãos no quadril.

— Você está muito certa. Eu não gosto que um vadio com calças de esqui e treinador sei lá do quê, com cara de bobo, ensinando meus filhos a jogar futebol no Central Park enquanto eu estou dando duro para pagar o salário dele. Você está certa, Jamie. — Agora ele estava apontando o dedo para mim. — Eu não quero um pai de aluguel nesta casa. Não precisamos de um e não teremos um. Foi uma péssima ideia desde o começo.

Tirei o dedo de Phillip da minha cara.

— Sei que não é o ideal. A realidade é que você trabalha como um cachorro a semana toda e não tem como pegar as crianças na escola, passar a tarde com elas e nem mesmo jantar com elas. De qualquer modo, esta conversa não deveria ser sobre você. Deveria ser sobre o nosso precioso, doce e confuso Dylan. Nosso filho precisa de mais atenção do que tem recebido de nós dois.

— Então pare de trabalhar tanto e coloque Dylan em mais atividades esportivas à tarde. Ele é bom nisso. E sobre o seu tempo? Você não pode manter esse ritmo com três filhos; com dois talvez, mas não com três. Mesmo com um emprego em meio expediente você está no limite. Eu vivo dizendo para você trocar o seu emprego por uma pequena empresa de consultoria por cinco anos. *Depois*, você pode voltar. — Ele soltou o ar de forma ruidosa. — Não podemos continuar contratando pessoas para criar nossos filhos.

— Phillip, eu não sou o tipo de mulher que larga o emprego. Aliás, o fato de eu ter um emprego me faz uma mãe melhor quando estou em casa. Você sabe disso.

— Eu não compro essa desculpa esfarrapada de que ter um emprego a torna uma mãe melhor. As crianças precisam de mais tempo. Tudo em nossa casa precisa de mais tempo. — Ele caminhou até a janela. — Por exemplo: as persianas do meu estúdio estão sempre meio fechadas. Há quanto tempo? Eu realmente gostaria de ver o sol de manhã. Quantas vezes tenho de pedir para...

— Vamos manter o foco da conversa: as crianças. Dylan, em particular. Fico em casa com eles dois dias por semana e tiro as tardes de folga quando posso. Meu trabalho não está me atrapalhando na criação de nossos filhos. — Parei um pouco para pensar em como eu poderia explicar que eu estava contratando alguém para substituir *a ele*, não a mim. — Dylan precisa que sua autoestima seja trabalhada por um homem. E isso é algo que Yvette e eu não podemos fazer durante a semana. Isso não tem nada a ver comigo ou com você. É sobre a autoconfiança de Dylan.

— A questão é muito simples. Eu não me sinto à vontade com um treinador trabalhando com Yvette e Carolina na minha casa. Nas quadras de esporte, tudo bem. Mas não na minha casa. É peculiar. Enquanto eu estiver pagando as contas, é como vai ser.

— Espere aí, eu pago as prestações do carro, a garagem, as roupas, as pequenas despesas da casa...

— Quer saber do que mais? Eu não dou a mínima para o que você paga. O treinador não vai receber pagamento de *ninguém* nesta casa.

Meu marido tinha partido de novo. Ele havia aparecido por um breve instante e depois voltara a se transformar no advogado do mundo. Na sua cabeça, o problema do treinador estava resolvido e encerrado. No entanto, havia uma questão, eu não tinha como me livrar do meu problema com o treinador, que estava começando a se tornar um problema de verdade. Eu estava começando a me importar demais com o que Peter pensava de mim, como ele reagia às minhas brincadeiras e mesmo com o que eu usava quando estava perto dele.

Nesse meio-tempo, Phillip já estava em outra. Ele começou a mexer no BlackBerry com a ferocidade de Beethoven e nem ergueu os olhos quando saí do estúdio em silêncio.

9

Pega no flagra!

Minha amiga Kathryn era uma dessas pessoas que podia jogar um cachecol velho sobre uma caixa de madeira e fazer com que parecesse uma pied-à-terre parisiense de alguma condessa.

Havíamos acabado de ver uma série de pinturas enormes no seu estúdio na Laight Street, em Tribeca — todos eles pintados com alguma tonalidade de azul —, e voltáramos para o seu loft do outro lado do salão. A mesa sobre um suporte que ficava na extremidade da cozinha estava posta. Havia queijo e presunto comprados na mercearia italiana da esquina. A mesa parecia uma pintura perfeita: pão, carne e queijo em uma antiga tábua de pão, chá gelado em uma jarra verde de vidro, guardanapos macios de linho com a bainha aveludada. Havia cadeiras antigas e sofás espalhados ao redor do local, junto com estranhos abajures e mesas que Kathryn e o marido, Miles, haviam escolhido em brechós e lojas de antiguidades. Havia três pequenos patinetes no chão, ao lado da porta. O piso era de madeira escura e brilhante e estendia-se por todo o aposento, e janelas que iam do chão ao teto emolduravam a vista do Battery Park e do rio Hudson.

— Consigo entender o lance existencial, estilo Woody Allen, "no final das contas, estamos sozinhos". Mas de que maneira borrifos azuis representam isso? Por que azul? O azul é o céu aparecendo e representa um tipo de símbolo de esperança ou é o azul depressivo de Picasso? — perguntei a Kathryn.

Suas pinturas certamente eram fortes e depressivas, mas eu não fazia a menor ideia do que queriam dizer.

Kathryn apenas deu de ombros e passou a mão na minha cabeça enquanto se dirigia à geladeira. Ela não ligava para o fato de eu nunca conseguir entender seus quadros. Mas Miles, que também era um negociante de obras de arte, se incomodava com isso. E aparentemente as pessoas antenadas da cidade, que pagavam muito dinheiro para ter um trabalho dela nas paredes de seus lofts, também.

— Eu me cansei dos autorretratos — explicou ela. — E também já estava enjoada do pornô encontra a inocência. Então dei um basta à pintura de retratos e voltei ao abstrato. Este é o meu estágio final de De Kooning, mais um pouco mais cedo!

Ela estava debochando de si mesma e do mundo estranho da arte do qual fazia parte, mas eu ainda estava totalmente perdida.

— Você não entende? — reprovou ela. — É o todo sendo borrifado na tela. Cada marca deve ser migratória. O artista está catalogando de forma visual os passos que cada indivíduo dá em sua viagem solitária pela vida.

— O que é "migratória"?

Ela riu.

— Relaxe. Foi isso que escreveram no catálogo!

Miles serviu-se de um copo de chá e pegou um grande pedaço de pão com um pedaço de parmesão em cima.

— Com o azul, ela está tentando compreender a nossa identidade em relação a nós mesmos e ao universo. E, nessa busca por nossa identidade, acabamos indo juntos, e é aí que a palavra "migratória" se encaixa. — Ele jogou um pedaço de pão em mim. — É só papo de arte. Você tem de fazer isso.

Havíamos vindo ao centro da cidade para que Kathryn pudesse revelar para a sua melhor amiga o novo "formato" que a arte estava adquirindo. Sempre foi uma piada entre nós o fato de termos gostos opostos: ela era do tipo livre, criativo e de cabelos rebeldes, e eu era do tipo rígido, com cabelos escovados e impecáveis. Ela vivia me dizendo que eu me concentrava muito em ser uma "produtora" e não aproveitava o tempo para contemplar a música cósmica das esferas.

Miles quebrou um pedaço de parmesão e me entregou.

— A propósito, Jamie, bom encontrar você abaixo da 57th Street. Teve algum efeito colateral?

— Pode parar, Miles. — Kathryn deu um beijo no marido.

— Ah, eu sei que ela é legal. — Ele pegou uma fatia de salame italiano. — Meio legal.

Ele, que havia chegado em casa junto conosco para o almoço, tirou a jaqueta de camurça de um time de beisebol e jogou-a no sofá de veludo marrom. Embora muito insolente, Miles era um gato: um homem grande, maciço, de 1,85m, com cabelos castanhos curtos e um sorriso perfeito. Ele sempre usava camisetas pretas com as mangas dobradas para que as mulheres pudessem ver seus bíceps fortes. Kathryn tinha de fazer *ménage a trois* uma vez por mês com a vizinha solteira do andar de cima para mantê-lo fiel. (Phillip teria me dado um Lamborghini se eu aceitasse fazer isso.)

Kathryn e eu nos juntamos a Miles na parte equivalente à sala de estar em seu estúdio; dois sofás Nina Campbell, com almofadas indianas descoordenadas.

— Como vai Phillip? — perguntou Miles, alegremente, colocando o braço ao redor dos ombros de Kathryn.

Miles não suportava Phillip. Esse era o motivo por que nunca saímos juntos como casais — a única vez que o fizemos, Phillip deu a Miles alguns conselhos indesejados.

— Ei, cara — dissera Phillip. — Você reclama de transportar a sua mercadoria. Ou de não transportá-la, como é o caso aqui. Mas o problema real é que a arte não vai levá-lo a lugar nenhum. Claro, se você trabalhar na Gagosian Gallery ou se representar Warhol e Rothko ou quem quer que seja que eles representem, aí, sim, você vai conseguir algo. Mas não com...

— Eu não estou *tentando* trabalhar na Gagosian — respondera Miles com um grande toque de desdém. — Eu represento artistas emergentes. Esse é o meu forte. Descobri-los, criá-los, encontrar clientes que vão apoiá-los. Se os ricos não comprarem obras de arte de artistas emergentes desta cidade, eles não sobreviverão.

— Tudo isso é bom e legal. Mas, no final das contas, estamos falando de joões-ninguém. Uma galeria cheia de obras de arte de joões-ninguém que ninguém vai comprar. E isso, meu amigo, é a verdade nua e crua. Então, você tem de rever a sua estratégia. — Miles lançara um olhar para Kathryn e eu chutara Phillip por baixo da mesa. Ele havia entendido. — Por outro lado, se essa é a sua vocação, certamente há algo de admirável nela. E estou certo disso.

Certo disso? O meu marido advogado?

Miles chamara o garçom e pedira a conta.

— Eu gostaria que você desse outra chance a Phillip, Miles. Ele é bom nos negócios e vocês poderiam falar sobre algum planejamento financeiro.

— Você acha? Talvez pudéssemos tomar um drinque no Racquet Club?

— Eu não estava falando sério.

— Eu não vou aceitar os conselhos do seu marido, mas Kathryn e eu vamos seguir o seu exemplo com esse lance de ter um babá. Conseguimos um estudante universitário para os gêmeos.

— Eu sei. Estou feliz por estar funcionando.

— Então, como Phillip está lidando com o Sr. Babá Fabuloso? — perguntou Miles.

— Phillip acha que eu o despedi.

— O quê? — Kathryn quase cuspiu o chá na mesa. — Estamos em novembro. Peter deve estar trabalhando para você há dois meses, não é?

Olhei para todos os lugares, procurando evitar a expressão chocada dos dois. Tentei até me concentrar em um quadro de Kathryn vencedor de prêmios intitulado *Flight of Fancy*.

— E daí?

— E daí que você está *escondendo* um babá do seu marido? — Miles estava chocado. — Como você consegue isso?

— Phillip está sempre viajando.

Kathryn apoiou a cabeça nas mãos.

— Isso é realmente saudável — debochou Miles. — Nem mesmo *eu* seria capaz de fazer isso com o seu marido.

— Eu só não tive forças para continuar conversando. Isso é tudo.

— Conversando com quem? — perguntou ele. — Com o seu marido ou com Peter?

— Com o meu marido! Eu não vou mandar Peter embora de jeito nenhum.

— Então, na verdade, você está escolhendo Peter no lugar do seu marido.

— Esse é um modo ridículo de olhar a situação. Peter *trabalha* para mim.

— Ei, Kathryn, ela não está escolhendo o babá no lugar do marido?

— Sim. E você vai deixar o seu marido *este* ano? — Kathryn finalmente ergueu a cabeça e pulou direto na jugular. — Primeiro, você disse isso há três anos. Depois, disse o mesmo no ano passado. E sobre este ano? Alguém quer apostar?

— Não quero falar sobre isso. E quanto a Peter, uma vez que Phillip perceba o quanto ele está ajudando Dylan a parar de se sentir ameaçado, ele ficará feliz em tê-lo conosco.

Kathryn estava escandalizada.

— Por quanto tempo pretende ficar neste limbo? É muito estranho. Estranho mesmo. Sem mencionar que ele é formado e está basicamente trabalhando na sua casa o dia todo.

— Assim como o seu babá.

— É diferente. O nosso ainda está na faculdade e só trabalha aqui por algumas horas.

— Tudo bem. Tudo bem. Sei que é estranho. E se você tivesse me dito há dois meses que eu contrataria um homem de 29 anos, com mestrado, para trabalhar junto com Yvette, eu teria dito que você estava drogada. Mas está funcionando, e eu não vou parar porque "ainda não está acabado". — Fiz um gesto como se estivesse colocando "ainda não está acabado" entre aspas e lancei-lhe um olhar esnobe.

Miles levantou-se e foi para cozinha fazer algo. Ou assim parecia.

— Eu não sou o tipo de pessoa que liga para o que "está acabado". — Ela me lançou um olhar esnobe de volta. — Sabemos que o cara é fantástico; não há dúvida quanto a isso. Mas ele não é um pouco fracassado por ter quase 30 anos e querer ser um babá?

— Eu não acho. Eu já disse a você que ele está desenvolvendo um programa online para escolas públicas da cidade para ajudar professores e alunos a se comunicarem melhor quanto ao dever de casa. Quando ele me explicou o programa, pareceu-me totalmente inteligente. Nesse meio tempo, ele precisa de um trabalho que ele não leve para casa. E Peter ama crianças. E o mais importante, ele ama o meu filho.

— E você tem certeza de que ele não é um pedófilo?

— E você? Tem certeza de que o seu não é? Eu já disse a você, Charles fez a checagem dos antecedentes dele. Juro que ele não é.

Tirando Phillip, eu estava ficando um pouco incomodada de ter de justificar as minhas decisões sobre meus próprios filhos.

— Dylan ficou menos sarcástico. Menos cínico. Menos retraído. E eu dou o crédito disso a Peter. Meu filho está começando a sentir um pouco de alegria de novo. Ele começou a curtir as aulas de educação física outra vez. O psicólogo não estava chegando a lugar nenhum, e eu não conseguia entender o que estava acontecendo.

— Então posso concluir que você gosta desse cara?

Senti o puxão de um sorriso irresistível.

— Nós nos damos muito bem. Ele me respeita, mas ainda que não conversemos como... como iguais, não exatamente...

Pensei numa outra manhã: as crianças estavam se aprontando e eu havia pedido a Peter para chegar mais cedo para levá-los à escola para mim. Eu tinha decidido ir correr no parque antes do meu voo para Jackson. (Eu ia me encontrar com Theresa Boudreaux; ela precisava se sentir mais confortável comigo antes da entrevista. Esse tipo de negociação pode levar semanas ou meses para se acertar.) Quando ouvi a voz de Peter na cozinha, eu rapidamente troquei as calças largas de ginástica por um short curto. E consegui obter a reação que eu esperava: quando entrei na cozinha vestindo aquele short curtinho, ele imediatamente me olhou de cima a baixo e depois pareceu se controlar. De repente, senti que seria mais prudente tentar mudar de assunto com meus amigos.

— Tudo bem, então ele a trata como a chefe, mas também como se fosse uma colega?

— É, uma colega.

Miles voltou e entrou na conversa.

— Então, por que você está sorrindo?

— Não estou sorrindo.

— Ah, por favor! — riu Kathryn. — O que estou captando aqui? Você não se relaciona com ele do mesmo modo que se relaciona com Carolina e Yvette, não é?

— Você está brincando? Não! Mas o que é isso? Um interrogatório? Por que vocês têm de ser sempre tão duros? — perguntei. — Não, eu não converso com ele como se ele fosse um namorado, mas converso em um nível mais profundo do que como me relaciono com Yvette. Não há fronteiras culturais, por exemplo. Conversamos sobre alguns assuntos, discutimos as notícias.

— Ah, o lance das notícias — disse Kathryn. — Isso é algo sólido.

— Aonde exatamente você quer chegar?

— Ah, não sei. Um cara bonito, divertido, legal e disponível o tempo todo em casa, com o marido fora. Não posso nem imaginar.

Miles sentou-se novamente no sofá, parecendo estar se divertindo muito. Eles agora estavam um ao lado do outro, como dois professores me passando um teste oral na faculdade de direito.

— Explique com suas próprias palavras o que *você* acha que eu poderia estar imaginando, Jamie — pediu Kathryn.

— Ele mora em Red Hook. Como se ainda estivesse na faculdade.

— Errado! Ele tem 30 anos — respondeu Kathryn. — E já fez mestrado. Posso lembrá-la de que você é apenas seis anos mais velha que ele? Vocês dois são adultos.

— Estou falando sobre atitude. Eu não vou me apaixonar por alguém que sofre acidentes de skate.

— Vou repetir: ele é um adulto com um nível educacional avançado e com muito potencial.

— Você está certa. Ele é inteligente, criativo e engraçado. Ele me faz rir. Está me ajudando a lidar com o meu filho e, sim, algumas vezes conversamos. Mas não sobre o meu casamento de merda, por exemplo. Não ultrapassamos nenhum *limite*. Mas ele fala sobre como era a vida na cidade dele, sobre o andamento do projeto. Então eu estou começando a conhecê-lo e a confiar nele.

— O quanto você confia nele? Você respeita mais a opinião dele do que a do seu marido, por exemplo? Eu só acho que esse lance com o Peter é uma indicação de ...

— Um casamento ruim. Eu sei. É só pelas crianças.

— Obviamente.

— Ainda estou tentando decidir se pais que são civilizados um com o outro são melhores do que a separação.

— Phillip ainda a ama. — O tom de voz de Kathryn se suavizou um pouco. — Isso é mais do que ser civilizado.

— Eu sei. Mas ele não é como antes.

— Tudo bem. Não vou insistir. Independente do fato de Peter ir ou ficar, o maior problema aqui é por que ele parece estar compartilhando a sua vida e Phillip não. Só se certifique de estar entendendo bem o que está se passando antes de seguir em frente.

— Tudo bem. Podemos mudar de assunto agora?

— Só mais uma coisa. — Ela ergueu o polegar no ar. — Você tem de contar a Phillip que Peter está em casa com os filhos dele. — Agora ela ergueu o indicador. — Ou você terá de despedir Peter como você disse que faria.

— Entendi. Eu já disse, vou contar a ele logo.

— Deixe-me ver se entendi: desafie o marido ou despeça o babá — disse Miles com os cotovelos apoiados nos joelhos. — Quando você diz que vai contar logo, o que você vai contar para quem?

— Ainda não cheguei a essa parte.

10

Onde estará você?

Senti a risada pulsando em minhas veias enquanto acelerava a minivan e passava pela ponte Triborough. A sensação de liberdade era maravilhosa demais, excitante demais. Peter estava batendo os dedos no painel do carro ao ritmo de uma música dos Rolling Stones e parecia totalmente relaxado.

Nós dois, mais um Gussie muito feliz, estávamos indo para nossa casa de praia para pegar roupas de inverno, equipamento de esqui e uma caixa de livros para Phillip.

Era um daqueles dias em que todos os prédios da cidade pareciam refletir o sol, e o horizonte de Nova York recortado pelos prédios fazia a cidade parecer Oz. Esta era a cidade dos meus sonhos enquanto estava na faculdade. Eu mal podia esperar para chegar aqui depois de me formar em Georgetown e construir uma vida nova fora de Washington D.C. — uma cidade que, sob alguns aspectos, era mais provinciana que Minneapolis. Goodman estava em outra história, as crianças estavam na escola e, em caráter de exceção, eu me permiti viver o presente e me sentia muuuuuito feliz com isso, como meus pais sempre quiseram.

O trânsito na estrada estava bem movimentado para as 9 horas de um dia de semana. Uma grande caminhonete tipo trailer passou por nós e seguiu pela pista de velocidade mais alta. Eu também queria que Peter me visse como uma garota que sabia lidar com um carro. Queria que ele pensasse que eu era durona. Queria que notasse tudo sobre mim ultimamente. Talvez até desde o início.

— Você certamente sabe dirigir este troço.

— Demorou.

Peter parou de batucar e socou o painel.

Dei língua para ele, mas rapidamente voltei a atenção para a estrada.

— O que foi?

— *Demorou?*

— É. Dylan me ensinou isso.

— Você pelo menos sabe o que significa? — perguntou ele, como se eu fosse uma velhinha sem dentes sentada em uma cadeira de balanço na varanda.

— Para dizer a verdade, sei o que significa, sim. É como "vamos nessa".

— Vamos nessa? — Ele começou a rir.

— É! É isso que significa.

— Não escuto a expressão "Vamos nessa" há muito tempo. Ela caiu em desuso logo depois de Woodstock.

— Você me acha velha e quadrada ou algo do gênero?

— Nós quase poderíamos ter ido juntos à faculdade. Então, eu não acho você velha. Não, você não é velha. Agora, quadrada? Talvez.

Dei-lhe um tapa no ombro. Ele riu para mim, e de repente notei que quando ele ria aparecia uma covinha em sua bochecha esquerda. Eu nunca havia ficado sozinha assim com ele — sem as crianças e sem atividades — e estava gostando disso, sim, muito obrigada. Outro dia, quando Peter se ofereceu para me ajudar com isso, Yvette me lançou um olhar por sobre a cabeça de Gracie. Ela estava certa ao erguer a sobrancelha. Assim como Phillip. E Kathryn. E Miles.

Tudo bem, Jamie, recomponha-se.

— Se você não estivesse me fazendo um favor, eu o deixaria bem aqui na saída, é... 52.

Eu me virei para ler a placa, mas Peter empurrou minha cabeça para que eu voltasse a olhar para a estrada.

— A Long Island Expressway é perigosa. E eu não vejo o mar desde o verão passado, de modo que gostaria muito de chegar lá inteiro. Apenas se concentre na pista, OK?

Seguimos em silêncio, sem a proteção das palavras para evitar a tensão que a presença dele ao meu lado me causava. Eu estava tão tensa quanto no primeiro dia em que Peter foi ao apartamento. Talvez mais.

— Ainda bem que você consertou o computador do quarto dos fundos — disse eu para quebrar o silêncio.

— Eu não consertei. Você comprou um novo.

— Mas você instalou os programas.

— Você mesma poderia fazer isso... se quisesse. Eu poderia ensinar a você.

— Ah, talvez. Não sei. Mas você sabe do que eu realmente gostaria?

— Diga.

— De ter um programa para me ajudar a me organizar com as crianças, sabe? Um tipo de programa que fizesse a minha agenda e a das crianças se sincronizarem de forma perfeita, mas sendo, ao mesmo tempo, completamente separadas. Quando eu fosse imprimir as atividades das crianças, minhas reuniões não precisariam aparecer.

Eu me virava a toda hora para olhar para ele, a fim de me certificar de que ele estava entendendo.

— Ei, já entendi. Por favor, mantenha os olhos na estrada.

— Por outro lado, a minha agenda teria todas as informações sobre o paradeiro das crianças. Meus compromissos poderiam estar em azul e os das crianças, em vermelho. Você pode fazer isso?

Apenas ele e eu no carro, seguindo para a praia juntos. Sozinhos. Eu tendo de conversar com ele durante horas. Eu querendo que ele gostasse de mim. Eu querendo que ele se sentisse à vontade. Respirei fundo.

— Então... Você pode separar as atividades das crianças das minhas desse jeito?

— Posso dizer uma coisa?

— Claro.

— Você está esgotada, moça.

— O quê?

— Sim. Você está esgotada. Acho que precisa de uma longa caminhada na praia.

— Só para que consiga conter as suas ansiedades, nós não vamos à praia. Nós vamos para a nossa casa. Para o porão, para pegar todas as coisas de que precisamos, que você tão gentilmente se ofereceu para carregar. Depois, vamos dirigir de volta a tempo de pegar as crianças. Eu não tenho tempo de ir à praia.

Quarenta e cinco minutos depois, paramos na entrada da garagem de nossa pequena casa de madeira cinzenta. A casa ficava em Parsonage Lane, em Bridgehampton — no vilarejo "realista" entre Gatsbyesque Southampton, onde estava o dinheiro antigo, e a megarriqueza de East Hampton. Cortinas de renda cobriam as janelas dos três quartos e um sortimento variado de móveis velhos cobertos com lençóis florais ocupava a maior parte do espaço da pequena sala de estar. Grandes salgueiros e roseiras malcuidadas cercavam a propriedade, que ficava a apenas oito minutos de distância da praia, se você fosse dirigindo.

Vínhamos para esta casa todo verão e nos fins de semana mais quentes do outono e da primavera, mas assim que o vento frio do final de outubro chegava e passava pelas paredes, Phillip queria ficar na cidade. Eu nunca conseguia tirar toda a areia das tábuas que rangem no chão e sentia os grãos estalando sob as solas grossas dos meus sapatos de inverno quando entramos. A casa tinha cheiro de mofo e sal.

— Não consigo imaginar seu marido aqui.

Notei que Peter nunca usava o nome do meu marido. Ele estava abrindo as portas, procurando um lugar para pendurar o casaco.

— Por que você diz isso? — perguntei, apontando para os cabides perto do espelho do corredor.

— Parece... hum... básica demais para ele.

— Você não está muito errado. Ele não quis mudar a mobília porque era da avó dele. Não há nada novo. Mantenha tudo antigo, mantenha as coisas da vovó intactas, pois isso torna tudo mais autêntico.

Mas você está certo. Phillip sempre reclama quando está aqui porque nada funciona do jeito que ele quer.

— Imaginei isso.

Foi tudo o que Peter disse. Depois ele se abaixou para acariciar Gussie e seguiu para o porão.

Uma hora depois, carregamos o carro com os livros, as roupas e os acessórios de esqui das crianças, e Peter estava levando uma caixa de vinho sobre os ombros.

— OK, isso é tudo.

Ele colocou a caixa no carro e bateu a porta. Dei uma última olhada na casa, sem saber quando a veríamos de novo. A madeira cinzenta parecia leitosa no inverno e tinha perdido o brilho do verão. Ainda era uma casa adorável em qualquer estação, mas depois que eu fechava a porta, ela parecia triste. Eu me perguntava se voltaria aqui para guardar mais memórias de verões felizes — o que era uma pergunta muito dramática, uma vez que não nos divertíamos como família aqui desde que Dylan tinha cinco anos. Ainda assim, a casa era adorável. E eu gostava da fantasia de ser uma mãe feliz com meus filhos correndo pelo quintal.

— Hora de voltarmos — disse eu, por fim.

— Ainda nem é meio-dia. Seria um pecado perder a praia num dia como este. — Peter pegou as chaves da minha mão. — Deixe que eu dirijo, OK?

— Você não conhece as estradas.

— É claro que conheço. Venha Gussie — Eu sabia que não havia como detê-lo. — Venha menino!

O cachorro pulou no carro, abanando o rabo feliz pela manhã livre no quintal.

Com Gussie agora sentado no console da frente, começamos a jornada de volta para Nova York. Gussie era um cachorro livre, que sempre pedia atenção. Ele adorava Peter, que lhe dava quase tanto amor quanto Dylan.

O sol do meio-dia passava pela janela da frente. Coloquei os meus óculos de sol e entreguei a Peter os dele que estavam sobre o painel, depois me reclinei no banco e deixei o sol aquecer meu corpo. Observei a mão direita de Peter sobre o volante — ele parecia ter o absoluto controle do carro. Tinha dedos fortes e definidos. Seu cotovelo estava apoiado na janela. Era o modo de dirigir sem charme e com apenas uma das mãos, comum aos caubóis. Eu sabia que meus pensamentos maliciosos não eram nada, a não ser fantasias de uma mulher em um casamento sem amor — mas eles eram reais o suficiente para que eu pensasse no que Phillip faria se descobrisse que eu havia dormido com "o ajudante".

De repente, Gussie pulou no meu colo para colocar o nariz para fora da janela. Ele só faz isso em dois lugares: quando entramos na alameda que nos leva até a casa ou quando estamos perto da praia.

— Espere, Peter. Vamos lá. Temos de voltar. Vire à direita. À direita — gritei.

— Sei exatamente como voltar para a cidade. O fato é que não vamos voltar para a cidade agora.

— Do que você está falando?

— Está um dia maravilhoso. Nós vamos à praia. O cachorro precisa disso. E, aparentemente, você também.

Ele parou na Coopers' Beach e dirigiu a minivan direto para a areia, de onde podíamos ver as ondas. A essa altura, Gussie estava enlouquecido, de modo que Peter abriu a porta e deixou-o sair. Perto de nós, um cara comendo um sanduíche de carne embrulhado em papel-alumínio dentro de um caminhão Verizon acenou e piscou o olho para mim.

Será que esse cara me conhece? Será que poderia ser um dos comerciantes locais que Phillip sempre destratava? Mesmo que ele não me conheça, ele vai achar que somos um casal. Se eu encontrar alguém, Tony da feira, Roscoe, o faz-tudo que nunca aparece, eles vão achar que estou tendo um caso. Bridgehampton é uma comunidade muito pequena. Não podemos caminhar nesta praia. Mas Peter vai achar que eu sou uma fracassada se eu não conseguir aproveitar a praia por dez minutos com o cachorro.

E eu tinha de admitir que a praia estava bonita. Ainda mais bonita nesta época deliciosa do ano, quando a multidão de veranistas desaparecia. As ondas deslizavam vagarosamente, sem força suficiente para perturbarem os maçaricos que corriam pela areia.

— Está frio demais para caminharmos na praia — disse eu com desânimo.

— Não está tão frio assim. Olhe para as ondas. Elas estão calmas. Isso significa que não está ventando. Vai ficar tudo bem. O cachorro precisa disso. Você precisa disso. E eu amo isso.

— Mas não podemos. Temos de pegar as crianças no colégio.

— Sim. Nós podemos.

Peter pegou o meu telefone e discou.

— Alô, Yvette.

Tentei arrancar o aparelho de sua mão, mas ele se afastou mais. Tentei alcançá-lo sobre o console.

— Devolva o meu telefone! — sussurrei.

— É Peter. Cara, temos muito o que fazer aqui... É, não vamos conseguir chegar a tempo de pegar as crianças. Será que você pode pegar Dylan para mim?... Ótimo... Estaremos em casa no final da tarde.

Ele desligou o aparelho, jogou-o de volta na minha bolsa, saiu do carro e seguiu atrás de Gussie.

Isso era ridículo. Por que eu estava me sentindo tão culpada? Não havia nada de mais em andar um pouco e voltar. Saí do carro e caminhei até a praia. Parei no local onde a areia formava um degrau de um metro. Escorreguei degrau abaixo com meus sapatos de salto. Peter já estava na beira da água, as mãos nos quadris. Tudo bem. Ele estava lindo. Mas como minha mãe sempre dizia, não havia problemas em admirar as vitrines. Era a compra em si que constituía o problema.

— Que bom! Você conseguiu. Nada mal, hein?

Ele fez um gesto com a mão indicando o mar, o céu brilhante e a areia grossa, macia e branca.

— É horrível — ri eu.

Ele encontrou uma bola de tênis nojenta e começou a jogá-la para Gussie pela praia. Gussie agora estava imundo. As patas estavam sujas e a roupinha, cheia de areia. Não havia como eu voltar para nossa casa para dar um banho nele, portanto era melhor eu mandar limpar o carro antes que Phillip fosse usá-lo.

— Ei, J.W.! Coloque o sangue para correr. Libere algumas endorfinas.

Relutantemente, parti atrás de Peter e Gussie. Uns 90 metros mar adentro, um surfista solitário, com uma roupa de mergulho de inverno, meias e uma capa, tentava valentemente pegar pequenas ondas. Um navio-tanque movia-se lentamente no horizonte. As majestosas mansões de veraneio de Hampton apareciam por trás das dunas cobertas de capim. A maioria delas parecia ter sido construída pelo mesmo arquiteto: telhados inclinados de madeira de um castanho-amarelado, janelas com parapeitos, muitos quartos e varandas cercando a casa principal. De vez em quando, uma estrutura mais moderna aparecia — um retângulo preto simples, uma casa alta e espelhada, uma casa simples de pedra ao estilo das pradarias —, construída para nos lembrar de que estávamos em 2007 e não na virada do século passado.

— Casas impressionantes.

Peter estava ao meu lado de novo. Dei um passo para trás.

— Todas — concordei. — E o mais surpreendente é que são casas de veraneio.

— Quanto você acha que aquela grandona ali vale?

Peter apontou para uma casa com cúpulas, que havia sido construída em três partes separadas e poderia abrigar uma família de 12 pessoas.

— Na verdade, sei quanto vale. É a casa de Jack Avins. Ele a comprou por 35 milhões de dólares depois de uma negociação famosa conhecida como Hadlow Holdings. Os investidores principais lucraram cerca de 800 milhões. Phillip trabalhou nisso.

Peter olhou para mim parecendo curioso.

— Não, Não. Ele só cobrou seus honorários por hora. E, pode acreditar, ele ficou puto da vida com isso.

— Ah.

E ele disse isso como se estivesse doido para falar mais, então eu disse:

— Acho que já sei aonde quer chegar com esse comentário, mas vamos continuar. Só mais uma coisa: você disse ao seu ex-chefe que ele era um imbecil passivo e você me disse que estou esgotada. Será que vejo um padrão aqui?

— Você não tem nada a ver com ele.

— Mas ainda assim você vê razão para criticar.

Meu Deus, ele estava lindo de casaco preto e jeans.

— Não estou criticando. Talvez um pouco. Mas, fala sério, você precisa relaxar um pouco em relação à agenda do Dylan.

Forcei-me a não olhar para o rosto dele, surpresa com a intensidade da mágoa que senti com esse comentário.

— O que quer dizer?

— Que não é o fim do mundo se Dylan não chegar a algum compromisso na hora ou se não for a alguma festa de aniversário.

— Mas ele adora festas de aniversário.

— Não adora, não.

— Adora, sim.

— Sinto muito, mas ele não adora — continuou Peter, sem se sentir constrangido. — Ele não gosta de multidões, e esse é um dos motivos por que ele não quer voltar ao basquete. Toda aquela gente, aquele barulho. Ele não consegue lidar com isso. Ele é do tipo pensador, um pensador solitário. A multidão o deixa nervoso. Naquele dia, quando ele ficou nervoso e não conseguiu fazer o arremesso... aquilo não teve nada a ver com ansiedade de desempenho, mas sim com o fato de ter muita gente à sua volta.

— Vocês conversaram sobre isso? Ele disse isso?

— Disse.

Como ele podia achar que conhecia meu filho melhor do que eu? Eu não gostava do fato de Dylan se abrir mais com Peter do que comigo, mas tentei não demonstrar.

— Bem, fico feliz de ouvir isso, Peter. E aliviada. — Cruzei os braços. — Dylan não costuma colocar todas as cartas na mesa. Ele só se abre comigo na hora de dormir, quando é dominado por algum tipo de aura maternal e se sente seguro no escuro.

— Não seria tão ruim se você relaxasse um pouco a agenda dele.

— Você não sabe o que é ser uma mãe de três filhos que trabalha fora nesta cidade. Você não sabe muitas coisas sobre o meu dia.

— Eu desafio você. Esqueça um pouco os planos.

— Sem problemas. Posso fazer isso.

— Tem certeza?

— Tenho, mas não estamos falando sobre mim. Estamos falando sobre Dylan.

— Posso lhe dar um conselho? Venha, vamos caminhar.

— Claro — respondi, relutante. — Diga o que mais você pensa. Não que eu possa impedi-lo. Mas isso não vai me incomodar.

Mas eu ainda estava magoada.

— Que bom. — Ele realmente estava se preparando. Respirou fundo, como se houvesse uma lista de um quilômetro dos meus erros. — Você gerencia a casa como se estivesse gerenciando uma produção para a TV. Cada criança já tem suas atividades codificadas por cor listadas em um calendário de parede (que agora você quer em formato digital); cada pessoa que trabalha na casa tem um cronograma claro para cada dia. E não há mudanças nos planos. Nunca. E isso é demais para Dylan...

A voz dele falhou. Segui seu olhar e vi um casal namorando na areia sobre um grande cobertor de listras. A garota tinha a perna jogada sobre a do homem, e era difícil não olhar porque eles realmente estavam chegando lá. Isso era a última coisa de que precisávamos — uma exibição sexual tendo nós dois como testemunhas.

Limpei a garganta e acelerei o passo.

— Bem, nós vivemos em uma cidade ocupada. Os dois pais trabalham fora. As crianças precisam de uma rotina ordenada.

— Até certo ponto. Às vezes, Dylan precisa de uma tarde livre. Por que não me deixa pegá-lo mais cedo no colégio e levá-lo para assistir a um jogo? Ele precisa viver como uma criança livre se você quer que ele abandone aquele lado cínico, em que ele acha que não é legal se mostrar animado demais em relação a nada. Tudo parece crítico demais, orquestrado demais. Não há tempo para apreciar o cheiro das algas marinhas.

Ele inalou o ar salgado e sentou-se na areia. Um vento veio de trás de nós e fez as ondas espirrarem.

— Eu nunca me imaginei criando filhos em uma cidade. Não foi assim que eu fui criada — disse eu, enquanto me sentava ao lado dele, mas não perto demais.

— Então você tem de compensar isso.

— Eu contratei você, não foi?

— É só que a intensidade da cidade está tirando toda a felicidade das crianças que vivem lá. E das mães também.

— Com todo respeito, o que você sabe sobre mães por aqui?

— Na verdade, eu fico muito com as mães: o parque, os encontros com os amigos, a hora de pegar Dylan no colégio. Elas me contam coisas. Elas não acham que eu sou um "ajudante" da casa, como Yvette ou Carolina. Elas gostam de conversar comigo, o que algumas vezes é engraçado.

— O que elas dizem?

— Primeiro, elas querem verificar por que um cara se interessaria por esse emprego. Depois que passamos por isso e elas descobrem que estou trabalhando em um projeto com as escolas públicas, elas se sentem confortáveis comigo bem rápido. E começam a falar. Falam sobre os maridos e como os odeiam por nunca estarem em casa. Todo aquele lance de viúva de Wall Street. Tento apenas ouvi-las, fazê-las sentir que alguém se importa com toda essa merda idiota com que se preocupam. Uma delas chegou a me perguntar, com o rosto sério, "porque sou um homem", se eu acho normal que um empreiteiro peça 137 mil dólares para refazer o closet do marido.

— Eu sei. É chocante. Os números...

— É muito mais do que chocante. Você não se preocupa que seus filhos sejam criados em torno dessas famílias?

O cabelo dele voava ao redor do rosto e entrou na boca, e eu quis afastar os fios dali. Meu Deus! Será que eu era como Mary Kay Letourneau, a professora que transou com um aluno samoano de 13 anos, foi para a cadeia e depois se casou com ele? Mas então lembrei que Peter era só seis anos mais novo que eu e era um homem de 1,85 m.

— Bem, sim, mas eu tento ensinar alguns valores em casa.

— Mas você não pode controlar o que *eles* veem. Outro dia, levei Dylan à casa dos Ginsberg para brincar, e a mãe estava fazendo uma limpeza minuciosa na casa como se faz num carro esporte.

— O quê?

— A Sra. Ginsberg havia contratado duas mulheres de uniforme branco e um homem de camisa e gravata traçando linhas nas janelas com aqueles cotonetes longos! Você acha que esse é um ambiente normal para as crianças brincarem?

— Não, não acho.

— E quando entramos no quarto do garoto, a cama estava arrumada com pomposos lençóis em azul e branco com as iniciais gravadas em travesseiros de babados. Os livros estavam arrumados em ordem alfabética, as camisetas passadas e arrumadas em gavetas. Quem neste mundo passa camisetas?

— Eu não sei. Nós não passamos — respondi na defensiva.

— E quanto custam aqueles lençóis? Eu queria mesmo perguntar a você.

— Eu não sei.

— Sabe, sim. Você tem lençóis iguais na sua cama.

— Eu não vou dizer.

— Então, eu peço demissão.

— Pare com isso! Sente aqui! Eles custam muito caro.

— Isso é doente demais! Para a cama de uma criança?

— Dylan tem os de futebol da Pottery Barn.

— Uau! Isso faz toda a diferença do mundo. Para vocês, mamães, tudo é uma questão de manter isso, organizar aquilo, planejar aquilo outro. Como você com suas fantasias de uma agenda digital com códigos de cor.

Eu odiava o fato de ele estar me igualando com aquelas mães queixosas dos playgrounds.

— Eu não tenho muita coisa a ver com essas mulheres.

— É meeeeesmo?

— É mesmo, Peter. Você discorda?

— Eu noto pequenas coisas. Sou um cara ligado nos "detalhes", por isso sou bom em programação.

Ele ficava fofo quando me provocava.

— E o que você nota?

— Noto como sua linguagem corporal muda. Noto como você não é você mesma quando elas estão à sua volta...

— Peter, elas são de uma espécie diferente.

Ele começou a assoviar uma musiquinha.

— Você está brincando, certo? Você não consegue ver que eu sou e sempre serei de Minnesota e que estou lutando para me encaixar nesta vida?

Ele puxou os óculos de sol até a ponta do nariz e me encarou com uma expressão de jogador de pôquer.

— Eu não sou obcecada por comprar roupas, Peter, nem por essas coisas idiotas com as quais essas mulheres se preocupam. Você sabe disso, não sabe?

Acho que, na verdade, eu estava implorando.

Ele me cutucou com o ombro.

— Talvez você seja mais inteligente. Você pode ter uma grande carreira. Mas você já provou um pouco desse veneno. Talvez tenha passado tempo demais nas mesmas festas. Mas essa é apenas a minha opinião.

Meu Deus. Isso me magoava.

— Então, o que *você* faz? Sai com seus amigos de Red Hook? Com sua namorada?

— O quê?

— Estou cansada de falar sobre mim. Vamos colocá-lo sob os holofotes para variar um pouco.

— Eu não tenho namorada no momento. E se quer mesmo saber, eu saí do Colorado por causa de um rompimento horrível. Não estou procurando ninguém no momento. E, sim, eu saio com meus amigos do Brooklyn, mas também saio em Manhattan. E sabe do que mais? Eles são muito mais legais do que essas mães que você conhece.

Depois disso, ele se levantou e correu atrás do cachorro. Gritei às suas costas:

— Kathryn não é assim!

Mas ele já estava a caminho do carro.

Ambos parecíamos perdidos em nossos pensamentos no caminho de volta. Depois de uma hora de viagem, não pude evitar pedir:

— Tudo bem, dê outro exemplo de algo que eu realmente faço. Algo que grite que eu sou uma criatura da elite de Nova York.

Ele deu um daqueles sorrisos charmosos e coçou o queixo. Depois riu.

— Tudo bem. Tenho um exemplo.

— Qual? — Eu estava morrendo por dentro.

— As almofadas com estampa de leopardo.

— O quê?

— As almofadas com estampa de leopardo. Todos os malditos apartamentos daqui têm as mesmas almofadas de leopardo, 23 por 30 centímetros, com pequenas franjas de seda, no sofá principal da sala de estar. Duas em cada extremidade, em cima de outras almofadas que parecem igualmente caras.

Eu me senti exposta.

Ele continuou:

— Todas as vezes que alguém vai visitá-la, você alinha essas almofadas, duas delas, e ajeita-as um pouco antes de ir abrir a porta. Isso me surpreende.

Como um agente da CIA que havia avistado o alvo, esse cara tinha notado a única prova material a que eu havia me rendido anos atrás. E ele estava certo: aquelas malditas almofadas *eram* um símbolo. Uma metáfora para tudo. Eu me lembro de ter ido à casa de Susannah pela primeira vez, sabendo que eu estava aquém do seu estilo e classe, dizendo para mim mesma que eu não deveria dar a mínima para isso, mas é claro que eu me importava. Era natural que eu quisesse que os amigos de Phillip, com seu comportamento tribal e incestuoso de criança rica, me aceitassem.

Eu queria ser como ela. Sei que isso não veio naturalmente. Sentei-me no sofá dela. Peguei uma pequena almofada macia. Passei os dedos sobre o tecido macio de veludo, tracei as linhas marrons e âmbar do padrão da estampa. Toquei as franjas de seda amarela. Arranhei o trabalho delicado de crochê nas bordas. Eu queria aquela almofada. Aquela almofada gritava riqueza, classe e estilo.

Duas semanas depois, minhas duas almofadas de leopardo chegaram de Le Décor Français em uma pequena caixa, embrulhadas em papel de seda rosa com um laço branco. Eu as coloquei no meu sofá. E, desde então, elas fazem com que eu me sinta membro de um clube que não tem nada a ver comigo.

— Peter, eu não vejo como aquelas almofadas idiotas de leopardo entram nessa discussão.

— Acho que você tem se misturado mais com os nativos do que imagina.

Acertei-o no braço com minha bolsa, perguntando-me o que ele diria se soubesse que elas me custaram 2.500 dólares.

11

Ovos podres

Passando por nós, uma mulher com uma saia com uma grande fenda e botas de crocodilo de salto alto andava cheia de charme pela calçada, e a cada passo, a saia abria de forma breve até as calcinhas, revelando pernas bronzeadas e torneadas. Uma semana depois da ida à praia, depois de resolver o assunto das crianças, Peter e eu tínhamos acabado de virar a esquina em direção à entrada do colégio de Dylan, e eu o peguei sorrindo diante da visão que tinha.

Ingrid Harris: a mulher que era chique demais para ser repelida. Além de pernas maravilhosas, ela tinha um bumbum empinado e seios de Barbie. De repente, me lembrei de um momento em um parquinho na 76th Street, quando Dylan tinha 6 anos e um grupo de mães estava conversando sobre o quanto odiava fazer exercícios. Ingrid, como sempre, não estava presente, mas seu filho mais velho, Connor, estava brincando com Dylan perto da caixa de areia e ouviu a nossa conversa.

— Minha mãe tem um personal trainer — informou Connor. — O nome dele é Manuel. Ele é do Panamá e trouxe um violão de lá para mim.

Todas nós sabíamos quem era Manuel: o pedaço de mau caminho de uma academia chique da vizinhança. Também conhecíamos Ingrid e sua libido hiperativa, que entrava em ebulição sempre que ela detectava o cheiro de um macho atraente nas redondezas. Ela adorava assistir a filmes pornográficos quando o marido viajava a negócios. Seu filme favorito? *Taradas por um picolé de chocolate*.

Connor continuou.

— Vocês querem saber de um segredo?

— Claro, querido — encorajou Susannah.

— Mamãe e Miguel fazem os exercícios na sala de televisão e quando terminam, os dois sempre tiram um cochilo juntos.

Olhei de novo para Peter. Ele ainda estava transfigurado pelo formato do traseiro de Ingrid.

Dei um soco no braço dele.

— É melhor colocar a língua para dentro da boca.

Yvette estava esperando em frente aos degraus da escola com Gracie e Michael no carrinho duplo. Quando eu os abracei e os tirei do carrinho, Ingrid empinou seu minúsculo bumbum nas escadas perto de nós.

— E quem é esse homem maravilhoso?

— Olá, Ingrid. Esse é Peter Bailey. E você já conhece Yvette.

— Tão bonito!

— Pode tirar a mão.

— Prazer em conhecê-la, Ingrid. Seu filho estuda aqui?

Peter estendeu a mão de forma ansiosa e estufou o peito. De repente, eu fiquei invisível e não gostei nem um pouco disso. Ela se aproximou mais, o seio siliconado agora a milímetros do braço dele.

— Sim. Connor. Ele tem a mesma idade de Dylan. Você está visitando Nova York?

— Ele trabalha para a nossa família.

Subi mais um degrau da escada, segurando meus dois filhos inquietos.

— Mamãe — choramingou Gracie. — Eu disse a Yvette que eu queria ficar em casa.

— E eu disse a Yvette que eu queria ver você e levá-la ao parque depois de pegarmos o seu irmão.

Acariciei o rosto dela com as costas do meu indicador.

— Bem, eu não quero ir.

Ela me lançou um de seus olhares. Michael, frustrado por estar preso nos meus braços, jogou-se para trás com força e eu quase caí das escadas. Peter agarrou meu cotovelo com uma das mãos para me equilibrar e apoiou as costas de Michael com a outra. Ingrid observou seu reflexo com um interesse crescente.

— E ele tem uma empresa de software.

— Inteligente também! Muuuuito interessante — afirmou ela, abrindo um pouco as narinas.

— Ingrid! — Lancei-lhe um olhar de aviso, que ela convenientemente ignorou. — Comprei ingressos para o evento beneficente no DuPond.

Eu estava me referindo ao evento beneficente que ocorreria no DuPond Museum com o tema Noites Brancas. Conversar era o único modo que eu conseguia pensar para acabar com o fogo entre eles. Eu estava certa sobre o lance da fantasia sexual. Peter não estava nem um pouco interessado em mim, não devia nem se sentir atraído. A covinha na bochecha esquerda apareceu quando ele sorriu para Ingrid. Era *assim* que um homem interessado parecia. Eu me senti como uma garota gorda que nunca tinha ido para a cama com um homem.

Ingrid virou-se para mim.

— Vi que você comprou dois ingressos. Tenho de entregá-los a você. Com metade da diretoria da Pembroke no comitê, foi uma jogada inteligente comprar os ingressos mais caros de gala.

— Gracie vai tentar no ano que vem.

— O que vou fazer, mamãe?

— Nada, querida.

— Todo mundo sabe disso. Todo mundo sabe exatamente por que você comprou esses ingressos. Você tem um bom vestido?

— Não, ainda não tive tempo para pensar nisso.

Peter não tinha piscado o olho desde o momento em que ela aparecera. Entrei na frente dele.

— Você deve pensar nisso. O vestido é tudo. E você não vai encontrar nada depois de 1º de dezembro. As coleções de inverno já estarão esgotadas depois disso.

— Roupas não são importantes para Jamie — afirmou Peter.

Ingrid colocou a mão no braço de Peter.

— Alou? Nem precisa me dizer. Mas ela precisa de um corretivo!

Ele deu uma risada histérica como se ela fosse a mulher mais inteligente que já conhecera e, depois, olhou para ela com cara de idiota.

— Eles escolheram o tema czarista porque é o último tour mundial dos ovos Fabergé antes que eles passem para proprietários privados — explicou Ingrid. — Mas lembre-se, não se trata apenas de czares, mas de czares brancos.

— Você quer que eu tome nota? — perguntou Peter.

— Eu estou bem. Hora de pegar Dylan — disse eu, olhando torto para ele.

Ele bateu no relógio.

— Ainda faltam três minutos.

— E não é só o vestido. Não podemos nos esquecer do casaco de pele branca. Não que você fosse esquecer. Só estou verificando.

— Você está brincando? Eu não tenho casaco de pele branca.

— Não seja modesta, Jamie. Noites brancas, pele branca! Como Julie Christie em *Doutor Jivago*! — Ela se inclinou para a frente e sussurrou. — Eu vou usar pele de zibelina cor de baunilha. Bolero. — E indicou com as mãos exatamente onde o casaco curto acabaria. — Ganhei de Dennis. A um preço *muito* bom.

— Quanto? — perguntou Peter.

Eu sabia que ele estava apenas juntando munição para me atacar depois.

— Um-nove — sussurrou ela.

— Mil e novecentos?

— Não! Dezenove *mil*! Em que país você vive?

Peter ficou mal.

— Vou pegar Dylan.

Ingrid virou-se e foi atrás dele. Instintivamente estiquei o braço para chamá-la e ver se conseguia retardá-la, mas ela conseguiu se afastar.

Alguém bateu no meu ombro. Era Christina Patten, a mesma da crise dos bolinhos. Senti-me sufocada. Christina tinha um rosto aquilino com cabelo castanho e cacheado que caía abaixo das orelhas e que chegava à altura dos ombros. Usava calça creme com uma dezena de correntes de ouro caras sobre a blusa creme de seda. Ela também parecia muito subnutrida.

— Ouvi que estavam falando sobre o jantar de gala czarista no museu.

— Mamãe, podemos ir agora? Estou com frio. — Gracie esfregou o rosto grogue.

— *Todos* compraram uma mesa. Quem vai ficar na sua?

Eu havia comprado dois ingressos, não uma mesa. Eu não poderia encher uma mesa. E não me atreveria a colocar nenhum dos meus amigos mais íntimos lá — eles não dão a mínima para eventos sociais. Susannah, minha grande conexão com a sociedade, não estava na cidade essa semana e não iria. Eu tinha de embromar.

— Jamie, com quem você vai ficar? — Christina parecia realmente preocupada.

— Mamãe! — gritou Dylan. Peter vinha logo atrás.

— Um momento, Christina. Querido! — Abracei Dylan, que rapidamente se afastou porque seus amigos estavam por perto. Eu me ajoelhei de forma que Gracie e eu ficássemos da mesma altura. — Se você me deixar colocar seu casaco, vou contar quem eu encontrei essa manhã. Coloque a mão dentro da minha bolsa.

Gracie olhou-me com os olhos redondos como duas luas cheias. Depois colocou a pequena girafa roxa, suja e fedida no pescoço.

— Você encontrou Purpy? — Ele estava sumido havia três meses. Ela me abraçou forte e correu para apresentar Purpy a Peter.

— Jamie, *com quem* você vai se sentar no evento Noites Brancas? — insistiu Christina. — Você sabe, se não pensar nisso, eles vão colocá-la em um refúgio perto da Sibéria.

— Phillip tem alguns sócios. — Pelo menos eu achava que sim.

— É melhor se certificar de que sejam os sócios certos. Todos já organizaram suas mesas.

Peter nunca deixaria isso passar, e claro que eu não tinha um vestido branco, muito menos um bolero de pele cor de baunilha cortado na altura dos cotovelos. Imaginei todas as mulheres com vestidos Gucci e Valentino ou calças de cetim com frentes únicas bordadas. Eu estava tão por fora, que procurei avaliar as intenções de Christina e me perguntei se eu poderia me sentar com *ela*.

Será que ela estava querendo me convidar? Ela sempre me achou "interessante" porque eu fazia algo e colocava dinheiro em casa. Que conceito.

— Sabe, os Roger cancelaram no início dessa semana...

Será que ela só estava me testando?

Ajoelhei-me de novo e arrumei o cachecol e as luvas de Gracie e tentei entretê-la com outra conversa, enquanto pensava melhor no convite. É claro que nós havíamos inscrito Gracie em várias escolas boas, mas eu queria que ela fosse para a Pembroke, pois lá estavam os melhores e mais criativos professores, bem como o corpo estudantil mais diverso que qualquer outra escola particular da cidade poderia ter. Mas a concorrência era acirrada. Havia apenas vinte vagas por ano para pessoas que não tinham irmãos na escola e eu não tinha certeza de que conseguiria uma vaga para ela sem a ajuda dessas mulheres da diretoria. Christina era amiga de todas elas. Quão mercenária eu podia ser?

Christina continuava falando:

— Desse modo, tenho dois lugares vagos e ficaria muito feliz se vocês se sentassem conosco. Tenho certeza de que George adoraria saber sobre os bastidores do *Newsnight*. Ele lê o jornal *todos* os dias.

Dei um mergulho rápido no abismo dos socialites.

— Será um prazer para Phillip e eu sentarmos com vocês. Obrigada por nos convidar.

— Então está tudo certo. Vou enviar as informações sobre a exibição Fabergé, de modo que você possa aproveitar a noite ao máximo.

Christina despediu-se e subiu a rua com os dois filhos mais novos, ambos com jaquetas iguais com a gola levantada para que todos pudessem ver a marca Burberry por baixo.

Peter não precisava dizer nada sobre as mulheres nas festas para que eu soubesse exatamente o que estava pensando.

— Você pode dizer tudo o que quiser, mas é estatisticamente mais difícil matricular um filho no jardim de infância do que entrar em Harvard.

A calçada estava cheia de mães, babás e crianças que tinham acabado de sair do colégio. Enquanto descíamos a rua, Dylan procurava ver seus amigos, e Gracie agora segurava a minha mão. Yvette empurrava o carrinho do bebê.

— Mesmo tendo um emprego no mundo real, eu tenho de vir aqui no final do dia e, infelizmente, às vezes, há compromissos que tenho de assumir.

— É mesmo? — Ele não estava entendendo. — Mas parece que você acha que passar a maior parte do seu tempo com pessoas de quem não gosta ou que a fazem se sentir mal é o preço da aceitação.

— Então, comprei entradas para um evento beneficente estúpido para conseguir que minha filha entre no jardim de infância. Supere isso. Grande coisa. Mas a minha vida não é só sobre isso, e você sabe disso.

Ele suspirou, diminuído o passo até parar.

— Sei disso. Mas o motivo por que estou implicando com você é porque já passei por isso.

— O quê?

— Não literalmente. É como eu comecei a contar na praia. O que quero dizer é que larguei um monte de relacionamentos que não tinham nada a ver comigo e um lugar que também não tinha a ver comigo. Bem, não contei isso a você porque não achei relevante, mas agora que somos... Bem... De qualquer modo, eu já estava estabelecido na empresa do meu pai, como você sabe. E também tinha um relacionamento sério. Todos achavam que tínhamos sido feitos um para o outro: ela vinha de uma família boa, nossos familiares eram amigos, ela era ótima de muitas maneiras. — Eu podia sentir que ele estava avaliando se estava cruzando alguma fronteira de intimidade, mas ele seguiu em frente. — Que se dane... Ela engravidou e tivemos de começar a pensar em ficar juntos de verdade. Chegamos a procurar uma casa. E a pressão continuava. E, de repente, eu vi que eu estava seguindo direto para o pesadelo do pai suburbano que não tinha nada a ver comigo e nem com ela. Ela acordou um dia e decidiu que queria fazer um aborto. Sabia que teria meu apoio em qualquer decisão que tomasse. Ela decidiu e fez o aborto, e eu não segurei a barra.

— Porque você queria o filho?

— É claro que eu queria o filho. Sou louco para ter filhos, mas eu sabia no meu coração que aquele não era o momento certo. Não segurei a barra porque me dei conta de que se eu desse mais um passo, viveria uma vida que não fazia o menor sentido para mim. Foi por pouco.

— O que aconteceu?

— O rompimento foi muito doloroso. Mas ela não era a minha cara metade. E eu também não era certo para ela. Quando meus pais descobriram sobre o aborto, as coisas ficaram feias. Embora isso talvez não fosse problema em alguns lugares, não era legal de onde eu vinha. E essa era a questão. Meu pai vivia dizendo que não conseguia acreditar que acabar com uma gravidez tivesse sido tão fácil para nós. Eu explicava que tinha sido a coisa mais difícil que eu já tinha feito na vida, mas ele não acreditava. Nós brigamos. Ele não entendia de onde vínhamos e o que havíamos passado. Então, cortamos relações. Meu pai e eu mal nos falamos no último ano.

— Os pais não ficam zangados para sempre.

— Eu sei. Mas essa não é a questão. Eu estava vivendo em um mundo que não fazia sentido para mim, e foi preciso um grande drama para que eu entendesse isso.

— O que você está sugerindo? Que eu corte os vínculos com a minha vida? Peça demissão e vá para outro lugar? Corte os laços com a família e volte para Minnesota?

— Será que o Sr. Whitfield estaria nesse plano específico?

— Eu, eu...

— Eu não quero me meter, mas....

— Mas o quê?

— Não vou falar sobre isso J.W.

Ele tinha começado a me chamar assim, e eu gostava.

— Muito sensato de sua parte.

— Eu sei.

E ele me olhou.

Sentia-me envergonhada por ele ter percebido o lance com Phillip, não que fosse necessário ser um gênio para isso.

— De qualquer modo — continuei —, a sua situação com o seu pai não tem nada a ver com o meu aprendizado de cooperar com algumas mulheres tolas e participar de suas conversas e andar com elas para facilitar a vida da minha família...

— As semelhanças estão aí. Isso é tudo que estou dizendo — respondeu ele. — Você não quer viver a sua vida como se fosse o filme de outra pessoa. Isso vai fazer com que enlouqueça.

Mas eu já tinha enlouquecido.

12

Cuidado com o que deseja

Abby abriu minha porta com violência na manhã seguinte, derrubando uma placa do National Press Club da parede. Olhei para ela e balancei a cabeça. Ela estava usando um dos seus horrorosos terninhos Ann Taylor do século passado. Cor vermelho-cereja.

— Você parece uma funcionária de uma loja de aluguel de carros de novo.

— Ciclos de abuso. Você só está se vingando dos abusos que sofre das mulheres de Park Avenue.

— Não se trata de abuso. Só estou tentando administrar um alívio de emergência em uma zona de desastre ambulante. Você não pode mais usar terninhos. Isso é coisa dos anos 80.

— Eu não ligo.

Ela se sentou na cadeira diante da minha mesa.

— Tudo bem. É a sua vida.

Peguei o primeiro caderno do *Times* e Abby pegou outro.

Depois de alguns minutos ela me olhou por sobre o jornal.

— Eu tinha vindo aqui para fazer-lhe um elogio, mas acho que não é necessário.

Ela assobiou uma musiquinha.

— Diga.

— Primeiro diga que estou bonita.

Ela cruzou os braços.

— Não posso fazer isso. Eu estaria mentindo.

Ela soprou a fumaça do café com leite, pensando se valia a pena ser legal comigo.

— Onde você estava durante a reunião desta manhã?

— Estou tentando estudar toda a cobertura sobre Theresa. E há muita coisa acontecendo com as crianças. E eu fiz um acordo estúpido no colégio de Dylan para ir a uma festa do ovo, que exige mais tempo e esforço do que estou disposta a dedicar. Está sendo difícil sair de Fabergé e peles e ir para o alerta vermelho de brigas e intrigas.

— Fabergé e peles?

Dei uma grande mordida no meu bagel amanteigado e falei de boca cheia.

— Não vou falar sobre isso.

— Um dos seus eventos sociais? Ou será que é um dos eventos no Central Park nos quais todas as suas amigas usam chapéus de 700 dólares?

— Elas não são minhas amigas.

— O que é festa do ovo?

— É para os ovos Fabergé.

— Algo que sempre foi uma paixão para você.

Revirei os olhos.

— É para o colégio de Gracie. Na verdade, trata-se de um evento beneficente do museu Hermitage.

— São Petersburgo. Um dos seus lugares favoritos.

Ela pegou a revista *Madison Avenue* na minha estante. Lá vinha ela pronta para acabar comigo como uma tsunami.

— Sua foto vai sair aqui de novo?

Tentei pegar a revista, mas ela a segurou firme junto ao peito. Virando as páginas, ela acrescentou:

— Olha, aqui está o Armory Antiques Show, o evento beneficente da escola fundamental Storefront, do Harlem e, olhe só, uma pessoa que parece ser muito inteligente.

— Eu sei, Abby. Pareço uma idiota.

— Não. Parece que você caiu de cabeça num abajur enorme.

— Era um abajur caro.

Ela pegou a foto.

— A legenda diz "Susannah Briarcliff e amiga". Eles não sabem o seu nome?
— Não.
— Seu nariz está vermelho. Por que você está usando um conjunto cor-de-rosa e, por favor, se for um Chanel de 4 mil dólares, tenha o bom gosto de não me dizer. E esse enorme disco voador na sua cabeça no meio do inverno?
— O Salto do Coelho. É tudo que direi.
Virei para o meu computador e verifiquei algumas notícias, enquanto Abby lia as páginas de fofoca do *New York Post*.
— Então, por que as minhas orelhas deveriam estar queimando?
— Indicações para a nova Secretaria de Segurança do país.
Ela largou o *Post* e colocou três cartões sobre a minha mesa escritos com uma caligrafia caprichada.

1. AUDIÊNCIAS PARA A SEGURANÇA DO PAÍS:
   JAMIE WHITFIELD, PRODUTORA: REDAÇÃO
2. AUDIÊNCIAS PARA A SEGURANÇA DO PAÍS:
   JOE GOODMAN, ÂNCORA: ESTÚDIO
3. AUDIÊNCIAS PARA A SEGURANÇA DO PAÍS:
   ERIK JAMES, SALA DE CONTROLE

Ergui a cabeça.
— Abby, estamos conversando. Isso não é uma apresentação.
— Fazem com que eu me sinta melhor.
— Já falamos sobre isso uma ou duas vezes. Os cartões me incomodam.
— Você vai estar no comando da cobertura na redação.
— Eu sei ler.
— Viu? Tudo fica mais claro quando você pode ler! — respondeu ela, muito satisfeita consigo mesma.
— Estou honrada, mas não feliz. É só mais trabalho do que preciso.
— Na frente de toda a equipe, Erik James disse que escolheu você porque você trabalha bem sob pressão. Acho que eles fizeram reu-

niões menores depois da reunião com a equipe. E acho que você também não foi a essas.

— Não sei como eles não me mandam embora.

— Você só está produzindo a história política mais secreta do ano.

Charles entrou, sentou-se no sofá, no lugar de sempre, cruzou as pernas e começou a despejar o veneno.

— Você está pronta para dançar depois que essa história for ao ar?

— Pare.

Ele fez um pequeno movimento com os dedos dos pés.

— Só estou avisando. É claro que faço isso enquanto planejo a próxima perda de tempo da minha carreira.

— Posso cuidar de mim mesma. E nem me fale sobre perda de tempo.

Meu telefone tocou.

— Sou eu, Peter. Está tudo bem.

— O que aconteceu? — Virei a cadeira para olhar pela janela.

— Dylan está na enfermaria. Diz que é o estômago.

— Ele estava bem esta manhã.

— J.W., então ele não contou sobre o jogo de futebol?

— Que jogo?

Eu estava frustrada e sem muita paciência, pois ainda não digerira bem a ideia de que meu filho estava confiando mais em Peter do que em mim.

— Peter, estou ocupada. Sei que estou sempre ocupada, mas hoje em especial... Não, Dylan não me disse nada. Que jogo o está incomodando?

— Ele me contou ontem depois da escola. Eles estão começando a praticar futebol na aula de educação física, e ele está com medo. Disse que não corre até a bola porque não quer que ninguém chute a perna dele. E acha que é o pior jogador da turma. Ele diz que é um jogo "idiota". E ele não está com dor de estômago. Quero dizer, não de verdade; ele não está doente. Mas a enfermeira ligou para mim já que não conseguia falar com o seu celular. Ela quer que alguém vá até lá.

— Peter, eu não posso. Não agora.

— Não precisa se preocupar. Tenho certeza de que se eu for ele ficará bem.

Pela primeira vez na vida, senti que seria melhor se uma outra pessoa consolasse meu filho. E eu confiava plenamente em Peter para lidar com a situação.

— Fico muito agradecida. Mesmo. Vou conversar com ele quando chegar em casa.

— Não faça isso.

— Claro que vou conversar com ele.

— Não. Deixe comigo. Eu vou levá-lo para casa. Vamos comer pipoca e depois jogaremos xadrez, e não toque nesse assunto com ele até que nós dois possamos conversar.

— Tudo bem, eu acho. Mantenha-me informada. E obrigada. Tchau.

Desliguei e olhei pela janela. Estava grata que Peter estivesse conquistando meu filho, mas eu odiava ficar de fora enquanto ele fazia isso. Se pelo menos ele não fosse tão charmoso, eu teria protestado mais.

— O babá precisa de ajuda? — Charles olhou para mim com um sorriso desprezível.

— O quê?

— Nada. Só acho engraçado o fato de o babá-gato ligar o tempo todo.

— Será que você poderia crescer? Qual é a perda de tempo?

— Adivinhe.

— Paris? Rio?

— Melhor. O Jane Goodall Institute. Os grandes primatas podem entrar em extinção até 2015. Vou para o Gombe National Park, na Tanzânia.

— Ótimo, você sai em um safári e eu viajo para o Mississippi.

— A entrevista vai ser na quinta-feira mesmo?

— Vai.

— Você tem o material? — perguntou Charles. — Da última vez que conversamos, você tinha pouco.

— Claro que tenho. — Comecei a contar nos dedos. — Item número um: ela ficará na frente das câmeras e explicará todos os detalhes do seu relacionamento.

— Mas é claro que isso é só a palavra dela contra a dele, que está negando tudo — interrompeu Charles.

Ele tinha estudado em Westminster, em Atlanta, e havia feito faculdade em Yale, o que o ensinara a falar em um tom superior. Ele sempre agia como se soubesse mais do que eu e, infelizmente, em geral, isso era verdade.

— Bem, as fitas. Temos um trecho em que ela diz: "Seu cachorro!" E ele diz: "Eu quero esse seu traseiro, esse traseiro gostoso..."

— Você não pode usar isso.

— Estamos trabalhando com os advogados para saber como podemos mostrar as fitas.

— Da última vez que ouvi, quatro peritos em áudio não conseguiram chegar a um acordo sobre a voz da gravação.

Charles estava tentando me fazer um favor ao mostrar os furos na minha história para que eu pudesse resolver tudo antes que a entrevista fosse ao ar. Mas eu estava tão cansada, que ele começou a me irritar.

— Três peritos confirmaram que a voz é a do nosso homem, Hartley, e um outro não conseguiu determinar com certeza — respondi, de mau humor. — Isso significa que a maioria disse que era Hartley. Então esse é o item número dois. Vocês ouviram as fitas. Vocês disseram que eram críveis.

Ele deu de ombros.

— Olhe só, os gays são meticulosos, e eu só estou tentando verificar se temos tudo coberto.

Eu simplesmente segui para o item três.

— Temos uma foto dos dois juntos com alguns assistentes dele.

— Jamie, não há nada de romântico naquela foto.

Charles estava certo. Eu teria preferido uma fotografia de Huey Hartley e sua namoradinha de mãos dadas no parque para dar base à alegação do romance.

Abby colocou um cartão sobre a minha mesa: TESTEMUNHA DA GRA-
VAÇÃO: FUNCIONÁRIO DA FUNERÁRIA

Coloquei o cartão na testa.

— Item número quatro: o coveiro da funerária local jurou para mim que já viu os dois juntos e que eles pareciam bem apaixonados. Ele diz isto na fita e na frente da câmera: "Quando você via os dois juntos, não dava para ver onde um começava e o outro terminava."

Desde o verão eu havia estado no Mississippi em algumas viagens de dois dias para verificar tudo, na esperança de encontrar outras testemunhas que tivessem visto Theresa e Hartley juntos para ter a palavra de outra pessoa sobre o caso. Mas não tivera sorte. Tentei fortalecer o meu caso.

— E o cara da funerária é quem diz...

Meu telefone tocou.

Erik James, o produtor executivo estava na linha.

— Jamie, surpresa. Uma puta surpresa para você. Os advogados não estão nada satisfeitos com sua história.

— OK — respondi, arregalando os olhos para Charles e Abby.

— E eles são uns bebezões — afirmou Erik.

Sussurrei para os meus amigos com a mão no fone.

— Erik está puto da vida.

Abby inclinou-se para a frente e fez com a boca: *Por quê?*

Dei de ombros e ergui a mão para que ela ficasse quieta pelo menos uma vez na vida.

— Eles estão preocupados — continuou ele — porque os defensores de Huey Hartley vão acabar com Theresa no website deles, falando dos podres dela em editoriais destruidores, unindo forças...

— E daí?

— Então, como eu disse, os advogados da emissora estão sendo uns bebezões. Eles vão estar aqui às 14 horas. Será que você pode vir ao meu escritório nesse horário?

— Claro.

— E traga Charles com você.

Desliguei.

— Charles, você está dentro.

— O que eles querem agora?

— Os executivos estão assustados com os blogueiros de novo. É a segunda vez este mês. Impressionante o quanto atrapalham.

— Eles têm de estar assustados — disse Charles, estranhamente sério.

— Já estamos no ar há mais de cinquenta anos — lembrei. — Há cerca de 2 mil pessoas que leem os maiores blogs e 15 milhões que assistem ao *Newsnight*.

Charles estava perplexo.

— Você não poderia estar mais errada.

— Sinto muito, *você* está errado. Nem todos são solitários viciados em computador como você. Meus pais nem sabem o que são blogs.

— Você já leu algum?

— Sim, claro. Já li o Huffington Post, Media Bistrô. Isso não passa de um texto incestuoso para mídia em que um fica lendo os pequenos editoriais do outro.

Ele se sentou no sofá.

— Você não faz ideia do que está falando. Há milhões de blogs e literalmente milhares de blogs realmente bons... bem atrás de vocês. O DailyKosna à esquerda, o Hugh Hewitt à direita...

Abby puxou um cartão em que se lia: "Cinquenta blogs em 1999 e quase 60 milhões no momento."

— E daí? A produtividade dos escritórios anda baixa porque as pessoas perdem tempo o dia todo online — afirmei. — Você realmente acha que os blogueiros estão atrás de uma emissora grande como a NBS?

— Os blogueiros nos fazem pular ao apertar o botão "enviar". Os jornais e emissoras não detêm mais a informação — explicou Abby.
— Os blogueiros escrevem "fontes estão afirmando que", e todos temos de ir checar. Então eles estão acelerando o ciclo de notícias e controlando o pacote.

— É isso mesmo — concordou Charles. — Eles nos tiram um furo atrás do outro.

— Eles não fazem isso. Você está exagerando.

Charles me olhou com condescendência

— Alou? Mônica Lewinsky no Drudge? Será que isso não foi grande o suficiente para você?

Abby interrompeu:

— Não foi o Drudge que noticiou o caso Mônica primeiro. Foi a *Newsweek*. Drudge só escreveu primeiro que Michael Isikoff da *Newsweek* estava segurando a notícia, mas Drudge não tinha as informações. E, na verdade, Chris Vlasto e Jackie Judd da ABC levaram a história ao ar primeiro.

— Tudo bem, Abby — respondeu Charles. — Eu sei que há outros.

Abby começou a contar nos dedos.

— MemoryHole.com conseguiu a primeira foto dos caixões americanos deixando o Iraque, algo que o governo Bush estava tentando evitar por causa da correlação com o Vietnã. Instapundit.com noticiou em primeira mão a história do discurso de Trent Lott na festa de aniversário de Strom Thurmond, o que fez parecer com que ele apoiava os pontos de vistas segregacionistas, também há...

— Isso fez com que Lott perdesse sua posição de líder majoritário no Senado — informou Charles. — Isso não é nada de mais, acho.

— Portanto, eles estiveram na nossa frente algumas vezes. O mundo é grande — argumentei. — E muitos deles não são de direita como os caras do Swift que derrubaram John Kerry?

— Sim, tenho de ficar do lado de Charles nesta discussão — disse Abby. — Os blogs começaram como um fenômeno de direita para se defenderem da mídia predominante, que eles viam como liberal. Mas agora eles formam um universo inteiro de ideias de todos os lados. Eu juro que há blogs brilhantes na rede.

Abby não havia puxado nenhum cartão nos últimos seis minutos, e eu estava orgulhosa dela.

Olhei para meus dois amigos e sorri.

— Tudo bem. Eu leio o *New York Times*, a *Newsweek* e umas 15 outras revistas para me manter atualizada com tudo e ainda não cheguei ao baile dos blogs. Vou agradecer a vocês por serem tão insolentes; agora eu não vou parecer uma idiota completa na frente dos chefes.

13

Nervosismo nos bastidores

— Mandando o gayzinho da Ivy League para cobrir o seu rabo — murmurou o presidente do setor de notícias, Bill Maguire, ao telefone do lado de fora do escritório de Erik. — Ele é perfeito, como todos eles, e eu o quero no próximo voo para Jackson... sim.

Charles estava uns dez passos atrás de mim e não ouviu, mas ele não ficaria surpreso. Charles era o seu produtor favorito, apesar do fato de Bill Maguire sempre fazer comentários homofóbicos. Maguire, um afro-americano escuro e musculoso com um corte de cabelo militar, fora criado na Sopokane Avenue, em Gary, Indiana. Entrara para os Fuzileiros Navais dos Estados Unidos depois de ter se formado com distinção em ciências políticas na DePauw University. Todos os dias, ele usava o mesmo terno preto, camisa branca, gravata preta e sapatos polidos. Não era um desses executivos de fala mansa que cavavam seu caminho com charme desde o Harvard Spee Club direto para a mesa da presidência. Maguire comia pregos no café da manhã e nos deixava a todos aterrorizados com seus modos grosseiros. Talvez fosse a atitude militar. Talvez fosse a mente brilhante e afiada que acabava com nossas histórias de segunda. Ou talvez fosse o fato de ele ser um negro de 1,95m que nos amedrontava ao extremo.

Charles e eu entramos juntos no escritório de Erik, enquanto Maguire continuava discutindo seus planos do lado de fora.

Erik James deu a volta na mesa, sentou-se na poltrona e inclinou-se. Os ombros gordos pulavam dos dois lados do suspensório. Ele dobrou as mangas da camisa.

— Vocês já conhecem os procedimentos. Geraldine e Paul vão afogá-los com perguntas legais quanto à credibilidade de Theresa Boudreaux e vão falar sobre os blogueiros. Charles, por enquanto, vá devagar. Depois, vamos falar sobre alguns relatórios perturbadores a respeito da estratégia secreta da equipe de Hartley.

Goodman piscou para mim da poltrona na hora em que a totalmente sem graça Geraldine Katz e Paul Larksdale entraram no escritório carregando pastas marrons idênticas.

Uma vez Geraldine me perguntou como eu poderia provar que Michael Jackson era realmente o Rei do Pop. Em outra ocasião, ela solicitou documentos para verificar a minha declaração de que a dieta de Sonoma deixaria uma pessoa pronta para o verão. "Como você pode provar que perda de peso significa *pronta* para o verão?" Ela era uma mulher gorducha e sem atrativos, que usava arcos Fendi para prender os cabelos. Seu colega, Paul, parecia um agente do FBI com um corte de cabelo nerd e maxilar reto. Ele tentava representar o policial bom para que amolecêssemos, mas percebíamos isso como uma trama deles. Todos os produtores odiavam os advogados das emissoras, e eu presumia que o sentimento era mútuo. No entanto, eu não poderia culpá-los pela atenção que estavam dando à história escandalosa de Theresa, pois ela podia resultar em um processo legal.

Erik começou a reunião.

— Como já sabemos, os partidários de Huey Hartley estão se preparando para a guerra neste caso Boudreaux. Os blogueiros de direita receberam munição para nos atacar quando a história for ao ar, e Geraldine e Paul estão preocupados quanto ao efeito que eles terão sobre os republicanos.

— O RightIsMight.org está em vigilância constante — interrompeu Goodman.

Até eu já tinha ouvido falar desse website anônimo e muito influente que servia como defensor da extrema direita. Os autores, políticos picaretas anônimos, divertiam-se diariamente apontando os furos nas histórias que iam ao ar ou eram impressas pela "mídia liberal da elite". Eles tinham uma rixa especial com a NBS e com Goodman, em particular, pelas décadas de trabalho que eles consideravam um tratamento brutal para com os conservadores.

Geraldine Katz continuou:

— Uma fonte no Congresso nos avisou para ter cuidado com essa garota Boudreaux e suas conexões com os conservadores...

Goodman deu uma gargalhada.

— Eu estive com ela. E é tudo verdade. Ela sabe muitas coisas a respeito de Hartley.

— Ela até pode saber muita coisa sobre Hartley, mas esta fonte é boa?

A porta se abriu com um estrondo.

— É uma fonte minha — disse Bill Maguire, que entrou como se estivesse pronto para nos obrigar a fazer quatrocentas abdominais.

Charles e eu nos ajeitamos na cadeira.

— Jamie, se o meu pessoal estiver certo, isso é para valer... Que merda! Esses malditos blogueiros. Esse pessoal do RightIsMight.org é doido. Você já leu a merda que eles escrevem? Não mexa com eles ou eles vão acabar com você antes que tenha a chance de andar um quarteirão.

— Ei, eu sou um republicano filiado — afirmou Erik. — Não preciso de um sermão sobre a ala de direita deste país. Vocês precisam se acalmar; temos tudo sob controle.

Maguire sentou-se no sofá em frente a mim e esticou as mãos na direção da mesa de centro para se inclinar, o que fez com que seu rosto ficasse próximo ao meu.

— Quero que Charles Worthington vá até lá dar mais uma olhada no que você descobriu. — Ele se voltou para Charles. — Sim... vamos colocá-lo nessa história por enquanto. Você é de lá. Malditos sulistas.

Erik pegou um punhado de cereal de uma tigela grossa de vidro que ele ganhara em uma conferência de propaganda. Ele nunca se preocupava em acabar de comer antes de começar a falar.

— Vamos ver o lado positivo. Eu quero que isso apareça no programa. Não posso pedir para as pessoas esperarem. As propagandas têm de chegar a níveis excelentes; dê apenas uma pequena dica do que temos, mas não diga muito.

Pedaços minúsculos de cereal misturado com saliva aterrissaram na mesa de centro.

Goodman olhou para a mesa com uma expressão de nojo adequada e depois respondeu:

— Discordo. Nada de dicas. Vamos dar a eles a coisa mais louca que temos: a audiência vai implorar por mais. Se formos cuidadosos demais, vão achar que não temos nada. O que você acha da parte da fita em que ela fala "Claro que vamos fazer, mas vamos fazer do seu jeitinho *especial*"?

Erik jogou a cabeça para trás e riu para valer. Achei que seus suspensórios fossem se soltar de novo. Depois ele ficou em silêncio, mas seu estômago estava subindo e descendo como uma boia em uma onda violenta. Goodman e eu nos olhamos de forma afetuosa. Nada no ramo de notícias era mais divertido do que ver Erik James empolgado com uma grande história, nos infectando com o seu amor por essa profissão maluca.

Quando parou de rir, Erik encheu a mão de cereal outra vez e respirou fundo. Mas dessa vez um cereal o fez engasgar. Pelo menos uma vez por mês alguém tinha de executar o procedimento Heimlich em Erik, e esse estava se tornando rapidamente um desses momentos. Sua secretária, Hilda Hofstadter, fazia isso melhor do que ninguém.

Goodman levantou-se e começou a dobrar as mangas para salvar a vida de Erik pela vigésima vez em sua carreira.

— *Hilda! Venha até aqui!* — gritei.

Ela abriu a porta calmamente e enfiou a cabeça pelo vão para ver se seus serviços eram necessários, já acostumada a este procedimento. Erik ergueu a mão para impedi-la e sacudiu a cabeça. Ele tossiu e o cereal saiu em sua mão. Erik jogou-o na direção da lata de lixo, que ficava do outro lado da sala, mas errou por um metro e meio. Ele viveria para ver o outro dia.

Geraldine agarrou o bloco de anotações como se fosse uma aluna aplicada.

— Tenho várias questões para resolver antes de começarmos a festejar. Que palavras vamos usar no ar, Jamie?

— Você já sabe o que temos nas fitas. Podemos apenas usar a frase em que ele diz "Quero esse seu cuzinho maravilhoso", usando um bip para a palavra "cuzinho". Eu ainda não tive o prazer de discutir a tendência sexual anal de Hartley diretamente com Theresa — respondi. — Então não sei quais são as palavras que ela vai usar na entrevista. E é claro que eu não posso dar nenhuma orientação a ela nesse sentido. O elegante advogado dela, Leon Rosenberg, disse-me que ela se refere a isso apenas como "por trás".

Os advogados agora estavam fazendo com que Erik perdesse tempo. Em circunstâncias normais, ele tinha a capacidade de atenção de uma criança pequena.

— E isso, senhoras e senhores, é a notícia mais deliciosa que já ouvi em trinta anos no ramo. Não há necessidade de perdermos mais...

Sua secretária bateu e entrou.

— Jamie, há uma ligação para você.

— Para mim? Na linha de Erik?

— É um cara chamado Peter. Ele pediu para a recepcionista localizá-la.

14

Sequestrada!

Dez, nove, oito... Os números no indicador mostravam que o elevador descia devagar. Tentei manter a calma. Quando recebi a ligação interrompendo a reunião, senti minha pressão sanguínea subir e descer tanto que fiquei tonta. "Saia logo daqui", dissera Erik. O idiota grande e gordo era sempre muito compreensivo quando o assunto era a minha família.

Eles estavam sentados em um longo banco de couro escuro no saguão, e Peter estava com o braço ao redor de Dylan. Corri na direção deles.

— Meu Deus, ele teve outro ataque?
— Mãe, fique fria.
— Eu sou sua mãe, não me diga para "ficar fria".

"Ficar fria" era uma expressão de Peter.

— Será que você poderia me dizer o que está acontecendo?
— Não me culpe — disse Peter. — Foi ideia de Dylan. Então eu disse: "Qual é o problema, ela precisa mesmo de uma pequena aventura de vez em quando." E você concordou, lembra? Quando falamos sobre logística demais? Então, aqui estamos nós. Vamos levá-la para a cidade alta.

Os olhos suplicantes de Dylan pousaram em mim, partindo meu coração.

— Vocês sabem — disse eu — que adoro surpresas. E foi uma grande ideia vir até o escritório. Vocês realmente fizeram o meu dia ficar melhor, mas eu não posso sair no meio do expediente.

— Já são 15h30. — Peter ergueu as mãos. — Você mesma disse que gostava de *sair do plano*. O que são duas horas?

— Ei, eu trabalho meio expediente. Por que não saímos na segunda-feira ou na sexta-feira, quando eu estiver em casa? — Estava ficando ressentida por Peter ter me colocado nessa situação sem me avisar e na frente de Dylan. — Quando estou aqui, tenho de dar duro, e toda hora conta.

Peter levantou-se do banco.

— Ah, dá um tempo! Você é a produtora favorita deles, tenho certeza de que eles não vão ligar.

— Você está complicando as coisas para mim — sussurrei para Peter, mas ele nem quis saber.

— Você ficaria surpresa se eu dissesse que estarmos aqui foi ideia unicamente de seu filho — sussurrou ele em resposta.

Não respondi, tentando pesar as minhas responsabilidades no trabalho e a vontade de sair com os dois. A combinação de Dylan e Peter era muito poderosa.

Peter aproximou-se. Respirei fundo, tentando descobrir como conseguiria resistir.

— Olhe só, moça — disse ele. — Será que você consegue tempo para se divertir?

Moça?

— Dylan, vamos comprar sorvete na lanchonete do meu prédio aqui — interrompi.

— Não quero sorvete. Não temos tempo. Temos uma surpresa. Você vai amar, mamãe.

Ele agarrou minha mão e começou a me arrastar para a porta giratória.

Quando chegamos à calçada, já tinha ficado claro para eles e para mim que eu não tinha como vencer aquela batalha. Peter nos levou até a entrada do metrô da 60th Street com a Broadway.

— *Aonde* nós vamos? — perguntei, tentando parecer carrancuda.

Peter sorriu.

— Vamos andar em uma coisa chamada "metrô". Trata-se de um trem que segue por baixo da terra e que leva os pobres para o trabalho.

Comecei a rir.

— Na verdade, eu ando muito de metrô.

— É meeesmo? — Ele ergueu a sobrancelha como se não acreditasse em mim.

— Claro que sim. Por exemplo, quando preciso ir ao centro e o trânsito está muito ruim, eu pego o metrô.

— Então, é claro que você não vai precisar do meu passe de metrô. Tenho certeza de que você tem um na sua carteira. É muito útil, você pode usar a qualquer momento.

Bati nele com a bolsa e desci as escadas. Quando chegamos às roletas, ele colocou um passe para ele, depois outra vez para mim e deu um sorriso charmoso.

— E eu nem vou perguntar a você qual linha vai para a cidade alta — provocou ele.

Harlem: o sol de final de tarde refletia no pavimento claro, e nós três precisamos de um tempo para que nossos olhos se ajustassem. Olhei para a 125th Street, completamente diferente da atmosfera corporativa do centro, onde ficava o escritório da NBS, e seus arranha-céus gigantes e espelhados competindo uns com os outros por espaço. Meu filho, que parecia saber exatamente para onde íamos, arrastou-me pela rua, passando por mercearias e lojas de departamento com poltronas de veludo embrulhadas em papel celofane na calçada da frente. Bancos novos, uma loja da Starbucks e uma mercearia Pathmark — tudo parte do programa de desenvolvimento da 125th Street promovido pelo prefeito Giuliani. O novo e o velho se confrontavam, conferindo à rua um aspecto urbano e extremamente vibrante.

— Dylan, você costuma vir muito aqui?

— Não vou contar.

Explodindo de felicidade, ele só continuou segurando a minha mão e andando saltitante ao meu lado.

Virei-me para Peter.

— Meu filho não ri assim há... Sei lá. Acho que há uns seis meses.

— Você ainda não viu nada.

Andamos um quarteirão, subindo o Adam Clayton Powel Boulevard, e paramos em uma quadra de basquete com cercas enferrujadas. Atrás de uma ponte de ferro forjado, havia cerca de quarenta adolescentes, a maioria negros e hispânicos, fazendo alguns arremessos nas quatro cestas sem rede alinhadas na quadra. Havia rachaduras no concreto e alguns buracos no meio da quadra, só esperando para alguém quebrar o tornozelo.

Peter gritou:

— Ei, Russel, olha quem está aqui!

Um garoto negro e magro com um conjunto de moletom fez um sinal com o dedo indicador no ar. De repente, eu o reconheci do jogo de xadrez no Central Park. Senti a garganta fechar.

— E aí D.? Qual vai ser a de hoje? Espero que esteja preparado — gritou Russel.

— Dylan, eu pensei que você não jogasse mais basquete. Foi isso que você me disse.

— Eu disse a você que não queria mais jogar com os garotos da St. Henry. Eles são uns idiotas. Os amigos de Peter são mais legais.

— Ei, D., venha logo!

— Mãe, será que você pode, tipo assim, assistir ao jogo, mas sem gritar nem torcer? Tipo assim, finja que nem está assistindo.

— Entendi.

Ele jogou os ombros para trás e respirou fundo como se estivesse prestes a erguer um haltere de 200 quilos. Peter cochichou algumas instruções em seu ouvido. Dylan acenou com a cabeça e seguiu para a quadra com um andar irreconhecível e masculino. Depois se virou e correu na minha direção como um cachorrinho animado demais.

— Mãe, seja lá o que for que você faça, quando eu terminar, mantenha a distância, OK? Não me abrace nem nada. É melhor nem me tocar.

— Eu nem sonharia em fazer uma coisa dessas.

Ele correu na direção das crianças, depois parou e seguiu em uma corrida de garoto legal pelos últimos três metros. Eles se cumprimentaram com uma batida de mãos. Russel colocou o braço em volta de Dylan e deu-lhe a bola.

— Quantos anos ele tem? — perguntei a Peter.

— Treze. Não, ele acabou de fazer aniversário, 14. Eles estão no nono ano.

— E eles estão indo devagar com ele? Nunca ouvi nada mais gentil.

— Não há nada de gentil nisso. Eles gostam dele. Dylan é maneiro.
— Peter, eles estão fazendo isso porque amam você.
— Tudo bem, mas ainda assim eles acham que ele é maneiro.

Os oito outros caras no grupo pararam de jogar e bateram na mão de Dylan, deram-lhe um tapinha nas costas ou um soquinho em seu ombro.

Russel disse a ele:
— Todo o grupo está no jogo. Então, D., você tem cinco. Faça alguns pontos.

Oito garotos se alinharam de cada lado da cesta enquanto Dylan ficou parado em cima do garrafão com a pesada bola de basquete na mão.

Virei para Peter.
— Ele nunca vai conseguir. A bola é pesada demais para ele.
— É claro que vai conseguir. Só que não vai ser logo de cara.

Dylan arremessou a bola e errou por pelo menos um metro e meio.
— E esses caras esperam?
— É algo que Russell gosta de fazer, e os outros garotos aceitam porque ele é maneiro. Russell sempre chega antes de todos os outros e, às vezes, ele e Dylan só fazem arremessos. Mas Dylan adora jogar com todos. É claro que se não tivéssemos perdido dez minutos no saguão do escritório tentando convencê-la...

Agora eu entendia.
— Quantas vezes você o traz aqui?
— Uma vez por semana.
— Foi difícil para Dylan se adaptar a esses garotos aqui da 125th Street e voltar a jogar um jogo ao qual ele havia renunciado?
— Vamos dizer que ficou claro que ele não havia passado muito tempo na vizinhança. Nas primeiras vezes, nós só assistíamos. Depois, começamos a chegar mais cedo, e Russell ensinou algumas coisas a ele. No início, ele não segurava a bola da forma correta. Agora ele está tentando ensiná-lo a fazer o giro. Isso não é muito difícil. Mas está ajudando, e Russell é o cara.
— Não acredito que não tenha me contado.

Depois de um movimento dos outros meninos, parecia que meu filho magricela quicava a bola em câmera lenta. Ele estava chegando à cesta, mas então alguém tirou a bola de sua mão e fez uma cesta maravilhosa do outro lado da quadra. Dylan baixou a cabeça por um segundo, mas depois a ergueu e correu para a bola — mas Russel tinha pegado o rebote.

— Ei, D.! — chamou Russel, passando a bola para as mãos de meu filho.

Dylan parecia prestes a cair ali mesmo e morrer de orgulho. Ele partiu para a cesta. Rindo, os garotos do outro time passaram por Dylan e começaram a tentar bloquear a passagem dele com braços e pernas. Não havia como Dylan jogar a bola por cima deles. Finquei as unhas no braço de Peter. Então, Russell ajoelhou-se, colocou o braço em torno dos quadris de Dylan e levantou-o para que ele pudesse ter um campo livre, e meu filho ergueu a bola e fez um arremesso perfeito sobre a cabeça dos oponentes. Achei que fosse morrer ali mesmo. Todos os músculos da minha garganta estavam apertados devido à forte emoção: gratidão por Peter, e um poderoso sentimento de alívio em relação ao meu filho se sentir bem consigo mesmo de novo. E *aqui*, entre todos os lugares. Russell bateu na mão de Dylan.

— É o seu mundo, D. — disse ele.

Dylan ergueu a cabeça em um aceno supermaneiro e andou na minha direção com um sorriso explosivo.

Eu estiquei os braços, mas rapidamente os deixei cair ao lado do corpo outra vez.

— Ótima jogada, cara — cumprimentou Peter.

— Isso foi impressionante — disse eu.

— OK, mãe. Eles disseram que eu posso jogar mais um pouco. Tudo bem?

— Claro, querido.

Ele voltou correndo para a quadra. Sem olhar para Peter, eu tive de dizer.

— Obrigada por me trazer aqui. Não há um meio de quantificar o que você fez por Dylan e por nossa família. E... e por mim.

— O prazer foi meu.

Isso era ridículo. Só de ficar ali do lado dele eu já me sentia acesa.

15

Limites, limites

Quando ouvi a chave na fechadura, senti a pele formigar, e meu corpo ficou tenso como o de um animal ameaçado. A pesada porta da frente fechou. Phillip jogou o casaco sobre o sofá de leopardo no vestíbulo e arrastou a mala de rodinhas pelo corredor até o nosso quarto. Mas então ele me viu no sofá do estúdio dele assistindo ao meu programa favorito e parou.

— Olá, querida. — Ele sentou no braço do sofá e me deu um beijo na testa. — Nunca vou entender por que você para o que estiver fazendo para assistir a *Dança com as estrelas*.

Ele tinha acabado de chegar de Cincinnati e cheirava a avião, um cheiro de plástico misturado com suor e comida.

— É o assassinato dos programas de TV.

— Do que você está falando?

— É um programa que obriga as celebridades a saírem de sua zona de conforto, ao vivo e na televisão, diante de 27 milhões de pessoas. Esses artistas estão aprendendo a fazer algo que nunca fizeram, e isso é muito difícil. A música também é ótima, e não dá para afastar os olhos das coreografias. São perfeitas. Todas elas.

— Se você diz.

Senti o corpo todo relaxar quando ele saiu da sala. Eu sabia que agora ele ia checar o correio, que estava organizado de forma perfeita no pote de prata sobre a mesa do corredor.

— Maldito serviço de carros — resmungou ele. — Nunca aparecem e ainda assim cobram uma fortuna.

A próxima parada foi a cozinha. A geladeira refletia um brilho fluorescente enquanto ele avaliava suas opções e, por fim, ele pegou uma garrafa gelada de água vitaminada. Bebeu até a metade sem parar. Observei tudo isso do sofá, esperando que ele fosse logo para a cama. Eu daria tudo para ter um tempo só para mim. Queria ficar sozinha para avaliar o impacto político que Theresa Boudreaux causaria, sozinha para descobrir se ainda amava meu marido. Sozinha para sonhar e imaginar como seria tocar as costas largas de Peter.

Afrouxando a gravata, Phillip passou os olhos pelo quadro de avisos na cozinha e olhou o calendário de atividades das crianças. Imaginei-o na minha cabeça: Dylan iria ao Adventurers; Gracie, ao balé; Michael, para a ginástica... Cada atividade das crianças tinha um código de cor em um calendário lavável na cozinha. Depois ele passou pelos recados telefônicos em papéis cor-de-rosa em cada caixa de mensagem e franziu o cenho. Parecia que estava lendo várias vezes a mesma mensagem. Eu podia ver os lábios dele se movendo e, por fim, lendo o texto em voz alta como se isso pudesse ajudá-lo a compreender o significado.

— Jamieeeeee? — gritou ele.

— O que foi Phillip — meio que falei, meio que gritei do sofá do estúdio. — As crianças estão dormindo. Será que esqueceu que tem três filhos com menos de 10 anos que costumam dormir às dez horas da noite durante a semana.

Ele continuou gritando da cozinha. Aparentemente era demais para ele dar alguns passos, atravessar o corredor e ir falar comigo. Ele enunciou cada sílaba com o maxilar serrado:

— O que significa este recado?

— Que recado, Phillip?

— Este aqui, Jamie.

— Qual?

— Este que está na minha mão.

— Não dá para eu ler daqui. O que está escrito?

— "Sra. W., Christina Patten ligou para dizer que vai deixar o catálogo para a exibição dos ovos amanhã. Ela ficou muito satisfeita por você ter aceitado o convite para se sentar à mesa dela. Abre parênteses. Você não vai se livrar fácil dessa. Fecha parênteses. Peter."

Merda. Eu deveria ter despedido Peter há semanas. Fiquei em pé no corredor tentando parecer blasé.

Eu havia tomado um banho de espuma com uma vela de jasmim no banheiro e estava usando um pijama macio de flanela. Chinelos de pelo de carneiro aqueciam meus pés. Eu estava absolutamente limpa e meu marido fedia.

— Olhe para mim, Jamie — ameaçou ele, que costumava me tratar como se eu fosse uma criança quando ficava zangado.

— O que foi? — respondi, como se não soubesse por que ele estava zangado, mas também avisando que eu entraria na briga.

Se essa cena acontecesse logo que casamos, ambos já teríamos explodido nesse ponto. Naquela época, ele adorava a minha coragem. "Graças a Deus conheci você", costumava dizer durante o nosso namoro, acariciando meu cabelo e beijando minha testa. Eu sabia que ele agradecia a Deus por ter encontrado alguém com um ponto de vista diferente, que conversava com ele, alguém que não estava acostumado a todos os clubes e restaurantes que ele costumava frequentar. Depois de dez anos de casamento, meu brilho do meio-oeste tinha perdido o charme. Era mais provável que ele não quisesse que ninguém discordasse dele de jeito nenhum. A vida ficava bem mais fácil para Phillip quando ninguém discordava dele.

— Não venha com "o que foi" para cima de mim — respondeu ele, usando aquele tom tipo "ai ai ai, mocinha". — Você despediu ou não o esquiador?

— Quem é que administra os assuntos da casa nesta família? — perguntei.

— E o que é esse lance sobre você e Christina Patten? Por que ele sabe de coisas sobre a sua vida pessoal? Por que ele diz que você não vai se livrar dessa se é ele quem trabalha para você? Pelo amor de Deus, o que está acontecendo? — Ele colocou as mãos nos quadris e balançou a cabeça. Depois começou a dobrar as mangas da camisa como se estivesse se preparando para uma briga de socos. — Só não consigo entender a situação. Você fala com esse cara como se ele fosse uma amiga? Ele é o *empregado*. EMPREGADO. Entendeu? Eles trabalham para você. Eles respondem a você. Vou dizer mais uma vez: tudo é uma questão de *limites*, Jamie. Limites. Limites. Quantas vezes preciso dizer para que não confraternize com os empregados? Não fique amiguinha deles. Isso só complica as coisas. Eles trabalham aqui, OK? Nós pagamos a eles. Eles trabalham. Ponto. Só que esse cara não deveria estar trabalhando aqui.

— Phillip ele é do Colorado e não entende os rituais de Park Avenue. Ele não entende por que eu vou me sentar com uma mulher que amo odiar. Eu só comentei como a achava burra noutro dia na escola. Isso não significa que estou *confraternizando* com ele. Mas essa não é a questão. A questão é que eu sou a responsável pelos assuntos domésticos e não preciso de suas intervenções.

— Quem é que paga o salário do esquiador, Jamie?

— Se os jornalistas ganhassem como os advogados, eu ficaria feliz de pagar o salário de Peter. Mas você ganha 15 vezes mais que eu. Mas não faça pouco do meu salário. Não se esqueça de que cheguei aos seis dígitos agora, o que, depois dos impostos, cobre muita coisa.

Ele jogou a cabeça para trás.

— Seis dígitos? Apenas um dólar faz com que o seu salário chegue a seis dígitos. Grande coisa.

Respirei fundo e tentei me lembrar de algum momento nos últimos 15 anos em que eu sequer chegara a amar e a me importar com esse homem. Neste momento, eu não podia nem acreditar que se tratava do pai dos meus filhos.

— O esquiador não vai embora Phillip.

— Eu já disse que não quero um babá na minha casa. É um absurdo!

— Dê apenas um bom motivo para não tê-lo em casa.

— Para começar, o que você sabe sobre o passado do cara? Você checou o que ele faz quando não está aqui? Ele certamente não parece o tipo que faz dança de salão.

— Ele tem uma namorada que está terminando o mestrado em educação.

Isso era um exagero. Peter não tinha um romance — até onde eu sabia —, mas tinha alguns relacionamentos platônicos em Red Hook.

— Tudo bem. Mesmo assim não gosto nada disso. Nem um pouco.

— Você está se sentindo ameaçado por ele.

— Por causa de você ou de Dylan?

Pude sentir meu rosto ficar vermelho e torci para que Phillip não percebesse.

— Diga você. — Recuperei-me rápido. — É você quem está se sentindo ameaçado, não eu.

— Ameaçado não é bem a palavra. Eu não quero um babá-homem jogando futebol com meu filho pela casa. Dylan precisa saber que *eu* jogo bem. Não um imbecil que você conheceu no parque. E não, eu não acho que você vai dormir com o empregado.

— Phillip, o seu argumento seria válido se você jogasse futebol com Dylan de vez em quando. Você quer chegar em casa amanhã às 15 horas da tarde e levá-lo até o Great Lawn, no Central Park, e jogar um pouco?

Ele ignorou essa parte.

— A verdade é que você ganha uma merdinha de salário e sou em quem paga as contas, e eu não vou pagar as contas do babá.

— Não diminua o que eu ganho com o meu trabalho — gritei, apontando para o meu peito. — *Sou eu* quem cuida das crianças nesta casa. E *sou eu* quem toma algumas decisões aqui. Estamos na era moderna, querido, seu fóssil mimado, jurássico, arcaico e mordaz!

Eu não conseguia acreditar que tinha dito aquilo. Que coisa mais ridícula para se dizer em um momento de raiva. Eu estava morrendo de vontade de rir e esperei Phillip fazer isso, torcendo para ele ceder primeiro.

Mas o senso de humor dele estava estragado, e tudo o que ele conseguiu dizer foi:

— Você está muito instável.
E saiu calmamente da cozinha, fechando a porta atrás de si.

Quando fui para a cama depois de assistir ao telejornal local noturno, eu esperava encontrá-lo dormindo — mas eu deveria saber que isso não aconteceria. Deitei na cama ao lado dele e virei para minha mesinha de cabeceira, posicionando meu corpo o mais próximo possível da beirada da cama. Sabia que os olhos dele estavam abertos. Fechei os meus e tentei dormir, sentindo minha cabeça derreter sobre o travesseiro macio.

— Você está muito hostil — disse ele por fim.

Não respondi. O que eu poderia dizer, sabendo que a atração que eu sentia por Peter havia energizado a minha agressividade em relação a Phillip? Independentemente da inadequação da nossa discussão, eu sabia que Peter era uma pessoa que não deixava o meu marido confortável, uma pessoa que substituía o seu tempo com o filho. E, de alguma forma, eu não conseguia ceder nem um milímetro ou ajudá-lo a superar isso. Phillip reclamou que queria passar mais tempo com Dylan, mas, na verdade, ele nunca soube como se aproximar do filho. Dylan *precisava* de Peter em sua vida.

— Mas eu não quero ser assim.

— Bem, mas você está assim. Mantenha a droga do empregado se isso a deixa mais calma.

— Estou calma.

— É mesmo?

Eu me virei.

— Sinto muito se o chamei de pré-histórico.

— Que merda foi aquela?

— Eu só... Bem, eu não acho você um homem moderno.

— Moderno?

— Nós estamos avançando, a Terra está girando, e não me segure. Isso não é inteligente.

— Por que, de repente, as coisas passaram a ser sobre você?

Merda! Ele estava certo.

— Não tem *nada* a ver comigo. Apenas com como sinto que as coisas funcionam melhor para a nossa família. Para Dylan.

Phillip colocou o braço sobre os olhos e ficou assim. De repente, me senti culpada. Ele não tinha feito nada de errado. Ele só queria que as coisas fossem mais fáceis: o dinheiro, o sucesso, uma esposa que apreciasse o seu trabalho duro. Ele não era o vilão.

Pensei em Susannah e no que ela dissera sobre chupar meu marido o tempo todo para tornar as coisas mais fáceis. Talvez fosse esse o problema. Eu não lhe dava o suficiente. Talvez fosse tudo culpa minha. Inclinei-me para o lado dele da cama e comecei a acariciar sua barriga com a mão. Eu estava cansada demais, nem um pouco a fim de transar e me sentia apreensiva em relação ao sexo. Então só acariciei seu peito mais um pouco, esperando que ele adormecesse como um bebê.

Comecei a imaginar como Peter seria na cama, se ele era realmente sensual ou não — mais eu sabia que ele era —, e tentei parar de pensar nele e me concentrar no homem com quem eu havia me casado. Tentei me concentrar para ver se sentia algum desejo, mas tudo no que podia pensar era no corpo cansado de Phillip deitado ao lado do meu só esperando um pouco de amor. Apenas outro ser humano que precisava de algo de mim. E então me lembrei de que eu ainda poderia usar aquelas lições úteis que havia aprendido com o colega gay da época de faculdade com quem eu dividia um quarto. E eu era muito boa em dar a Phillip o que ele precisava. Assim, fechei meus olhos e fui fundo.

No dia seguinte, acordei com Phillip se pendurando em mim como se fosse um bebê.

— Amo você e acho que você ganha muito, muito dinheiro — sussurrou ele no meu ouvido. — Tanto dinheiro que eu poderia até nadar nele.

Tive de rir.

— Sinto muito se eu diminuí o seu salário — concedeu ele.

— O meu salário não pode servir como medida. Você está ganhando muito bem, especialmente se considerarmos o fato de você trabalhar meio expediente.

— E eu queria me desculpar por ter chamado você de dinossauro. Não sei de onde veio isso.

Ficamos deitados na manhã calma antes de as crianças levantarem, o sol matinal alaranjado entrando pelos lados das persianas. Já estávamos juntos havia 15 anos, sendo que os últimos cinco não haviam sido particularmente felizes. A paixão verdadeira, pelo menos no que dizia respeito a mim, tinha terminado antes mesmo de eu engravidar de Dylan. No início, ele colocava as pernas em volta de mim depois que fazíamos amor. Fazíamos amor até às 4 horas da manhã mesmo que, inevitavelmente, Phillip tivesse de pegar um voo às 6 horas da manhã. Na noite seguinte, ele jurava que iria dormir às 9 horas, mas sempre repetíamos a dose. De vez em quando durante a semana ficávamos em nossos respectivos apartamentos para colocar o sono em dia para que pudéssemos desempenhar nossas funções no trabalho.

Phillip podia agir como uma criança quando não conseguia o que queria, mas era leal, trabalhador, bem-intencionado e tomava conta de nós. Apesar de tudo o que as mulheres conquistaram, muitas de nós ainda desejam um marido que possa controlar situações assustadoras e ser forte diante das adversidades, e eu confiava plenamente nele nas situações reais de crise. Ainda assim, ali estava eu, deitada ao lado do meu marido, tentando encontrar alguma conexão emocional, agarrar algo nele com o que eu realmente me *importasse*, e eu temia não conseguir. Preocupava-me também o fato de que eu sentia uma conexão emocional muito maior com Peter Bailey. Phillip me envolveu com as pernas, porém isso deixara de ser sexy e confortador. Eu não conseguia mais afastar o sentimento de solidão entre nós.

— Preciso passar mais tempo com você — disse ele. — Quero viajar com você em um fim de semana. Precisamos nos ligar mais como fizemos ontem à noite. Precisamos conversar sobre umas coisas.

Eu podia ouvir as crianças brigando pelos cereais na copa.

— Que tipo de coisa?

— Apenas uns assuntos de trabalho. Assuntos financeiros.

— Adiante os assuntos.

— Não, é complicado demais para começarmos o dia com isso.

— Ah! Você não vai me deixar assim curiosa. Está tudo bem com a firma?

— Ah, sim.

Ele passou o dedo na minha testa como se pudesse apagar os pensamentos da minha cabeça.

— Ainda assim precisamos conversar?

— Um-hummm. — Ele respirou fundo e acenou com a cabeça.

— É como aquela vez em que falamos sobre o que estava acontecendo com Alan por trás das portas fechadas naquele dia lá em casa?

— Não.

Ele afastou as cobertas e levantou-se rapidamente da cama. Suas palavras não pareciam sinceras.

16

Questão de guarda-roupa

Um grupo de galinhas muito preocupadas cercava Barbara Fisher. Uma delas passava a mão em suas costas.

— Sinto muito.

— É horrível. Simplesmente horrível — disse Topper Fitzgerald, o cérebro por trás do comitê decorativo.

Aproximei-me de forma cuidadosa, não querendo perturbar o momento de tristeza de Barbara. Uma cena sombria mesmo.

— O que aconteceu? — sussurrei sobre o ombro de Ingrid. — Alguém se machucou?

— Pior. Muito pior. Eu preferiria desistir da minha bolsa Birkin do que ter de enfrentar o que aconteceu com ela esta manhã.

— O que foi?

— A babá que dorme em casa pediu demissão.

Tentei me afastar antes que Barbara me visse e acabei dando de cara com Christina Patten.

— Você nunca vai adivinhar quem me ligou hoje de manhã!

— Juro que não faço a menor ideia.

Tirei Gracie da cadeirinha e coloquei-a no chão.

— Posso usar a minha coroa de Cinderela? Só uma vezinha?

— Querida, você sabe que a escola não permite princesas da Disney nem super-heróis. Vamos deixá-la no carrinho como sempre fazemos.

— Vamos lá, adivinhe! — Então, Christina cantou a seguinte musiquinha: — Lá, lá, lá. Tem a ver com o Noites Brancas. Lá, lá.

— Um estilista que quer vesti-la? — disse eu.

— É claro, mas isso não é novidade! Os estilistas vestem todo mundo.

Todo mundo, menos eu. Os estilistas imploram para vestir socialites como Christina; enviam vestidos de baile para elas antes de um evento beneficente e as pressionam para usá-los como fariam com qualquer estrela de Hollywood para o tapete vermelho do Oscar. Francamente, neste ponto eu ficaria feliz se alguém me mandasse roupas. Isso faria com que eu não perdesse tempo indo às compras, além de não gastar dinheiro.

— Tudo bem, Christina, você foi chamada para ser a mestre de cerimônias da noite.

— Você está brincando, eu *morreria* se tivesse de fazer isso. Você não vê que estou feliz e excitada com isso?

Momento delicado aqui.

— Estou um pouco atrasada e Gracie não está de bom humor.

— Estou sim, mamãe. Isso é mentira!

— Ah, tudo bem, Jamie. Você quer acabar com a diversão. Eu queria surpreender você depois, mas não posso esperar. Só se concentre e tente adivinhar. Pense no evento. Pense em branco. Pense na nossa mesa. Pense em ovos, grandes ovos com pedras preciosas. Pense em fotos.

— Eu não sei nada sobre os bastidores desses eventos. Eu só compro o ingresso, apoio a causa, seja ela qual for, e apareço.

— É difícil acreditar. Você é tão inteligente. Todos dizem isso. "Jamie é tão inteligente. Jamie é tão inteligente. Lá, lá, lá." Isso é tudo que ouço sobre você. Meu marido, George, está doido para sentar ao seu lado. Ele vai ler o jornal com atenção extra no dia, mas me pediu para não lhe contar nada. Então não diga a ele que lhe contei.

— Que gentil você dizer que sou inteligente, Christina, mas pessoas inteligentes não sabem automaticamente de tudo.

Ela olhou para os lados e depois para mim.

— Não entendi o que disse.

Essa mulher era retardada mental.

— Mamãe, vaaaaamos.

Graças a Deus.

— Talvez seja melhor eu levar Gracie para a sala de aula agora e você pode me mandar um e-mail com a surpresa.

Ergui a sobrancelha algumas vezes exatamente da maneira como faço quando quero convencer meus filhos de algo.

— John Henry Wentworth me ligou esta manhã. Ele é meu vizinho de porta.

— Quem?

— Você está brincando, certo? — Ela pareceu preocupada. — Ele é o editor chefe da revista *Madison Avenue*.

Oh-Oh.

— E?

— Ele quer tirar uma fotografia da nossa mesa para a edição de fevereiro. Ele vai fazer uns modelos enormes de dois metros de altura dos ovos Fabergé com pedras brilhantes ao redor. — Ela estava fazendo gestos amplos para me dar uma ideia do palco. — Depois, todas as damas de nossa mesa vão subir e se posicionar na frente deles, vestidas de branco.

— Esse Wentworth não me conhece; então, você e suas amigas sobem e posam. Eu não gosto muito dessas coisas.

— Bem, eu tive de explicar a ele quem você era, porque você não é muito, bem... você sabe, muito ativa no circuito social — informou ela em um tom condescendente por achar que talvez tivesse me ofendido. — Quero dizer, você fez essa escolha. O seu trabalho. Você não tem tempo. Mas ele adorou a ideia de incluí-la na foto. Quero dizer, você *estará* na mesa, então seria estranho não incluí-la, mesmo que você não seja, você sabe...

— Eu só acho que eu não me encaixaria.

— Você está maluca. Eles vão desenhar vestidos brancos para nós, fazer o cabelo e tudo mais. E depois nós vamos usar os mesmos vestidos na festa. Eles escolheram Carolina Herrera. Um dos estilistas dela vai nos vestir. Dá para acreditar?

Então eu não precisaria quebrar a cabeça para decidir o que usar nem perder tempo e gastar dinheiro para comprar ou fazer uma pesquisa por pele branca...

— E Verdura vai nos emprestar as joias — acrescentou ela.

Até eu sabia que Verdura tinha sido o melhor designer de joias italiano do século passado.

Isso estava ficando interessante. Até mesmo, sedutor.

— Então, deixe-me ver se entendi direito. Para a sessão de fotos agora e depois para a festa beneficente em fevereiro, Carolina Herrera vai me emprestar um vestido ou desenhar um modelo para mim. Depois Verdura vai me emprestar diamantes que valem uma fortuna para eu usar na noite.

— Tipo vinte mil. O único problema é que os seguranças deles meio que seguem você no salão.

— E eu ganho sapatos?

— Sim. E uma bolsa da Judith Leiber.

— Posso ficar com eles?

— Com os sapatos e a bolsa, sim. O vestido e as joias, definitivamente não.

— Por que a revista *Madison Avenue* faria isso? Eles nem me conhecem.

— Eles precisam de uma capa, e o evento de DuPont será a maior festa do ano. É uma publicidade boa para os estilistas.

— Estamos falando da *capa*?

— Bem, eles vão fotografar três mesas. Espero que a nossa seja escolhida para a capa, mas definitivamente estaremos na revista.

— Tudo bem, deixe-me pensar sobre isso, Christina. Tenho de levar Gracie agora. Estamos atrasadas.

— O pessoal do escritório de John Henry vai ligar para você para falar sobre as provas — disse ela, enquanto fazia a filha, Lucy, subir as escadas.

Mais tarde naquele dia, Peter me interpelou na porta de entrada.

— Um minuto só para eu recuperar o fôlego — falei. — É importante?

Eu já estava ficando exasperada com Peter sempre me pressionando. Deixei as sacolas no chão, tirei o cachecol e coloquei-o no armário. A casa parecia silenciosa. Silenciosa demais para a hora do jantar.

— O que aconteceu?

— Yvette ficou muito zangada na festa de aniversário do filho dos Wassermann.

Entramos no estúdio para que as crianças não percebessem que eu já tinha chegado.

Peter sentou-se em uma poltrona.

— Bem, na verdade, tudo começou aqui em casa antes da festa. Yvette disse que você queria que eles fossem com a roupa cinza, sabe? E que Michael fosse com uma roupa que tem um negócio bordado no peito e um short de camurça.

— Lederhosen. Eu sei.

— Portanto, agora nós precisamos lembrar da época em que você me contratou e de todas as conversas que tivemos naquela época. Você se lembra de uma vez em que você disse que queria que eu criasse uma atmosfera masculina na casa durante o dia?

Concordei com a cabeça. Ele estava lindo de jeans batido e uma camiseta amarrotada escura de manga comprida. Eu estava tendo um pouco de dificuldades de olhar para ele agora. E também estava tendo um problema para não olhar.

— Então, será que você poderia me explicar uma coisa? Por que as endinheiradas gostam de vestir os filhos de modo que eles pareçam colonos alemães sempre que têm de ir a uma festa? Michael parecia uma menina, e mesmo tendo apenas 2 anos, parecia saber disso e estava *furioso*. E aquelas meias até os joelhos com aquelas franjas vermelhas em cima? Você tinha de ter visto a gente tentando colocar aquele short ridículo em Michael com ele se esticando no chão e quase fazendo a cabeça girar 360 graus. Parecia o encontro da *Noviça rebelde* com o *Exorcista*.

Eu ri.

— Peter, você não consegue entender.

— Não. *Você* não entende. E quando eu cheguei à festa, todos os garotos estavam vestidos do mesmo jeito, e todos estavam com os olhos vermelhos porque todas as suas babás os haviam forçado a vestir aquela roupa cinza de colono alemão. O que há de errado com vocês, endinheiradas?

Ele estava certo, mas todas as crianças que eu conhecia se vestiam assim para ir às festas. E eu aprendi isso do modo difícil quando levei Dylan à sua primeira festa na creche usando calça e camiseta. Quando chegamos, 15 minutos atrasados, todas as mulheres na sala ficaram em silêncio como se tivessem ensaiado para o comercial da E. F. Hutton que tinha como slogan "quando E. F. Hutton fala, todos escutam".

— Então, o que aconteceu com Yvette?

— Eu fui para a festa com Gracie e Michael e quando eles começaram a comer bolo de chocolate, troquei a roupa deles por um jeans, e Yvette ficou puta da vida, como se eu tivesse matado alguém.

— Sei que isso parece complicado para você e realmente é, mas as roupas são assunto sério para Yvette.

Peter ficou ali sentado, com uma expressão incrédula no rosto.

Tentei esclarecer.

— Jeans não combinam com as casacas azul-bebê John-John e Caroline Kennedy com lapelas de veludo.

Ele não respondeu nada.

— A tornozeleira deve aparecer abaixo do casaco. Essa é a *questão*. As casacas não funcionam com jeans. Elas devem ser usadas com vestidos e short. É por isso que os meninos têm de usar short.

Ele ficou boquiaberto.

— Para o efeito John-John — expliquei. — Lembra? A saudação no caixão? Foi um grande momento.

— A saudação no caixão? Tipo quarenta anos atrás? Você está louca? Você se importa mesmo que as pernas de Michael com tornozeleiras fiquem como as de John-John Kennedy?

— Claro que eu não me importo. Só estou tentando explicar o código das roupas.

— Deixe-me dizer uma coisa: você é legal, você trabalha em uma grande emissora de TV e tudo. Você me diz um monte de coisas sobre essas mulheres endinheiradas, como seus valores são estragados, como elas não têm cérebro e como são competitivas. Você fica louca da vida quando sugiro que você é uma delas, o que *me* deixa louco porque você é muito melhor que *elas*. Mas então você mergulha nisso de cabeça e começa a dizer baboseiras como casacas com lapela de veludo e tudo o mais.

— Eu não!

— Eu achei que você ia achar que Yvette tinha enlouquecido e que era óbvio que eu havia feito a coisa certa. Mas não é isso que você está dizendo! Você está tentando me explicar a regra da moda da perna de fora usada para um menino de 2 anos de idade! E eu estou dizendo que aquela roupa faz com que ele se sinta uma bailarina e que ele está certo e você está errada. E tem o lance da Christina Patten. Primeiro você diz que ela é uma idiota, o que ela realmente é, pode acreditar... ela quer ser minha amiga e me interpela no parque... mas depois você vive de conversinha com ela. O que é *isso*?

— Ei, quando você tiver um filho e tiver de lidar com outros pais, vai entender.

— Não, não vou, não. E, pode acreditar, nenhum filho meu vai se vestir como um colono alemão. Nunca.

Eu o perdera. Totalmente. Eu havia desejado tanto que ele pensasse que eu era legal, que tinha um emprego maravilhoso e que estava acima de tudo isso. Mas ele me pegara. Como sempre. Eu me sentia patética e zangada comigo mesma e, o pior, zangada com ele.

Levantei.

— Já acabamos? Tenho uma entrevista amanhã, então você se importa?

— Eu sei que você tem uma entrevista amanhã. Só estou fazendo o meu trabalho e me certificando de que você não estrague as crianças nesse meio-tempo.

E com isso ele se levantou e caminhou pelo corredor para pegar Dylan pelos tornozelos e segurá-lo de cabeça para baixo.

17

Um trabalho benfeito

No dia seguinte, do outro lado de Manhattan, Goodman e eu estávamos sentados numa pequena mesa nos fundos de um bar comum na Brodway com a 64th Street. Esse tipo de coisa era rotineira para nós. Havíamos acabado de sair da entrevista secreta com Theresa realizada em um hotel de Nova York. Theresa não queria que nós, repórteres nortistas, perambulássemos por Pearl, Mississippi, chamando a atenção de todos. Embora eu ainda estivesse chateada por causa da discussão que tivera com Peter na noite anterior, tentei saborear o doce momento que estava por vir. Já havíamos passado por algumas dessas vitórias juntos nos últimos dez anos, e ambos sabíamos dos procedimentos que seguiam a história: depois de passar meses de intensa energia psíquica para fazer com que Theresa Boudreaux falasse na maior entrevista do ano para toda a comunidade jornalística, assim que concluímos a entrevista, ela saiu pela porta, o cameraman e a equipe técnica desmontaram o equipamento e, silenciosamente, saímos na chuva para tomar um drinque. Bebemos o nosso Maker's Mark com gelo em silêncio. Goodman precisava da mais absoluta calma para absorver a escalada da história que tínhamos em mãos. Nos dias que seguiriam à entrevista, ficaríamos obcecados pelas fitas e por escrever e editar a história para o *Newsnight*, mas eu não deveria falar nada até que ele passasse por esse período de calmaria. Eu sabia como cuidar do meu chefe como se ele fosse meu próprio filho. Passaram-se 15 minutos. Eu estava louca para recapitular tudo. Pedimos mais uma rodada.

Por fim, ele bateu com força na mesa redonda de madeira.

— Caralho, garota! Dessa vez você realmente conseguiu. Uau! Cara, isso é bom demais.

Ele se recostou na cadeira, colocou as mãos atrás da cabeça e olhou para cima. Tomou um gole longo do uísque e sugou por trás dos dentes fechados como um caubói.

— Sabe do que mais, Jamie? Ela é bem burrinha, mas tem uma força de vontade que seria capaz de parar uma locomotiva. E Huey vai perder essa parada.

Theresa fez tudo direitinho. Usou o cabelo no estilo que Sarah Fawcett usava na década de 1970, vestiu um terninho azul-claro bem justo e sexy e falou com um doce sotaque sulista. Gennifer Flowers, a missão. Ela falou sobre a relação sexual dos dois, como haviam se conhecido na casa de um dos partidários dele em Pearl, Mississipi, e como ficaram juntos por dois anos, antes de ele dispensá-la sem cerimônia nenhuma. Goodman tentou fazer com que ela articulasse de vinte maneiras diferentes que Hartley preferia fazer sexo anal. Suas respostas relacionadas a esse assunto delicado foram estranhas, mas ela fez o jogo direitinho.

> GOODMAN: Então, você confirma que manteve relações sexuais com o congressista Huey Hartley.
> BOUDREAUX: Bem, um certo tipo.
> GOODMAN: Fiz uma pergunta simples, cuja resposta é sim ou não.
> BOUDREAUX: Não é tão simples assim.
> GOODMAN: Você quer dizer que houve atividade sexual, carícia, talvez beijos, mas não o coito em si. Não houve penetração. Algumas pessoas, incluindo um ex-presidente, diriam que isso não constitui relações sexuais entre um homem e uma mulher.
> BOUDREAUX: Eu não quis dizer que não houve relações sexuais entre nós, quero dizer, no sentido que Bill Clinton compreende a palavra. Nós *tivemos* relações sexuais.

GOODMAN: Então, ocorreu o coito...
BOUDREAUX: Sim. [*Com um sorriso encabulado no rosto, ela se inclinou.*] Houve um certo tipo de coito.
GOODMAN: Será que você poderia explicar?
BOUDREAUX: Não foi no sentido tradicional. [*Pausa, inclinando-se mais.*] E não foi do tipo missionário também.
GOODMAN: Então estamos falando a respeito de posições.
BOUDREAUX: Não, estou falando sobre o orifício pelo qual ocorre a penetração.

Nesse momento particularmente lascivo da entrevista, Leon Rosenberg ria tanto que teve de esconder o rosto no minibar.

Theresa chorou quando contou a Goodman o modo como Hartley a havia dispensado e afirmou que só estava falando agora porque Deus havia lhe dito para sair limpa da história. Não fazia mal, como ela disse, que Hartley "não tivesse agido direito" quando terminou tudo. O "filho da puta" tinha feito com que seguranças da sua escolha pessoal dessem a notícia a ela. Depois disso, ela nunca mais havia falado com ele, pois ele não havia tido nem a decência de retornar as suas ligações.

— Você só está errado quanto a uma coisa: ela não é burra — disse eu, olhando Goodman nos olhos.

— Fala sério. Eu tive de fazer todas as perguntas duas vezes.

— Só estou dizendo que não estamos lidando com uma mulher burra. Ela estava representando um papel, flertando com você, fazendo com que fizesse as perguntas que ela queria. Você é homem. Ouça a si mesmo: você está falando sobre ela. Mas o que você sabe?

Eu queria acrescentar que o modo malicioso de Theresa me deixara nervosa — nunca a vira agir de forma tão dissimulada —, mas esse não era o momento. Falaríamos sobre isso mais tarde.

— Sou um profissional e faço isso há trinta anos.

— Não estou negando, mas ela estava jogando com você.

— Não, não estava.

— Estava, sim.

— Não quero ouvir isso. Ela disse o que queríamos que dissesse. Confessou tudo. Não me importa se ela estava me controlando que eu fizesse alguma pergunta. Se você me perguntasse onde está o bife, eu diria que temos um rebanho inteiro. — Ele bateu na mesa e pediu mais uma rodada. — E eu fui bom, muito bom. Será que fiquei tão bem quanto estava me sentindo?

Olhei para os cubos de gelo dentro do copo por tanto tempo que senti a vista embaçar.

Entreato I

O closet de roupa de cama estava quente e sem ar.
Essa mulher é de verdade?
Ela desabotoou sua calça quando ele fingiu resistir. Entre as camadas macias de lençóis delicados como pétalas secas de rosa.
Retomando o equilíbrio e, no processo, seu bom senso, ele balançou a cabeça e tentou afastá-la de si, mas, dessa vez, com determinação.
— Você é louca.
Ele pensou em Jamie e sentiu uma onda de culpa.
— E se eu for?
Ela pressionou o corpo contra sua coxa, ele olhou por cima do ombro dela e viu que a fenda da parte de trás de sua saia havia subido, revelando uma parte maravilhosa das pernas macias e nuas.
Ele jogou a cabeça para trás não acreditando no que estava acontecendo.
— Estou falando sério. Não podemos fazer isso.
Com uma intensa melancolia, ele percebeu que estava interrompendo a trepada de sua vida.
Ela colocou a língua entre a clavícula e o pescoço dele e lambeu sua pele até chegar à boca.
— Quem vai saber?
Sua mão esquerda foi guiada para sua coxa e depois para o vale entre as pernas.

Ele podia sentir o suor escorrendo pelas costas. Fechou os olhos.

— Eu, eu...

Ela suspirou em seu ouvido enquanto enfiava os dedos dele dentro de si.

— Oops... Esqueci de colocar calcinha hoje.
— Parece que sim.

Passaram-se alguns minutos. Ele era seu prisioneiro agora.

Outro tecido caro caiu e passou por cima do ombro bronzeado da mulher. Agora ela estava de joelhos, com o seu pau inteiro dentro da boca. Desde o playground, ele sabia que ela era boa fazendo exatamente isto. Mesmo que existisse uma diferença enorme no patrimônio líquido deles, aqui estava ela, de joelhos, servindo a ele como só uma cortesã faria na fantasia de um homem.

Sexo — o grande igualador, disse ele para si, maravilhado que fosse capaz de formar qualquer pensamento coerente até este ponto. *A única democracia verdadeira que existe.*

Ela olhou para ele enquanto manipulava seu pau com a boca e com a mão de unhas benfeitas. O único som que ouvia era o das pulseiras Bulgari que ela usava.

Ele pegou um pequeno jogo americano bordado com as iniciais do casal e o enfiou na boca para abafar o grito quando seu gozo jorrou na boca quente e na cara da mulher.

Ela deu um riso suave enquanto lambia os lábios. O olhar de triunfo que brilhava em seus olhos dizia *Sei que sou a melhor e agora você também sabe.* E realmente ela era a melhor.

Algumas vezes, um homem não sabia bem o que fazer ou dizer depois que gozava. Então ele começou a catar de forma desajeitada as toalhas de linho que haviam caído.

— Marta arrumará tudo — disse ela por cima do ombro quando saiu, fechando a porta do closet.

E lá estava ele, segurando um monte dos melhores guardanapos da costa oeste nas mãos, enquanto seu pau murchava lentamente, pendurado para fora da cueca samba-canção manchada de batom Chanel.

18

Uma questão de estilo

— Luzes! Câmera! Ação! Vamos lá, meninas, vocês são as rainhas do baile!

A música "We Are Family" reverberava pelos canos de aço de um loft em Tribeca. Quatro lindas socialites dançavam, enquanto os flashes pipocavam e os estilistas corriam colocando acessórios em volta do perímetro do quarto como se fossem formigas transportando migalhas de pão. Eu me sentia como se tivesse pousado em um videoclipe de outra pessoa.

Com o queixo no peito e os olhos fechados, Punch Paris — o fotógrafo mais famoso no mundo da alta sociedade — ergueu a mão sobre a cabeça. De repente a música parou. Os assistentes fizeram sinal para que todos ficassem em absoluto silêncio. O maestro precisava criar, então esperamos. E esperamos. Esse cara devia achar que era Richard Avedon. Lentamente, ele levantou a cabeça e ficou em pé na nossa frente, o braço direito esticado, um olho ainda fechado, fazendo marcações com o dedão como se fosse Picasso. Depois, tirou a bandana dos cabelos louros e lisos e prendeu-os de novo.

— Ele não é maravilhoso? — sussurrou Christina no meu ouvido. Não há um jeito melhor de demonstrar o puxa-saquismo humano do que uma socialite de Nova York perto de um fotógrafo. — Ele é como um pintor da Renascença. Como van Gogh.

Punch nos moveu em volta dos três modelos de ovo Fabergé como se fôssemos bonecas de tamanho real. Uma socialite italiana e muito magra espetou o salto no meu dedão com a unha pintada de rosa. Respirei fundo, mas ela pareceu não notar.

A essa altura, eu já estava bem aborrecida. O pessoal do telejornalismo produzia filmagens e sessões de foto de forma bem diferente do pessoal da moda. Principalmente porque costumamos respeitar o tempo das pessoas. Pedimos para os entrevistados chegarem *depois* que o equipamento estiver montado. Quando entramos no estúdio naquela manhã, o fotógrafo ainda nem tinha chegado.

Punch fez um sinal para seu assistente, Jeremy, que piscou para o DJ, que tornou a colocar a música. Jeremy se soltou; colocou as mãos para cima e começou a dançar ao som da música, mexendo a bunda de um lado para o outro enquanto cantava a letra em voz alta.

E, então, Punch voltou a concentrar a sua "mágica" em nós.

As convidadas de Christina Patten para o evento beneficente Noites Brancas no Hermitage, inclusive eu, ficaram na frente de uma enorme folha de papel branco, os ovos imediatamente atrás de nós, neve cenográfica caindo em volta de nossos tornozelos. Costureiras russas e gordas estavam ajeitando o tecido dos nossos vestidos para que as pregas ficassem perfeitas. As maquiadoras nos passavam pó na testa e no nariz, enquanto o cabeleireiro, com grandes óculos de sol segurando o cabelo para trás como se fossem um arco, nos avaliava com a ponta do pente. Alguém ligou os ventiladores e nossos cabelos voaram do rosto. Mais flashes do artista *Monsieur* Punch.

Depois de cinco rolos de filme, Punch fez um gesto que indicava que estava com sede, pegando um copo imaginário e levando-o até a boca. Jeremy virou-se para uma jovem estagiária e fez o mesmo, olhando para a moça como se ela tivesse cometido o maior erro de sua vida. Ela correu para pegar uma garrafa de água Evian e tropeçou nos cabos de iluminação enquanto corria na direção de Punch.

Ele tomou um gole na garrafa e saiu do palco. Christina e suas três outras convidadas o seguiram, enquanto eu fiquei ali sozinha. As socialites nova-iorquinas eram muito mal-educadas. Mais cedo, quando cheguei, Christina me beijou no rosto, fez um gesto de desinteresse no ar e disse: "Vocês já se conhecem." Mas nós nunca havíamos nos encontrado antes. Eu já tinha visto o rosto de suas convidadas em revistas. E, pessoalmente, elas eram lindas e pareciam supermodelos, como muitas do grupo: rosto esculpido e macio, o frescor da pele que não via a luz do sol desde a época do colégio; cabelos no estilo de Maria Shriver para as morenas e cachos sensuais para as louras no estilo de Elle Macpherson. Essas pessoas não se sentam como pessoas normais. Nunca. Elas apoiam um quadril bem na beirada da cadeira com as pernas longas e esbeltas esticadas, como se George Ballanchine, o bailarino russo, as tivesse colocado naquela posição. Trata-se de um milagre da física o fato de elas se equilibrarem tanto tempo nessa posição. Como não têm uma carreira com a qual se preocupar, elas se exercitam durante horas, quatro dias por semana com seus personal trainers. Portanto, seu tônus muscular não se deve aos bons genes, mas sim à malhação pesada, o que torna isso totalmente inatingível para pessoas como eu.

Embora eu tivesse trabalhado em histórias com diversas CEOs e membros do governo que não me intimidavam nem um pouco, essas mulheres tinham uma panelinha de garotas que me lembrava os tempos do colégio. Elas eram: Leelee Sargeant, de Locust Valley, cuja mãe chefiava a diretoria do Country Club havia 20 anos. Fenoula Wrightsman, herdeira de uma fortuna de uma telecom inglesa, e Allegra d'Argento, da Itália. Seu marido muito mais velho cumpria prisão domiciliar em Florença por evasão fiscal, enquanto ela gastava o dinheiro dele neste lado do Atlântico.

Barbara Fisher me cutucou com o cotovelo enquanto eu aceitava um refrigerante light de uma assistente que estava passando alguns copos de plástico.

— Oooh! Que interessante. Você está cobrindo o evento para a televisão ou está participando?

Apontei para o vestido branco.

— É claro que você não iria cobrir isso, eu estava brincando. Só que esse não é... o lugar que eu esperaria encontrar você. Isso não *combina* muito com você, Jamie.

Ela estava certa.

— É, as coisas saíram um pouco do controle. Comprei os ingressos, depois Christina me convidou para a mesa dela...

— Nada mal, já que você quer matricular Gracie na Pembroke. As amigas de Christina mandam na diretoria. Eu só não sabia que vocês eram amigas.

Barbara olhou para mim como se eu fosse um rato pequeno e sujo.

— Bem, não somos.

— Vocês não são amigas e você está na mesa dela?

— Quero dizer, nós meio que somos.

— Hummmm. — Barbara cruzou os braços e me olhou bem nos olhos. — Sabe, eu queria contar uma coisa a você. — Ela se inclinou para a frente e sussurrou: — Se eu fosse você, eu ficaria de olho naquele seu Peter delicioso. Por que não faz um favor a si mesma e surpreende Ingrid Harris e ele no parquinho da 76th Street um dia desses?

— Ingrid é legal. — Balancei a cabeça, negando a implicação ridícula do que ela tinha acabado de falar. — Tenho certeza de que ele a acha mais divertida do que as outras mães.

— Eu não teria tanta certeza disso. Professores, conselheiros, porteiros, você realmente acredita que ela deixaria um babá em paz?

— Pode deixar que vou verificar.

Eu estava tentando soar desinteressada, mas fiquei completamente abalada. Ingrid e Peter? Impossível! Ele nunca faria uma coisa dessas comigo. Nunca. Imagens dos dois passaram pela minha cabeça: como ela tinha flertado de forma descarada com ele quando eu os apresentei e a cara de bobo maravilhado que se estampou no rosto dele. Será que ele transaria com uma daquelas mães que ele adorava odiar? Será que todos os solteiros do mundo viviam cheios de tesão? Não. Ele *nunca* faria isso. Embora ele estivesse mais distante depois da discussão do short *lederhosen*. Talvez ele tivesse se cansado de mim. Ai, meu Deus!

Punch acabara de voltar, dessa vez pedindo que ficássemos em linha reta, ombro com ombro. Todas juntas, as meninas colocaram uma perna para a frente e um ombro para trás com a precisão das Rockettes. Aqui estavam quatro mães, todas graduadas na faculdade, posando como modelos profissionais em uma passarela. É claro, pensei comigo, elas vivem sendo fotografadas e conhecem os procedimentos. Elas *são* semiprofissionais.

— Vamos lá, meninas! Mais energia. Finjam que me desejam! — gritou Punch.

— Punch! Você é tão mau! — gritou Christina para ele. — Mas mesmo assim nós amamos você.

Tudo bem. Peter tinha 29 anos de idade e podia dormir com quem quisesse, certo? Não. Isso não era certo. Não no trabalho. Mas será que uma outra mãe poderia ser considerada "parte do trabalho" se eles se encontrassem depois do trabalho? Fosse no horário de trabalho, fosse fora dele, o pensamento acabava comigo.

As luzes do teto começaram a piscar e John Henry Wentworth, o príncipe de Palm Beach e editor da revista *Madison Avenue*, entrou pela porta do estúdio e deixou-a bater atrás de si. O cabelo louro estava penteado para trás, revelando corajosamente a calvície. Usava uma camisa Oxford cor-de-rosa engomada e uma gravata de seda roxa. Seus olhos eram grandes e castanhos, o seu rosto redondo tinha bochechas vermelhas devido aos muitos anos na proa de um veleiro. Claramente insatisfeito com as fotos, ele pegou o braço de Punch e levou-o para um canto.

As meninas acenaram e riram para John Henry. Eu só estava preocupada com uma coisa: como eu poderia descobrir sobre Ingrid e Peter sem ter de perguntar a outra mãe?

Os dois outros homens voltaram ao grupo. John Henry disse com voz firme:

— Acho que devemos, uh... mudar a ordem aqui.

Então ele entrou no cenário, me pegou pelos ombros, praticamente me levantando, me tirou da segunda posição da esquerda e me colocou na última da direita. Um pente adornado com pérolas caiu do meu cabelo, o que, momentaneamente, me tirou do estupor obsessivo com o babá. Havia uma nova ordem: Leelee, depois Fenoula, depois Christina, depois Allegra e, por último, eu. Quem achou que ele estava brincando?

— Eu sou uma produtora de televisão. Dirijo sessões de fotografia o tempo todo. Você acha que eu não sei o que significa quando alguém é colocado à direita? — sussurrei em seu ouvido.

Isso o surpreendeu. Eu estava meio puta porque ele me colocou na direita para que depois pudesse me cortar da foto, mas eu estava mais puta porque ele pensou que eu era uma socialite burra que não entendia o que ele estava fazendo.

— Uh, bem, eu só pensei que, já que você, bem... — gaguejou Wentworth.

— Olha aqui, cara, tudo o que estou dizendo é que sei o que você está fazendo.

— O que diabos você *está* fazendo, John Henry? — Christina Patten graciosamente ficou do meu lado, o que me surpreendeu, pois eu pensei que ela se preocuparia mais em puxar o saco dele do que em me proteger. — Você vai estragar o penteado dela, seu burro.

Ela não compreendera os motivos dele.

Wentworth lançou-me um olhar maldoso. Todas as meninas riram e fecharam o punho para ele. Mais flashes, mais música, mais uma hora interminável em poses diferentes, todas comigo na direita.

No final da sessão, Christina aproximou-se de mim com os dedos das duas mãos cruzados. Ela fechou os olhos.

— Reze, reze, reze para que ele escolha uma foto nossa para a capa. Isso vai mudar tudo para você. Num piscar de olhos.

Eu não consegui sair de lá rápido o bastante. Posar com mulheres que incineravam o guarda-roupa a cada estação já era ruim o suficiente. Imaginar Peter com Ingrid era pior ainda. Eu estava totalmente obcecada com isso e, na verdade, estava até com dificuldade de respirar. Eu havia assistido enquanto ela o envolvia com sua teia. Mas como eu poderia culpá-la? Entrei no carro e liguei para o celular de Peter. Tocou quatro vezes antes de ele finalmente atender, um pouco sem fôlego.

— Sim — atendeu ele.

— Você não vai esquecer a aula de violoncelo?

— Ou de violino. Eu só estou, uh, arrumando as coisas aqui.

Ele deixou o telefone cair, e eu pude ouvir sons abafados ao fundo. Então, ele pegou o telefone de novo, mas parecia distraído e até distante.

— Você está bem, Peter?

— Claro.

— O que está acontecendo?

— Nada.

— Gracie foi à casa de alguém brincar depois da escola?

— Foi, foi à casa de, uh, Vanessa Harris.

— Ah, que bom. — Vanessa era a filha de Ingrid. Tentei digerir a maior merda da minha vida. — Yvette a levou?

— Sim. Bem, sim. Yvette estava com ela.

— Eu perguntei...

— Sim. Acho que ela se divertiu. Eu estou pegando o violoncelo aqui.

— Você já está aí há muito tempo?

— Eu cheguei cedo. Tive de pegar uma coisa na cidade. Yvette precisou de ajuda.

— Com o quê?

— Só umas coisas. Não se preocupe, vou encontrá-la lá embaixo.

Dez minutos depois eu parei em frente à portaria, e Peter, com um violoncelo, Gracie e um pequeno violino, entrou no banco de trás. Peter colocou Gracie na cadeirinha no meio e olhou para o meu rosto. Eu mal podia olhar para ele.

— Por que você está toda maquiada?

— Sessão de fotos. Não importa.

Quando chegamos a St. Henry, Peter disse de forma rude:

— Pode deixar que eu vou pegar Dylan.

Uma horrível frente fria parecia ter tomado conta de nós e conversávamos como autômatos

Estiquei-me no banco da frente e acariciei o joelho de Gracie.

— Mamãe — disse ela. — Posso ir brincar de novo com Vanessa?

— Claro, querida. Você se divertiu?

— Hummmm-hum — respondeu ela com o dedão na boca. Depois ela o tirou. — Ela tem uma cozinha de brinquedo no quarto que é maior do que a minha.

— Bem, você tem uma bem grande também e muuuuuitas panelinhas e potinhos.

— Peter disse que a minha é mais legal.

Senti o coração disparar.

— Mas quando foi que Peter viu a dela? Foi Yvette quem levou você, não foi?

— Ummm-mmm — respondeu ela, fazendo que não com a cabeça, o dedão de volta à boca.

Ela encostou a cabeça na cadeirinha e olhou pela janela.

Pulei como um coelho do banco da frente e me ajoelhei no console na frente de Gracie.

— Gracie. Tire o dedo da boca agora mesmo. Quem levou você para brincar com Vanessa?

Ela arregalou os olhos; achou que se metera em uma baita encrenca.

— Foi a Yvette, mamãe.

Eu fiquei tão aliviada que senti meu corpo mole quando voltei para o banco da frente.

— Mas Peter foi com a gente.

Merda. Merda!

19

Diga que não é verdade

Prometi a mim mesma que confrontaria Peter naquela noite depois que as crianças fossem para a cama, mas só de pensar nisso me sentia mal. Se eu tivesse de despedi-lo, Dylan demoraria semanas — meses até — para se recuperar, e as ausências do pai durante a semana serviriam apenas para ressaltar sua solidão. Meu mito de um babá forte que entraria surfando em nossa vida, acabando com os problemas pelo caminho, estava bastante abalado.

Conscientemente evitando fazer contato visual com Peter depois do jantar, pedi a ele que desse um livro a Dylan, enquanto eu lia uma história para Gracie e Michael.

Peter estava levando um tempão com Dylan, enquanto eu fingia ler o *New York Times* no sofá da sala — olhando para o mesmo pequeno artigo por vinte minutos. Será que ele sabia que eu suspeitava de algo? Como não? Eu não estava agindo de forma normal. Mas talvez ele fosse inocente e estivesse confuso por causa da minha frieza repentina. Eu me sentia culpada, como se fosse uma velha louca e paranoica. Então, perguntei a mim mesma por que estava me torturando por algo que *ele* talvez tivesse feito.

De repente isso parecia muito *importante*, como se já tivéssemos passado do estágio da paixão e entrado no estágio de um relacionamento estável — como se devêssemos conversar sobre isso durante os drinques e um excelente jantar e depois transarmos para fazer as pazes. Eu não conseguia acreditar nas coisas que estava pensando. Bati a mão várias vezes na testa. Quando eu o confrontasse, tinha de ter cuidado para não agir como uma adolescente traída e imatura. *Ai, meu Deus!*, pensava eu, *fodeu tudo*. E bem nesse momento, Peter apareceu na porta.

O boné de beisebol estava virado para trás e o casaco e a mochila esfarrapada estavam jogados sobre o ombro.

— Dylan estava lendo em voz alta, depois pediu que eu lesse algumas páginas, mas apagou antes que eu terminasse o primeiro parágrafo.

Ele entrou na sala e sentou no braço comprido da cadeira favorita de Phillip no estilo Luís XIV. Eu meio que desejei que ela quebrasse sob o seu peso, para que ele me devesse ainda mais. Ele tirou o cabelo do rosto e sentou-se em silêncio, aguardando. Ele era tão atraente.

Lancei um olhar gelado para ele.

Depois de um momento estranho, ele quebrou o silêncio.

— Você está bem? O que aconteceu?

— Por que você não *me* conta, Peter?

— O quê?

Os olhos dele se arregalaram e, por um instante maravilhoso, eu pensei que talvez ele fosse inocente, que nada poderia ter acontecido entre um homem moderno de Red Hook e uma socialite fútil e casada como Ingrid Harris. Claro que Barbara não entendera direito. Ele não faria isso comigo. Agora ele ia pensar que eu tinha enlouquecido. Eu não queria acusá-lo só para ele rir da minha cara.

Lentamente virei a página do jornal como se estivesse procurando por algo muitíssimo importante naquele momento. Então quebrei o estranho silêncio:

— Gracie se divertiu na casa da coleguinha?

Naquele momento, decidi que se ele mentisse, eu o mandaria embora imediatamente, mas que se ele fosse sincero, daria a ele uma chance de defesa. Ele não sabia o que Gracie tinha me contado no carro.

— Sim. Acho que sim

— Bem, você saberia se ela tivesse se divertido, *não saberia*?

— Sim. Neste caso, eu saberia. Eu só estava ajudando Yvette hoje.

— Quando eu liguei mais cedo, você fez de tudo para parecer que não tinha ido lá.

— Eu não menti para você. Eu estava correndo para pegar o violino e o resto das coisas das crianças.

Peter estava falando comigo como se eu fosse sua namorada, como se compreendesse como eu me sentia traída. Eu sabia que ele estava escondendo algo para não me magoar. Isso era maluquice.

— E quem estava lá?

— Bem, duas menininhas, é claro. Yvette e a babá da família, Lourdes. E Ingrid, a Sra. Harris, também estava lá e ficou um pouco.

Ele limpou a garganta e se levantou, trocando a mochila de um ombro para o outro.

— Só um pouco? Então você não passou muito tempo com ela?

Ele não respondeu.

— Eu perguntei se você passou algum tempo com Ingrid, como você a chama.

— Sim. Passei.

— Então? Por quanto tempo Ingrid ficou lá?

Peter olhou para baixo e tirou o boné de beisebol, depois sentou de novo, mas dessa vez na poltrona mais próxima do sofá, seu joelho perigosamente próximo ao meu. Ele passou os dedos pelo cabelo. Parecia culpado, na defensiva e deprimido. Tudo de uma vez.

Barbara Fisher estava certa.

Depois de um silêncio que pareceu durar uns dez minutos, ele ergueu os ombros e olhou para mim. Olhei também, tentando ler o que se passava com ele, esperando estar errada.

— OK, ela se ofereceu para mim no closet de roupa de cama e me disse que não estava usando calcinha. O que eu devia fazer?

— Ela não fez isso! — exclamei, assustada.

— Ah, sim, ela fez.

— Na casa dela? Com as crianças em casa?

— Palavra de honra. Mas não se preocupe, Yvette e Lourdes estavam com as meninas. E eu não cedi.

Não senti muita convicção nessa parte e senti o coração afundar. Olhei pela janela da sala, procurando alguma orientação.

— O que aconteceu depois?

— Bem... — O rosto dele ficou vermelho. — Eu não vou entrar em detalhes, mas estou dizendo que eu não estou a fim dela... Foi tudo tão...

— O que é "tudo"? — Tentei parecer firme e madura. Objetiva.

— Você realmente quer os *detalhes*? Eu conto se você quiser, mas vai ser um pouco estranho.

Eu não podia acreditar que Ingrid Harris tivesse dito ao babá de Dylan que estava sem calcinha. Agora eu estava mais puta da vida com ela do que com ele.

— Quero dizer, nós não... Foi só um momento rápido, e eu disse a ela que não podíamos fazer isso de jeito nenhum.

Ele encostou na poltrona, satisfeito consigo mesmo.

— Então, você a impediu?

Meu Deus, que alívio!

— Bem, você sabe que não é fácil para um homem: uma mulher linda começa a dar em cima de você...

— Você a acha linda? — deixei escapar, me arrependendo um segundo depois.

— É... acho. Um pouco artificial talvez, mas sim, ela é bonita.

Ele balançou a cabeça com um olhar que dizia que ela era uma puta deusa do sexo.

— Eu não sei, Peter, isso realmente não tem a ver com ela.

— Sinto muito.

Eu não conseguia falar. Depois de ter ensaiado várias frases na minha cabeça, eu não conseguia encontrar nada para dizer.

— Juro que não transei com ela. — Ele podia ver o quanto eu estava magoada. — E juro que sempre fui honesto com você.

Eu sou casada!, queria gritar. *Eu não estou magoada! Eu não sou sua namorada!* Mas, em vez disso, respirei fundo e disse:

— Você acha que isso foi uma atitude responsável quando você deveria estar supervisionando as crianças?

— Ei. Eu disse a você que Yvette e Lourdes estavam brincando de Candy Land com as meninas. Gracie não estava em nenhum tipo de perigo. Quero dizer, lá parece Versalhes, com empregadas para todos os lados. Então não vamos transformar isso...

Finalmente, perdi o controle:

— Transformar em quê? — gritei. — Em nada? Nada, Peter? Você deu uns amassos em uma mulher casada durante o dia e no horário de trabalho e age como se isso não fosse nada?

— Não estou dizendo que isso não seja algo totalmente inapropriado, mas não foi como se os hambúrgueres na frigideira estivessem queimando e abrindo buracos no teto da cozinha enquanto seus filhos estavam pendurados na janela de um prédio de Park Avenue! — Ele se levantou e começou a andar de um lado para o outro. — Tudo bem, então uma amiga sua louca, uma *ninfomaníaca*, e não vamos esquecer que é *sua* amiga, se joga para cima de mim no closet de roupa de cama para me dar uns beijos. Isso foi tudo. Eu não transei com ela.

— Isso foi tudo o que aconteceu? Uns beijos? Tem certeza?

Ai, meu Deus!

Ele respirou fundo.

— Bem, sim. — Pausa. — Basicamente.

20

Mais do que um babá

A semana seguinte não foi fácil. Goodman estava impossível e adivinhava todos os meus passos. E eu estava tentando adivinhar os passos do meu babá. Quanto Peter ligava para dizer onde estava, eu sempre perguntava quem mais estava com ele. Quando ele tentou se reaproximar, dei um gelo nele. E quando ele fazia alguma piada, eu não ria. Eu simplesmente voltei para a logística. Quinta-feira foi particularmente difícil porque ele me respondeu. E depois comecei a me questionar quanto ao meu comportamento; eu não queria que ele fosse embora. Então eu estava meio distraída quando fui dar boa-noite a Dylan. Seu abajur de leitura lançava um triângulo de luz em seu cabelo e sobre o livro no quarto sem outra iluminação. Ele estava lendo *Eragon*.

— Olá, mamãe. Você já chegou — disse ele.

Eram quase 21 horas. Eu havia trabalhado até tarde com Goodman todos os dias da semana, pensando sobre como escreveríamos a história. Por fim, conseguira chegar em casa a tempo de pegar meu filho acordado.

O meu anjo. Fui até a cama e me sentei ao lado dele.

— Você parece cansado — disse eu.

Tirei o cabelo de sua testa e coloquei o livro na mesinha de cabeceira. Ele se ajeitou embaixo das cobertas e deitou a cabeça no travesseiro. Apaguei a luz e falei suavemente com ele no escuro.

— Hora de dormir.

— Eu tive muito dever de casa.

— Peter ajudou você? Já está tudo pronto?
— Tá.
— Tudo bem. Isso é ótimo.
— Quando papai volta para casa?
— Eu já disse, ele vai ficar fora por quase duas semanas. E fará algumas visitas rápidas aqui em casa. Ele vai estar em casa quando você acordar no sábado de manhã.
— Por que você não fica mais em casa, já que ele está há tanto tempo fora?
— Estou trabalhando em uma grande matéria para a TV, eu já expliquei isso a você, querido. Mas já estou quase acabando.

Ele deu um sorriso falso e eu acariciei sua sobrancelha.

— Juro que já estou acabando.
— Peter e eu rimos à beça hoje à noite por causa do Craig.
— O que aconteceu com Craig?
— É uma longa história. Tudo bem, começou ontem quando chegamos ao colégio...

Talvez esse não fosse o meu momento "mãe do ano", já que minha mente havia voltado para Peter.

— Então, eu disse a Douglas Wood que eu não queria ir à festa de boliche dele no Chelsea Piers e isso foi...

Minha vida se tornara um episódio de *Desperate Housewives* da noite para o dia. Minha vizinha estava chupando meu equilibrado jardineiro e eu a odiava por isso. Eu não podia me livrar no sentimento de que Peter me traíra.

— Você está ouvindo, mamãe? Você acredita que Jonathan disse para Douglas que a última festa dele foi uma merda? Ele usou essa palavra. Isso foi cruel, né?
— Foi sim, querido. E o que você disse a ele?
— Peter me ensinou o que fazer. — Meu pequeno e sarcástico filho não pôde evitar um sorriso. — Isso não é mais um problema para mim. E isso é tudo que você precisa saber.

Dez minutos depois, eu assustei Peter, que estava considerando as suas opções na frente da geladeira.

Ele se virou rápido.

— Ei, você me disse que ficaria até mais tarde no trabalho todos os dias esta semana.

— Eu sei. Mas Goodman teve de sair mais cedo.

Joguei minha enorme sacola no banco e comecei a tirar as fitas e empilhá-las na mesa da copa.

— Se você tivesse me falado, eu teria enrolado mais as crianças mais novas, mas eles estavam muito cansados.

— Tudo bem, Peter. Está tudo bem, OK?

Eu não conseguia me segurar. Minha raiva era palpável. Coloquei as duas mãos no coração como se ele fosse explodir no meu peito e liberar uma criatura saída diretamente do filme *Alien*. Peguei as transcrições das fitas e coloquei-as sobre a mesa.

— Pare com isso.

— Pare com o quê?

— Apenas pare. — Ele ficou em silêncio por um tempo e depois se serviu de um refrigerante. — Eu já disse que sinto muito.

— Você sabe que eu estou tendo de lidar com muita coisa ao mesmo tempo.

— Mesmo? Tipo o quê?

— A sua atitude em relação a isso, para começar. Você nem se incomodou com o fato de Ingrid ser uma mulher casada. Nós nem falamos sobre isso.

— Já está feito. Nunca na minha vida eu tive algo com uma mulher casada.

— Ingrid é casada. Isso é uma vez.

— Tudo bem. — Ele fechou a porta da geladeira com o pé. — Só quis dizer que nunca tinha feito isso antes.

Olhei para ele cheia de suspeitas.

— Estou falando sério. As mulheres não costumam ser tão agressivas. Eu fiquei chocado. Chocado de verdade. Perdi o equilíbrio. Literalmente, se você quer saber a verdade.

— Eu não preciso dos detalhes.

Isso era mentira. Eu precisava desesperadamente me torturar com os detalhes sórdidos. A versão inventada por mim não parava de passar na minha cabeça: Ingrid fez um de seus comentários picantes e Peter começou a rir no corredor. Ele meio que deu um tapinha no braço dela, mas o deixou apoiado ali. Então, ela se jogou para cima dele no meio do corredor e começou a chupar o lóbulo da orelha dele. Peter ficou cheio de tesão e *ele*, não ela, a puxou para o closet de roupa de cama e mesa. Ele se sentia atraído por ela... e não por mim.

— Olhe, eu sei que foi um erro. Um erro que *ela* começou. E eu já pedi desculpas. Eu realmente sinto muito. Por mais idiota que tenha sido, isso não deveria atingir você. Foi um fato totalmente separado. Separado de nós dois... eu e você, quero dizer.

Nós dois. *Eu e você*. Embora eu não pudesse acreditar que ele havia dito isso, neguei a mim mesma o prazer que essas palavras poderiam ter me dado. *Eu e você*. Nos meus momentos mais racionais, eu me permitia aceitar que esse homem pudesse ter algum sentimento por mim, e que talvez ele até me admirasse, embora eu nunca, em momento nenhum, tivesse imaginado algum tipo de magnetismo por parte dele. Eu também tentava me convencer de que a atração que eu sentia por Peter tinha se desenvolvido devido a algo podre na casa dos Whitfield: os meus sentimentos por ele não eram orgânicos ou naturais, mas sim um sintoma dos problemas da minha vida.

— Ei, não é como se eu gostasse dela.

— Você é um cara bem experiente, então é muito difícil imaginar que você seja surpreendido por algo.

— Estou dizendo, não é uma situação em que dizer não seja fácil. Estávamos na casa dela, no closet dela e com a libido louca dela dominando toda a situação.

Eu olhei para ele e gritei:

— O quê?

— Será que você poderia pelo menos dar um tempo? Você esteve distante a semana toda. Lembre-se do que aconteceu de verdade, tá? Tente imaginar as coisas do meu ponto de vista. Eu estava tão chocado que não consegui responder.

— Eu não preciso ouvir isso de novo.

— Que bom. Eu preferiria não voltar a esse assunto outra vez.

Ele encheu outro copo com água e me entregou, uma oferta tépida de paz, considerando as circunstâncias.

— Parece que você está magoada.

— Você está maluco?

— Então, você não está magoada.

— Não, eu não estou. Quero dizer, você trabalha aqui.

Ele deu um soco na parede e disse em tom sarcástico:

— Eu *trabalho* aqui. Acho que isso é tudo que eu faço. Tudo que acontece aqui é porque eu *trabalho* para você.

Ele poderia ter gritado, me xingado e saído pela porta da frente. Mas ele não fez nada disso. Na verdade, ele simplesmente dispersou a minha hostilidade com calma.

— Boa tentativa, moça. Mas eu não vou cair nessa. Eu não trabalho para você apenas. Eu não vou deixar você escapar com isso.

— Tudo bem. Você não é apenas...

— Não sou apenas o quê? Diga.

Ele bateu o pé no chão, com um sorriso nos lábios.

— Você sabe, Peter.

— O quê? Não sou apenas o babá?

— Não.

— Então, diga — desafiou-me ele.

— Dizer o quê?

— Olhe para mim e diga: "Peter, você não é apenas o babá."

Ele colocou o cabelo atrás da orelha e me olhou.

— Não.

— Eu preciso ouvir. O que aconteceu foi ruim. E você sabe disso. É o único modo de você esquecer isso.

— Mas que merda. É você que precisa esquecer isso, foi você que acabou no closet de Ingrid.

— Diga.

Senti o rosto corar e tentei evitar um riso nervoso.

— Isso é tão bobo.

— Você pode dizer isso. Por favor.

— Tudo bem — concordei, revirando os olhos. — Você não é apenas o babá.

— Ufa! — De forma dramática, ele passou as costas da mão na testa.

Ficamos em silêncio por um tempo e, naquele momento, percebi que havíamos superado a situação de Ingrid e que éramos... bem, amigos.

— Essa situação é muito estranha — disse eu.

— Eu sei que é. Foi muito estranho. Pode acreditar.

O charme dele era hipnótico.

— Ela é uma colega. E eu gosto dela. Na verdade, gosto muito.

— Sabe do que mais? — Ele ergueu a mão. — Eu também gosto de Ingrid. Ela me faz rir. Mas eu não quero aquele tipo... Eu nunca dei nenhum tipo de sinal.

Eu confesso, ainda tinha um assunto malicioso que tinha de concluir.

— Henry a trai e ela trai Henry o tempo todo.

— Isso não me surpreende. Não parecia que ela estava fazendo nada de mais.

— Quando digo "o tempo todo", é o tempo todo mesmo — afirmei.

— Bem, considerando a agressividade...

— Sabe, ela teve um caso com um personal trainer panamenho enorme. E talvez com outros.

Ele empalideceu ao absorver o que eu acabara de contar. E não respondeu.

Minha estratégia de descoberta funcionou. Goodman me ensinou diversas maneiras de arrancar informações. Você não precisa fazer uma pergunta direta para descobrir a resposta. Você pode afirmar algo e esperar a reação da pessoa. E a reação de Peter nesse caso valia mais do que mil palavras: nada como a expressão triste de um cara que se pergunta se o pau do outro cara é maior que o dele.

Que palavra ele havia usado na semana passada quando eu perguntei se tinha sido só um beijo? "Basicamente", ele respondera. Certo. Acreditei quando ele disse que não tinha dormido com ela, mas também sabia que o que quer que tivesse acontecido, tinha sido mais que um beijo.

Sentindo-me vitoriosa em certo sentido, me rendi.

— Como foi a noite de Dylan?

— Tudo bem. O dever de casa foi feito. Foi muito bom você ter chegado antes de ele ir dormir.

Eu podia sentir a urgência em sua voz, o desejo de me fazer entender a necessidade que Dylan tinha dos pais. Ainda assim, a intensidade do seu olhar estava me deixando nervosa. Talvez ele estivesse chateado por eu ter puxado o cartão patroa/empregado ou talvez ele quisesse pedir desculpas mais uma vez. Ou talvez ele quisesse transmitir telepaticamente que seu pênis não era tão pequeno assim.

— O que foi? — perguntei, por fim.
— Só o que eu disse: ele ficou feliz de ver a mãe — respondeu ele.
— Agora é melhor eu pegar as minhas coisas.
— Por quê? Você já vai?
— Bem, já que eu só *trabalho* aqui. — Ele bateu no relógio. — As horas contam. Hora de bater o cartão.
— Não tem pressa, OK?

Dessa vez, eu sorri. A tensão tinha ido embora. Bem, mais ou menos.

Ele pegou mais refrigerante na geladeira e sentou no banco. As fitas e anotações para a entrevista estavam sobre a mesa, bem na frente dele.

— Então, quando vai ser a entrevista?
— Já foi.
— E você nem me contou?
— Eu não posso contar a ninguém. Então, mantenha tudo em segredo.
— Claro. Você já jantou? Eu ia esquentar um curry antes de ir para casa. Você quer?
— Não, mas eu me sento com você. Já volto.

Peguei as fitas e as anotações e levei-as para o estúdio.

Quando voltei para a cozinha, Peter estava colocando dois pratos de frango ao curry na mesa.

— Coma alguma coisa. Você não pode ficar magra demais com todo esse trabalho.

Tudo bem, talvez ele achasse que o meu traseiro estava bom, mesmo que não chegasse aos pés do de Ingrid.

— Então! — disse eu.
— Sim?

Agora que eu tinha admitido que ele era "mais do que o babá", parecia que eu estava em um encontro às cegas.

— Conte-me tudo sobre o seu software.
Ele se ajeitou na cadeira e, quando o fez, seu joelho raspou no meu. Foi como um choque elétrico. Eu afastei minha perna e bati no suporte da mesa.
— Ai!
— Desculpe — disse ele. — Alguns dos meus financiadores saíram do projeto. Eu testei o programa on-line com todas as versões de navegadores e PC que consegui. Mas quando levei a versão demo para o escritório do investidor, o antispyware no PC dele ficava abrindo caixas de diálogo. Eu coloquei o programa de novo enquanto ele esperava e o programa deu pau...
Tentei parecer interessada no papo tecnológico e não me distrair com tudo o que estava acontecendo na minha vida, como, por exemplo, a imagem do seu pau na boca de Ingrid.

O jantar tinha acabado. Eu tinha um monte de trabalho pela frente. Eu precisava de café.
— Você vai fazer café agora? — perguntou ele. — Você precisa dormir um pouco.
— Tenho de ficar acordada até tarde assistindo à entrevista mais uma vez. Tenho de assisti-la mais uma vez em um ambiente totalmente silencioso para que eu possa escrever o roteiro. Sempre faço isso em casa.
Peguei meu caderno de anotações na bolsa.
— Merda.
— O que foi? — Peter me seguiu até o balcão. Eu sentia o calor irradiando do seu corpo.
— Meu cronômetro. Era do meu avô. Eu o perdi na semana passada, acho que no táxi ou algo assim. Eu odeio cronometrar a entrevista com um relógio comum porque o ponteiro dos segundos não para. Você tem um cronômetro?
Eu estava falando rápido demais, ansiosa porque o nosso relacionamento tinha subido um nível, ansiosa (e talvez esperançosa) porque talvez ele tivesse tocado o meu joelho de propósito.
— Não, não um que pare.

— Merda.

Sentei, subitamente me sentindo cansada de tudo: do trabalho, do casamento, dos filhos, de Peter e daquela puta ninfomaníaca da Ingrid.

— Você precisa se dar um tempo.

— Eu não tenho tempo.

— Eu vou com você, amanhã. Podemos andar no parque ou ir a alguma galeria da Madison Avenue. Ou a um museu — sugeriu ele.

— Marque uma hora no relógio e não pense em nada da sua vida. Você vai ver o trabalho de forma mais clara depois disso.

Eu me imaginei caminhando com ele, só com ele, sem meus filhos, e instantaneamente me imaginei encontrando algum conhecido que poderia acabar tirando conclusões erradas. Isso não era nada bom.

— Nesse meio-tempo — disse ele —, deixe-me ver as fitas.

— Ah, fala sério Peter. Trata-se de um material sórdido, você não vai querer perder tempo com isso.

— Bem, eu quero. Eu sei tudo sobre Hartley. Não esqueça que o meu pai é um radical da direita. Esse é o meu povo.

— Peter, você é uma das poucas pessoas que sabe da existência dessas fitas. Eu nunca deveria ter contado a você.

— Como eu poderia não saber? Eu praticamente moro aqui, lembra? E como você diz, eu *trabalho* para você. Você pode confiar em mim e sabe disso. Quero dizer, além do que aconteceu com você-sabe-quem, a maior parte do tempo, você pode — sorriu ele.

Eu estava cansada. E confiava nele, apesar de tudo.

— Acho que você pode assistir às fitas comigo. Mas eu vou colocar você para trabalhar. Aja como se fosse um telespectador, um cara normal. Diga-me o que pensa dela.

Fomos para o estúdio, coloquei a fita no videocassete e deitei no sofá com o caderno nos joelhos, como uma garota de faculdade se preparando para varar a madrugada. Peter sentou-se em uma poltrona do outro lado do aposento. Bebi o café enquanto os primeiros minutos da entrevista de desenrolavam.

— Essa é a parte chata, quando estamos nos aquecendo.

Essa é a última coisa que me lembro de ter dito antes de apagar. Quando acordei, às 3 horas da manhã, a xícara de café tinha desaparecido e havia um cobertor sobre mim. As luzes estavam apagadas e a televisão, desligada.

Depois de mais quatro horas de sono, eu finalmente me senti calma e alerta. Eu podia assistir às fitas mais tarde naquele dia e juntar meus pensamentos. De qualquer modo, eu já as havia assistido umas dez vezes. E o carinho de Peter na noite anterior me conquistara. Ele e eu tínhamos oficialmente viajado para outro lugar e aterrissado de forma segura como amigos. Eu podia parar com a minha obsessão por ele e Ingrid. É claro que ele era atraente e eu tinha mergulhado em um abismo de insegurança e ciúme, mas tinha conseguido sair. Claro que tinha. Ou eu corrigiria o meu casamento e aprenderia a viver com os pontos fracos de Phillip ou acabaria pedindo o divórcio. Mas eu ainda não estava pronta para cuidar disso. Nesse meio-tempo, tinha de lidar com o maior escândalo político do ano e três filhos saudáveis. Eu era abençoada e sabia disso.

Às nove horas da manhã, entrei na cozinha e preparei o café da manhã. Carolina já tinha levado Dylan e Gracie para a escola. Michael entrou, subiu no banco ao meu lado e pegou uma uva na minha tigela. Eu o peguei no colo e o abracei. Ele chupou um pedaço de bagel, mergulhou a mão no meu suco de laranja e riu quando tentei comer o seu pezinho.

Beijei sua cabeça e limpei o suco de suas mãozinhas gorduchas.

A porta da frente abriu e fechou. Peter. Usando uma blusa de gola rulê preta. Nunca o havia visto usando uma blusa daquelas. Estava lindo. Lindo demais para manter a minha rotina calma.

— Você chegou bem mais cedo hoje.

— Queria falar com você antes que saísse.

— Acho que não consegui assistir às fitas, mas estou feliz de ter recuperado um pouco o sono. — Dei uma mordida em um bolinho inglês. — Sinto muito ter apagado daquele jeito. Foi melhor mesmo você não ter assistido às fitas. Eu não podia mostrar a ninguém. De qualquer forma, obrigada pelo cobertor.

— Eu assisti às fitas.

Olhei para ele assustada.

— Você assistiu? Enquanto eu estava dormindo?

— É.

Será que eu ronquei?, perguntei a mim mesma. Será que babei no travesseiro na frente dele?

— Peter, você não devia ter feito isso.

— Eu tentei perguntar a você, mas você estava apagadona. APAGADA mesmo.

Ele se sentou ao meu lado e parecia sério.

— Eu dormi o tempo todo.

— Você parecia a Bela Adormecida.

Eu me senti exposta, como se ele tivesse me visto com roupas íntimas por engano. Não que eu ligasse para isso, desde que a iluminação estivesse boa.

— Temos de conversar. Sobre Theresa. Você não vai querer ouvir isso.

— É mesmo? Eu posso lidar com isso. Você ficou entediado? A entrevista não foi boa?

— Eu fiquei vidrado.

Eu sorri.

— Isso é ótimo. Você seria um bom membro de um grupo de análise. Homem entre 18 e 49 anos de idade. Muito dinheiro em propaganda. Do estado de direita. Estou feliz e aliviada.

Dei outra grande mordida no meu bolinho inglês com um pedaço de ovo frito em cima.

— Você não devia ficar aliviada.

— Por que não?

— Porque existe algo que você não notou nessa tal de Boudreaux, e eu não consigo acreditar que não tenha notado.

21

Inverno branco

— É o índice de audiência em potencial. Isso está atrapalhando o seu julgamento.

Michael pegou minha colher na mesa e deixou cair ovo na sua camisa. Segurando-o com uma das mãos, estiquei o braço até o balcão para pegar seu caminhãozinho de bombeiros favorito.

Peter não tinha ideia do que estava dizendo, o que só me lembrava de quão teimoso ele podia ser. Não gostei dessa invasão e, para ser sincera, isso me trouxe um estranho sentimento de alívio. Era mais fácil me concentrar na arrogância dele do que nos sentimentos confusos da noite anterior.

— Peter, eu realmente adoraria ouvir o seu ponto de vista, de verdade. Mas agora eu quero ficar com Michael.

— Você está permitindo que Goodman pressione você?

— *Do que* você está falando?

— Tudo bem. Fique com Michael. Eu vou esperá-la na porta e vou acompanhá-la até o trabalho. — Ele não percebeu que eu o estava dispensando. — Aí podemos conversar.

No corredor, ajudei Michael a encontrar seu brinquedo favorito no fundo do armário, um aspirador de pó com pequenas bolinhas coloridas.

Ele fez *brrrrrrr* com os lábios para imitar o barulho do motor, cuspindo um pouco enquanto seguíamos. Dei uma olhada no espelho. Eu estava usando uma calça de lã branca, uma blusa branca de gola rulê e sapatos de salto.

Yvette, que estava em pé na porta ajudando Michael a se distrair com o barulho da pipoca para que não gritasse quando eu saísse, observou enquanto eu me olhava no espelho. Depois ela viu Peter segurando a porta de forma galante e me lançou um olhar desaprovador. Talvez eu estivesse ficando paranoica. Talvez não. Eu me inclinei e beijei o bebê, dei-lhe um abraço apertado e olhei-o nos olhos.

— Mamãe sempre volta.

Ele concordou, mas seu lábio inferior começou a tremer.

— Amo você, Michael. Você é o meu bebê. Você sempre vai ser o bebê da mamãe.

Ele agarrou a manga do meu casaco.

— Pipoca. Você quer fazer pipoca?

Seus olhos se iluminaram e Yvette pegou-o como se fosse um avião, enquanto corria em direção ao quarto dele. Um pouco antes de sair, tirei as meias e joguei-as no sofá do vestíbulo. Ingrid uma vez me disse que tudo tinha a ver com pés nus, mesmo no inverno.

— Está frio lá fora.

— Eu sei.

Ele resmungou algo do tipo "esse pessoal é totalmente louco" e fez um gesto para eu passar pela porta. Quando passei por ele, senti meu coração disparar e tentei me distrair no elevador pensando sobre como eu seria processada pelo Comitê Republicano Nacional assim que a história de Theresa fosse ao ar.

Quando saímos na rua, respirei fundo. Era um maravilhoso dia de dezembro. Ainda não tinha nevado e o ar estava árido e seco. Eu amava Nova York antes da estação fria, quando o verão ainda podia ser sentido e ainda era familiar. Na verdade, nesse momento, eu percebi que este talvez fosse o último dia agradável antes que o inverno gélido se instalasse, com sua lama escura derretendo por todas as ruas da cidade.

Luis já estava aguardando no carro.

— Ei, cara — disse Peter, batendo na janela. — Ela não precisa de você hoje.

— Preciso, sim.

— Não. Você não precisa. — Ele se virou para Luis. — Nós vamos sair para uma caminhada no parque.

Percebi que Luis estava entrando em pânico. Ele me olhou com uma expressão que dizia: "*Eu não ouvir ele. Eu ouvir você.*"

— Peter, não podemos ir ao parque agora.

Tentei agir como se estivesse irritada, mas então olhei para a blusa de gola rulê escura que ele nunca tinha usado antes e percebi como ela combinava bem com seus olhos azuis. Ele parecia assustadoramente atraente de jeans, botas marrons e uma jaqueta de couro marrom. Repeti para mim mesma: "*Controle-se. Ele é o babá, pelo amor de Deus. Pare de se concentrar na aparência dele. Você é uma mulher casada. E é ridículo que tenha de ficar repetindo isso para si mesma o tempo todo.*"

— Ei... Eu não sei se posso continuar trabalhando para você se você não me der 45 minutos do seu tempo e vier comigo.

Depois ele sorriu. Não pude deixar de pensar em um namorado que tive na época da faculdade. O primeiro cara com quem transei. Ele tinha esse tipo de sorriso que quebrava as minhas defesas em um segundo.

— Você só pode estar brincando.

— Na verdade, não estou, não.

Eram 10h15. A reunião sobre Theresa não começaria antes das 13 horas, mas eu tinha de me preparar. Passei batom usando o reflexo na janela do carro como espelho. Eu estava linda com a minha roupa branca de inverno.

— Nós já resolvemos isso, não é? Será que podemos seguir em frente? Já superei tudo.

— Isso não tem nada a ver com Ingrid. Pode acreditar.

Embora eu não gostasse de admitir, eu tinha prática em enrolar em reuniões. Todas as mães que trabalham têm.

— É melhor que isso seja sério. — Passei o rosto pela janela do carro. — Luis, espere aqui, por favor. Eu já volto para irmos ao trabalho.

Nesse meio-tempo, Peter estava tirando algo da mala do carro. Ele deu a volta com um cobertor de emergência em uma das mãos e minhas botas de pele na outra.

— Tire esses sapatos de salto e coloque essas botas. Você vai se sentir mais confortável.

— Eu não vou colocar essas botas.

— Será que você pode me ouvir pelo menos uma vez? Você não está produzindo essa situação.

— Tudo bem.

Coloquei os pés nas botas quentinhas e peguei meu celular.

— Você não vai precisar de celular.

— Vou, sim. Eu tenho filhos e um emprego — disse, colocando o aparelho no bolso.

Entramos no parque pelo portão da 76th Street.

— Para onde estamos indo?

— Anda, anda.

— Peter.

— Um pé na frente do outro.

— Para onde estamos indo?!

— Continue andando. Você está se saindo muito bem.

Ele me observava com o canto dos olhos enquanto andávamos em silêncio. Eu não estava acostumada a sair sem um plano, mas o dia estava maravilhoso e eu gostava muito de estar com ele.

Subimos por um campo em direção à água. O sol passava por entre os carvalhos e refletia no vidro dos arranha-céus que se alinhavam em volta do parque. O lago estava cheio de vida logo de manhã: babás fofocando nos bancos do parque enquanto balançavam os carrinhos para que os bebês dormissem, uma senhora com um enorme chapéu de sol e um poncho mexicano pintava folhagens em uma tela apoiada em um cavalete de madeira portátil, e um grupo de velhos usando tênis Top-Sider sujos mudavam a direção de seus veleiros. Fizemos uma pequena homenagem à famosa estátua de Alice no País das Maravilhas na extremidade norte do lago. Era impossível não ser conquistado pela estátua de bronze de Alice sentada sobre um cogumelo, ao lado da Lebre de Março e do Chapeleiro Maluco. As crianças sempre subiam nela quando vínhamos ao parque.

— Existe uma coisa que nunca contei a você.
— O que é? Você é gay?
Que coisa idiota para se dizer. De onde tinha saído isso?
— Acho difícil.
— Então, o que é?
Ele colocou a mão nas minhas costas para me levar até a ciclovia, que fazia uma curva suave. Estiquei as costas para me afastar do toque. *Pare com isso, Jamie, disse a mim mesma. Você está agindo como uma adolescente. Seu marido, um trabalhador e basicamente uma pessoa boa, é um advogado de prestígio que ganha mais de um milhão por ano. Você tem três filhos. Peter é seis anos mais novo que você, praticamente uma criança. Você é uma adulta. Você está se sentindo um pouco atraída porque ele é lindo e Phillip não tem um barômetro emocional. Mas isso é destrutivo e errado. Como uma droga. Então, pare com isso, agora!*
— Aconteceu na terceira ou na quarta semana depois que comecei a trabalhar para você. Era um dia frio, e Dylan e eu alugamos um veleiro de brinquedo para uma pequena corrida. Não estava ventando. Não conseguíamos fazer com que os barcos se movessem. Então, Dylan tentou se esticar e caiu de cabeça nesse lago nojento.
— Ai, meu Deus! Ele caiu de cabeça? Ele poderia ter pegado hepatite.
— Será que você pode apenas relaxar? Foi muito engraçado. E foi um momento muito especial para nós. Principalmente a parte sobre não contar nada a você.
— Bem, então fico feliz que não tenham me contado.
— É, talvez você tivesse de faltar a um compromisso codificado por cor ou algo do gênero.
— Engraçadinho. Eu não sou tão ruim assim.
— Não, não é.
Essas palavras pairaram entre nós enquanto seguíamos adiante. O que ele queria dizer? Que eu não era tão ruim ou que ele me achava melhor do que não tão ruim?
Subimos uma clareira sombria com o pavimento rachado por onde passavam pessoas se exercitando, correndo ou caminhando. Passamos sob uma passarela em arco onde um negro tocava "Summerti-

me" no trompete, com a caixa aberta na sua frente. Peter jogou alguns trocados quando passamos.

Passamos pela casa de barcos e pelo restaurante ao lado. Barcos a remo coloridos estavam alinhados, presos por enormes correntes de metal. Percebi como era estranho o fato de meus filhos morarem a menos de um quilômetro de distância e eu nunca os ter levado até ali. Prometi a mim mesma que assim que terminasse essa matéria, eu os levaria lá.

Seguimos a trilha passando por uma clareira escura e saímos na margem de um grande lago cercado por grama alta. As crianças davam comida aos patos em um píer de madeira logo à frente. Olhei para o relógio e imaginei que Goodman poderia sobreviver um pouco mais sem mim.

— Meu Deus! Que lugar bonito! Era esse lago que você queria me mostrar?

— Não é só "esse lago". Ele se chama Turtle Pond e é parada obrigatória para os pássaros. Cerca de 150 espécies. E não, esse não é o nosso destino final. — Ele apontou para um grande castelo sobre uma elevação cercado por arbustos, olmeiros e pinheiros altos. — Nós vamos para o castelo Belvedere.

Começamos a subir os degraus esculpidos na pedra que saía da montanha como se fosse lava seca. Eu tropecei pouco atrás dele, e Peter esticou a mão para mim sem olhar para trás. Instintivamente eu a segurei, apenas por um minuto para me equilibrar em uma parte especialmente difícil do caminho. Sua mão era quente, e um pouco antes de chegarmos lá em cima, ele apertou a minha. Esse gesto afetuoso me disse tudo o que eu precisava saber sobre os sentimentos dele; tudo que eu havia me negado a ver até esse momento.

Peter parou diante de uma grande porta de madeira na frente do castelo, abriu-a e me conduziu para dentro. Passamos por um aposento com microscópios sujos, um corredor exibindo folhagem e padrões migratórios de pássaros e subimos três lances de escadas antigas de pedras. No alto, havia uma pequena porta de madeira grossa com um grande parafuso de metal preso ao teto de cimento.

— Peter, está trancada.

— Será que você poderia me deixar lidar com isso? Este é o lugar preferido de Dylan no parque. E está sempre trancado.

Com todo o seu peso, ele tirou o grande parafuso do trinco, empurrou a porta com o pé e ficou ao lado para que eu pudesse sair para a varanda mais alta do castelo. Diante de nós se descortinava uma vista espetacular: o enorme retângulo do Central Park que chegava até o Harlem, ao norte, ladeado a leste e a oeste por Manhattan. Parecia o cenário de uma ópera, com o topo das árvores na altura dos nossos olhos e a linha recortada do horizonte de Nova York à nossa volta.

— Eu nunca estive aqui antes.

— É claro que não.

— O que quer dizer com "é claro que não"? Eu sempre venho correr no parque, não muito ultimamente, mas...

— Ei, eu sei que ocasionalmente você caminha pela reserva enquanto fala ao celular, mas isso *nem* se compara a esse espaço maravilhoso. Sente-se.

— Eu não posso, vou sujar minha calça.

— É sobre isso que estou falando, moça.

Começamos a rir e ele colocou o cobertor sobre o banco. Fiquei tensa por vários motivos, mas o mais imediato foi porque eu não sabia o que ele ia me contar. Apoiei o braço no peitoril e olhei para o teatro Delacorte, onde atores como Kevin Kline e Meryl Streep atuaram em peças de Shakespeare. Eu sempre quis ir, mas Phillip não era do tipo de se dar ao trabalho de andar pelo parque até chegarmos ao teatro a céu aberto. Olhei para o lago em busca de sinais de vida. Ao longo da margem, tartarugas pegavam sol sobre as pedras como se fossem crustáceos presos a cascos de navios.

— Além disso, eu queria encontrar um lugar onde não fôssemos interrompidos.

— O que foi? Você tem câncer ou algo assim?

Meus nervos estavam à flor da pele, e não faço a menor ideia de por que pensei nessa pergunta mal-educada e ridícula.

— Será que você poderia se *acalmar*? Não, eu não tenho câncer. E não, não sou gay.

Tudo bem, pensei, *então o que você precisa me contar?*

Peter parecia estar totalmente relaxado, mas a essa altura meu coração estava batendo tão forte, que eu cheguei a olhar dentro do casaco para ver se estava visível através do suéter.

— Dylan e eu sempre visitamos esse lugar.
— É?
— Claro. O pobre garoto nem sabia que um papa-figo de Baltimore era um pássaro. Você os vê o tempo todo nas árvores ao redor do lago. É possível alugar binóculos lá embaixo.
— É isso que vocês sempre fazem no parque?
— Não. Normalmente vamos até o lago Harlem Meer para pescar.
— Vocês pescam? Na cidade de Nova York? Por que nunca me contaram?
— Porque o garoto precisa fazer coisas sem que a mamãezinha saiba de tudo. Não contamos a você de propósito. Mas este é o lugar favorito dele em todo o parque. A previsão do tempo no parque que você ouve no rádio é medida dentro da torre do castelo, bem ao lado de onde estamos agora. Nós subimos até lá uma vez com um guarda florestal simpático. Ele também gosta de ouvir sobre os animais do parque, então sempre trazemos binóculos.
— Você está me dizendo que meu filho de 9 anos gosta de observar pássaros?
Peter riu.
— Não de verdade. Nós observamos as pessoas também. Mas, em geral, só ficamos aqui sentados por um tempo. Conversando. Você acha que podíamos tentar fazer isso?
— Tudo bem. Juro que estou calma. — Respirei fundo para tomar coragem e me virei para ele. — Mas eu preciso saber por que você me trouxe até aqui.
E ele me olhou direto nos olhos. Por um momento achei que ele fosse me beijar.
— Jamie.
Ai, meu Deu! Ele disse o meu primeiro nome. Ele nunca tinha feito isso antes. Ele ia me beijar. O que eu podia fazer? Pare tudo. O babá está prestes a me beijar.
— Jamie.
Acho que eu até cheguei a me aproximar mais dele.
— Você está certa de que Theresa Boudreaux está falando a verdade?
— Jesus! Foi por isso que você me trouxe até aqui?

— Bem, eu...
— Só por isso? — Eu me sentia tão *burra*. — Você já me disse isso! Tentei ficar em pé, mas ele segurou meu braço.
— Por favor.
— O que é?
— Não terminamos ainda.
— Tudo bem. O que mais?
— Nada mais. Ei, vou parar com isso. Para ser sincero, eu trouxe você aqui porque queria que você apreciasse este lugar. — Ele apontou para uma árvore grande perto de nós que tinha os galhos mais altos próximos à torre do castelo. Este era o momento para uma aula sobre a natureza. — Trata-se de um cedro vermelho do oriente e aquela é uma garça azul do outro lado do lago. Ali, você pode ver um ninho de passarinho e lá, um campo de beisebol. E, se você se acalmar o bastante para apreciar tudo isso, talvez você consiga ver as coisas de forma diferente sobre a sua... vida.

Ele não estava tentando me beijar. Talvez isso nunca tivesse passado pela cabeça dele. Eu *tinha* de sair desse conto de fadas patético que eu havia inventado.

— O que você quer dizer quando diz a minha vida?
— *Tudo.*
— Você está falando da vida pessoal ou profissional?
— Eu estava falando sobre o seu trabalho. Mas se você quiser, podemos falar sobre sua vida pessoal também. Na verdade, estou feliz por ter tido a abertura. O seu marido. Ele não é fácil.
— Peter!
— Ele não é mesmo. As crianças o amam. Você casou com ele. Tudo o que estou dizendo...
— Não. Não vamos falar nada sobre Phillip. — O comportamento do meu marido *era* embaraçoso. Eu me preocupava que Peter perdesse o respeito por mim. Apenas outro ingrediente para acrescentar à minha sopa de emoções. — E se você acha que está sendo útil ao me lembrar disso, saiba que não está.
— Estou falando de forma solidária. Só queria que você soubesse que eu sei.
— Acho que prefiro discutir a minha vida profissional.

— Tudo bem. Theresa.

— Você não é a primeira pessoa que acha que ela está mentindo — disse eu, tentando colocar meus sentimentos confusos sob controle. — Agradeço muito o fato de você querer me ajudar.

Olhei para o relógio de novo. Agora eu já estava duas horas atrasada para o trabalho.

— Não quero gratidão. Estou preocupado. Você às vezes cede muito. Como com aquelas endinheiradas que vão buscar os filhos na creche. Já falamos sobre isso.

— Sim. E eu neguei.

— E você tende a apaziguar seu marido.

Agora ele estava começando a me tirar do sério e a passar dos limites.

— Quando se é casado, é mais fácil resolver os problemas do que ficar brigando. Algum dia você entenderá isso.

— Só estou dizendo que isso pode ser um padrão de comportamento. Você está trabalhando nessa história porque Goodman a está pressionando? O que você acha?

— Pode parar. Agora. Desculpe dizer isso, mas você é muito ingênuo. — Ele tinha me magoado. — E arrogante.

— É mesmo? Ingênuo *e* arrogante?

— Claro que todo mundo se perguntou se ela estava mentindo! Você não acha que nós, Goodman, eu e todos os executivos, talvez tenhamos coberto nossas bases? A justificativa é que aquela pessoa está contando a "versão dela", e o público tem interesse em ouvir sob um padrão "você decide". O que você claramente não consegue entender é que algumas histórias esquentam as coisas, mas você não pode ignorar isso.

O meu desejo de menosprezá-lo era visceral. Se eu pudesse descartar suas opiniões, então meus sentimentos por ele pesariam menos e, assim, seriam menos assustadores. E eu nunca mais ficaria na situação ridícula de criar fantasias românticas de adolescente, achando que ele fosse me beijar.

— Nem mesmo uma emissora séria de notícias como a nossa pode ficar longe de um caso como esse. É a tempestade perfeita — continuei. — Considerando a proeminência de Hartley, sua campanha pró-família... e não apenas em relação ao aborto... seus valores pró-família com seus quatro filhos, quero dizer. E, é claro, todo aquele lance do traseiro e das leis de sodomia. E se a figura principal de todo esse escândalo resolve falar, nós, com a ajuda de advogados, vamos simplesmente apresentar o lado dela da história.

Mas o que eu realmente queria dizer era isto: Phillip nem sempre era tão babaca. E que o sexo com ele costumava ser muito bom, o que tinha sido um dos motivos por que ele me conquistara. Além do fato de ele lidar com situações assustadoras melhor do que ninguém. E que Peter não sabia como era estar presa a um casamento sem amor e se preocupar com o divórcio quando havia três crianças envolvidas.

— Vocês não estão apenas apresentando o lado dela da história.

— Há muita coisa que você não entende.

— Que engraçado — respondeu ele. — Sinto o mesmo em relação a você.

— Você já passou dos limites.

— Quando cheguei em casa ontem, já passava da meia-noite, mas eu não consegui dormir. Então, entrei em um monte de sites de fofoca e depois em um monte de blogs de direita que meu pai adora para saber mais sobre essa mulher.

— Será que você não percebe que já fizemos isso? Já verificamos tudo. É claro que eles estão tentando desacreditá-la. Querem proteger Hartley. Sei que você sabe navegar na web, mas você está se esquecendo do fato de eu ser uma jornalista há muito tempo.

— Isso é anos 1990. "Navegar na web!"

— Você deveria ver como está sendo rude. O que você sabe? Você fica isolado na sua redoma tecnológica em Red Hook. Meu Deus! Você não a conheceu. Você não sabe sobre o que está falando. Certo? Entendeu?

— Deixe eu dizer uma coisa a você — pediu ele, ficando nervoso. — Eu conheço aquela gente. Cresci com eles indo jantar na minha casa. Há bases militares no meu estado, e o meu pai acha que Ronald Reagan deveria ser canonizado. Hartley é o segundo nesta fila. Já li dezenas de colunas de direita sobre essa mulher, muitas em sites de boa reputação, e eles pintam a imagem de uma garota que veio do nada e que não está dizendo a verdade. Talvez ela seja uma dessas loucas que querem atenção. Quem sabe e quem se importa?

— Tudo bem, Sr. Internet. Fico feliz de saber que você é fluente quando se trata de blogs de direita, mas há muitas coisas que você não sabe.

Ele suspirou.

— O que eu não sei?

— Que antes da entrevista, Theresa nos surpreendeu e trouxe alguns suvenires que guardou de hotéis onde ficava à noite com Huey Hartley, de conferências que ele foi, de aviões que tomaram. Ela tinha guardanapos, fósforos, recibos de restaurantes que provavam que ela estava na cidade ou no hotel de suas viagens de trabalho pelo Congresso; nosso departamento de pesquisa verificou a agenda pública dele e constatou que ele tinha ido àquelas cidades e ficado naqueles hotéis naqueles dias. Isso é muito importante. Ninguém sabe que temos isso.

— Bem...

— Bem, o quê, Sherlock? Isso é uma informação importante que você não sabia. E, sinto muito, mas quem é você para me questionar sobre o meu trabalho? — Eu estava com tudo, conseguindo revidar a humilhação que ele havia me feito sentir por causa do meu marido. — Você também não sabe que temos uma testemunha ocular que os viu juntos em uma situação comprometedora. Temos fotos, gravações de conversas e, ainda assim, tudo o que temos a dizer é que esse é o lado dela da história. Somos apenas um pequeno veículo de comunicação que mostrará isso.

— Apenas um *pequeno* veículo de comunicação? Fala sério! Vocês estão legitimando o que ela diz ao colocá-la no horário nobre de uma emissora nacional de notícias, onde ela será vista por 20 milhões de pessoas.

Tentei uma abordagem diferente, mesmo que ele não merecesse.

— Sabe do que mais, Peter? É como o caso de Tonya Harding. Lembra? A patinadora que contratou uns caras para atacar Nancy Kerrigan...

— Sim. Eu sei quem é Tonya Harding. E até sei que agora ela pratica boxe.

— Tudo bem. Exatamente. Ela foi uma das minhas primeiras grandes entrevistas há uns dez anos. Eu ia até o ringue de treino e ficava assistindo enquanto Tonya dava saltos duplos durante semanas, implorando para que ela desse uma entrevista para a NBS. E porque eu sentei a minha bunda naquelas arquibancadas frias por mais tempo do que qualquer outra pessoa, ela nos acompanhou e conversou com Goodman. Isso não significa que tenhamos legitimado o lado dela. Não significa que tenhamos dito que ela não sabia sobre o plano de quebrar os joelhos de Kerrigan. Os americanos estavam doidos para saber o que ela tinha a dizer, e a minha obrigação era procurá-la e convencê-la a falar. E foi o que eu fiz. É claro que eu sempre prefiro as entrevistas sérias, mas, às vezes, é preciso baixar a cabeça para conquistar.

— Não estou sendo arrogante aqui. A questão não é essa. Faça o que quiser, mas tenha cuidado.

— Sou cuidadosa!

— Ouça o que eu vou dizer. É impressionante o que você consegue fazer, lidando com três filhos, um emprego e ainda sendo uma boa esposa para aquele cara.

— Peter! Pare!

Ele foi inteligente o bastante para seguir outra linha.

— Olhe, só estou dizendo que algumas coisas podem ser perdoadas. Faltar a uma festa de aniversário. Tudo bem. Ir para cama tarde. Também. Mas não notar o que essa louca quer é bem diferente. Isso fará com que vocês derrubem um dos membros mais proeminentes do Congresso dos Estados Unidos! E estar errada quanto a isso não é algo aceitável.

— Fala sério, Peter! Theresa Boudreaux está na capa de todas as principais revistas de fofoca do país. É como se Scott Lee Peterson, que matou a esposa, Laci, grávida de oito meses, quisesse nos conceder uma entrevista. O que deveríamos fazer neste caso? Dizer que não estávamos interessados? Esses assuntos já estão nas ruas e são o centro de um furor enorme. É só uma questão de quem vai conseguir fazê-los falar. E eu venci. Para o bem ou para o mal.

Ele ainda não parecia impressionado.

— E agora eu tenho uma reunião à qual não posso faltar.

— Sim, você pode.

— Não, não posso.

— Você trouxe o seu celular. Ligue e diga que não pode ir e fique aqui comigo.

— Você está louco? — perguntei.

— Eu estava pensando o mesmo sobre você.
— Por quê?
— Você sabe.
— Você está certo, eu não posso fazer isso. Eu tenho uma pequena entrevista para editar. E tenho uma reunião com o meu chefe. E o meu chefe me paga para aparecer nessas reuniões.
— Diga a ele que chegará atrasada.
— Não posso.
— Isso é muito ruim. Triste, na verdade.
— O que é ruim?
— Você não conseguir fazer isso.
— Fazer o quê?
— Você não conseguir ligar para o escritório, cancelar uma reunião e só ficar aqui sentada, aproveitando a manhã. Isso a deixaria nervosa.
— Não, não deixaria.
— Tudo bem, então ligue — riu ele, sabendo que havia me pegado com essa trama ridícula.

Hesitei. Então olhei para a linha do horizonte à minha frente. Será que Peter estava dando em cima de mim? Ou será que ele só estava aproveitando a companhia de uma amiga?

— Você sabe? Eu não sou burra e não vou cair nesse seu joguinho. Já sei o que você está fazendo.
— Fique.

Meu Deus. Eu me sentia tão atraída por este homem, no santuário dessa torre, acima de todo mundo.

— Muito bem. Digamos que eu fique. Então o que faríamos?
— Esqueça totalmente o assunto de Theresa. Já falei tudo o que tinha para falar. Agora é com você. Vamos só conversar. Sobre qualquer coisa. Sobre tudo. Talvez você passe a me conhecer melhor. E eu a você.
— Não posso...
— Pode, sim. Fique.

E eu fiquei.

Duas horas depois, eu estava de volta ao carro, seguindo para o escritório. Luis falava inglês muito mal, e nos três anos em que ele trabalhava para nós nunca havíamos conversado. Nunca. Mas eu sabia, sem sombra de dúvidas, que ele estava pensando que eu tinha um caso com o babá.

— Peter queria falar sobre Dylan — afirmei, assumindo a defensiva. — Uma conversa bem longa.

Sentados sob a proteção das árvores acima da torre do Belvedere, nós tivemos uma conversa muito longa. Eu fiz Peter prometer que ele não falaria sobre Phillip. Ele conseguiu perceber a tristeza e a humilhação que eu sentia em relação ao meu casamento e pediu desculpas pelos comentários impertinentes. Ele me disse o quanto adorava os meus filhos, e eu me vi contando todo tipo de histórias bobas a respeito deles, como sobre as dobrinhas de Dylan quando ele era um bebê rechonchudo. Rimos sobre as festas de aniversário caras às quais levávamos as crianças. Peter chegou a me convidar para a festa de aniversário dele.

— Tem certeza?

— Claro que tenho certeza. Eu adoraria que você fosse. E leve Dylan também.

— Mas nós não conhecemos os seus amigos.

— Eu quero mostrá-la aos meus amigos J.W.

Foi engraçado o jeito como ele disse isso. Parecia que eu era a sua namorada. Não sei qual foi a intenção dele, mas isso me deixou meio tonta.

— Sim, Luis, uma conversa muito longa.

Passei a mão na testa como se estivesse cansada, e Luis, que sempre tinha um sorriso doce e subserviente congelado no rosto, lançou-me um olhar de sabe-tudo que dizia: *Pode crer que sim, madame.*

22

Conversas à mesa

O piso estava aquecido e eu liguei o aquecedor que tingiu de vermelho o banheiro que cheirava a lavanda. Era sábado à tarde, quatro dias antes da matéria ir ao ar, e eu estava tentando cuidar de mim. Entrei na banheira, apoiei a cabeça em um travesseiro inflável preso à borda e comecei a escutar La Bohème.

> *"Hai sbagliato il raffronto.*
> *Volevi dir: bella come un tramonto.*
> *"Mi chiamano Mimì,*
> *il perché non so..."*

Quando comecei a relaxar, a porta do banheiro foi aberta, derrubando dois frascos de loção da cômoda. Phillip entrou com a roupa de Squash saindo da bolsa de ginástica.

— Você tem tempo para curtir um banho de banheira, mas não pode sair hoje à noite?

— Phillip, por favor, podemos falar sobre isso daqui a uma hora? Você sabe que quando você está fora, eu tenho trabalho dobrado com as crianças. Não é como se eu estivesse em um spa. Este foi o único momento que arranjei para...

— Você tem tido muito tempo para si mesma. Eu estive fora vários dias.

— E nós sentimos a sua falta. Sentimos mesmo.

— Estou atrasado para o jogo no Racquet Club e está chovendo.
Ele olhou para mim como se eu pudesse fazer parar de chover.
— Então use uma capa e leve um guarda-chuva. — Ele não reagiu, e eu tentei outra tática. — Por que você não leva outro par de tênis para que coloque um limpo e não fique escorregando na quadra?
— O tênis não é o problema.
— Então, qual é o problema, Phillip?
— Não há guarda-chuvas aqui em casa. Você pode, por favor, pedir a Carolina que faça o seu trabalho? Será que você pode me ajudar a encontrar um?

Sempre que algum item na vida do meu marido estava fora do lugar, ele culpava Carolina, a mulher que mais trabalhava na cidade de Nova York.

— Por favor, Phillip. Olhe no suporte para guarda-chuvas ao lado da porta da frente. Há vários lá.

Nada nesse mundo me tiraria do meu banho quente, nem uma crise por causa de um guarda-chuva.

Mergulhei a cabeça para evitar a discussão que viria a seguir. A mesma discussão que tínhamos quatro vezes por ano. Phillip aproximou-se da banheira e começou a elevar a voz para que eu pudesse ouvi-lo, mesmo estando embaixo da água.

— Será que você não pode supervisionar os empregados? Fazer uma lista ou algo do tipo? Eu gosto de guarda-chuvas com cabo de madeira, não esses guarda-chuvas dobráveis baratos. É um clube de homens. Eu vou ao Racquet Club, um lugar onde não posso ir carregando um desses guarda-chuvas baratos que se compra na rua.

Levantei a cabeça e decidi tentar acalmá-lo em vez de deixá-lo ainda mais nervoso, embora eu não tivesse certeza se o ressentimento que eu sentiria depois valeria o esforço.

— Será que você não pode pegar um dobrável hoje e depois eu me certificarei de comprar uma dúzia de guarda-chuvas com cabo de madeira para você, para que isso não ocorra de novo?

— Não, eu não posso, Jamie.
— Por que não? Você é maluco!

Mergulhei a cabeça de novo e cobri os olhos com as mãos, como se quisesse apagar a imagem do meu marido mimado e maníaco do meu campo de visão. Ele aguardou em silêncio. Levantei para respirar. Ele ainda estava no batente, com a porta totalmente aberta, deixando o ar frio entrar. Suspirei alto.

— Vá até o meu closet, no fundo você verá um guarda-chuva da Burberry novinho em folha. Eu comprei para dar de presente para a professora do preparatório de Dylan pelos seus trinta anos de escola. Está embrulhado. Eu deveria entregá-lo na segunda-feira, mas vou ver se consigo encontrar outra coisa amanhã. Pegue-o e vá para o seu jogo.

— Você é demais!

Com isso meu marido sorriu e bateu a porta, fazendo com que meu roupão de seda rosa, que estava pendurado no pino atrás dela, caísse no chão.

Qui... amor... sempre con te!
Le mani... al caldo... e... dormire...

Recostei a cabeça no travesseiro inflável e olhei para o teto. Depois mergulhei a cabeça de novo com as mãos sobre os olhos. Quando ergui a cabeça para respirar, as lágrimas escorriam pelo meu rosto, misturando-se com a água do banho.

Quatro horas depois, enquanto nos vestíamos para o jantar, Phillip agarrou meus seios por trás, me dando um susto.

— Adoro essa curva.

Lentamente ele enfiou os dedos sob o sutiã e apertou levemente os mamilos, achando que isso me excitaria. Ele estava errado.

Afastei-me dele, colocando os brincos incrustados em forma de concha nas orelhas. Borrifei perfume ao redor do rosto.

Ele veio todo feliz atrás de mim, puxando o meu sutiã.

— Phillip, agora não — implorei e entrei no meu closet para colocar a calça. Era sábado à noite e estávamos atrasados para um jantar. — Isso é apenas a minha roupa íntima e não algo para excitá-lo.

Ele não imaginava que eu estivesse me perguntando o que Peter acharia dessas peças se as visse.

Eu não comia bem desde a nossa conversa na semana anterior.

— Vamos lá, querida, você está tão sexy com essa renda rosa. Uma rapidinha...

Ele veio por trás e começou a acariciar o meu traseiro com a mão, esfregando-se em mim e agarrando a minha coxa como um cachorro. Tive de me segurar com as duas mãos para não cair. Será que eu ia conseguir fazer isso? Será que a minha quota do dia não havia chegado ao limite? Será que eu teria de me submeter a uma rapidinha só para ele se comportar?

Felizmente, a porta se abriu e Gracie voou em minha direção, abraçando a mesma perna nua que meu marido agarrara alguns segundos antes.

— Por favor, não vá. Não gosto quando você sai. Você sempre sai.

Ajoelhei-me para olhar minha filha nos olhos.

— Querida, você sabe que eu tive de trabalhar algumas noites na semana passada, mas eu não costumo sair muito.

— Você *sempre* sai.

— Não. Isso não é verdade. Eu quase *sempre* coloco você na cama.

Observei-a enquanto ela fazia cara feia para mim. Vesti as roupas e ergui o queixo dela com o dedo. Mas eu sabia que ela estava cansada demais para comprar uma briga; portanto, peguei-a no colo e seu corpo estava mole como o de uma boneca de pano. Senti o doce cheiro de xampu e creme corporal infantil. Levei-a para o quarto e deitei ao lado dela enquanto ela se virava, lutando contra o sono, até que se rendeu.

O ascensorista com luvas brancas fechou as portas do elevador e ficou olhando para as portas de mogno, enquanto subíamos até a cobertura, onde ficava o apartamento de Susannah Briarcliff e Tom Berger.

Rapidamente passei mais uma camada de brilho nos lábios, depois abri a bolsa e coloquei meu celular para vibrar apenas.

— Phillip, desligue o seu celular.

Ele obedeceu e deu uma piscadela, agradecendo em silêncio como se dissesse: *Você não ia querer agir como uma grossa na frente de Susannah.* Ele me olhou de cima a baixo, observando o conjunto de veludo roxo, minha blusa preta de gola rulê, os sapatos pretos de salto e o cinto de corrente dourada. O cinto combinava com a bolsa e eu achava que estava muito bem, considerando o meu estado de espírito.

— O que foi? — perguntei a ele, ajeitando um elo do cinto.

— A sua roupa é tão, tão... comum.

Que bom que ele finalmente olhara para mim. Ele parecia decepcionado, como se a minha roupa pudesse pegar mal para ele. E, na cabeça dele, era exatamente isso que aconteceria.

— Susannah sempre se veste de forma tão... festiva. Ela usa roupas sensuais, de cores vibrantes. Eu gostaria que você fizesse isso. Peça ajuda a ela da próxima vez.

— Eu sempre faço isso. Você sabe que sim. — Eu era a derrota em pessoa. Não conseguia acertar na frente das endinheiradas nem do meu marido. — Todo esse lance de moda não funciona para mim do mesmo modo que para elas.

Isso era apenas o código que Phillip usava para dizer que deveria ter se casado com Susannah — ou com alguém como ela. Phillip e Susannah eram muito próximos e ambos podiam traçar sua genealogia até o *Mayflower* — embora todos os endinheirados brancos anglo-saxões protestantes da elite de Nova York declarassem o mesmo. Por outro lado, o marido de Susannah, Tom, um homem dez anos mais velho que ela, não poderia ser mais diferente. Ele usava óculos com armação fina tipo Albert Einstein que combinavam com o cabelo grisalho e duro. Era o editor executivo de uma parte do caderno internacional do *New York Times* e crescera em Scarsdale, Nova York, filho de judeus que também haviam sido jornalistas. Susannah conheceu Tom quando estava com cerca de 25 anos, fazendo um curso sobre política no Oriente Médio, na Columbia University. Seus pais, horrorizados com sua escolha de se casar com um judeu, apesar da proeminência profissional dele, a fizeram prometer que manteria o nome de solteira; já era ruim o bastante para eles terem netos cujo sobrenome seria Berger. Tom não deu a mínima para o antissemitismo deles, pois sabia que essas pessoas nunca mudariam, e o fato de eles terem depositado 100 milhões de dólares em uma conta conjunta para eles assim que ele colocou a aliança no dedo dela não o incomodou em nada também.

Quando Susannah correu para a porta, usando uma pantalona de seda laranja combinando com o boá de penas e uma blusa de seda marfim, Phillip quase pulou em seu colo.

— Estamos muito felizes por vocês terem nos convidado.

Ele pegou o rosto dela com as duas mãos e beijou-a nos lábios de forma discreta. Os lábios deveriam ser território proibido para os que não eram casados. Senti-me excluída mais uma vez.

— Entrem.

Na elite de Nova York, as grandes anfitriãs sempre dão jantares por um motivo. Nunca apenas para passar tempo com os amigos. Elas podem optar por brindar um autor recentemente publicado, comemorar o final de uma tese de doutorado sobre a erradicação da malária na África do Sul ou simplesmente festejar o fato de terem "descoberto" um novo candidato negro para o Congresso — um convidado muito mais exótico e cobiçado do que um senador branco bem conhecido. Quando Susannah ligou para nos convidar para o jantar, já havia revisado a lista de convidados.

— Vocês têm de vir, Jamie. O subsecretário geral da ONU estará aqui e o editor da *Newsweek*. E contratamos o bufê de Daniel Boulud.

Phillip e eu sempre vínhamos correndo quando Susannah nos convidava. Suas festas eram glamourosas, divertidas e muito boas para a emissora para a qual eu trabalhava.

À minha esquerda no jantar, estava Yousseff Gholam, o convidado de honra, um proeminente professor jordaniano da Kennedy School of Government em Harvard e um enfeite constante dos noticiários sobre a guerra no Iraque. Não basta para os especialistas em mídia como o Sr. Gholam apenas escrever dezenas de livros e centenas de artigos; além disso, eles precisavam ser presenças regulares em programas de televisão (tradução: *famosos*) para conseguirem chegar ao circuito de jantares da elite de Nova York. O Sr. Gholam tinha acabado de publicar um livro explosivo intitulado *The Next 9/11: Why Ho-*

*meland Security is Doomed for Failure and Your City Might Be Next**, que chegara ao primeiro lugar da lista dos livros de não ficção mais vendidos do *New York Times*, em apenas três semanas a partir do lançamento.

Meus companheiros de jantar à esquerda e à direita estavam conversando, de modo que tive um tempo para observar a sala. Um tom de melão brilhante cobria as paredes da sala de jantar, envolvendo-nos como se estivéssemos em um casulo hermeticamente fechado. Molduras de tartaruga adornavam 12 fotografias de paisagens marítimas de Hiroshi Sugimoto, quatro em cada parede. A enorme mesa redonda era formada por partes triangulares que se uniam magicamente, permitindo que 16 pessoas se sentassem confortavelmente. Olhei para o local perfeito em que estava sentada, me perguntando quantos homens por hora haviam sido necessários para colocar essa mesa de forma tão perfeita.

Um pequeno prato com pássaros pintados no centro estava sobre um prato maior com os mesmos pássaros pintados nas bordas. Havia quatro copos de cristal à direita do meu jogo americano: um para vinho branco, um para vinho tinto, um para água e um para champanhe, que acompanharia a sobremesa. Pequenas maçãs de prata serviam de suporte para cartões dourados escritos à mão. Cada convidado tinha um saleiro e um pimenteiro individual de vidro azul-cobalto da Cartier, envoltos em tecido prateado ao lado dos cartões que marcavam os lugares. Susannah havia colocado flores em um troféu baixo de prata — sem dúvida vencido por Theodore Briarcliff II em uma regada na virada do século —, de forma que os convidados pudessem conversar entre si sem qualquer obstrução visual. Pinhas douradas, folhas amarelas e vermelhas e romãs secas estavam espalhadas de forma artística pela mesa. Dezenas de pequenas velas brilhavam em castiçais de cristal e seu reflexo dançava no teto. De repente, imaginei Peter sentado aqui. Ele odiaria toda essa pompa.

---

* *O Próximo 11/09: Por que o projeto de segurança interna está condenado e a sua cidade poder ser a próxima.* (N. do E.)

Phillip, nesse meio-tempo, estava dando atenção à Christina Patten, sentada à sua esquerda. Ela parecia magra demais, os ombros ossudos se projetando em uma frente única de seda. Christina brincava com a comida no prato, enquanto Phillip falava sobre a impossibilidade de conseguir os melhores chalés em Lyford Clay. Sem dúvida, como todas as socialites em jantares, ela havia dito a Phillip que já comera "com as crianças". Susannah não respeitava muito Christina, mas sabia que ela era uma jogadora poderosa no circuito social. E, para essa multidão de mercenários, isso vale tanto quanto um prêmio Nobel em astrofísica.

Uma vez mais Susannah executara sua fórmula de convidados com perfeição: um jovem estilista da Gucci — que parecia Montgomery Clift — e seu parceiro, o diretor de uma peça de teatro altamente aclamada no centro da cidade, preenchiam a lacuna destinada a gays e/ou cultura; uma jovem artista plástica moderna, negra e lésbica da Costa do Marfim (havia uma lista de espera de quase dois anos por um de seus quadros) representava as minorias; assim como o arrojado editor da *Newsweek* assumia o lugar destinado para a mídia. Nós dois poderíamos dar nossa opinião em qualquer assunto da noite. A pessoa importante do serviço público era o subsecretário geral da ONU para assuntos do Oriente Médio. O sócio principal de uma fundação representava as pessoas que tinham mais de cem milhões de dólares.

Mas eu ainda sentia falta de alguém: Peter. Então comecei a fantasiar: eu estaria usando um vestido justo e sexy, com todos os tipos de ponto de acesso possíveis. Ele estaria usando uma blusa de gola rulê preta por baixo de um blazer de *tweed*. Estaríamos no bar laqueado de laranja de Susannah. Ele abriria a porta devagar e ergueria o meu queixo...

Montgomery Clift, à minha direita, voltou-se para mim.

— Seus brincos são lindos — afirmou ele.

Virei-me para o meu novo melhor amigo.

— Jura? Você acha mesmo?

— Impressionante, principalmente em contraste com seus cabelos escuros.

— Diga isso ao meu marido. Ele acha que não estou com cores suficientes.

— Mas o que é que ele sabe? É aquele cara ali de terno? O que ele faz? Banqueiro?

— Advogado.

— Olhe, querida, é tudo a mesma coisa para mim. Um desses macacos que vivem para fazer dinheiro.

— Então, Susannah me disse que você é estilista. — Não existe nada melhor do que flertar com um gay em um jantar em Nova York.

— Diga-me sinceramente o que acha da minha roupa. Moda não é algo que venha de forma natural para mim.

— Você quer que eu seja sincero?

— Pode acreditar que sim.

Quatro semanas antes, eu tinha desfilado pelo tapete vermelho da creche das crianças, usando um conjunto cinza maravilhoso e saltos de 7 centímetros, achando que estava abafando. Ingrid Harris havia olhado para as minhas pernas e dito:

— O que é isso, Jamie?

Achei que ela fosse me elogiar por ter entendido bem as dicas de moda. Os sapatos eram fabulosos — até eu sabia disso.

— Para onde está indo? Vai fazer a ronda?

Acho que ela deve ter notado a minha expressão de espanto.

— As meias, Jamie, por favor. Você parece uma enfermeira! Meias de cor clara estão fora de moda. Em que planeta você vive?

— Eu, uh...

— Quem vestiu você esta manhã? Vá para casa e troque de roupa antes que fique mais envergonhada.

E era sempre assim na minha luta para esconder as minhas raízes de suburbana de classe média e jogar o jogo da moda com as mulheres mais pomposas do mundo.

Montgomery sentou-se mais para a frente na cadeira e voltou sua atenção para mim, avaliando-me como se eu fosse um cavalo de corrida ou uma vaca, dependendo do ponto de vista. Depois de uns vinte segundos, ele deu o veredicto:

— Concordo com seu marido.
— Não!
— Querida, sim! Vamos começar por baixo. Os sapatos são bons.
— Pausa. — Mas não para a noite.
— Como assim? São Manolos de couro preto. O que há de errado com eles?
— Você está usando veludo, que tem um certo brilho. Os sapatos são neutros demais para o esplendor do conjunto e o brilho do cinto. A propósito, o cinto é excelente. E os brincos, maravilhosos. Agora que vejo o conjunto inteiro, percebo que está tudo errado. — Ele balançou a cabeça e fez que não com o dedo bem na frente do meu nariz. — Esses brincos não combinam com dourado brilhante. E você não pode usar uma blusa preta com um conjunto de veludo roxo. Monótono demais.
— Está certo. Não estou ofendida. — Eu estava completamente magoada. — Então a minha roupa está errada por vários motivos. Comece a listar.
— Tudo bem, as pessoas costumam pagar muito dinheiro por isso, mas você vai levar de graça. — Ele era realmente adorável com o cabelo preto penteado para trás e os olhos grandes. Ele riu e apertou meu ombro. — Os sapatos deveriam ser de cetim preto. Um pouco de brilho nos sapatos seria bom, meias arrastão ou de rendas sexy para as pernas, talvez até um detalhe em pedras falsas, apenas para a noite. Os sapatos de noite devem ser chamativos, não importa aonde vá. Se não conseguir encontrar Manolos, procure na Christian Louboutin. Ele é ainda mais talentoso. Nunca use sapatos de couro pretos simples à noite.

Ele bebeu um grande gole de vinho. Era evidente que ainda tinha muitas explicações para dar e continuou.

— A blusa de gola rulê é escura demais. Você precisa de algo mais sexy. Não use o estilo de mulher de negócios da década de 1980 em um jantar. Qualquer peça boêmia para contrastar com as linhas do terninho ficaria bem: você precisa de renda, uma blusa transparente que saia pelas mangas do casaco, com uma aparência um pouco desarrumada. Nada de sutiã, dê uma pequena amostra dos seios. Nunca, *nunca* abotoe os punhos da camisa.

Eu precisava do meu caderno de anotações.

— A gola da camisa deveria ficar sobre a lapela do casaco, mas não muito. Os brincos em forma de concha não combinam com a roupa. No inverno, você só pode usá-los com uma blusa de gola rulê preta com calça preta ou jeans. É muito difícil combiná-los em situações mais pomposas. Essas conchas são para o verão; são brincos para usar na praia, não na cidade. Coloque esses brincos na sua bagagem quando for para a sua casa de praia!

Tive de rir, pois era exatamente isso o que eu ia fazer.

— Você deve usar argolas grandes de ouro, talvez algum brinco com uma grande pedra preciosa. Você tem algum desses? Parece que talvez tenha. — Concordei com a cabeça. Phillip tinha me dado brincos de safira circulados como pequenos diamantes quando Michael nasceu. — Tudo bem, isso é bom. Você está na Park Avenue, você tem de ter um visual extra-sexy; caso contrário, parecerá uma matrona ou, pior, uma matrona precoce. Estou dizendo a você, argolas grandes para combinar com o cinto. Use esses brincos em formato de concha supercaros no verão com uma camiseta branca (certifique-se de ser uma Petit Bateau) e jeans brancos. Compre um cinto de corda para o verão e sapatos de plataforma. Tudo gira em torno das plataformas.

Eu estava prestes a entender o evasivo código da moda. Ninguém nunca me explicara como as roupas funcionavam de forma tão clara. Com a ajuda desse Montgomery, eu acabaria me tornando uma mulher chique, e as galinhas invejariam o meu visual, os fotógrafos da sociedade, como Punch Paris, me seguiriam nas festas. Eu iria... eu iria...

Clink. Clink. Susannah bateu com a faca na taça de champanhe. Fiquei surpresa de a taça não se estilhaçar em mil pedaços.

— Com licença, amigos, um minuto de silêncio, por favor.

Montgomery me cutucou com o cotovelo.

— Pegue a sua faca e veja o quanto pesa. Prata da Puiforcat, de Paris. Cada peça custa uns 650 dólares.

— Por uma faca?

— Sim, e aqui ela tem três garfos por conjunto, duas facas... Ela deve ter o conjunto completo para 24 pessoas, tipo dez peças por pessoa. Essa mulher joga pesado.

Susannah sorriu e bateu um pouco mais na taça, obviamente satisfeita pelo nível animado das conversas. O jantar estava sendo um sucesso.

— Gostaria de oferecer um brinde a um grande amigo meu.

— Seu? Quem apresentou quem a quem? — interrompeu Tom, seu marido, em tom de brincadeira.

Todos riram.

— Tudo bem. Amigo de nós dois. Sr. Yousseff Gholam. Yousseff ajudou três administrações presidenciais consecutivas sobre as questões do Oriente Médio. Autor de nove livros sobre o assunto, além de diversos artigos, sendo que um deles ganhou o National Magazine Award for Public Interest, o que oficialmente significa... — Susannah olhou discretamente para um cartão sob seu prato de sobremesa — potencial para afetar a política nacional, ou local ou mesmo questões legislativas. A você, querido Yousseff.

Youssef baixou sua taça de vinho.

— Gente — disse ele de forma grave. Depois olhou para todos e decidiu se levantar para começar seu sermão. — Gente. Eu não vejo isso como a morte dos ditadores, mas acho que já passamos da fase que chamo de Outono da Ansiedade...

É muito comum que o pessoal de Park Avenue fique excessivamente entusiasmado com especialistas políticos que não fazem nenhum sentido; todos acham que não são inteligentes o suficiente para entender o discurso, mas fingem que entendem. Lancei a Phillip um olhar de exasperação, sabendo que um longo e chato discurso se seguiria. Mas ele me lançou um olhar severo, como se eu estivesse sendo infantil. Voltei-me para Montgomery, o meu Peter do momento, que piscou para mim. Ele também achava que esse tal de Gholam era um arrogante pretensioso. Tirei os brincos, apoiei os cotovelos na mesa, apoiei o queixo na mão e me preparei para uma longa sessão de chatice.

Phillip, que adorava se mostrar quando havia pessoas importantes à sua volta, fez uma pergunta sobre a produção de urânio no Irã, o que só serviu para animar ainda mais Youssef, já que lhe deu uma oportunidade de exibir seu conhecimento.

— Se quiserem entender o futuro do Irã, considerem os eventos que aconteceram naquela região nos últimos 25 anos no século XVIII.

Que Deus me ajude. Sinto muito Youseff, eu estava batendo papo no fundo da sala no dia dessa aula de história. Eu precisava de mais vinho.

Eu já estivera nessa situação antes, com esse tipo de intelectualoide de todos os tipos e tamanhos. Existe um bando de escritores, editores de revistas e especialistas em política internacional em uma lista especial da alta sociedade. Os especialistas conseguem atenção dos cidadãos mais ricos e poderosos da cidade nesses jantares e depois recebem dezenas de cartões de agradecimento pela *fascinante* conversa que tiveram durante o jantar. Mas esses especialistas sabiam que precisavam se apresentar como focas amestradas para os anfitriões, como se tivessem sido contratados. Citar o nome de personagens políticos poderosos era essencial.

— Isso veio à minha mente quando eu estava no gabinete presidencial, um aposento menor do que vocês poderiam imaginar. Enquanto eu ajudava o presidente a preparar um relatório, fiquei surpreso ao perceber que ele realmente compreendia as sutilezas do dilema árabe.

Bati com o dedo na borda da minha taça e sussurrei "Por favor" para um dos empregados vestidos com casacos de gola chinesa em posições estratégicas ao redor da mesa.

— E isso me lembra o conceito de *virtu*, de acordo com *O príncipe*, de Maquiavel, é claro. Bush incorpora o *virtu*, ou seja, a ideia de energia dos homens de Maquiavel: que dá forma ao destino e à sorte. Ele combinou a sutileza de Cícero com a brutalidade de César.

Eu não estava entendendo nada que o cara estava dizendo.

— Bush não é um intelectual, é claro, mas de uma forma realmente profunda, ele se provou um gênio. Vocês realmente devem pensar nos Médici quando pensarem em Bush.

O Sr. *Newsweek* e o funcionário da ONU discutiram como Luke Skywalker e Darth Vader com seus sabres de luz sobre a quantia de dinheiro necessária para proteger os portos norte-americanos. Yousseff entrou em cena. O editor da *Newsweek* foi inteligente o bastante para tentar fazer com que a conversa na mesa voltasse à realidade e guiou Yousseff pelos perigos reais.

— Deixe-me preveni-los dos perigos de amolecer a segurança. Os terroristas são muito pacientes...

Yousseff continuou usando a tática do medo, enquanto eu queria mais dicas de moda de Montgomery e daria tudo, tudo, para não ouvir essa conversa torturante sobre os perigos que minha família corria na cidade de Nova York. Como todas as mães de Nova York, eu tinha de lutar para não deixar que fantasias apocalípticas me tornassem ainda mais louca quanto à segurança do que eu já era. Eu sempre me imaginava voltando para Minneapolis, mas depois lembrei que Yousseff citara especificamente o shopping Mall of America, em Minneapolis, como um possível alvo. Phillip esticou o pescoço de novo, fazendo outra pergunta que parecia inteligente, mas que não era nada de mais por baixo da linguagem elaborada que usara.

— Se Bush pai não tivesse abandonado os xiitas no sul do Iraque em 1991, seu filho poderia ter tido o apoio de uma parte do país. Você não concorda, Yousseff?

Christina Patten foi inteligente o suficiente para não se arriscar a participar da conversa sobre questões internacionais. Mas aparentemente ela tinha algo urgente a dizer, e não conseguiu ficar muito mais tempo em silêncio.

— Sr. Gholam, acha que ainda precisamos de plástico e fita adesiva para lacrar um ambiente? Quero dizer, isso é realmente necessário para as pessoas que vivem na cidade com crianças? Ou será que a mídia só estava exagerando? Além disso, meu marido e eu estávamos pesquisando na internet e não conseguimos decidir qual máscara de gás comprar.

George Patten, um homem que se aposentara há 15 anos, quando tinha apenas 35 anos e uma herança de 50 milhões de dólares, passava os dias estudando mapas na sala de visitas. "Fascinante" não era um termo muito usado para descrevê-lo. Ele acrescentou:

— Compramos de uma empresa em Israel que fornece suprimentos ao exército israelita. Custaram uma *fortuna*.

Youssef respirou fundo, tentando mudar o foco da conversa de geopolítica inteligente para a questão que realmente interessava aos nova-iorquinos, ou seja, como tudo isso iria *afetá-los*.

— Christina, acho que podemos falar sobre isso depois do jantar — interrompeu Susannah, irritada com a linha de perguntas de Christina e tentando manter o nível elevado da conversa.

Youssef, sentindo o constrangimento de Susannah, tentou preencher essa lacuna. Ele se voltou para Christina.

— Bem, fugi do Líbano quando o país quebrou e sei um pouco sobre como é se sentir vulnerável ao perigo. É difícil saber exatamente quando e onde eles vão atacar. E lembrem-se de que o antraz se dissipa assim que entra em contato com o ar, de modo que, a menos que você esteja no metrô quando acontecer, o risco é remoto. É muito improvável que você precise de uma máscara de gás no seu apartamento. Mas sei que os israelitas possuem equipamentos da melhor qualidade. Meu próprio pai comprou máscaras israelitas quando começou a revolta e morávamos fora de Beirute.

— Tudo bem — respondeu Christina. Depois ela fez um gesto abrangendo toda a mesa. — Agora eu tenho uma pergunta para todos os nova-iorquinos, nesta sala! — Achei que Susannah colocaria um guardanapo sobre a cabeça para tentar negar o fato de que Christina estava arruinando o seu jantar. — Então, isso significa que temos de comprar máscaras de gás para nossos empregados também?

A sala ficou em silêncio. Olhei para Youssef. Ele fechou os olhos, tomou um gole de vinho e tossiu no guardanapo. Ninguém tinha uma reposta para aquela pergunta. Nem mesmo o marido de Christina tentou salvá-la.

De repente, Susannah se levantou.

— Por que não vamos até a sala para tomarmos um café?

Onde será que Peter estava? Eu o imaginei em um bar legal em Red Hook, cercado por mulheres bonitas, jovens e descoladas. Eu precisava dele para tentar me divertir com essa cena patética. Mas é claro que eu fazia parte dessa cena. Ele estava certo quanto a isso.

E você quer que seus filhos cresçam junto com os filhos dessa gente? Você está maluca?

Sentei sozinha no sofá da sala e aceitei um expresso com casca de limão em uma minúscula xícara de porcelana chinesa. Cortinas de tafetá verde, penduradas em barras antigas de madeira, cobriam quatro portas grandes de vidro que levavam ao terraço. Uma disposição de tecidos grossos de brocado cobriam os móveis, alguns com fundo vermelho e flores bordadas, alguns de veludo âmbar, outros de veludo verde. Havia dois tapetes de zebra colocados diante das lareiras, uma em cada extremidade do aposento.

O Sr. *Newsweek* aproximou-se e sentou-se ao meu lado, interrompendo minhas divagações. Ele já sabia que Goodman tinha algo grande devido aos boatos da mídia de Nova York, mas não fazia ideia do quão grande.

— Vocês conseguiram Theresa? Ela realmente sentou para conversar com vocês? Ela admitiu algo? Quero dizer, algo que realmente afete Hartley? Ou será que ela só falará com Kathy Seebright?

— Nada a declarar.

Eu sabia o que estava por vir.

— Jamie, pense sobre isso. Eu sei que o seu programa vai ao ar às quartas-feiras. Se você quiser, eu poderia atrasar nosso fechamento agora mesmo... na verdade, a qualquer momento antes da meia-noite. — Ele olhou para o relógio. — Veja bem, há algo que eu poderia fazer para você. Eu poderia colocar algo na revista para criar alvoroço.

— Isso é tão gentil.

— Bem, não. Quero dizer, é claro que daríamos os créditos à NBS. Nós só aumentaríamos a audiência para o programa. Atraí-los. Eu me certificaria de mencionar a sua colaboração no artigo.

— Minha colaboração?

— Quero dizer, nós até poderíamos dizer que você tem algo a ver com isso.

— A ver com a notícia que vai cair como um raio sobre o país.

Ele começou a suar. Alguns segundos se passaram.

— Vocês conseguiram a entrevista, não foi? Só me diga isso e acabe com o meu sofrimento. Vocês *fecharam o negócio* com Theresa Boudreaux.

Eu não consegui me segurar.

— Só vou lhe dizer uma coisa: o que vamos exibir esta semana vai deixar a sua revistinha a ver navios.

Ele jogou uma pequena almofada com estampa de leopardo no meu rosto e caminhou diretamente até a garrafa de cristal para se servir de uísque.

Depois de conversar um pouco com os outros convidados, fui para a sala, a fim de procurar meu marido que sumira do meio dos convidados havia um tempo. Montgomery, colocando seu pesado casaco, colocou os braços em volta de mim.

— Só mais um conselho, querida. — Ele me puxou para perto dele. — Mantenha seu marido longe da anfitriã — cochichou ele, antes de sair pela porta.

23

Ajuste de contas

Phillip saiu da casa de Susannah com o nariz empinado e o peito estufado como se tivesse acabado de trepar. Caminhei um pouco atrás, tentando decidir se fora isso que realmente acontecera. Mas quando chegamos à esquina, ele tentou pegar minha mão, e só então se deu conta de que eu não estava ao seu lado. Relutante, ofereci a mão a ele.

Estava enjoada. Posso lidar muito bem com duas taças de vinho no jantar, mas depois de três ou quatro, como eu tinha feito esta noite, minha cabeça girava.

— Ei, molengona, está muito frio aqui — disse ele.

— Você já tentou andar usando um salto de 7 centímetros?

— O que há com você? A noite está linda. Acabamos de passar uma noite muito agradável na casa de Susannah e Tom. Eu me sinto ótimo. A companhia, o vinho, a comida. Cara, aquele apartamento é impressionante.

Ele inspirou o ar frio da noite enquanto olhava para o apartamento de Briarcliff-Berger a distância. O terraço de Susannah era artisticamente trabalhado e abrangia todo o perímetro da cobertura. Pequenas luzes brancas estavam penduradas nos pinheiros e brilhavam na noite fria de inverno.

— Sabe, essa é a diferença entre dinheiro, o nosso tipo de dinheiro, e o dinheiro *de verdade*, de verdade mesmo.

— Diga-me uma coisa Phillip — pedi, enojada. — Qual é a diferença?

— Quando você tem dinheiro de verdade, você consegue vestir os empregados com paletó preto e servir caviar em abundância, acompanhado por Latour da safra de 1982. Além do terraço. Aquele terraço que circunda o apartamento é uma séria demonstração de riqueza. Trabalho como um animal e não tenho vista para o parque. Eu mataria para ter um terraço como aquele. — Ele balançou a cabeça e continuou caminhando, seus braços ao meu redor. Depois se afastou. — Dá para imaginar? Uma daquelas churrasqueiras enormes da Williams-Sonoma no terraço de um apartamento na cidade? Eu poderia fazer um churrasco em uma porra de um dia de semana.

— Phillip, relaxe. Temos um lindo apartamento. Você tem uma churrasqueira na nossa casa de campo.

— É uma merda de uma churrasqueira de 300 dólares que comprei há cinco anos em uma loja qualquer. Não é uma churrasqueira da Williams-Sonoma, sabe? Com uma fornalha ao lado para cozinhar mexilhões ou milho. Eu quero uma churrasqueira dessas. Logo. E eu vou ter uma — riu ele.

Eu não vi graça nenhuma.

— Temos uma cozinha no campo que conta com uma fornalha para fazermos mexilhões e cozinharmos milho.

— Aquela cozinha é pequena demais. Não temos como reformá-la. Além disso, a fornalha não está acoplada à churrasqueira — reclamou ele. — Não temos uma fornalha *do lado de fora*.

— Phillip! A cozinha fica a seis metros do pátio onde está a churrasqueira! Ouça o que está dizendo. Reclamando que quer uma churrasqueira de 6 mil dólares.

— E daí que eu quero cozinhar ao ar livre à noite? Isso é tudo.

— Sabe o que realmente me enoja? O dinheiro faz com que você fique mais deprimido do que feliz.

— Por favor, não me venha com clichês — respondeu ele.

— É verdade. Você consegue um apartamento maior e fica completamente deprimido no instante em que sai de casa. Temos um excelente apartamento. E você o adora, lembra?

— É um bom apartamento.

— Só para mim, por 24 horas, será que você poderia deixar o nariz em pé de lado? Como seria ótimo poder se sentir leve.

Ele me olhou como se estivesse pensando no conceito.

Pensei que talvez eu tivesse conseguido chegar a algum lugar.

— Deixe que eu lhe diga uma coisa, querida. Estar sobrecarregado de trabalho, mas tendo uma dessas grandes churrasqueira da Williams-Sonoma, me *faria* mais feliz. Tenho certeza de que o milho tem um sabor melhor quando é cozido ao ar livre. Ah! E aquela varanda na cidade: imagine a liberdade de poder cozinhar tudo o que quiser sempre que quiser. Sabe, depois de uma viagem de negócios, chegar em casa e preparar um churrasco...

— Não me diga que quando você chega em casa às 21h30, voltando de Pittsburgh, tudo o que deseja é fazer um churrasco como Fred Flintstone. Você pode fazer isso nos fins de semana de verão.

— Não é que eu realmente vá *fazer* isso. Trata-se da liberdade de fazer isso se eu *quiser*. Mesmo que seja apenas uma noite por ano. Será que você alguma vez já quis algo assim? Ter algo disponível só para o caso de você *querer* usar, mesmo que você saiba que nunca vai querer? Eu gosto da ideia de ter um chef o tempo todo na cozinha, usando aquele uniforme branco com o nome bordado. E aqueles sapatos feios de borracha. Ele sempre teria *steaks* prontos para mim. A melhor parte seria tê-lo sentado lá sem nada para fazer até às 23 horas... Mesmo que jantássemos fora. Só para o caso de *querermos* comer um doce folhado quando chegássemos em casa. E o engraçado seria o fato de não querermos um folhado. Ele só estaria lá para se quiséssemos um. *Isso* é dinheiro de verdade.

Senti vontade de pedir o divórcio ali, naquele momento, naquele lugar.

— Jamie, não se esqueça de mandar a Susannah um maravilhoso buquê de flores na segunda-feira. Supere-se. Foi uma noite sensacional. — Depois ele balançou a cabeça e colocou a mão no quadril. — Quanta gente. O editor da *Newsweek* é esperto. O cara da ONU também. Impressionante como conseguem citar nomes e datas. Mas acho que eu fui bem. Na verdade, acho até que fui melhor do que eles. Meu comentário sobre as eleições para o Congresso os fez pensar sob uma nova

perspectiva. Você não acha? — Ele não estava interessado na resposta.
— E aquele tal de Abdul do Oriente Médio era inteligente mesmo.
— Youseff, Phillip. Youseff Gholam. Ele é um acadêmico famoso. O nome dele não é Abdul.
— Ele me meteu medo. — Phillip balançou a cabeça de novo e arrastou a ponta do sapato no chão. — Seja qual for o nome dele. Abdul, Abdullah, Mohammed, é só um outro intelectualoide para mim.
Parei de andar.
— Phillip, pare já com isso. *Pare*!
— Vamos lá, deixe disso. Eu só disse isso para irritá-la. — Ele me abraçou de novo, enquanto tentava me fazer andar. Cruzei os braços com força. — Tudo bem. Youseff Gholam. Kennedy School of Government. Conselheiro de três presidentes. Autor de cinquenta livros. Será que eu prestei atenção?
Não sei exatamente por que ele achava que eu deveria considerar o que acabara de dizer. As luzes claras iluminavam o calçamento de pedra calcária da 76th Street e as casas de tijolos com degraus de mármore e grandes janelas cobertas por cortinas de brocado e seda. Atrás de cada uma dessas portas moravam as pessoas que faziam os setores jurídico, jornalístico e bancário dos Estados Unidos funcionarem. Eles eram os verdadeiros jogadores que Phillip queria tanto se tornar.
Faltando uns trinta metros para chegarmos, ele perguntou:
— Mais uma coisa: você não comprou máscaras de gás para os empregados, comprou?

Quando chegamos ao nosso andar, saí do elevador antes dele e deixei a porta da frente bater na sua cara, afinal, era exatamente o que merecia. Ele era um idiota pomposo, mimado e racista.
Ele correu atrás de mim.
— Ei, Jamie. O que deu em você? Um minuto atrás estávamos abraçados na rua e no instante seguinte você bate a porta na minha cara?
Eu não podia responder a ele.

— Sinto muito se chamei aquele escritor de intelectualoide. Tudo bem. Foi imaturo da minha parte, mas eu só estava implicando com você. Talvez até tentando conseguir com que você risse um pouco.

— Não é certo ser tão racista assim, Phillip. Eu não vou rir desse tipo de piada.

— Vamos lá, querida. Eu só estava brincando. Eu já disse que o cara é um gênio. O que você quer de mim?

— Não quero que fale sobre pessoas de determinadas nacionalidades como se fossem sujas ou inferiores a nós, certo? Tenho medo que você faça isso na frente das crianças.

Ele baixou a cabeça.

— Sinto muito. Você está certa. E o que mais?

— Você é tão... tão...

— Tão o quê, Jamie?

— Mimado. Você é mimado demais.

Ele olhou para mim com o rosto sem expressão.

— Você deveria ouvir as coisas que diz às vezes. Onde já se viu ficar reclamando por causa de uma churrasqueira de 6 mil dólares. Você torna a vida muito complicada quando acha que nada é bom o suficiente.

— Qual é o seu problema? O apartamento deles é cem vezes melhor do que o nosso e eu apenas mencionei isso. Sinto muito se não passei a infância pescando em Minnesota, como você, a Sra. Politicamente Correta. Já vi diversos apartamentos maravilhosos na minha vida. Cresci em um. Pelo amor de Deus! Trabalho como um filho da puta e não consigo ter o tipo de casa que gostaria de ter, tá bom? E que tom hipócrita é esse?

— Susannah é minha amiga, não sua.

Ele estreitou os olhos.

— O que você estava fazendo no escritório com ela? Por que a porta estava fechada?

— Você está maluca? — Ele engoliu em seco. — Você acha que tenho alguma coisa com Susannah?

— Eu não disse isso. Mas você disse.

— Ela estava me chupando.

Dei de ombros.

— Vamos lá, Phillip, até o meu companheiro de jantar notou.

— Então, ela estava me mostrando o novo quadro de Diebenkorn.

— Sabe que seria quase preferível que você estivesse comendo a Susannah? Isso seria uma coisa bem mais máscula do que ficar reclamando sobre uma churrasqueira.

— Eu não a dispensaria.

Depois de ouvir esse comentário ofensivo, virei de costas e saí do quarto. Não estava a fim de entrar em uma briga imatura com meu marido. Phillip não passava de um garoto mimado. Nenhuma novidade até aí. Ele adorava Susannah, e daí? Neste momento eu o odiava demais para conversar. Ainda assim, eu me perguntava quem, além do Sr. Estilista Gay, notara que eles sumiram por dez minutos depois que os drinques foram servidos na biblioteca.

No banheiro da suíte, bati a porta e tranquei-a. Estava chateada, e minha raiva estava virando sofrimento... sofrimento por Phillip e minha amiga íntima serem ligados por esse elo esnobe dos bem-nascidos de Nova York, impenetrável para mim. E eu estava paralisada demais no momento para fazer qualquer coisa além de sentir pena de mim mesma.

Eu me sentei na beirada da banheira e apoiei a cabeça nas mãos. Totalmente confusa. Já passava da meia-noite e eu estava meio bêbada e enjoada devido à conversa da churrasqueira no terraço. Talvez eu estivesse jogando toda a tensão do trabalho em meu marido. Além disso, havia Peter.

Coloquei a cabeça nas mãos e tentei encontrar alguma lembrança feliz de Jamie/Phillip, mas não consegui. Tudo o que consegui lembrar foram cenas dele gritando comigo porque não supervisionei a colocação da tesourinha de unha no lugar certo.

Uma batida à porta. Depois outra.

— Phillip, preciso ficar sozinha. Por favor, me deixe em paz.

— Jamie, isso é ridículo. Estamos brigando por nada. Saia daí. Quero fazer as pazes com você. Eu não estava falando sério quando disse aquele lance do Abdullah.

— Não tem nada a ver com o lance do Abbullah.
Pausa.
— Eu não quero que Susannah me chupe. Não aconteceu nada entre mim e Susannah. Ela é sua amiga. Ela prometeu que me mostraria alguns quadros novos da coleção de arte deles. Depois conversamos sobre a família dela. Minha mãe alugou a casa da tia dela em Plymouth num verão.
— Phillip, eu quero ficar sozinha. Isso não tem nada a ver com você. Vou tomar um banho.
Tirei as roupas e peguei o roupão atrás da porta. Quando fiz isso, o casaco de squash de Phillip caiu no chão e eu decidi olhar os bolsos. Eu não confiava nele esta noite. Acho que nunca havia pensado seriamente que ele pudesse me trair, mas esta noite comecei a me perguntar.
Havia algo no bolso interno no casaco. Um envelope branco grosso.
— Querida. Por favor. Foi uma coisa horrível falar assim de Susannah. Sinto muito. Amo você. Deixe-me entrar.
Na frente do envelope branco grosso estava escrito: "Intimação para Laurie Petitt, para o caso Whitfield e Baker, do promotor público dos Estados Unidos, distrito do sul."
Laurie Petitt era assistente dele. As palavras estavam borradas. Algo sobre patentes... Razão para acreditar que uma informação confidencial de patente da Adaptco Systems foi transferida... Adaptco Systems, uma pequena empresa da internet e um cliente da Whitfield e Baker. Não um cliente direto de Phillip.
A firma de Phillip estava sendo acusada de passar informações secretas sobre um produto para a Hamiltech, o cliente mais importante de Phillip. O pão com manteiga de Phillip. Fui até a privada e vomitei o caviar.
— Jamie, você está se sentindo mal? Abra a porta. Eu posso ajudá-la.
— Me deixe sozinha.

Uma hora depois, saí do banheiro vestindo o meu roupão atoalhado com o cabelo molhado e os olhos vermelhos. As lâmpadas do quarto estavam acesas e a cama estava arrumada. Coloquei uma chaleira no fogo para tomar um chá de gengibre para acalmar o estômago. Confrontar Phillip esta noite sobre a intimação causaria uma confusão perigosa. Eu ficava dizendo para mim mesma *"Não fale com Phillip. Não fale com Phillip. Espere até quinta-feira. Depois do programa. Deixe isso para quinta-feira.* Eu tinha de esperar e eu tinha uma força de vontade absurda.

Phillip apareceu na cozinha com o pijama bem passado e os chinelos de veludo vermelho, um terrier escocês preto bordado na esquerda e um westie white terrier na direita.

— Foi a lagosta?

Mexi o chá e continuei em silêncio.

— Olhe, Jamie, sinto muito pelo comentário que fiz sobre Susannah. Foi realmente de baixo nível. — Ele tentou me abraçar por trás, pressionando a cabeça no meu cabelo e a pélvis na parte de trás do meu quadril. Sua ereção estava começando a aflorar. — Só você pode me chupar. Não há nada no mundo como presentinhos especiais.

Virei-me para ele.

— Que merda de intimação é aquela que está no bolso do seu casaco?

— Que intimação?

Olhei para baixo, sua ereção estava murchando diante dos meus olhos.

— A intimação do promotor público dos Estados Unidos, que, no meu entendimento de leiga, está acusando alguém na sua firma de roubar segredos comerciais. Você está *tão* desesperado assim para manter a conta da Hamiltech? *O que* está acontecendo, Phillip? Como você pôde deixar de me contar uma coisa dessas?

— Você está louca? Você acha que eu... Você acha que eu poderia... — Ele afastou uma mecha de cabelo do meu rosto. — Querida, isso não é nada. Trata-se apenas de um mal-entendido e não me envolve.

— Tem certeza?

— A intimação é para Laurie. Ela faz as atas. Não eu. Estou dizendo. Trata-se apenas de um mal-entendido.

— Um *mal-entendido* dos federais?

— Eles estão sempre metendo o bedelho nos meus negócios ou em qualquer firma que faça fusões e negociações no nível que fazemos.

— Como você sabe?

— Querida — disse ele, usando o tom de diretor de escola. — A Adaptco é um cliente. Assim como a Hamiltech. Temos toneladas de arquivos sobre ambas as empresas.

— A Adaptco não é seu cliente. Por que você teria arquivos sobre eles?

Ele balançou a cabeça demonstrando desprezo.

— Você não faz ideia de como uma firma de advocacia funciona. Sou sócio. Tenho acesso a informações confidenciais, certo? O fato de haver uma queixa não significa que alguém violou a lei. Mas, havendo a queixa, há uma intimação.

— Tem certeza?

— Jamie, sua preocupação é maior do que o problema com o qual estamos lidando aqui. Trata-se de um pequeno problema de contabilidade. Um mal-entendido que envolve a minha assistente e alguns outros assistentes legais. Eles misturaram alguns arquivos; não fizeram isso de propósito. Você quer ouvir toda a história? Isso vai acalmá-la?

— Sim, na verdade, me acalmaria sim.

— A Adaptco é uma pequena empresa que está indo muito bem. Ela tem um programa de software que dá muito lucro a eles. A Hamiltech é uma grande empresa. Eles estão trabalhando com o mesmo tipo de programa, mas ainda não conseguiram chegar lá. A Adaptco está tentando desesperadamente atrapalhá-los e inventaram uma maneira de pisar na Hamiltech para que não percam mercado para uma empresa maior. Então a Adaptco apresentou falsas acusações. Eles estão desesperados. Isso é tudo. A Adaptco nem tem um caso. Você tem de confiar em mim. Os advogados são processados e investigados o tempo todo e nada acontece. Agora, *houve* um problema com Laurie e alguns assistentes legais em relação a alguns arquivos, mas não havia nada de mais naqueles arquivos, e eu já estou cuidando de tudo.

Peguei novamente o envelope no casaco de squash dele e dediquei a meia hora seguinte a obrigá-lo a analisar todos os detalhes de cada página. Ele se esforçou para minimizar o significado, mas não adiantou nada porque sua esposa não era uma idiota.

— Phillip, eu realmente não posso lidar com esse estresse esta semana.

E o deixei na cozinha. Mas se eu tivesse entendido a seriedade do problema que ele tinha em mãos, eu teria ficado aterrorizada.

24

Do outro lado da cidade

As pessoas da alta sociedade não vão ao Brooklyn. Nunca. E se um dia tivessem de ir ao West Side, negariam no dia seguinte. Assim, não foi surpresa para mim que meu marido não quisesse ir comigo e com Dylan à festa de aniversário de Peter no final da tarde de domingo. Não que eu estivesse realmente falando com meu marido. Ele estava bebendo Corona com limão e assistindo a um jogo de futebol no seu estúdio enquanto nos preparávamos para sair.

Ele gritou do sofá:

— Você vai mesmo à festa de aniversário do babá?

— Sim, Phillip. Peter nos convidou.

— Os pequenos estão bem?

— Eles estão brincando no quarto com a babá. Parecem muito felizes. Você poderia levá-los para tomar sorvete.

— E se eles não quiserem ir?

— Então você terá de pensar em alguma outra coisa. Você é um pai maravilhoso. Ofereça um pirulito. Dylan está animado para conhecer os amigos de Peter, e eu prometi que o levaria.

— Meu Deus, isso é típico. Vá mais devagar. Essa é a última coisa de que você precisa, agora que a matéria vai ao ar.

— Estou bem. E se você quiser vir conosco, será muito bem-vindo.

Phillip ficou de pé.

— Não, obrigado. Tenho outras...

— Eu estava brincando, Phillip. Divirta-se com o jogo.

Com o sol do final da tarde se pondo atrás de mim, atravessei a ponte do Brooklyn, seguindo até Red Hook. Dylan estava no banco de trás. Os fios de alta tensão cruzados de ambos os lados criavam um efeito vertiginoso enquanto passávamos sobre o East River congelado. Observei as nuvens de vapor branco saindo de três chaminés vermelhas ao redor do rio. Nos dias mais frios de Nova York como este, o vapor permanecia parado e congelado no ar.

— Mamãe, pare de bater com os anéis no volante. Está me irritando.

Peter me dera coordenadas claras para ir até o Tony's e as explicara para mim como se eu fosse uma completa idiota. Ele brincou que eu provavelmente nunca dirigira pelo Brooklyn sozinha e que talvez fosse melhor chamar um táxi. Então, aqui estava eu, nervosa atrás do volante, rezando para não me perder e ter um momento tipo *A fogueira das vaidades* em uma virada errada, apenas para mostrar a ele que eu era legal o suficiente para dirigir um carro em uma outra vizinhança. Mas achei o Tony's Bar e até uma vaga, tudo sem nenhum problema.

O Tony's, um restaurante de aço antigo da década de 1930 com o letreiro original de néon, ficava em uma rua com casas simpáticas de tijolos. Havia cerca de 15 pessoas rindo, falando e fumando do lado de fora. Peter me contou que o dono, um colega, havia concordado em fechar o restaurante ao público até às 18 horas. Três garotas lindas, que deviam ter quase 30 anos, dividiam um cigarro e vestiam roupas casuais: calças tipo cargo e jeans, suéteres grandes demais e cachecóis enormes em volta do pescoço. Uma mulher bonita que devia ter acabado de passar dos 40 anos estava apoiada no exterior metálico do bar usando jeans e botas de cano longo, um suéter branco grosso sob um sobretudo prateado e um par de brincos prateados exóticos. Um prendedor de cabelo azul-turquesa indiano prendia seus longos cabelos negros e cacheados. Ela estava conversando com dois caras que deviam ter uns 35 anos, ambos de boné de beisebol, óculos de sol caros e barba por fazer. Eles pareciam os escritores de *South Park*.

Um homem de uns 60 anos, sexy no estilo Marlboro, estava sentado em uma cadeira e usava uma jaqueta com pele de carneiro gasta.

Os últimos vestígios do sol de inverno recortavam o contorno do seu chapéu marrom de caubói. Ele deu um meio sorriso ao observar meu andar estranho com botas de salto alto enquanto Dylan me arrastava até a entrada. Não tinha dúvidas de que ele estava me avaliando, pois não havia nada de sutil no modo como me encarava. Sorri para ele apenas pelo prazer disso. Não queria parecer uma matrona de Upper East Side, de modo que escolhi uma blusa preta e justa de gola rulê, argolas grandes, um casaco de camurça e minha melhor calça jeans. Só experimentei umas vinte roupas diferentes até me decidir por essa. Eu queria que Peter achasse que eu me encaixava com seus amigos, talvez até fosse considerada bonita. Dylan agarrou minha mão, abriu a porta e fomos atingidos pela música que tocava.

> *I'm all out of love, I'm so lost without you*
> *I know you were right believing for so long*

O balcão circular do restaurante servia como um *open bar* que se ligava a um ambiente maior com paredes de tijolos. Peter — que eu localizei na hora — não tinha nos visto chegar. Ele estava em um canto com o cotovelo apoiado na parede, conversando animadamente com uma garota baixa e magra, com um corte de cabelo curto tipo fada e calça de veludo cotelê branca. Ela usava botas de caubói e um cinto de camurça marrom, uma blusa com estampa floral rosa meio hippie com os botões de cima desabotoados e um crucifixo incrustado com pérolas pendurado em um colar de veludo preto. Parecia seguir o estilo hippie britânico e não o da cidade, como se fosse a melhor amiga de Sienna Miller e Gwyneth Paltrow. Fiquei irritada porque as pernas dela eram bem mais bonitas que as minhas. Quando estávamos no castelo Belvedere, Peter havia me dito que não tinha encontrado nenhuma garota interessante em Nova York, mas com certeza parecia intrigado com esta. Senti-me como uma heroína do século XIX que chegava ao baile apenas para descobrir que o objeto de seu desejo estava encantado por outra mulher.

— Mamãe, lá está Peter! — gritou Dylan, puxando-me em direção ao babá.

— Querido, vamos deixar Peter conversar com sua amiga. Vamos falar com ele mais tarde.
— Aquela é a *namorada* dele? — perguntou Dylan.
— Acho que ele não tem namorada.
— Tem, sim.
— O quê?
— Fica fria, mãe. Eu só disse que ele tem namorada.
— Quem é ela? — perguntei rápido.
— Sei lá, mas ela não o ama. Acho que deve ser aquela lá.
— Dylan, como você sabe disso?
— Mamãe, relaxe. Por que você não pergunta a ele?
A garota-fada parecia mesmo o tipo que quebrava corações.
— Dylan!
Peter pediu licença a sua gata e virou-se para conversar com alguns amigos. Agora eu via que o bumbum dela era tão pequenino que ele poderia pegar com uma das mãos.
— Não acredito que você conseguiu! — Peter bateu na mão de Dylan e, pela primeira vez, me beijou no rosto e depois passou a mão pelo meu braço. — Significa muito para mim vocês terem vindo. — Notei que ele deixou a mão apoiada no meu braço. Senti-me quente.
— A comida está deliciosa: costela, frango, milho, pão de milho. Estão com fome?
Neguei com a cabeça. De repente, ficou difícil falar.
— Eu estou — respondeu Dylan.
— Então vamos conseguir comida para você, cara. Primeiro quero servir uma bebida para sua mãe e apresentá-la a alguns amigos.
Ele segurou meu braço de leve e me acompanhou pelo restaurante, onde fui apresentada a umas dez pessoas. Notei que ele tinha amigos de idades variadas, desde os 20 e poucos até os 60 anos, e a maioria deles parecia ser do tipo criativo. Definitivamente não havia nenhum engravatado aqui.
— Deve ter umas cinquenta pessoas aqui. Você tem muitos amigos para alguém que se mudou para Nova York há apenas alguns anos.
— Não mesmo. Aqueles dois caras ali são meus sócios no lance do programa on-line. Umas dez pessoas são vizinhos do prédio. Temos

uma vizinhança aqui. E eles adoram beber e dançar. Principalmente em uma tarde de domingo. É uma tradição dos amigos, não sei quando começou. — Ele fez um sinal para o garçom e entregou-lhe uma nota de 10 dólares. — Bobby! Sirva uma taça de chardonnay para esta mulher. Escolha um bom vinho. Ela está precisando. — Ele me indicou um banco e me apresentou a dois amigos que pareciam estar na casa dos 30 anos. — Nick, Charlie, finalmente, esta é Jamie Whitfield. Cuidem dela e não me façam passar vergonha. Jamie, esses são os meus colegas de apartamento de quem já lhe falei. Exceto por uma coisa: esse gordo aqui é o culpado por eu ter conhecido você. Então acho que ele não é tão ruim assim.

Ele riu, bateu nas costas de Charlie e pegou Dylan na mesa de sinuca.

Interroguei nervosamente os amigos dele, fazendo todo o tipo de pergunta. Ele ficava de saco cheio de Dylan? Ele estava trabalhando muito? Ele tinha tempo para desenvolver o software dele? Ele achava que nós éramos loucos? Será que ele sabia a diferença que estava fazendo para Dylan? As coisas não estavam indo bem. Eu parecia uma dona de casa rica e louca. E, para essas pessoas, eu era exatamente isso.

Charlie cochichou algo no ouvido de Nick e depois disse para mim.

— Ele acha que... uh... está tudo bem.

Tudo bem?

A garota-fada, depois de ser abandonada, sentou-se em um banco do meu lado.

— Uma Amstel light, Bobby.

— Claro, meu anjo.

Ela tinha corpo de bailarina. Talvez até de uma daquelas garotas que podiam transar em posições estranhas. O cotovelo dela tocou o meu.

— Olá. Sou Jamie. Você é amiga de Peter?

— Sim. Uma amiga querida. Meu nome é Kyle. — Ela me olhou de cima a baixo. — Como você conheceu Peter?

— Ah, Peter trabalha para nós, em Manhattan.

— Você é *essa* Jamie?

— É, sou.

— Uau! Você é diferente do que imaginei.

— Como você me imaginou?

— Sei lá, talvez não tão centrada. Tão... *normal*. Ele fala de você como se você fosse uma...

— O quê?

— Sei lá, como se você não pudesse sentar em um bar para beber alguma coisa em um domingo à tarde em Red Hook.

Eu não estava gostando do rumo da conversa.

— Como se eu fosse muito o quê?

— Não é nada. É que ele realmente a admira muito, então eu achei que você fosse mais o tipo executiva assustadora ou algo assim. Mas você parece mesmo uma aluna de faculdade.

De repente, decidi que *amava* a garota-fada.

— Fico feliz de saber que me encaixo e você é muito legal de dizer isso, mas eu já tenho 36 anos.

— Uau! Não parece.

— Obrigada. E você? Como conheceu Peter?

— Ele mora no andar de baixo. Ficamos juntos à noite. Eu vou beber com os amigos dele quando ele fica trabalhando, como sempre.

— Ele trabalha muito mesmo?

— Você tá brincando? Ele é viciado em trabalho! O tempo todo. Obcecado!

— Você também trabalha muito?

— Trabalho. Sou a editora da costa leste da revista *Wired*. A semana de fechamento da revista é sempre cheia, mas nos outros dias, costumo ter a noite livre.

— Deve haver muitos caras lutando pelo seu tempo.

Eu estava tentando ser sutil e, ao mesmo tempo, obter algumas informações.

— Não o que eu quero.

Não consegui resistir.

— Você não pode estar sozinha, tendo esse rosto.

— Obrigada. — Ela arrumou o cabelo de forma que a massa perfeitamente penteada ficasse ainda mais perfeita. — Mas estou sozinha. Eu queria não estar, mas... Não está acontecendo, sabe?

Ela olhou para baixo.

— Ah, eu já estive aí. — Tomei um gole de vinho. — É duro.
Ela concordou e fechou os olhos.
— Sinto muito. O cara está aqui?
— Está sim. — Ela bebeu um pouco de cerveja e fez uma pausa.
— É a festa *dele*.
— Peter?
— É.
— E ele não corresponde?
Ela negou com a cabeça.

Um redemoinho de emoções passou no meu íntimo: alívio porque Peter não estava apaixonado por ela, além de solidariedade feminina em relação a essa mulher adorável.

— Ele sabe?
— Sabe. Fiquei bêbada e contei a ele. Eu me derreti para ele. Não funcionou. Fiz tudo o que podia, exceto deitar nua na cama dele. Talvez até tivesse tentado isso, embora odeie admitir. Mas também não ia funcionar.
— Bem, ele está distraído. E trabalhando à beça para conseguir fundos para o programa.
— Do que você está falando? — Ela parecia perplexa.

Pensei que talvez eu tivesse sido imprudente, que talvez ele não tivesse contado a ela sobre o projeto dele.

— Ah, não é nada de mais. Só um negócio em que ele está trabalhando, sabe? Por fora.
— Você quer dizer o Homework Helper?
— Então você sabe.
— Claro que sei. — Ela tentou medir o meu nível de conhecimento. — Como eu poderia não saber?
— Bem, eu pensei que ele estava mantendo as coisas confidenciais.
— Mas como ele poderia esconder isso?
— O que você quer dizer com "como"?
— Tipo assim, ele é meio famoso agora. Bem, não muito, mas será. Eles lhe deram o dinheiro. Ele tem milhões agora para desenvolver o projeto.

— Não.
— Sim. E nós sempre lhe dizemos que ele vai ser tipo os caras do YouTube.
— Ah!
Eu mal podia falar.
— Isso é tão estranho. — Ela inclinou a cabeça na direção de Peter. Ele estava rindo com um grupo de pessoas e carregava Dylan nos ombros. — Olhe para ele. Ele está superfeliz. Ele está assim há dois meses.
— Você está me dizendo que Peter já conseguiu o financiamento há dois meses?
— Ah, é.
— E ele não me disse?
— Eu sei. Honestamente, nós perguntamos isso a ele "Como você ainda está trabalhando naquela casa se já conseguiu o dinheiro para o projeto?"
Senti a garganta seca.
— E o que ele disse?
— Ele não quis responder. Nós achamos que ele se apaixonou pelo seu filho.
Alguém bateu no meu ombro. A jukebox começou a tocar "Brown Eyed Girl."
O homem Marlboro atrás de mim, sem o chapéu.
— Parece que essa é a sua música, querida. Você me concederia essa dança?
O som fanhoso de sua voz era sexy. A barba grisalha escondia as linhas do rosto, que era queimado de sol. Ele era barrigudo, mas de alguma forma, com sua compleição grande, não parecia gordo, apenas alto e forte. Usava jeans e uma camisa branca de botão amarrotada que estava apertada nos ombros. Então pensei em meu marido e em sua camisa cor de lavanda passada, assistindo ao jogo de futebol deitado em seu sofá vermelho de frufru.

E então olhei para o outro lado do restaurante e vi Peter ensinando Dylan a jogar sinuca e senti meu coração revirar no peito. Ele ergueu a cabeça e olhou para mim.

— Oh...

Havia umas vinte pessoas na pista de dança.

— Ah, claro. — Terminei o vinho antes de descer do banco. — Com licença, Kyle.

O homem Marlboro pegou minha cintura e me fez girar direto para os braços de Peter.

— Desculpe interromper, amigo, mas hoje é o meu aniversário. Essa dança é minha.

Peter segurou minha mão, acariciando a palma com o polegar. Eu não me sentia balançada assim desde o colegial.

Skipping and a jumping
In the misty morning fog with...
You, my brown eyed girl.

— Ei, moça, você sabe dançar! — disse Peter, rindo, enquanto colocávamos os braços para cima e girávamos sob eles.

Frente a frente, ele manteve minhas mãos seguras nas dele, acariciando-as com o polegar e olhando-me nos olhos. De repente, paramos de dançar. Eu me afastei, mas ele me segurou firme.

— Peter, o que você está fazendo?

— Estou olhando para você.

Não acreditei que ele tivesse dito isso.

— Você está tão linda agora. *Tão linda.*

— Obrigada. — Eu tinha de fazer pouco disso. — Você é muito gentil.

É claro que ele estava mais solto por causa da cerveja que já tinha tomado. Isso era tudo.

— Ei. — Ele colocou o dedo sob o meu queixo e me fez erguer o rosto. — Olhe para mim. Isso é muito mais do que ser gentil. Você sabe disso.

Ele me puxou para mais perto. Olhei ao redor nervosa e sem conseguir acreditar que ele tivesse coragem de continuar me abraçando assim. Graças a Deus as pessoas à nossa volta estavam dançando e serviam como escudo, já que estávamos no meio do salão.

— Está tudo bem, Jamie.
— Está?

Os amigos dele estavam nos observando do bar. Novamente tentei me afastar. Soltei uma das mãos e passei pelo cabelo. Notei que estava tremendo.

— Sim.

Olhei ao redor novamente: os amigos no bar estavam nos observando, mas ninguém mais parecia estar notando. Dylan estava jogando sinuca com outro garoto da idade dele.

— Você entende o que estou dizendo, Jamie?

Ai, meu Deus! Ele me chamou de Jamie de novo.

— Não sei bem.
— Tem certeza de que não sabe?
— Tudo bem. Talvez um pouco.

Não pude deixar de sorrir. Ele era muito mais do que irresistível.

— Só estava checando.

Senti os joelhos fraquejarem.

Kyle lançou-me um olhar invejoso e saiu do bar.

Eu congelei. Os outros começaram a notar. Afastei as mãos de Peter.

— Eu não posso... Eu não sei... — Dylan agora estava me olhando. — Acho melhor eu ir agora. É o certo.

Puxei Dylan no meio do jogo de sinuca e caminhei até a porta.

25

Choque de culturas

Mas que final de semana... No sábado à noite, depois da festa de Susannah, imagens de Phillip algemado em manchetes que diziam "Prisão de Criminoso de Park Avenue" giravam em minha cabeça. Mas no domingo à noite, tudo em que eu podia pensar era em Peter rodopiando comigo em seus braços e no seu corpo quente e suado. Peter com todo o financiamento de que precisava. Peter e suas palavras. *Está tudo bem, Jamie.*

Na manhã de segunda-feira bem cedinho, eu já estava na cozinha, vestindo meu roupão atoalhado enquanto brincava de "jogo das perguntas" com Gracie e Dylan, quando Peter entrou.

Achei que ele fosse chegar mais tarde. Ou que talvez nem aparecesse. Chocada demais para dizer alguma coisa e temendo que eu o tivesse interpretado mal na pista de dança, não disse nada, apenas acenei com a cabeça sem olhá-lo nos olhos e me concentrei nas crianças.

— Muito bem, Dylan. Tenho uma para você. Diga duas coisas que um advogado faz.

— Divórcios e levam ladrões a julgamento.

— Excelente! Gracie, tenho uma bem difícil para você. Diga uma coisa que um carpinteiro pode fazer.

— Carpetes — gritou ela.

Peter riu. Ele estava usando o uniforme de sempre, ou seja, uma calça de snowboard, tênis e um suéter largo com uma camiseta velha por baixo. Antes que ele chegasse perto, pude perceber que estava excitado por estar diante de mim.

Ele se abaixou e colocou o rosto a 2 centímetros do meu.

— Alou.

Ele não era muito bom em evitar problemas.

Está tudo bem, Jamie.

Você entende o que estou dizendo, Jamie?

Será que ele queria dizer que não havia problemas em sentir uma pequena atração? Ou será que ele queria dizer que não havia problemas em dançar? Corta essa. Eu sabia que não era apenas a dança, mas será que ele estava dizendo que havia algo acontecendo com *nós dois* e que não havia nenhum problema *nisso*?

— Chegue um pouco para a frente — ordenou ele e imediatamente começou a dar pancadinhas de caratê nas minhas costas como se eu fosse um lutador de boxe sentado no canto do ringue. — Já está quase acabando. Quarta-feira, 22 horas... e pronto, a matéria terá ido ao ar. Em três dias poderemos comemorar.

Então os polegares dele pressionaram os músculos tensos das minhas costas. Amedrontada demais para me render completamente, ansiosa demais em relação à matéria, meus músculos ficaram ainda mais rígidos, num reflexo de defesa. Mas ele não parou. Lentamente, senti que estava cedendo diante da pressão de suas mãos hábeis. Não era de admirar que a garota-fada estivesse com o coração partido.

Eu tinha passado a noite tentando descobrir por que ele não falara nada se já tinha conseguido o financiamento havia dois meses. Por que ele chegara de modo tão repentino, físico e forte na pista de dança? Será que ele apenas cedera à força do momento? Será que, como eu, ele nutria sentimentos mais profundos já fazia algum tempo? Qualquer um dos cenários era assustador.

Senti os polegares fortes contornarem as escápulas.

O telefone tocou.

Dei um pulo e atendi. Era minha mãe.

— Olá, mãe.

Tentei me concentrar nela em vez de nas mãos de Peter, que ainda me massageavam.

E, então, uma coisa muito ruim aconteceu: Phillip. Totalmente chocado. Parado na porta, de roupão, olhando para mim. Fiz força para ignorar o comportamento inadequado de Peter e todos os pensamentos que eu sabia que tal comportamento havia despertado na mente de meu marido.

— Mãe, espere um pouco que eu vou atender no quarto.

Infelizmente, meu marido não estava ignorando o comportamento de Peter.

— Meu jovem, será que eu poderia ter uma conversinha com você?

Ai, meu Deus!

Peter piscou para mim. Como ele podia piscar em uma situação como esta? Como ele podia achar isso engraçado?

— Mãe, talvez seja melhor eu ligar um pouco mais tarde. Eu acho.

Phillip segurou meu ombro e me virou em direção à porta.

— Acho que não. Acho que deve falar com sua mãe agora — disse ele, lançando-me um olhar de diretor de colégio.

Marido e babá. Hora do show. Eu não podia perder isso.

— Espere um minuto.

Coloquei a ligação na espera, desejando que meu marido falasse com Peter bem ali — e não sentisse necessidade de ter uma conversa de homem para homem no estúdio. Só um comentário casual do tipo: "Massagens não são necessárias, filho." Ou algo assim. Mas não tive sorte. Ele levou Peter até o estúdio como se fosse o general Tojo.

Ainda bem que dava para ouvir a conversa do corredor.

— Meu jovem, você poderia me explicar o que foi aquilo?

— Aquilo o quê, senhor?

— Você sabe sobre o que estou falando.

Imaginei que a essa altura ele já estivesse com o dedo na cara de Peter.

— Você não pode chegar aqui e fazer aquele número barato como se estivesse tranquilo em uma gôndola, fumando um cigarro.

— Descrição interessante, mas eu não fumo. Nunca fumei.

Phillip fechou a porta do estúdio e eu não consegui ouvir mais nada. Merda. Corri para o quarto e peguei o telefone, o coração disparado no peito.

— Seu pai também está no telefone.
— Oi, pai.
— Você parece sem fôlego.
— Estava na cozinha... houve um pequeno problema...

Como Peter estaria reagindo ao fato de Phillip repreendê-lo como se ele fosse uma criança, como ele fazia comigo?

— Você não parece feliz.
— Estou passando por um período bem estressante. Mas já está acabando.
— Vai ficar tudo bem, não é? Quero dizer, com o negócio do congressista e tudo o mais?

Meus olhos se encheram de lágrimas, e embora eu tenha tentado controlá-las, nunca conseguia esconder meu sofrimento de meus pais.

— Ah, querida! — Meu pai sempre se derretia quando eu chorava. — Sei como a garotinha do papai fica quando está com problemas.

Senti que eu não aguentaria, mas tentei parar de chorar.

— Respire com calma. Onde está seu marido?
— No estúdio.

Peguei um lenço de papel e assoei o nariz.

— Por que não o chama para consolá-la?
— Porque ele está no estúdio brigando com o babá.
— O quê?
— Não queira saber.
— Querida, é só o estresse por causa da matéria, da sua vida e dos filhos, tudo isso ao mesmo tempo. Quando a matéria for ao ar, quero que você tire umas férias. Você e sua mãe podem ficar naquele hotel que adoramos em Albuquerque. Qual é mesmo o nome? Pueblo...
— Pueblo Cassito, amor. Trata-se de um hotel de classe média. Ela não vai querer ir para lá.
— Mãe!
— Claro que vai. Eu pago! Ela precisa de um tempo para cuidar de si.

— Papai...
— E depois peça a Phillip para levá-la para viajar.

Pensei sobre a intimação. Pensei como ele precisava de pijamas passados. Pensei nele se esfregando na minha coxa. Ele queria o meu Peter fora de casa.

— Não vou fazer isso.

Meu pai perguntou:

— O que quer dizer com isso?

— Papai, mamãe. Não sei o que quero dizer com isso. Só não posso falar sobre nada até quarta-feira. Por favor. Não me deixem ainda mais deprimida. Tenho de desligar. Amo vocês.

Desliguei.

Assoei o nariz de novo e voltei à cozinha, enxugando as lágrimas que desciam pelo rosto com as costas da mão.

Surpreendentemente, Peter voltou à mesa, como se a Terceira Guerra Mundial não tivesse acontecido.

— Peter, eu estou ganhando de Dylan! Estou ganhando de Dylan — gritou Gracie. Eles estavam jogando damas. — Já tenho três damas e Dylan só tem uma.

Dylan me perguntou:

— O que papai disse para o Peter?

— Nada — respondeu Peter.

— Disse, sim. Ele estava zangado.

Perguntei para Peter "*O que ele disse?*", sem emitir som, mas Peter apenas acenou com a mão como se não desse a mínima para o que Phillip dizia.

— Ainda estou ganhando de Dylan — afirmou Gracie.

— Ei, não é justo! Foi ela quem começou, por isso está ganhando.

Dylan, imediatamente contrariado como qualquer garoto de 9 anos, cruzou os braços com força e abaixou a cabeça, tentando esconder os olhos cheios de lágrimas.

— Ei! — cochichou Peter para Dylan. — O que eu sempre digo a você? Não adianta chorar como uma mulherzinha só porque perdeu um jogo. Isso não é legal.

Dylan bateu no rosto de Peter com uma almofada.

— Não, é *você* que é mulherzinha!

— Isso mesmo! Sempre que alguém chamar você de mulherzinha, revide.

Eles começaram a lutar na mesa, com oito copos de suco de laranja e de água bem na frente deles.

Michael começou a pular.

— Qué bincá também!

Carolina se adiantou.

— Meninos. *Não!* Não façam isso na mesa. Nada de lutas!

Um copo de suco virou e, quando Peter tentou pegá-lo, derrubou um copo de água. Carolina jogou as mãos para cima e exclamou *Díos!*, enquanto corria para pegar uma toalha. Eu me levantei para não ficar molhada.

No meio dessa demonstração matinal de testosterona, Phillip apareceu novamente na porta, usando camisa, gravata, cueca samba-canção e meias pretas. Fiquei ereta e parada como um guarda em vigília.

— Carolina, por favor, pegue uma bandeja e leve até o estúdio um cappuccino e salada de frutas. Certifique-se de usar minha caneca especial. Coloque um pouco de canela por cima. — Ele olhou para o relógio e aproximou-se da mesa. — Jamie, preciso falar com você.

Quando chegamos ao quarto, ele fechou a porta, caminhou até o closet e vestiu a calça do terno.

— Sei que estou pisando em ovos aqui e não quero testar minha sorte avançando demais, mas tenho de dizer uma coisa.

— O que é?

— Não deixe os criados tocarem em você.

— Como é que é?

— É isso mesmo. Não deixe os criados tocarem em você.

— Você não pode estar falando sério.

— Um aperto de mão, tudo bem. Você até pode abraçar Carolina e até mesmo Peter quando entregar o bônus de Natal, mas tente não encorajar qualquer outro tipo de contato. Isso envia mensagens erradas. Não sei bem por onde começar.

— Peter só estava brincando. Eram pancadinhas de caratê que os treinadores fazem nos boxeadores.

— Eu não sei bem... que merda... foi aquela. — A voz dele estava tensa porque ele estava calçando os sapatos novos com uma calçadeira de tartaruga presa a uma vareta de couro com franjas no topo. — Mas esse tipo de coisa não é apropriada. Principalmente na frente das crianças e dos outros criados. Esse é um limite importante. *Importante*. Quando você permite isso, você não tem mais uma relação de subordinação.

— Eu não quero ter uma...

— Sei que não quer me ouvir agora devido aos acontecimentos do fim de semana. — Ele bateu três vezes com a ponta da calçadeira no chão. — Fui um *gentleman* para tratar desse assunto e quero receber os créditos por isso.

— Um *gentleman*?

— É.

— Como assim?

— Nesse lance do babá. Quanto a ter um vagabundo maconheiro aqui em casa.

— Ele tem uma empresa bem-sucedida de software e está prestes a fechar um grande negócio que vai ajudar as crianças em escolas de todo o país. E ele não fuma maconha.

— Talvez não no trabalho.

— E ele está fazendo toda a diferença do mundo com o seu filho.

— Eu sei. Já percebi. E só por isso estou aceitando essa situação. Eu não reclamei nenhuma vez desde que você se recusou a despedi-lo, não é?

— Tudo bem, Phillip. Não estou bem certa de que *gentleman* se aplique neste caso, mas vou dar o braço a torcer: você tem aceitado bem a presença dele aqui. Não que alguma vez você tenha dirigido uma palavra a ele.

— Por que eu tenho de conversar com ele? Ele trabalha para mim! É isso que você não consegue entender...

— Pode parar. Isso vai virar uma briga, e eu não tenho forças para enfrentar mais uma agora. Já admiti que você está aceitando bem o babá e que talvez a massagem de boxeador não seja apropriada na mesa do café da manhã. Terminamos?

Ele me abraçou e beijou a minha testa.

— Sim, terminamos.

De volta à mesa do café da manhã, Phillip perguntou educadamente:
— Como estão?

Ele estava tentando mostrar seu lado bom.

Gracie olhou para o pai. Ela estava usando calça de veludo amarela e um suéter de tricô com padrões coloridos sobre uma blusa azul-clara de gola alta. Seus cabelos estavam presos por dois pequenos prendedores amarelos, um de cada lado, e os cachos louros caíam bem abaixo das orelhas.

— Papai?
— O que foi, meu anjo? — A princesinha de Phillip sempre o deixava meloso e sentimental
— O que é xoxota?

Dylan tossiu no guardanapo para ocultar o riso. Phillip respirou fundo pelo nariz. Olhou para mim e depois para a filha de 5 anos.

— Pergunte à sua mãe.

Motoristas de táxi buzinavam à nossa volta enquanto tentavam passar pelos utilitários parados em fila dupla que engarrafavam a rua em frente à entrada do colégio. Os choferes, que se preocupavam bem mais com seus empregos do que com os motoristas de táxi, paravam no meio da rua para levar sua preciosa carga até a calçada. Subi as escadas correndo para levar Gracie até sua sala de aula e depois encontrei Peter do lado de fora da escola outra vez. Eu não conseguia mais esperar para descobrir o que acontecera.

— Então, *o que ele disse?*
— Quem?

— Meu marido.
— Ah, ele. Algo sobre limites e depois algo sobre me mandar embora se eu os ultrapassasse de novo.
— *De que maneira ele disse isso? Ele estava muito zangado?*
Já estávamos a uns 20 metros do quarteirão do colégio, e ele se aproximou.
— Tenho de fazer esta pergunta Jamie. — Quando ele me chamava assim, com a voz rouca, eu ficava louca. — Na verdade, é uma pergunta muito importante. A essa altura dos acontecimentos, você ainda se importa com o que aquele homem pensa?

A essa altura dos acontecimentos. O que ele queria dizer com isso? Eu não queria responder, então rebati a pergunta para ele.

— O que exatamente você quer saber, Peter?
— Deixe-me explicar esse assunto muito, muito complicado para você: a pergunta: "Você ainda se importa com o que aquele homem pensa?" é um código para a pergunta: "Você ainda ama o seu marido?"

Meu Deus!

— Nós não vamos entrar nesse assunto.
— Ah, vamos, sim.
— Estou atrasada para o trabalho.
— Eles vão esperá-la.
— Luis está aqui.
— Luis já passou por isso antes. E eu adoraria ouvir a sua resposta.

Eu estava totalmente acuada. Todas aquelas manhãs tentando fazer com que meu traseiro estivesse bonito nas calças compridas, todas as fantasias com ele apoiado no cotovelo deitado na cama ao meu lado, os passeios juntos, aqueles olhares que ele me lançava. Aquele carinho nos degraus do Central Park. A dança na noite passada. O jeito gentil com que tratava Dylan. A mágica de Peter com meu filho foi o que fez com que eu me apaixonasse por ele mais do que qualquer outra coisa. E agora ele estava me pedindo para falar sobre os meus sentimentos. Era isso, então.

— Não, eu não amo o meu marido, mas estou casada com ele.
— Por quanto tempo?

— Você está maluco! Você não pode ficar aí, me fazendo esse tipo de pergunta que abala a estrutura da minha vida. Estamos na rua do colégio da minha filha. Há várias pessoas aqui!

Meu Deus, por que ele estava fazendo isso?

— Você gostaria de ir a um lugar mais reservado? Eu adoraria. Aliás, foi por isso que cheguei mais cedo hoje.

— Não.

Será que Peter estava me fazendo um convite? Compreensivelmente, o primeiro pensamento que me veio à mente foi que eu não tinha feito depilação.

Mas ele continuou:

— Só para que você saiba que tipo de homem eu sou, quando eu disse "mais reservado", eu quis dizer um café tranquilo, onde não conheçamos as pessoas. Ou o parque.

Senti a adrenalina pulsar. Ele não estava falando aqui e agora. Foi um alívio. Eu não conseguia acreditar que estávamos falando de sexo. E a melhor parte era que, depois que ele criou todo esse clima, parecia que o assunto era bem fácil de ser discutido. Era por isso que esse cara era tão sexy. Ele não tinha medo de nada.

— Primeiro de tudo, eu não vou tocá-la de verdade a não ser que você me diga que realmente quer e até saber que você não está mais com ele...

Senti uma onda de calor.

— Eu só preciso saber se a ideia de não ficar mais com ele é algo em que você está pensando...

Ele estava facilitando muito as coisas para mim.

— É algo em que penso muito — respondi, sorrindo.

— Você já decidiu?

— Ainda não. — Ele pareceu desapontado e se afastou. — Mas estou a ponto de explodir — acrescentei.

— Há alguma previsão?

— Precisa haver?

— Para mim, precisa, sim. É muito difícil estar com você nessa situação. — De repente ele gritou — *Cuidado!*

Uma mulher tinha acabado de tropeçar no meio-fio e caído na frente da Mercedes dela.

— Mas que merda, Oscar!

Peter correu para ajudá-la. Ingrid. E Ingrid e Peter. Eu ainda não tinha confrontado minha amiga maluca. Ainda não. Que hora para isso.

Observei enquanto Peter a ajudava a se levantar antes mesmo de o chofer chegar.

— Estou bem. Foi só um susto. — Ela limpou a poeira da saia e do joelho com uma das mãos. — E meu cotovelo já estava machucado.

Ela colocou o braço esquerdo de volta na tipoia que fizera com um lenço da Hermès.

— Você se machucou, Ingrid? — perguntei.

— Não foi nada, só um joelho ralado. — Ela ajeitou o lenço. — E isto é apenas tendinite. Estou fazendo fisioterapia.

Pela primeira vez, ela parecia envergonhada.

Então, eu decidi botar para quebrar.

— Ingrid, é claro que você já conhece Peter.

Peter empalideceu.

— Sim, já nos conhecemos. E eu tenho um compromisso agora e tenho de ir. — Ele foi embora, e eu sabia que ele não tinha compromisso nenhum. — Falo com você depois! — gritou ele já descendo a rua.

Fiquei agradecida por ele me deixar sozinha para ter essa conversa difícil, que me deixava extremamente tensa.

Ingrid ficou ali me olhando.

— É claro que conheço Peter — respondeu ela. — Aonde você quer chegar Jamie?

— Será que existe algum ponto aonde chegar?

— Não. Só o vejo na entrada e na saída das crianças. E só estou tentando levar os meus filhos ao colégio. E o meu braço está doendo. Então, seja gentil comigo.

— Eu estou sendo muito gentil.

— E o meu joelho está machucado também.

— Eu só preciso...

— Não, você não precisa, não. Esse é um assunto particular, e você não precisa saber de nada.

— Preciso, sim. Muito.

— É particular.

— Eu preciso saber.

Ela pensou por um tempo.

— Você vai mandá-lo embora por causa disso?

— Claro que não. É um assunto dele.

— Promete?

— Claro que prometo. Mas eu realmente preciso saber.

Pausa longa.

— Ele não estava a fim.

— Não estava? Tem certeza?

— Tenho. Ele não estava a fim. — Ingrid começou a subir as escadas com os filhos, mas virou-se para mim. — E não fique tão feliz por causa disso.

26

Mentira épica

Senti o estômago revirar. Disquei o número de Kathryn. Por algum motivo, precisava ouvir a voz dela.
— São 10h30 da manhã de segunda-feira, e você já está chorando. Esta semana realmente vai ser das boas — disse Kathryn.
— Por que acha que estou ligando para você?
— O que posso fazer por você Jamie? Você quer que eu fique com você quando a matéria for ao ar? Talvez eu possa ir ao estúdio com você à noite, o que acha?
— Não. Isso é trabalho. Eu vou estar na sala de controle com Erik. Não é lugar para se levar amigas.

Eu estava me sentindo mal. E não ajudou em nada o fato de eu ter arrastado Michael agarrado no meu tornozelo direito pelo apartamento todo. Ele havia se segurado em mim como se a vida dele dependesse daquilo, escorregando sobre a barriguinha, implorando para que eu não o deixasse. Yvette teve de arrancá-lo do meu corpo para que eu pudesse sair. Assim que coloquei os pés para fora do elevador no trabalho, mal conseguia respirar por medo de que a história de Theresa explodisse. A respiração que aprendi na yoga não ajudou a me acalmar. Alguns goles de chá quente com muito açúcar também não me acalmaram. O bolinho de amora parecia areia na minha boca.
— Bem, então o que posso fazer?
— Estou muito preocupada.
— Por quê?
E eu comecei a desfiar o rosário.

— Meu marido pode ser acusado pelo FBI e me levar para o buraco junto com ele. Ele também está tendo um caso com Susannah. Estou prestes a colocar no ar um programa que acabará com a vida política de um alto congressista. Meus filhos estão psicóticos porque estou trabalhando demais e eles não têm me visto muito...

— Vamos considerar isso aos poucos.

— Tudo bem. Meu marido pode ir para a cadeia e eu serei como a Sra. Milken.

Kathryn falou de forma lenta e deliberada.

— Nós já falamos sobre isso no sábado à noite, depois que vocês discutiram. Tenho certeza de que, como ele disse, eles são investigados pelo SEC ou por quem quer que seja o tempo todo. Só porque a assistente dele cometeu um erro não significa que ele infringiu alguma lei. Não pense no pior agora.

— E o meu marido e Susannah?

— Eles sempre flertaram. Sempre foram nojentos quando estavam juntos. Essa é uma ótima notícia, porque agora você pode dar o fora nele por uma razão justa. E você tem mais de cinquenta advogados tomando conta da matéria, Goodman não a colocaria no ar se houvesse problemas de verdade. Então, já resolvemos tudo.

— Tem mais uma coisa.

— Diga.

— Acho que Peter pode ir embora.

— O quê? Mas ele adora você. Pare de ficar pensando em coisas negativas.

— Não é por causa de Dylan ou de mim. Não tem nada a ver conosco. É a empresa dele de software. Ele conseguiu o financiamento.

— Achei que ele já tivesse algum financiamento. Achei que ele estivesse fazendo testes no mercado.

— Ele conseguiu um grande financiamento e um escritório. O suficiente para parar de trabalhar para mim.

— Ooooh! Isso é muito ruim.

— Mas ele ainda não vai embora. Quero dizer, ainda não. Ele já tem o dinheiro há dois meses e não me contou. Seus amigos é que me contaram na festa de aniversário dele.

— Ele está apaixonado por você. Por isso ainda não foi embora. Por isso não lhe contou nada.

Podia ser. Não.

— Será que Dylan e a satisfação de...

— Satisfação de quê? É por você que ele ainda está aí. Por você.

Eu queria muito que ela estivesse certa.

— Nós dançamos ontem à noite.

E eu contei tudo a ela: como ele segurou a minha mão, como eu não consegui me afastar. Depois fiquei nervosa por ter contado tudo.

— Quero dizer, eu não podia acreditar que eu estava dançando com o babá.

— A essa altura, Jamie, ele já é mais do que um simples babá.

Suspirei.

— Foi isso que ele disse.

— Fala sério. Isso é mais do que uma declaração! — Kathryn estava gritando agora. — Quando ele disse isso?

— Quando eu o confrontei por causa do lance com a Ingrid e ele me perguntou se eu estava magoada.

— Magoada por ele ter transado com a Ingrid?

— Ele não transou.

— Tudo bem, se é nisso que você quer acreditar.

— Foi mais do que um beijo, mas eles não foram até o fim. Ele jurou que não.

— Isso significa que ela o chupou.

— Provavelmente.

— Isso é muito ruim para você. Ruim mesmo.

— O que quer dizer com isso?

Mas eu sabia exatamente o que ela queria dizer.

— As comparações...

— *Eu não tenho planos de chupar o babá do meu filho!*

Charles, que passava pela porta do meu escritório bem nesse momento, colocou as mãos em forma de concha ao redor da boca e pediu baixinho: "Deixe que eu faço isso!" Joguei uma bola de borracha nele, que se abaixou e continuou seu caminho.

— Certo — disse Kathryn. — Depois que ele confessou e perguntou se você estava magoada, espero que você tenha sido honesta e tenha dito o que ele queria ouvir.

— Não. Eu fui muito ruim com ele e disse que não poderia ficar magoada, pois ele só trabalhava para mim.

— Isso foi nojento.

— Eu sei.

— Ele estava perguntando se você nutria por ele os mesmos sentimentos que ele tem por você.

— Eu sou casada.

— Ele só queria que você admitisse que ele é mais do que um babá.

Eu estava sorrindo.

— Eu *sei* que você está sorrindo agora. Você é paga para descobrir as coisas que as pessoas estão escondendo e você está completamente sem saber o que fazer neste caso.

— Tudo bem. Dou a mão à palmatória. Você venceu. Eu não estou sem pistas.

— Conte-me.

Eu me esquivei.

— Não posso.

— Ai, por favor, isso é tão bom e Phillip é um completo imbecil com você, portanto você merece flertar um pouco de vez em quando.

— Tudo bem.

— Conte-me.

— É mais do que um flerte.

— Você foi para a cama com ele?

— *Você ficou maluca?*

— Foi?

— Juro que não aconteceu nada. Nadinha. Nem um beijo.

— Então, qual é o problema?

Decidi que não devia contar sobre Peter querer me tocar de verdade.

— Foi quando estávamos dançando. O jeito como nos olhávamos. O modo como ele segurou a minha mão, acariciando a palma com o polegar.

— Parece que foi bem sexy.

— Foi sim, muito.
— Alguém notou?
— Dylan não notou, tenho certeza. Mas dois ou três amigos dele no bar viram tudo. Até mesmo uma linda garota com um traseiro perfeito que está completamente apaixonada por ele.
— O traseiro dela é bonito?
— Muito mais bonito que o meu.
— Isso é muito ruim. Você tem certeza de que não há nada entre eles?
— Tenho, sim. Ela está sofrendo por isso. Ela me disse. E ela nos viu dançando. Eu me senti muito mal.
— Então, o que você vai fazer?
— Tentar muito, muito mesmo ignorar tudo isso.
— Tem certeza?
— Não. Mas sabe o que mais? Eu não posso lidar com isso agora. Admito que meus sentimentos por ele são confusos. Isso é tudo que vou dizer. Pelo menos até quarta-feira às 22 horas, quando a matéria vai ao ar. Talvez possamos sair na quinta-feira ou algo assim. Mas mesmo que eu fique bêbada, a história será a mesma. Eu me sinto próxima a ele, mas estou confusa demais. E eu sou uma mulher casada.
— Será que posso lembrá-la de que você estava planejando deixar Phillip em algum momento este ano? E já estamos quase no final do ano.
— Eu sei. Mas isso não vai acontecer agora.
— Você precisa de um bom chute no rabo para deixá-lo. Mas deixe tudo às claras. Não flerte com Peter apenas para parar de pensar no seu marido. Caso contrário, o rompimento não ficará claro para você. Você está sempre colocando a culpa na atração que sente por Peter, quando, na verdade, é você que quer se separar e é disso que precisa. Além disso, se Phillip descobrir sobre vocês dois, ele nunca assumirá a responsabilidade por...
— Não há nada a descobrir sobre mim e Peter.
Era apenas uma atração.
— Será que a garota do traseiro perfeito sentada no bar concordaria com isso?

27

Semana errada para parar de cheirar cola

Erik olhou para mim.
— Qual *é* o problema?
— Nada. Só estou nervosa.
— Eu já trabalho cobrindo escândalos políticos há 25 anos. Esta mulher está falando a *verdade*. Dá para ver nos olhos dela.
Goodman tentou me acalmar.
— Olhe, Jamie, fizemos tudo o que podíamos. Faltam apenas 24 horas. Vamos conseguir...
— Nunca cobri uma história política dessa magnitude antes. Ninguém fala. Ninguém a conhece.
— Charles descobriu duas pessoas que a viram com o pessoal da campanha de Hartley — disse Erik.
— Mas o pessoal de Hartley nega qualquer relação com ela. Disseram que ela era uma conhecida de Hartley, mas ela também conhecia alguns dos seus ex-assistentes — argumentei, sem saber aonde eu queria chegar com isso.
Eu queria que a matéria fosse ao ar e sabia que os fundamentos eram bons. Eu não sabia se eram apenas os nervos ou se eu estava tendo um momento mulherzinha na frente dos machões do trabalho.
— Como produtora, você foi além das pesquisas, das verificações e da reportagem. Você sabe isso melhor do que a gente — disse Erik.
— Veja só, Theresa concordou em fazer a entrevista com você antes mesmo de conhecer Goodman.

— Ei — interrompeu Goodman. — Eu fui até Jackson uma vez, antes de ela concordar.

— Certo — interveio Maguire, como o puxa-saco com salário alto demais que realmente era. — Você teve muito a ver com tudo isso.

— Não é isso. Eu só quis dizer que a conheci antes da entrevista.

— Deixa isso para lá — pediu Maguire, erguendo as mãos.

Goodman continuou:

— Além disso, ela tem um motivo. O cara deu o fora nela! Ela está magoada.

Erik se virou para mim.

— Se você fosse eu, o produtor executivo, você cortaria a matéria ou não?

— Eu, eu...

Maguire me interrompeu.

— Jamie, eu posso ser o chefe, mas até onde sei, essa matéria é *sua*. Sim, Goodman colocou as mãos nela, mas já que é a produtora do programa, estou de olho em você.

— Eu, eu...

— Sabe o que vou fazer? — disse Erik, inclinando-se sobre a mesa. — Vou colocar Charles Worthington no próximo voo para Jackson. A história vai ao ar em... — ele olhou para o relógio. — ... trinta horas e...

Mas Maguire, falando em um tom ameaçador, o interrompeu.

— Vou ser bem claro. Avise ao Sr. Worthington que ele tem de estar bem certo se quiser tirar a matéria do ar. A não ser que um de vocês entre na minha sala gritando que todos vamos cair se transmitirmos a matéria, tudo sairá como o planejado. Quarta-feira, às 21 horas. — Com isso, Maguire colocou a mão no meu ombro como se fosse o Rambo com uma faixa na cabeça. — Jamie, se houver algum problema depois que a matéria for ao ar, eu vou apoiá-la. Estamos juntos nisso e eu sou um fuzileiro naval... Então, não vou deixar ninguém para trás. Somos sempre fiéis.

O telefone tocou sete horas depois. Era terça-feira à noite. Atendi ao primeiro toque.

— Charles?
— Alô, Jamie.
— O que descobriu? O que você está fazendo?
— O que eu descobri? Nada. Estou pegando o carro alugado no aeroporto de Jackson.
— O que você vai fazer primeiro?
— Vou refazer nossos passos: jornal local, os tiras, o cara da funerária. Vou tomar um drinque com o gerente da nossa afiliada aqui. Talvez consiga ouvir algumas conversas no bar.
— Charles, você tem de ir a algum lugar que ainda não fomos.
— Você sabe que eu faria qualquer coisa por você. Sempre. Mas eu não sei mais o que posso fazer. Ficamos três dias aqui e achamos duas pessoas que sabiam que eles ficavam muito juntos. Isso foi bom. Mas você tem de controlar suas expectativas. Eu juro que não vou encontrar um vídeo tipo Paris Hilton. Mas vou continuar procurando descobrir mais coisas sobre Boudreaux.
— Não se trata de novas pessoas. Quero dizer, não novas pessoas aleatórias. Taxistas e porteiros não vão nos dar mais detalhes do que já temos. Temos de tomar uma nova direção.
— Jamie, a matéria vai ao ar em 23 horas. Já está cortada, editada, com tratamento de imagem e som. Os comerciais já estão no ar há três dias.
— Por favor, Charles.
— Não me peça por favor. Estou aqui para ajudá-la. Mas estou meio sem opções. O que quer dizer com "nova direção"? Talvez necrotérios, já que foi o cara da casa funerária que os viu juntos?
— Não. A casa funerária já está fechada há anos, lembra?
— É claro que eu me lembro.
— Tudo bem. — Eu me sentia mal de pressioná-lo tanto e me sentia culpada por ele ter tido de viajar para Jackson e eu estar em Nova York. — Sinto muito, mas eu não sei. Que tal tentar encontrar mais pessoas que costumavam trabalhar com os políticos do Mississippi?
— Fizemos uma pesquisa no banco de dados sobre cada pessoa que já trabalhou para Hartley. Não há nada. Todos são leais.

— Talvez você esteja certo.
— Vou continuar trabalhando nisso. Durma bem. Amanhã é quarta-feira e será um grande dia para você.

Charles ligou de novo às 6 horas da manhã. Meu marido estava dormindo tão próximo de mim que estava quase me derrubando.
— Quem está ligando tão cedo assim?
— É para mim.
Tentei me soltar dele, mas ele me agarrou com mais força.
— Não atenda. Estou com tesão.
Empurrei-o e me soltei.
— Descobriu alguma coisa? Por favor, me diga que conseguiu confirmar toda a história de Theresa.
— Não posso — respondeu Charles. — Mas há uns blogueiros radicais por aqui.
— E o que você descobriu?
— Os caras no bar me disseram que eles estão nas imediações de Jackson, vários deles.
Phillip se virou.
— Querida, por favor. Atenda em outro lugar. Estou tentando dormir. Você tem de respeitar minhas necessidades. Ainda está escuro lá fora.
Então, senti uma coisa dura na minha coxa. Ele puxou a minha calcinha como no comercial da Coppertone. Dei um soco no ombro dele.
— Só para você saber, uns caras fissurados na NASCAR que estavam no bar me contaram sobre os blogueiros. Visitei os sites deles e não descobri nada de mais e nunca ouvi nada sobre eles. Os caras disseram que alguns trabalhavam nos escritórios eleitorais daqui e que ficaram um tempo no bar do hotel onde eu tomei um drinque. Talvez não seja nada. Apenas ajuda para o congresso. Mas não consegui descobrir nada.
— Isso não é nada bom.
— Só um pouquinho! — Phillip cobriu a cabeça com o travesseiro.

Coloquei a mão sobre o fone e disse:

— Phillip, eu não... posso. Isso é realmente importante. Sinto muito.

Voltei a falar ao telefone, mas mantive a voz baixa.

— Continue tentando encontrar alguém que confirme que eles tinham um caso. Assim, eu não terei nada com que me preocupar. Nunca mais.

— Jamie, lembra quando eu disse que você tinha de controlar suas expectativas? Essa é uma história bizarra.

— Tente com o pessoal da guarda de novo.

— Tudo bem.

— Tente no necrotério também. Mudei de ideia.

— Tudo bem. Vou verificar.

— Excelente Charles. Temos de tentar tudo. Ainda temos 12 horas.

— Eu sei. Ligo mais tarde.

"*Finalmente uma conversa sincera com Theresa Boudreaux! Assista à entrevista exclusiva* no Newsnight with Joe Goodman! *Hoje, às 21 horas!*"

O anúncio do jornal à minha frente estava com respingos de gordura da omelete com bacon que eu havia preparado para o café da manhã e que estava comendo com um bagel. Normalmente, o horário entre 6h30 e 7 horas da manhã era quieto e especial, pois Phillip e as crianças ainda estavam dormindo e Carolina estava se arrumando no seu quarto. Mas esta manhã eu não conseguia ficar calma.

A essa altura, seria muito difícil para a emissora cortar a matéria. Cobri os olhos com as mãos e tentei assumir um estado de aceitação e resignação. *Tudo bem, acalme-se. Você tem uma grande história para contar. Você está entre os grandes e você protegeu as bases; portanto, agora tem de seguir em frente.* Bill Maguire, falando como o presidente de toda a divisão de jornalismo, dissera claramente que ficaria ao meu lado. Ainda assim, eu queria que Charles descobrisse algo novo e verificasse todos os ângulos possíveis em Jackson.

Ouvi o chuveiro no banheiro e rezei para que Phillip se aprontasse logo. Esperava que ele não estivesse com pressa, não estivesse carente nem nervoso e que me deixasse em paz essa manhã. Só hoje. Gracie apareceu na porta chupando o dedo e segurando o pescoço do seu coelhinho de pelúcia entre os dedos. Ela subiu no banco, colocou a cabeça no meu colo e ficou deitada de bruços, com uma das mãos na boca e a outra estrangulando o coelhinho. Ela não disse nada. Talvez conseguisse sentir como eu estava tensa e entendesse que sua simples presença já seria um conforto para mim. Acariciei suas costas para demonstrar como estava satisfeita, maravilhada com o sexto sentido que ela demonstrava.

Não foi surpresa nenhuma ver que Phillip não dispunha da mesma compreensão em relação ao meu estado vulnerável que nossa filha de 5 anos. Ele entrou na cozinha usando cueca samba-canção, meias pretas e camiseta branca.

— Onde está Carolina?
— Na lavanderia.
— Ela sabe onde a minha mala grande de rodinhas está?
— Eu não sei, você terá de perguntar a ela.

Ele não gostou da resposta. Ele esperava que eu resolvesse tudo para ele para que suas manhãs transcorressem sem problemas. Ele olhou para o meu prato.

— O que você está fazendo, Jamie?
— Tomando café da manhã, Phillip.
— Por que tantas calorias? Achei que quisesse emagrecer um pouco.

Ele caminhou até a geladeira e serviu-se do suco de laranja fresco que estava em uma jarra, depois levantou o copo para a luz. Nesse infeliz momento, Carolina saiu da lavanderia com uma pequena pilha de panos de prato cuidadosamente dobrados.

— Carolina, quantas vezes tenho de falar sobre as regras do suco de laranja?

Carolina, forte como era, sempre morria de medo quando Phillip chamava sua atenção. Ela largou as toalhas, baixou a cabeça e suspirou.

— Eu não gosto da polpa, OK?

Carolina tinha de lembrar da sua diretiva número 352, mas Phillip nem conseguia se lembrar que hoje era o dia da entrevista com Theresa Boudreaux. Ele pegou um pequeno coador de aço inoxidável na gaveta de utensílios e colocou diante do rosto dela.

— Antes de colocar o suco na jarra, use o coador. É simples. Por favor. É simples demais.

Ele jogou o coador na pia e voltou para o closet pisando pesado.

Michael chegou à cozinha usando seu adorável pijama de homenzinho. Ele também subiu no banco e apoiou a cabeça na minha outra perna. Acariciei suas costas, tentando ser grata por ter filhos saudáveis e bonitos.

Dez minutos depois, agora já vestido com um terno escuro e uma gravata amarela, Phillip começou a listar suas ordens.

— Farei uma viagem de negócios esta tarde para Houston e depois para Los Angeles. Não estarei de volta antes de sábado de manhã. Então, vou precisar de algumas coisas.

— Algumas coisas? — perguntei, incrédula, tentando compreender por que ele ainda não mencionara a entrevista.

— Sim, Jamie, algumas coisas. Você esqueceu que eu trabalho das 8 horas até às 20 horas todos os dias? Eu não tenho tempo para as pequenas coisas. E você está linda com essa calça de ginástica. Você está quase chegando lá.

Ele pegou um pneuzinho de gordura e me beijou na testa.

Eu não consegui responder. Eu o desprezava demais. Estava ainda mais deprimida porque não veria Peter esta manhã. Ele disse que chegaria atrasado porque tinha de ir a algumas reuniões. Provavelmente ele estava esperando a matéria ir ao ar para me contar que conseguira apoio financeiro. E eu não sabia que papel a nossa "situação" tinha na cabeça dele e como isso afetaria a decisão dele de ficar ou ir embora.

Agora era Dylan quem entrava na cozinha, já vestido com o uniforme do colégio e com o cabelo molhado em cima, como sempre.

— Então... — continuou Phillip de forma audaciosa. — Sinto muito ter de pedir isso, mas preciso que leve a minha raquete de squash para...

— Você não pode fazer isso no clube?
— Eu já disse que estarei fora até sábado, e meu jogo é às 16 horas.
— Você tem dez raquetes de squash no armário.
— Mas eu só gosto da raquete da Harrow. Eu a deixei na cadeira do quarto. Além disso, na semana que vem é aniversário da minha mãe. Será que você pode escolher um presente para ela? Eu nunca consigo escolher o presente certo. Só uma mulher consegue comprar presentes para outra.

Ele entrou no escritório para pegar alguns papéis e voltou enfiando-os na pasta de trabalho.

— Você não se esqueceu de nada, Phillip? — perguntei, dando a ele mais uma chance antes que eu o estrangulasse.
— Hummmm. — Ele pegou o BlackBerry e começou a verificar. Distraído, ele respondeu: — Acho que não... Acho que já cobri tudo... a raquete... o presente da mamãe... Por favor, fale novamente com a Carolina sobre a questão da polpa, que parece um problema que acontece repetidas vezes nesta casa...

Ele continuou mexendo no BlackBerry.

— Papai — chamou Dylan, olhando para Phillip com os olhos ansiosos.
— Um minuto, Dylan. Eu tenho de responder isso aqui.
— Papai! — gritou Dylan.

Phillip olhou para ele, aborrecido por ter sido interrompido enquanto respondia a um e-mail.

— O que é Dylan?
— Você se esqueceu de uma coisa!

Phillip olhou para ele sem expressão no rosto e começou a enumerar nos dedos:

— Raquete, presente da mamãe...
— Papai, fala sério! A entrevista da mamãe.

Phillip ficou instantaneamente horrorizado. Ele tirou Michael do meu colo e colocou-o no outro lado do banco. Depois ele se sentou ao meu lado e tentou colocar o nariz no meu pescoço. Eu o afastei.

Ele olhou bem nos meus olhos e segurou o meu rosto com as duas mãos.

— Jamie, você é maravilhosa. Eu sou um grande egoísta. Sinto muito. Sei que essa entrevista será o seu momento de glória. Sei que foi difícil, mas você chegou até o fim e eu estou muito orgulhoso. Você é maravilhosa e merece todos os créditos por isso. É verdade. Estou muito orgulhoso.

— Pois não parece.

Eu estava me sentindo muito sozinha no mundo naquele momento.

— Eu sou horrível. Admito que esqueci completamente. Com essa viagem e toda essa confusão na firma. Amo você e tenho certeza de que dará tudo certo. Infelizmente, eu estarei dentro de um avião hoje à noite, mas vou pedir para a empresa em Houston gravar o programa para mim. — Ele me deu um beijo no rosto. Estava atrasado. O telefone tocou. Era a secretária. — Espere um minuto, Laurie. — Ele olhou para mim e para os filhos com uma expressão de culpa no rosto. — Amo vocês!

Olhamos para ele em silêncio. Eles sabiam que nós estávamos discutindo e tinham ficado do meu lado. Eles também não o viam muito havia semanas e estavam magoados com ele. Segundos depois, eu já ouvia a voz dele falando ao telefone enquanto saía pela porta da frente.

— Laurie, certifique-se de que Hank vai me mandar planilhas atualizadas por e-mail e mande um buquê de flores para Jamie dizendo...

A porta se fechou.

— Mamãe, você vai perdoá-lo?

Às 19h30, Abby entrou na minha sala trazendo uma bandeja de sushi para que eu conseguisse passar pelos 90 minutos até que a matéria fosse ao ar. Mesmo que supostamente esse fosse o dia mais importante da minha carreira, eu não tinha muito o que fazer. Exceto me sentir em pânico. A matéria já estava pronta havia dois dias. Charles não me ligara nas últimas cinco horas e todas as vezes que eu tentava falar com ele, a ligação caía na secretária eletrônica.

Enquanto Abby tirava o conteúdo das embalagens, abri minha bolsa para pegar o estojo de maquiagem e fiquei surpresa ao encontrar uma pequena caixa azul-clara da Tiffany. Encontrava-se na parte de fora da minha bolsa, onde eu guardava o chocolate para emergências. Peter sabia que eu comia barras e barras de Kit Kat sempre que me sentia ansiosa.

Dentro da caixa, encontrei um cronômetro de prata com a gravação:

Já está na hora de outra dança.

Mais do que na hora. Quando ele colocara isso na minha bolsa? Mas espere um pouco. E se fosse um presente de despedida?

— O que ele comprou para você? Espero que seja caro — disse Abby pelo canto da boca, enquanto abria a embalagem de molho shoyo com o dente.

— Não é do meu marido.

— Goodman gastou dinheiro?

— Não, não é nada.

Mordi o lábio.

— Seja o que for, espero que isso a deixe feliz.

Querida Abby: sempre feliz em reorganizar seus cartões de informações e nunca produzir nenhuma matéria. Ela conhecia os riscos de produzir matérias muito controversas e optara por não fazer isso. Naquela quarta-feira, eu me perguntei por que escolhera aquele caminho.

— Quem mandou as flores?

— Recebi um buquê do meu marido e um de Goodman. Goodman sempre me manda flores quando uma história acaba comigo, mas Phillip me mandou flores porque discutimos.

— O que ele fez dessa vez?

— Ele esqueceu que a matéria ia ao ar hoje e, em vez de me apoiar, ficou dando instruções sobre a raquete dele que eu tinha de mandar consertar... Merda. Esqueci de levar a raquete para a loja.

— Você está brincando, não é?

— Não. Eu esqueci mesmo.

— Ouça o que está dizendo, garota! Eu estava falando sobre o fato de ele ter mandado você levar a raquete para o conserto no dia mais importante da sua carreira.

— Então, eu sou um caso perdido. Nós já sabíamos disso.

Mergulhei um pedaço de tekka maki no molho shoyo.

— O que você disse quando ele esqueceu o programa?

— Eu não disse nada. Foi Dylan que falou, o que foi pior do que se eu tivesse dito alguma coisa. E Dylan ficou puto por ele ter esquecido.

Abby enfiou grãos de soja na boca com uma rapidez feroz.

— Talvez eu não queira um marido.

Joguei um pacote de shoyo nela. O telefone tocou.

Eu praticamente mergulhei para atender e derrubei minha Coca Light no teclado e no telefone. Peguei o fone molhado.

— Olá, Charles, só um segundo.

Peguei guardanapos de papel na gaveta e tentei enxugar o líquido, enquanto apoiava o telefone entre o ombro e a orelha, mas ele caiu na mesa. Eu podia ouvir a voz de Charles gritando o meu nome.

— Você ficou cinco horas sem me ligar! Onde você esteve? Nós estamos...

— Fique quieta. Não abaixe o telefone de novo. Só temos 90 minutos antes de o programa ir ao ar. Eu estava fora da área de serviço do celular, perambulando por lugares muito remotos.

— E conseguiu descobrir alguma coisa?

— Mande todos os advogados para a sala do Erik agora. Além de Bill Maguire.

— Por quê?

— Porque você pode se ferrar muito.

28

Código Morse para encrenca das grandes

— E o que eu devo fazer? Repassar a merda do programa de uma hora com Britney Spears?

Erik James estava andando de um lado para o outro no seu escritório como um búfalo, e derrubou o pote de balas de propósito. Na verdade, ele até mirou. Goodman e eu apenas assistimos silenciosamente à trajetória das balas se espalhando pelo chão.

— Sobre o que Charles quer falar? — perguntou-me Erik. Ele olhou para o relógio. — Faltam 80 minutos para irmos ao ar. Esqueça isso. Eu não quero ouvir nem uma única palavra até que Maguire e os advogados estejam aqui.

Ele andou um pouco mais e tirou algumas balas do canto da mesa.

Enchendo-me de coragem, respondi:

— Eu nem sequer sei o que Charles descobriu. Graças a Deus...

— Não venha com esse papo de graças a Deus para cima de mim. É o meu que está na reta, não o seu. Meu nome vai estar em todos os jornais amanhã, não o seu. Eles não vão atrás de você se for tudo por água abaixo.

Goodman se levantou.

— Tente se acalmar, Erik. Nem sabemos ainda se há...

Erik ficou em pé e fez sua personificação do King Kong.

— Você quer que eu me acalme? Com propagandas a peso de ouro em 15 mercados diferentes? E nós exibimos a hora de Britney Spears há cinco meses. Eu não tenho matérias suficientes para refazer o programa em 79 minutos! Hilda, chame um estagiário!

Em 40 segundos uma garota morena e alegre entrou no escritório de Erik. Ela estava muito excitada por ter sido chamada ao escritório do produtor executivo uma hora antes de o programa ir ao ar.

— Pois não, senhor.
— Pipoca. Agora.
— Como? De que tipo? Onde?
— Mas que merda! Será que este é o seu primeiro dia e me mandaram justamente você? Eu disse *pipoca*. A minha pipoca comprada no cinema Sony IMAX logo ali na esquina. Com manteiga. Muita manteiga. Sal. Rápido!

E a garota saiu correndo.

Depois Erik ligou para o diretor na sala de controle.

— Deixe a merda do programa com Britney Spears pronto para ir ao ar. — Erik balançou a cabeça enquanto ouvia o que o diretor estava falando. Depois respirou fundo e revirou os olhos. — Você está parecendo o cara que enviava mensagens em código Morse no *Titanic*. Não questione as minhas ordens. Eu estou no comando. — Dava para ouvir a voz do diretor do outro lado da linha. — Isso não significa que não vamos exibir a entrevista com Theresa, mas talvez tenhamos de cancelar. Não questione a minha autoridade. Sim. Sim. Agora.

— Deus tenha piedade. — Bill Maguire entrou na sala acompanhado pelos advogados e ouviu o final da conversa de Erik com a sala de controle. — A merda do programa com Britney Spears? Você tem ideia de quanto gastamos para promover a Boudreaux?

Erik apertou o botão do telefone.

— Hilda, coloque Charles Worthington na linha imediatamente!
— Linha dois — gritou ela de sua mesa e o telefone tocou.

Bill Maguire pulou para pegar o telefone ao lado do sofá, enquanto Erik James pegou o telefone na sua mesa. Depois os dois desligaram, presumindo que o outro atenderia e colocaria a ligação em viva-voz.

— Mas que merda! — gritou Erik. — Hilda, coloque Worthington na linha novamente! — Ele olhou para Maguire. — Faça-me um favor, Bill. Sei que você é o chefe, mas deixe que eu atenda a porra do telefone na minha sala.

Passaram-se 20 segundos intermináveis e o telefone tocou de novo. Erik atendeu, levou o aparelho até a mesa de centro no meio de todos nós e o colocou em viva-voz.

— Tudo bem, Charles, este é o seu momento. Conte-nos o que descobriu.

Ele olhou para a parede de relógios que nos mostrava o horário em todos os fusos-horários dos Estados Unidos, Londres, Jerusalém, Moscou e Hong Kong.

Charles começou:

— Vocês conhecem os blogueiros do RightIsMight.org? As pessoas da extrema direita, pró-vida, pró-pena de morte, pró-oração nas escolas e que têm um desejo de vingança contra a NBS?

— Você acha que eu sou idiota? É claro que conheço. Eles são uns idiotas. Ninguém os respeita — respondeu Erik, olhando para a parede de relógios de novo.

— Bem, muitas pessoas leem o material deles, e eu acho que eles estão aqui em Pearl.

Senti uma pontada no coração. Pensei em Peter e nas dúvidas dele. Ele não tinha como saber de nada, mas, ainda sim, teve dúvidas, e eu não lhe dei tempo para me dizer o que achava. Eu tinha sido totalmente arrogante e, de qualquer maneira, eu estava tentando colocar alguma distância entre nós. A sala estava no mais completo silêncio. Os advogados se olharam e ergueram as mãos com as palmas voltadas para cima, como quem não entende o que está acontecendo.

Bill Maguire inclinou-se no sofá com as mãos no rosto. Ele colocou a boca próxima ao telefone.

— Mas que merda é essa Charlie? Você está fazendo a minha pressão subir por causa de uns blogueiros? Qual é o problema? Por que eu daria a mínima para o fato de eles estarem em Pearl?

Eu entrei na conversa.

— Porque Theresa mora em Pearl.

O rosto de Erik James ficou vermelho e ele bateu com a mão na mesa de centro. Depois se levantou e começou a andar pela sala.

— E nós temos alguma prova de que há uma conexão entre a mulher e essas pessoas?

Minha voz estava trêmula.

— Não. Os textos são anônimos. Não sabemos quem os escreve.

Goodman já ouvira o suficiente.

— Então essa puta vive no mesmo estado que esses doidos da extrema direita. Não estou vendo como isso possa afetar a entrevista.

Foi a vez de Charles responder.

— Não no mesmo estado, mas na mesma cidade. Ouçam o que estou dizendo. Esse foi o melhor trabalho de investigação que já fiz em anos. Eu liguei para centenas de fontes políticas e tenho quase certeza de que o pessoal do RightIsMight.org é daqui. Essa história em si já é grande.

Goodman estava incrédulo.

— Charles, você quer que eu dê ouvidos a você porque você tem "quase certeza" de que a sede do RightIsMight.org fica próxima de Jackson?

— Um bêbado no bar ontem a noite me disse que havia blogueiros em uma cidade pequena próxima de Jackson. Eu entrei em contato com minhas fontes na Casa Branca e uma delas jurou que a sede do RightIsMight.org é perto daqui.

Bill Maguire interrompeu.

— Deixe-me ver se entendi. Um cara qualquer diz a você que há blogueiros em uma cidade próxima. Depois uma fonte no Distrito Federal, que não sabe nada sobre o Sul, diz a você que a sede de RightIsMighty.org fica perto de Pearl. Acho melhor você ter descoberto mais do que isso para ter vindo até mim... algo que prove que aquela piranha e esses loucos estão ligados de alguma forma!

A voz de Charlie ficou trêmula.

— Bem, eu acho que não tenho nada que ligue os blogueiros a ela.

— Ele está certo. E mesmo que façamos mais cinco viagens para lá, talvez nunca consigamos ligá-los. Mas talvez...

Mas eu não consegui terminar a frase. Por algum motivo, eu só conseguia pensar em Peter e em como eu queria que ele me consolasse. Ele nunca diria que tinha me avisado, mas faria de tudo para me ajudar a sair dessa. Peter havia dito que eu tinha o hábito de baixar a cabeça para os homens poderosos da minha vida. Só para o caso de ele estar certo, eu tinha de tentar *não* acalmá-los, *não* ficar em silêncio só porque era isso que eles queriam. Mas mesmo tendo pensado nisso, eu ainda não tinha convicção suficiente para parar tudo.

Erik pegou um livro na mesa de centro, jogou-o no chão e depois recomeçou a andar de um lado para o outro.

— Todo mundo agora vai ficar quieto e me ouvir — disse ele. — É a minha reputação que está em jogo aqui. — Ele pareceu crescer sobre nós e nos olhou de cima. — Olha só o que eu penso. Acho que Jamie está tão cansada que não consegue argumentar de forma racional. Acho também que Charles não consegue provar suas suspeitas. Isso é o que eu acho.

Erik, Goodman e Bill Maguire olharam um para o outro e acenaram com a cabeça, numa concordância entre os homens.

Charles respondeu:

— Eu não sei se eles estão ligados. Não mesmo. Só sinto que eventualmente isso poderia nos levar a algo mais.

Erik começou a andar pela sala de novo.

— Você está me dizendo que quer adiar a maior entrevista do ano por causa de um *sentimento* que tem, Charles? — continuou ele em tom sarcástico. — Você não acha melhor contratar um psicólogo para analisar os seus sentimentos e ver se eles são reais da próxima vez que isso acontecer, digamos, 24 horas *antes* de o programa ir ao ar?

Maguire olhou para mim.

— Charles, eu não o mandei até aí para você me falar sobre sentimentos. Diga alguma coisa. Seja um homem! Não uma...! — Ele revirou os olhos para Erik. — Podemos exibir a entrevista ou não? Lembre-se de que isso tudo é para mostrar o lado dela da história. Nada mais do que isso.

Suspirei.

— Não estou dizendo que vocês não podem exibir a entrevista depois de tudo pelo que passamos, mas eu...

Maguire começou a gritar.

— Você, o quê? Você não está sendo clara. É para exibir ou não? Olhei para o chão.
— Não sei.
Maguire balançou a cabeça de forma resoluta.
— Você não sabe. Você não sabe. Essa é a sua resposta final?
— Acho que sim.
— Charles? — berrou ele para o telefone.
— A matéria não é minha. Eu investiguei tudo. É só uma desconfiança, mas eu não tenho como provar.
— Não. A essa altura do campeonato, eu não vou cortar a matéria, gente. Não por causa de uma desconfiança. Nós vamos deixar bem claro que não podemos provar o relacionamento dela com Hartley. Vamos deixar claro que estamos dando a ela a oportunidade de mostrar o lado dela da história.

Goodman apertou os lábios e disse:
— Vocês dois são de gerações diferentes. Vocês não viveram tempestades políticas suficientes, como Maguire, Erik e eu. Eu *sinto* que essa mulher está dizendo a verdade. Também *sinto* que quando alguém é rejeitado por um amante e notificado pela segurança pessoal, vai querer se vingar. E, o que é muito conveniente para nós que estamos no ramo das notícias — continuou ele, apontando para os executivos que estavam na sala —, essas pessoas rejeitadas, cheias de desejo de vingança, brandem um machado no ar e querem lavar a roupa suja em rede nacional.

O presidente do departamento de jornalismo, Bill Maguire, levantou-se como se estivesse prestes a cantar o hino nacional.
— Você está certo Goodman. Principalmente quando eu mandei uma produtora sofisticada e inteligente dez vezes para Jackson para convencer a mulher a falar. Ela sentiu que *tinha* de contar. — Ele estava tentando massagear o meu ego, enquanto me olhava. — E quando pessoas assim se soltam... contam a história todinha. Mas que merda! Todas as redes de TV de canal aberto e por assinatura queriam falar com ela. Por que ela não escolheria a melhor? — Ele parecia solene e bateu duas vezes no peito. — E nós somos a melhor emissora do ramo. Theresa Boudreaux percebeu isso sozinha... *depois de*

falar com todos os produtores. E você pode apostar que Leon Rosenberg também disse isso para ela. Foi por isso que ela nos procurou, fez a unha e o cabelo e acabou com o congressista.

Maguire estava com o dedo na minha cara e me olhando torto.

— As pessoas não mentem para um noticiário de TV. Elas nos procuram para dar a sua versão da história e aliviar o sofrimento e a raiva. Ninguém, principalmente uma mulher tentando agir como uma debutante sulista com aquele cabelo comprido, se expõe em rede nacional para falar que foi comida por trás. Não se não se tiver uma boa razão para isso. — Ele baixou a mão e se encaminhou para a porta, mas depois se virou. — A matéria vai ao ar em 37 minutos. Estou indo agora, como já se tornou um hábito, sentar na minha poltrona de couro lá em cima, servir-me de uma dose de Wild Turkey e apreciar uma apresentação agradável e revolucionária do *Newsnight with Joe Goodman*. Senhoras e senhores, muito obrigado.

E, com isso, ele saiu da sala.

29

Hora de se acalmar

Primeira mensagem. Bip.
Olá, querida. É Christina Patten.
Duas coisas. Uma pequena. E uma positivamente ENORME. Vamos começar pela pequena. Antes do evento beneficente dos ovos Fabergé em fevereiro, teremos coquetéis para os patronos do comitê beneficente lá em casa, ou seja, todas as almas generosas que compraram ingressos. Você tem de estar lá, embora eu tenha de ficar na fila de anfitriões. Você não precisa; afinal, este é o seu primeiro ano e tudo, e eles podem ficar um pouco surpresos com um rosto novo. Em segundo lugar, a melhor notícia de todos os tempos: CONSEGUIMOS A CAPA DA REVISTA MADSON AVENUE! Sim, a fotografia da nossa mesa foi a escolhida. Fiquei sabendo que estamos lindas. Disseram-me que as fotografias dentro da revista também estão ótimas. Mal posso esperar.
Beijos. Beijos.

Peter ia me matar por causa daquela foto. Ele nem sabia que eu tinha participado. Peter se tornara uma referência em todos os segmentos da minha vida — nada acontecia sem que eu começasse a sonhar acordada sobre como ele reagiria, o que ele diria, como ele me provocaria. Eu havia mantido o cronômetro no meu bolso a noite toda durante o programa, passando o polegar sobre a gravação.

Segunda mensagem. Bip. Minha querida esposa. Estou muito orgulhoso de você e de sua matéria de sucesso. Já estou recebendo os e-mails das notícias de última hora, embora ainda não tenha conseguido assistir. Assistirei amanhã. Você é a melhor produtora do mercado. Espero que Goodman esteja ciente da sorte que tem de ter você na equipe. Eu sei que eu estou. E estou orgulhoso. Gostaria de me desculpar de novo por hoje de manhã.
Bip.

Tudo bem, talvez eu não me divorciasse dele nem o matasse. Às vezes ele conseguia ser gentil e sensível. Talvez esse lance com Peter fosse apenas uma distração perigosa. Talvez o nosso casamento ainda tivesse uma chance se eu conseguisse descobrir um modo de estimular o lado bom de Phillip.

Bip. Mais uma coisa. Não se esqueça da raquete de squash. Bip.

Pensando bem, talvez não.

Mas naquela noite eu não tinha energia para pensar no meu casamento... Nem sobre como consertá-lo, nem como terminá-lo. Embora a matéria sobre Theresa tivesse ido ao ar, eu tinha de me fortalecer para os ataques que certamente explodiriam em todas as mídias nos dias que estavam por vir. Eu sabia que a história de Theresa não tinha acabado. Talvez Erik, Goodman e Maguire estivessem certos; eles eram mais duros, profissionais há mais tempo e tinham muito mais experiência do que eu em escândalos políticos. Eles acreditavam em Theresa, e eu ia tentar fazer o mesmo. Tínhamos de seguir em frente.

Passei pelo corredor para olhar as crianças em seus quartos. Eles estavam atravessados na cama, os pés e pernas fora das cobertas. Cobrindo-os de forma carinhosa, acariciei o cabelo de cada um deles e beijei-os suavemente no rosto. De volta à cozinha, verifiquei a correspondência e achei outro buquê enorme de Phillip esperando por mim sobre o balcão. Ele nunca me mandara dois buquês no mesmo dia antes.

Peguei algumas castanhas no pote e me servi de uma taça de vinho branco. Depois, enquanto caminhava pelo corredor, acendi uma pequena vela para deixar na minha mesinha de cabeceira. Deitei na cama e comecei a comer as castanhas e a saborear cada gole com toque de mel do meu *chardonnay* favorito. E fiquei ali por um tempo, relaxando na cama, olhando para o teto. Era o paraíso: nada de televisão, música, telefone celular ou e-mail. Permiti-me deixar todas as ansiedades de lado. Não pensei na NBS, no meu casamento, nem nas dúvidas sobre criar os filhos em uma cidade como Nova York.

Em vez disso, pensei no cheiro de Peter: especial, salgado, ativo, másculo, como um néctar masculino. Eu não conseguia dominar os meus sentimentos nem ignorá-los. Ele me fazia feliz. Não tinha como negar essa certeza que amadurecia a cada dia.

Eu me lembrava de como ele colocava o cabelo atrás da orelha sempre que falava algo sério, o balanço do andar, seu polegar acariciando a palma da minha mão. Fechei os olhos e imaginei-o deitado ao meu lado, a cabeça apoiada no cotovelo e um dos joelhos segurando a minha perna. Uma vez, eu o vira sem camisa quando ele estava trocando de roupa no quarto de Dylan. Ele tinha um tórax forte, mas não exagerado, e pelos louros no peito.

Tomei mais um gole de vinho para me refrescar. Era muito bom estar na cama sozinha. Deitei a cabeça no travesseiro e fechei os olhos.

Depois pensei mais um pouco sobre Peter e percebi que não queria parar. Então decidi ter uma boa noite sozinha mesmo.

De madrugada, quando a cidade ainda estava escura, acordei sobressaltada. Estava suada e olhei para o quarto. Depois lembrei que já estava tudo acabado. Deitei de bruços. Cobri a cabeça com o travesseiro. Mas é claro que eu não consegui resistir. Peguei o controle remoto na mesinha de cabeceira e mirei na televisão para ligá-la. Fiquei com os olhos fechados e a cabeça coberta, só ouvindo o áudio.

"*Vocês viram, todos neste país viram, vocês acham que ela estava falando a verdade quando...*"

Clique.

"*Vou dizer uma coisa, é melhor que aquela emissora cuide da retaguarda se eles pensam que transmitir uma matéria lasciva como aquela está ajudando em alguma coisa...*"
Clique.
"*Claro, Imus, acho que eles tinham de transmitir mesmo. Há evidências suficientes de que eles podiam estar tendo um caso. Se ela quer falar, eles não vão recusar...*"
Clique.
Era a reação esperada nos programas matutinos. Desliguei a televisão. Eu tinha de ir para o trabalho. Tinha de estar disponível para todo mundo.

No caminho para o trabalho, pedi que Luis parasse em uma banca de jornal para que eu comprasse todos os jornais que eu ainda não lera. O *New York Times* havia colocado a matéria na página 12, na seção de assuntos nacionais. A manchete era "Alegações de um caso extraconjugal envolvendo o congressista Hartley são exibidas em rede nacional". Eu estava morrendo de curiosidade para saber como o jornal abordaria a parte sexual. No nono parágrafo, eles discutiram o estilo sexual preferido do congressista: "Quando pressionada por Joe Goodman sobre os detalhes sexuais, em um esforço para se certificar sobre a veracidade das suas recordações, a Srta. Boudreaux respondeu que o congressista Hartley 'parecia preferir um tipo específico de sexo'. A acusadora continuou indicando que a sodomia era uma prática consistente e frequente entre eles." A manchete do *New York Post* era "Romance no portão dos fundos para Huey". O *Daily News* resolveu provocar os leitores: "Hartley diz: Prefiro a porta número 2!" Os comediantes dos programas noturnos iam se aproveitar disso por anos.

Meu telefone celular tocou. Charles.

— Onde você está?

— Fazendo uma conexão em Atlanta. Vou chegar ao escritório por volta da hora do almoço.

— Bom.

Depois de alguns segundos de silêncio, ele perguntou em voz baixa:

— Como está se sentindo?

Respirei fundo.

— Relativamente bem.

— Relativamente?

— É, cansada, mas decidida, eu acho. Fizemos tudo o que podíamos. Talvez eu e você tenhamos sido duros demais conosco mesmos. Talvez...

— Talvez devêssemos ter dito para eles cortarem a matéria.

— Charles, não diga isso! Eu não posso suportar.

— É muito estranho. A coisa toda. A história. Os blogueiros. Tudo. É como se drogar e ter uma viagem ruim.

— Nós demos o nosso melhor.

— Ouça, você fez tudo o que podia, eu só estou...

— O quê?

— Acho que foi tudo bem com a matéria. Quero dizer, parece que sim. Mas não gosto desse lance da internet. Esses caras são doidos! Fiquei acordado a noite toda lendo os textos deles. Não dá para acreditar nas coisas que escrevem!

— Ainda não li.

— Será que você poderia se atualizar nesse lance de blog? Como você não se conectou ainda? Eles estão agindo como terroristas!

— Charles, estou no carro. Chegarei ao escritório em 15 minutos. Posso ligar para você de lá?

— Não. Eu vou estar decolando. Só para você saber, Abby acabou de me dizer que Maguire está tendo um ataque. Os advogados também. Então se prepare para lidar com eles.

Diferente dos chefões da emissora, Erik e Goodman estavam no paraíso. Esta manhã, quando entrei no escritório, eles estavam batendo na mão um do outro, como jogadores de futebol se cumprimentando por uma boa jogada.

— Deixe que eles venham!

O *Newsnight* teve 47 pontos de audiência, um índice quase tão alto quanto o da Monica Lewinsky com Barbara Walters. Passei por eles e fui para o meu escritório, a fim de verificar a reação dos blogueiros à entrevista.

O congressista Hartley ainda não havia falado em público para negar a história. Talvez, pensei, Theresa Boudreaux estivesse dizendo a verdade e ele tivesse imaginado que se fosse para a frente das câmeras, como Bill Clinton fizera, e afirmasse: "Nunca tive relações sexuais com aquela mulher, a Srta. Boudreaux", poderia se arrepender pelo resto da vida. Principalmente se, como acontecera com Bill Clinton, surgissem provas irrefutáveis. (E é claro que eu perguntei à Theresa se havia manchas em seus vestidos ou lençóis. Ela pareceu enojada e recusou-se a dar uma resposta verbal à minha pergunta.)

Charles estava certo. Apenas alguns minutos depois da transmissão, blogs coordenados começaram a postar textos denunciando a NBS em dezenas de websites da extrema-direita. E todos estavam estranhamente unidos em suas mensagens. Estava bastante claro que essas pessoas tinham se planejado para desacreditar Theresa no minuto que a entrevista fosse ao ar. Eles ligaram para a Comissão Federal dos Meios de Comunicação para fazer queixas porque nos aprofundamos demais na questão da sodomia e encorajar os leitores a boicotar os canais locais afiliados à NBS em todo país, assim como os produtos de nossos anunciantes.

Um grupo de cinco blogueiros da extrema-direita, liderados pelo pessoal do RightIsMighty.org e apoiados pelos compatriotas do ToBlogIsToBeFree.org, deu um aviso tipo Osama bin Laden: que o nosso lado, o lado da elite liberal do mal, sofreria sérias consequências por nossos atos. Os advogados tentaram se preparar para a possibilidade de eles fazerem mais do que criticar e demonstrar incredulidade, para o caso de eles realmente terem uma arma nuclear em seu arsenal.

Maguire estava em sua mesa, suando profusamente e olhando fixamente para a parede à sua frente, na qual havia sete telas, exibindo quatro emissoras e três canais a cabo de notícias 24 horas por dia. De um controle preto em cima de sua mesa, ele mudava o áudio de tela para tela. Ele parecia o chefe das forças armadas no seu escritório no Pentágono com luzes piscando e mapas ao seu redor. Você poderia até pensar que dois SS-20 estavam a caminho da capital do país ao ver a expressão aterrorizada de seu rosto. E tudo em que eu conseguia pensar era: Esse cara é um ex-fuzileiro naval. Ele deve ser duro na queda. Não é nada bom o fato de ele estar perdendo a calma desse jeito. Enquanto eu dava a volta em sua mesa em direção ao sofá, o joelho dele estava pulando a cem quilômetros por hora.

Erik, Goodman, Charles e eu entramos no escritório em fila única e sentamos no sofá ao redor da mesa de centro para que pudéssemos assistir. Parecia que estávamos de volta à era Monica, ou seja: era Theresa Boudreaux o tempo todo e em todos os canais. A falação dos apresentadores dos programas de TV a cabo e mesas redondas se misturava na minha cabeça, e eu fechei os olhos e apoiei a cabeça nas mãos. Já estava cansada de tudo isso. O cronômetro de prata que o meu Peter havia me dado estava no meu bolso, e eu toquei nele para ter forças.

Questão dois: Cokie, a NBS provou alguma coisa?
Sim e não. É a palavra dela contra a de Hartley. Temos de aguardar a reposta dele, mas eles deram um empurrão na história: os recibos de viagens, as fotos deles juntos, tudo isso prova...
E agora, para nosso programa de meio-dia: nosso repórter está parado do lado de fora do comitê de Hartley", em Jackson, mas até agora sua equipe mantém silêncio acerca das alegações assustadoras...

Falando em nome do meu partido e do meu colega no Congresso, Huey Hartley, esta nação será amaldiçoada se a imprensa continuar a...

Maguire posicionou-se diante das tropas.
— Tem uma coisa de que não estou gostando. A coordenação das matérias na internet. Isso não é bom para nós, para a matéria ou para a imprensa em geral. — Ele começou a andar de um lado para o outro.

Depois deu um clique no mouse do computador, passando de site para site por alguns longos minutos. — E eu não gosto que nossa emissora seja chamada de liberal porque isso não é uma descrição precisa. Eu já votei pelos republicanos. Eu *não* apoio a Hillary. Eu a detesto. Nem aquele homossexual do John Kerry. — Ele enxugou a testa e depois a cabeça toda com um lenço. — Eu não gosto desses blogueiros vigilantes de cidades pequenas publicando seus pontos de vista na internet e várias pessoas acreditando no lixo que escrevem. Temos de conseguir conquistar a confiança do público. Paguem as dívidas. Aprendam com os mais velhos. Sempre peçam aos pesquisadores para checarem os fatos expostos em seus trabalhos. Trabalhe para uma empresa idônea! Não se pode apenas comprar uma merda de um computador e — pronto! — se tornar um jornalista.

Erik tinha um grande poder de mudar de humor e, decididamente, ele estava optando pela melancolia.

— Agora se pode, Bill. E é melhor nos darmos conta disso para que possamos lidar com eles. Conheça o seu inimigo, cara. Tenho certeza de que você aprendeu isso no treinamento básico.

30

Segurem-se!

Sentia todo o meu corpo coçar: atrás das orelhas, a testa, embaixo dos braços. Sentada no chão, rocei as costas na franja de cetim do sofá que caía por trás de mim e arqueei um pouco a coluna, ciente de que ele me observava. Toda a tensão dos últimos dois dias se concentrava no meu pescoço. Balancei a cabeça de um lado para o outro para tentar aliviá-lo. Não funcionou. Nada funcionava.

Peter, sentado em uma poltrona do outro lado da sala, acenou com a cabeça e manteve os olhos concentrados nos meus, enviando-me energia sexual através da sala com quarenta pessoas. Baixei o olhar e me distraí puxando fios soltos do enorme tapete Aubusson. Mas mesmo isso parecia ter uma conotação sexual. Ergui os olhos de novo e ele não estava mais lá.

Na minha frente, várias crianças vestidas como a cena de abertura de *O quebra-nozes* estavam sentadas no chão da sala para celebrar o aniversário de Anthony, o filho de Susannah e Tom. Michael e Gracie estavam na primeira fila. Um grupo de adultos formado pelas mães bem-vestidas que usavam calças casuais, suéteres de cashmere jogados sobre os ombros e sapatos de saltos baixos estava alinhado em um canto da sala. As babás estavam do outro lado. Tom Berger estava sentado no chão com seu filho e alguns outros homens estavam espalhados pela sala. Presumi que eram tios ou padrinhos.

Um palhaço, usando enormes óculos vermelhos que combinavam com os suspensórios, serpeava lenços coloridos sobre a cabeça das crianças, fazendo com que ficassem agitadas. De repente, todas as crianças levantaram os bracinhos implorando:

— Me escolha, me escolha, por favor!

Os adultos riram, olhando uns para os outros como se soubessem exatamente o que aconteceria. O palhaço provocou-as um pouco mais até que as crianças não suportassem mais. Por fim, ele parou e chamou o aniversariante para ajudá-lo a tirar uma pomba branca do paletó.

Uma empregada de uniforme preto com um avental branco e engomado oferecia discretamente sanduíches de tomate e manteiga que carregava em uma bandeja de prata. Os homens e mulheres, muito entediados, discutiam educadamente como as crianças cresciam rápido. Eles não eram mais bebês. Imaginem só!

— Você não acha que a mulher que está servindo sanduichinhos de tomate com um chapeuzinho de enfermeira na cabeça parece a cadela Naná em *Peter Pan*? — cochichou Peter, me surpreendendo ao aparecer atrás do sofá. — Ela tem a mesma cara dura e caída.

Dylan, que estava ao lado dele, caiu na risada.

— Parem com isso, vocês dois.

— Fica fria, mãe. Ele está certo. Ela é igualzinha.

O palhaço pegou um balde de cobras de plástico de uma cesta. Um dos meninos menores começou a chorar, e a mãe correu para ele como se ele tivesse sido atropelado por um carro.

Dylan me cutucou com o cotovelo.

— Mamãe, podemos ir agora? Essa festa é para criancinhas.

— Psiu!

— Posso assistir à televisão? Agora?

— Deixa que eu levo você.

O som de "Für Elise", de Beethoven, tocou na minha bolsa. Peguei o celular e vi que era Abby ligando. Eu não queria atender. Os dois últimos dias no escritório haviam sido um inferno, enquanto eu tentava passar pelas reações que a entrevista com Theresa haviam despertado. Coloquei o telefone só para vibrar. Eles podiam esperar até que eu retornasse a ligação. Eu também deixara o telefone da casa de Tom e Susannah com Erik e Charles para o caso de algo grande explodir.

Com Dylan assistindo alegremente à TV, sentei no chão. Novamente, senti que Peter me encarava, seu olhar como um fio invisível que nos ligava. Ele estava me provocando.

O cachorro labrador de Susannah latiu alto e tentou arrastar um menino pelos suspensórios. Uma outra mulher passou carregando uma bandeja com taças de Perrier com rodelas de limão. Peguei uma e forcei-me a não olhar na direção de Peter.

Numa tentativa de me distrair, observei a obra de arte roxa de Mark Rothko que estava à minha direita sobre o sofá. Pela primeira vez notei que Susannah tinha enfeitado o sofá de veludo com uma corda de cetim cor de berinjela para combinar com o quadro.

De repente, senti alguém agarrar meu quadril e eu dei um salto, pensando instantaneamente que Peter havia passado dos limites, mas feliz com isso.

— Como está a minha produtora famosa?

Eu me virei. Phillip.

— O que... o que você está fazendo aqui?

— O jantar de sexta-feira foi cancelado, então eu peguei o primeiro avião da manhã. — Ele me beijou no rosto. — E eu queria vir à festa do meu afilhado.

Tradução: ele queria puxar o saco de Susannah.

— Querida — continuou ele. — Como você está? Eu assisti à entrevista.

— Tudo bem. Na verdade, estou péssima, exausta e assustada — respondi, tentando me concentrar na conversa em vez de na presença de Peter em algum lugar do outro lado da sala.

— Você tem motivos para estar assustada. Afinal, vocês estão atacando um dos homens mais poderosos do Congresso.

— Você está me deixando mais nervosa, Phillip.

— Tudo vai ficar bem, mas acho que essa deveria ser sua última matéria política por um tempo. Você ainda pode ser uma jornalista de sucesso sem se meter nessa sujeira política.

— Eu sei. É muita coisa.

Pelo menos uma vez eu concordava com ele.

— Muita coisa para você, para as crianças e para mim. E nós precisamos de você, e você precisa curtir mais a sua vida e deixar esse trabalho chato. Você parece um ratinho que não para de correr...

— Phillip, eu não quero ter essa conversa agora. Eu ainda não sei o que vou fazer a seguir. Sei que você tem alguma razão no que diz.

A mulher com os sanduíches de tomate passou e eu peguei três. Phillip deu um olhar furtivo à nossa volta, como se eu tivesse roubado algum objeto de porcelana e enfiado no bolso.

— Eu não almocei, Phillip. Essas coisas não estão me alimentando, e eu estou um pouco trêmula.

— Você não pode se acalmar consumindo calorias.

— Olá, vocês dois!

Susannah. Ela estava usando um suéter preto de crochê da Chanel, uma blusa franzida luxuosa e uma saia grafite justa, sussurrando pelo canto da boca algumas diretivas para a empregada.

— Vejam só se não é a pequena criadora de polêmicas aqui! Jamie, o programa foi demais. — Ela me abraçou e manteve meus ombros seguros com os braços enquanto continuava: — Eu não posso acreditar em você. Você tem assistido aos noticiários da TV a cabo? Eles não falam em outra coisa.

— Eu sei. Isso é esmagador.

Comecei a me sentir um pouco enjoada.

Meu celular tocou de novo. Olhei o número. Será que Goodman não conseguia se virar sozinho? Será que Erik, o "senhor experiente em assuntos políticos", não podia lidar com tudo por meia hora enquanto eu levava meus filhos a uma festa de aniversário em uma sexta-feira à tarde?

— Será que essas pessoas não podem deixá-la em paz? Você está na casa de outras pessoas! — Susannah ergueu as mãos. — Não sei como você consegue.

Ela se afastou e Phillip foi atrás.

— Quero dar um beijo no aniversariante — gritou ele atrás dela.

Mas agora estava ficando difícil ignorar as ligações. Foram três chamadas seguidas. Peguei o telefone e perdi a ligação por uma fração de segundo. Quando verifiquei o número, era o de Erik. Não o de Charles, nem o de Goodman. Era o de Erik. Eu não podia ignorar isso. Erik só ligava quando estava puto da vida.

Três mães estavam apontando na minha direção, mostrando quem eu era para uma das empregadas mais velhas que usavam o uniforme preto e avental branco engomado, e ela partiu na minha direção. Eu soube na hora. Erik havia ligado para o telefone fixo de Susannah.

Aconteceu algum problema com a entrevista. Aquela sensação estranha que eu tinha em relação à Theresa estava prestes a se materializar em um desastre dos grandes. Eu sabia. Senti o coração disparar. Levantei-me e derrubei uma Diet Coke que estava em uma taça de cristal de 80 dólares sobre a mesa de canto, quebrando-a em mil pedacinhos sobre o chão de mogno. Todas as crianças se viraram. O palhaço pegou o chapéu preto e olhou para mim, que tinha acabado de interromper o seu show. Eu quase pude ouvir os trombones soando. Fiquei em pé e escorreguei como se tivesse pisado na casca de uma banana, mas me segurei no braço do sofá, quase derrubando um abajur antigo no processo. Uma outra mãe segurou o abajur para equilibrá-lo sobre a mesa.

Do outro lado da sala, os pais me lançaram um olhar que dizia: "É melhor se acalmar." O labrador passou por cima da bagunça e tentou lamber a Diet Coke. Eu puxei a coleira para que ele não cortasse a língua.

— Phillip! — gritei como uma lunática.

Ele tinha desaparecido. Ninguém se mexeu.

— Peter!

De repente, Peter veio abrindo caminho por entre as pessoas como Michael Jordan atravessando a quadra. Ele saltou por cima de um pufe de zebra e pegou meu braço.

— Jamie, pode deixar que eu cuido do cachorro. Vá atender à sua ligação.

Ele olhou direto nos meus olhos, preocupado, como se a ligação fosse séria, como se alguém tivesse morrido. Mas as coisas eram bem piores do que isso.

Eu peguei o telefone, fechei os olhos e pressionei-o contra o peito, fazendo uma oração silenciosa: "*Meu Deus, por favor, me tire dessa.*" Respirei fundo e atendi.

— Aqui é Jamie Whitfield.

— Você está assistindo? — berrou Erik.

— Assistindo a quê?

— À fita da Theresa. Vai ao ar às 17 horas na Fact News Network.

— O que significa "a fita de Theresa"?

Senti o gosto de bile no fundo da garganta.

— Eu não sei o que significa — respondeu Erik. — Tudo o que sei é que a Fact News acabou de anunciar que eles têm uma fita de Theresa Boudreaux. Eles a receberam anonimamente em um envelope com a marca do RightIsMight.org.

Os âncoras da Fact News Network adoravam quando a "grande mídia" ou a "mídia liberal de elite" metia os pés pelas mãos. Eles estavam se dedicando 24 horas por dia, sete dias por semana, a exibir fitas de Theresa Boudreaux, mostrando-a como uma joão-ninguém vingativa, mentirosa e mal-amada a quem Hartley mal conhecia.

— Cadê o Charles? — perguntei, em pânico.

— Ele está aqui comigo. — Ouvi um som abafado do outro lado da linha. — E Jamie, você e eu estamos juntos nessa. Não se esqueça disso. Somos uma equipe e vamos lidar com isso como uma equipe. Nós *dois* estamos nessa confusão. Não vou permitir que cortem o seu pescoço.

Senti a boca seca. Minha língua ficou presa no céu da boca. Fiz um sinal para uma das empregadas para que me servisse um refrigerante, mas ela fingiu não entender.

Abri a gaveta perto do telefone para procurar por caneta e papel. Nada de papel ou caneta. Só caixas de acrílico, etiquetadas. Abri uma com o título "Acessórios para Festas: Petiscos" e peguei um monte de pequenos palitos trabalhados. E embora isso fosse completamente doentio, considerando meus problemas atuais, lembrei que esses malditos palitos sempre faziam com que eu me sentisse inadequada. Na nossa casa, nós nem tínhamos velas de aniversário quando precisávamos.

Alguém bateu no meu ombro.

— Está tudo bem?

Peter estava atrás de mim, segurando uma pilha de guardanapos de linho molhados, que começou a sacudir para que os cacos de vidro caíssem na lixeira.

Balancei a cabeça dizendo que não. Ele veio por trás de mim e tentou ouvir a conversa. Seu peito tocou minhas costas.

— Coloque-me no viva-voz, por favor, Erik — pedi com a voz firme, tentando dar a impressão que eu consertaria tudo.

— Estamos aqui, Jamie — disse Charles.

— O que você acha?

Rezei novamente para que ele dissesse que era apenas um estratagema bobo para nos deixar nervosos.

Mas não foi isso que ele disse.

Em vez disso, ele afirmou:

— Acho que estamos completamente fodidos. Acho mesmo.

Erik interrompeu:

— O que é isso, gente? Vamos pensar com calma. Ela não pode desmentir tudo agora. Quarenta e oito horas atrás ela contou a sua história no horário nobre para 20 milhões de americanos.

— Não importa — disse Charles.

— Por que não, Charles? Por que não? Talvez isso só seja...

— Porque não. — Charles fez uma pausa. — A coisa vai ficar muito feia. O pessoal do RightIsMighty.org é um bando perigoso e venenoso. Droga! Eles publicam os blogs anonimamente, portanto podem fazer merdas como essa. E mesmo que ninguém saiba quem eles são, todos os republicanos os adoram.

— O que tem na fita? — perguntei.

Erik entrou na conversa de novo.

— Tudo o que sabemos agora é que a fita estava em um envelope com a logomarca da RightIsMighty.org e que foi entregue para aqueles filhos-da-puta da Fact News Network, que já estão anunciando isso há meia hora. Daqui a sete minutos, às 17 horas em ponto, eles vão transmitir a fita. Tempo suficiente para que o conteúdo entre nos noticiários noturnos. — Ele fez uma pausa. — Você está perto de um aparelho de TV, Jamie? Na verdade, onde é que você está?

— Estou perto do escritório. Eu tinha uma coisa para fazer — respondi, tentando parecer profissional, mas me sentindo pequena. — Assistirei daqui. Não vou conseguir chegar a tempo. Obviamente vou colocar a ligação na espera até encontrar uma televisão.

— Acho que há uma no escritório do marido de Susannah. É aquela porta — sussurrou Peter.

Será que eu estava enlouquecendo ou ele realmente tinha levantado o meu cabelo e beijado a minha nuca?

Ele me levou até um sofá de veludo verde, pegou o controle remoto e começou mudar de canal.

— Facts News Network. Canal 53, Peter. É um canal a cabo. Rápido!

Sentei-me no sofá e retomei a ligação.

— Tudo bem, Erik, estou de volta, estou assistindo.

Virei-me para Peter, fazendo um gesto que indicava que eu precisava beber alguma coisa. Ele balançou a cabeça, num sinal de que havia entendido, e saiu correndo porta afora.

Bill O'Shaunessy na Fact News Network. Nós informamos os fatos, e você decide. Acabamos de receber uma fita enviada pela Srta. Theresa Boudreaux. A não ser que você estivesse escondido em uma caverna com Osama, você deve saber que a Srta. Boudreaux procurou a NBS e contou a Joe Goodman que ela teve um caso com o representante dos cidadãos do Mississippi, o patriota Sr. Huey Hartley. O congressista Hartley não se preocupou com o que o chefe de sua equipe chamou de "alegações absurdas" e, justamente por isso, muitos acreditaram nele. Mas de algum modo a NBS achou que, mesmo com a guerra antiterrorismo e o orçamento sendo debatido no Congresso, o público se interessaria em ouvir as loucuras dessa mulher no horário nobre.

Então, vocês podem estar se perguntando se nós não estamos fazendo o mesmo. Bem, é uma boa pergunta. O gato saiu da toca, e Theresa tem mais algumas informações que sentimos que não poderíamos ignorar. A Fact News vai mostrar o que ela tem a dizer depois da entrevista para a NBS logo depois dos comerciais...

— Jamie, o que você acha que ela está fazendo? Você a conhece melhor.

Agora era a voz de Bill Maguire que eu ouvia no telefone. Sentia-me enjoada e tonta e parecia que minha pressão subia mais a cada segundo.

— Não faço a menor ideia, Bill. Por que ela não mandou a fita para nós? Eles disseram que ela ainda tem algo a dizer. Talvez ela só queira esclarecer mais as coisas. Contar a história de novo em outra emissora. — Minha voz falhou. — Talvez ela queira se desculpar com Hartley ou dar um motivo melhor para explicar por que ela decidiu contar a verdade.

Peter, que estava do meu lado, me entregando um copo de refrigerante, concordou com o que eu dizia. Sim. Isso devia ser tudo.

— Sem chance, Jamie — disse Charles. — Ela procurou o inimigo. Ou o que ela pensa ser nosso inimigo. A fita estava em um envelope com a logomarca do RightIsMighty.org. Eles avisaram que acabariam conosco, e acho que estamos prestes a ser bombardeados.

— Charles, já chega! — gritou Goodman.

Fechei os olhos. Será que eu deveria ter desconfiado? Disse para mim mesma que fiz o meu melhor, considerando as informações que eu tinha. Eu era profissional. Tomei decisões inteligentes. E teria de conviver com elas.

Charles continuou:

— Era exatamente isso que eu temia...

— Cale a boca, Charles, seu... — Maguire calou-se e depois continuou: — "Eu avisei" não vai fazer bem nenhum agora. A matéria foi exibida! Faltam 30 segundos para sabermos o que ela vai dizer. Quietos!

Todos ficamos em silêncio, olhando para o comercial que passava. Depois soou a música das notícias de última hora da Fact News Network com uma legenda que dizia "Exclusivo".

Boa tarde. Sou Bill O'Shaunessy com uma matéria exclusiva da Facts News Network. Uma continuação chocante para a história de Theresa Boudreaux. Exclusivo na Facts News: Theresa Boudreaux tem outra história para contar. Uma história bem mais sinistra para os executivos da NBS que tomaram a decisão de denegrir o congressista Hartley. Vamos assistir à fita.

Cobri o rosto com as mãos, equilibrando o telefone entre a orelha e o ombro. Eu nem podia olhar. Mas depois tentei espiar com um olho. Peter estava com as duas mãos na boca.

— Mas que merda! Arghhhh! — ouvi Erik gritar.

Ouvi também o pote de balas se espatifar no chão.

31

A bomba Boudreaux

Theresa tinha um ar sereno e calmo. E mau.

Ela estava na frente de um cenário tropical genérico, bem semelhante ao estilo de Osama ou de al-Zawahiri quando escolhem uma caverna afegã comum. Havia palmeiras balançando ao sabor do vento à esquerda de onde estava e um mar azul a distância. Os cachos louros e escuros passavam pelo rosto conforme o vento soprava. Ela colocou-os para trás das orelhas e o sol de meio-dia iluminou seus olhos verdes, transformando-os em lagos transparentes. Ela podia estar em qualquer lugar do hemisfério sul.

Ela olhou para baixo para se compor. Depois ergueu a cabeça lentamente e, de forma deliberada, fixou o olhar na câmera. Theresa respirou fundo, cheia de orgulho, fazendo com que os seios bonitos apontassem para o céu, e começou a contar a sua história.

Alguns meses atrás, tracei um plano junto com alguém que apenas identificarei como um amigo íntimo.

— Só pode ser o RightIsMighty.org! Sei que é. Eu sabia! — gritou Charles pelo viva-voz.

— Cale a boca, Charles! — ordenou Bill Maguire.

Eu meio que estava fazendo uma experiência. Uma experiência que eu e meu amigo chamamos de "mídia dominante"...

— Mas que merda! — lamentou Goodman.
— Xiii — disse Peter em voz baixa.

Queríamos verificar o quão fácil seria entrar em um telejornal de uma emissora nacional, uma que cuidasse dos liberais. Então encontramos uma produtora ansiosa e um âncora ávido, prontos para aceitar qualquer coisa contra os republicanos em que pudessem colocar as mãos...

As lágrimas começaram a escorrer pelo meu rosto, pingando nos joelhos como se fossem gotas de chuva. Eu queria me aninhar nos braços de Peter, mas não fiz isso. Então, recebi a notícia sozinha, com o telefone apertado contra o ouvido e o queixo apoiado na mão.

...E queríamos saber até que ponto a mídia dominante iria para derrubar qualquer líder republicano patriota — alguém com valores conservadores, valores que mantêm os Estados Unidos fortes. Queríamos saber se eles colocariam histórias de sexo anal no ar. Eles não ligaram.
Eles apenas contaram tudo. Contratamos alguns especialistas de áudio, usamos alguns recibos como prova... E eles se chamam de jornalistas cuidadosos... Como eu e meu amigo acabamos de provar, esses caras são capazes de colocar qualquer coisa no ar, desde que seja contra a direita deste país.

— Piranha — xingou Charles.

... Então, senhoras e senhores, só para que fique registrado, juro pela alma de minha falecida mãe que nunca tive um caso com o congressista Huey Hartley. Nunca fizemos sexo anal...

Depois de mais um minuto de propaganda patriótica açucarada, a tela ficou preta de novo e abriu para mostrar um orgulhoso William O'Shaunessy, que começou a discutir o conteúdo da fita de forma soberba e com um sorrisinho na boca.

Alguém bateu na mesa com tanta força que tive de afastar o telefone do ouvido.

Bill Maguire agora se dirigia à equipe.

— Jamie, Charles, Goodman e Erik. Acabamos de ser passados para trás por uma piranha que trabalha em um restaurante de waffles. Eu quero ver um puta comunicado para a imprensa sobre essa situação em 30 minutos. Não, em 20. Ouçam bem o que eu digo: estamos em guerra. E temos de acabar com esses blogueiros vigilantes. E se nós vamos cair, vamos cair lutando com as espadas em punho e a cabeça erguida. Tchau.

Ele bateu a porta de vidro do escritório de Erik quando saiu. Finalmente, ouvi uma voz que falava comigo.

— Jamie? Você está aí? — perguntou Charles.

De algum modo, consegui responder:

— Estou.

Minha vida tinha acabado de se tornar um tipo de show surreal de terror.

Depois foi a vez de Erik.

— Encontre um computador. Temos de começar a traçar um plano juntos agora mesmo. Depois os advogados terão de agir com rigor. — Ele fez uma breve pausa. — Jamie, eu vou ter de colocar o seu nome como principal produtora. Depois Goodman e depois o meu nome como produtor executivo. Charles pode ficar fora disso. Ele foi até lá checar tudo, mas esse não é um projeto dele. Nunca foi.

— Não vou aceitar isso, Erik — afirmou Charles. — Estou envolvido até o pescoço nessa história. No final, trabalhei como conselheiro de Jamie.

— Exatamente. No final. Este projeto não é seu. É nosso. Nós três parimos este monstro. Você apenas ajudou. Seu nome vai ficar de fora do comunicado. Temos de salvar todas as carreiras que pudermos.

E, assim, Charles foi poupado de ser atirado aos leões.

— Não vamos nos desesperar, Erik — disse Goodman. — Já trabalho nesta emissora há 25 anos. Não vou deixar que isso destrua um quarto de século de bom trabalho.

— Goodman, sente-se. Essa história *vai* arruinar um quarto de século de bom trabalho. Acostume-se com isso. Se isso serve de consolo, Jamie e eu estamos nessa com você. Isso vai amaciar...

— Ei — respondeu Goodman com voz aguda e meio maluca. — Eu só encontrei a garota duas vezes e eu...

— Não tente jogar a porra da culpa toda em cima de nós, Goodman. Já vimos isso antes. Você vai fingir que a sua produtora fez toda a pesquisa sozinha e que você não se lembra de nada?

Eu aceitei o golpe.

— Eu fiz toda a pesquisa.

— Viu, ela mesma está dizendo isso! — exclamou Goodman.

O traidor. Dez anos de lealdade a ele, trabalhando como uma filha da puta para ele sempre se sair bem e parecer mais inteligente do que realmente era. Eu nunca poderia imaginar que ele um dia falaria uma coisa dessas. Não ele. Senti o suor começar a brotar na minha cabeça. Tirei o suéter.

— Cale a boca, Goodman! Estamos juntos nessa — afirmou Erik.

— Nós *três* estamos juntos nessa.

— Eu fiz o trabalho investigativo, Erik — interrompeu Charles.

— Então, deveríamos dizer que nós quatro...

— Já chega, Charles! — Erik estava aos berros agora. — Se eu puder tirar alguém dessa, vou tirar. Temos um desastre nas mãos, e não quero carregar ninguém conosco se puder evitar.

Peter acariciou as minhas costas. Na verdade, acho que me apoiei nele. Ele não sabia o que dizer nem o que fazer diante da situação. Então, começou a me abanar com uma almofada amarela.

Erik começou de novo.

— Jamie, estou na frente do meu computador. Preciso que você repasse tudo o que aconteceu, em ordem cronológica. Toda a negociação com o monstro da Theresa desde a primeira vez...

Engoli em seco diversas vezes para tentar me acalmar. Peter encostou o copo gelado de refrigerante na minha testa e segurou minha nuca.

— Jamie, como tudo começou? Foi uma ligação do advogado Leon Rosenberg dizendo que ela estava pronta para falar ou você foi a Pearl para tentar convencê-la a falar? Eu não me lembro. Ele nos solicitou uma entrevista ou eu mandei você até lá para tentar... — Erik parou. — Jamie? Você ainda está aí?

— Eu, eu não posso Erik...

— Jamie, fique comigo. Temos 17 minutos para acabar com isso. Você tem de lembrar. Não pode ser tão difícil assim.

— Erik, não é isso. — Eu ia vomitar a qualquer momento. — Eu... Eu... Com licença.

— Jamie!

Coloquei uma almofada de leopardo sobre o rosto e tropecei na mesinha de centro. Retomei o equilíbrio e evitei invadir a festa de aniversário com outro movimento desastrado. Peter passou pela mesa e pegou meu cotovelo, mas eu o afastei. A vida já estava ruim o bastante neste momento, e eu não queria vomitar em cima dele. Eu queria morrer. Essa história toda sairia na primeira página de todos os jornais durante uma semana. A emissora seria destruída. Os dias de âncora de Goodman estavam contados. Eu perderia o emprego e a credibilidade. Pelo resto da minha vida, todos iriam apontar para mim e dizer: "Aquela é a mulher que caiu na história da garçonete do restaurante de waffles..."

Eu não conseguia encontrar um banheiro no escritório de Tom e quase mergulhei de cabeça em um armário cheio de pastas quando abri a porta. Pressionei ainda mais a almofada contra o meu rosto.

— O quarto das crianças é no fim do corredor — informou Peter, pegando o meu braço. — Tenho certeza de que deve haver um banheiro para eles.

Soltei o braço de novo, mas ele ficou perto de mim. Corri pelo corredor, segurando na parede para manter o equilíbrio. Tentei uma outra porta. Era o closet de roupa de cama e mesa. Comecei a sentir o gosto do sanduíche de tomate na boca. Eu só tinha alguns segundos antes de provocar um grande acidente no lindo corredor de Susannah bem na frente de todas as mulheres elegantes da elite de Nova York e seus palitos entalhados.

Consegui chegar à última porta do corredor. A maçaneta estava emperrada. Parecia que estava trancada. Peter parou na minha frente e puxou com força. Um quarto de criança. Um berço, um móbile de coelho, um armário com xícaras de prata. Procurei por uma porta de banheiro. Olhei para a direita. Nada. Olhei para a esquerda e vi algo. Algo horrível.

Uma mulher deitada de costas no chão com a saia puxada para cima, embolada na barriga, e as lindas pernas para cima formando um perfeito V arrematado por lindos sapatos de salto alto de couro de crocodilo roxo. Os braços estavam abertos ao lado do corpo. A cabeça de um homem estava enterrada entre as pernas dela. Ele estava lambendo furiosamente a presa, como um leão africano faria com uma zebra capturada. O traseiro dele estava para cima, vestido, graças a Deus, com calças pretas de um terno. A camisa amarela listrada e engomada estava para fora e o paletó estava embolado ao lado dele.

— Mais, mais — pedia a mulher.

De repente, ela agarrou o cabelo do homem e empurrou a pélvis para cima, enterrando ainda mais o rosto do homem em seu corpo. Ela bateu com a mão direita repetidas vezes no chão.

— Assim, Phillip! Assim!

Phillip? O *meu* Phillip? E, pensando bem, esses sapatos não eram os favoritos de Susannah?

32

Vida selvagem

Vamos apenas dizer que Phillip não era mais bem-vindo à nossa casa depois daquele desempenho. E, uma semana depois, fui demitida.

Meu trabalho, a busca que mantinha minha autoestima confinada em um pacote forte e apertado, havia sido destruído em um instante. Toda a energia de regeneração, renovação e inspiração perdida por uma falha de discernimento minha, mesmo que por um breve momento.

Erik havia tentado muito me salvar — e a todos nós —, mas nosso barco afundara rapidamente. Durante dias depois que o testemunho bizarro de Theresa foi ao ar, todos nós tentamos aguentar firme, dando justificativas para que o público — e talvez o mais importante, nossos colegas — nos entendesse. Havíamos verificado a história: ela havia nos mostrado recibos, as conversas gravadas que pareciam realmente ser com Hartley. Três peritos de renome haviam confirmado se tratar da voz dele — como poderíamos saber que eles tinham trabalhado tão bem com as fitas?

Mas ela mentira com a cara mais lavada do mundo. Como poderíamos saber? Não queríamos que as pessoas ficassem com pena de nós. Queríamos que elas compreendessem o contexto em que nossas decisões haviam sido tomadas. No final, o público se prendeu a uma coisa: os investigadores da NBS haviam caído em um trote, e a Srta. Boudreaux tinha ferrado com a gente. Ela tinha conseguido enganar até o experiente Leon Rosenberg. Como a NBS era a emissora mais poderosa no mundo da televisão, as pessoas alegraram-se com nosso erro e dançaram sobre o nosso túmulo. Eu estava muito ferrada.

Quando os abutres começaram a ficar de olho em Bill Maguire, ele lutou de forma valente, isto é, só por ele. *Sempre Fiel...* uma ova. Ele disse para a mídia que ele falhara, que ele cometera um erro, cobrindo as transmissões de rádio e TV com declarações de pesar. Mas confessou o pecado errado ao dizer que ele não havia participado diretamente da produção. Que ele estava preocupado com a programação geral e que deixara a tarefa de verificar a história de Theresa Boudreaux na mão de outros produtores. Explicou que solicitara diversas vezes que checássemos os passos dela e que investigássemos seu passado. Afirmou que não sabia de nada e, desse modo, conseguiu salvar o emprego. A história dele pareceu plausível para o público, pelo menos para as pessoas que não trabalhavam na mídia; afinal, ele era o presidente da divisão de jornalismo. E os presidentes não se envolvem diretamente nos detalhes sujos da produção, não é? Mas os que trabalhavam na mídia sabiam a verdade.

E o que eu devia fazer depois dessa traição? Tentar justificá-la? Tentar compreender? Tentar explicar que Maguire viera das ruas cruéis de Gary, Indiana, como se a sua luta para chegar onde se encontrava servisse de desculpa para a falta de lealdade para com os colegas? Será que eu devia deixar que ele passasse por isso sem punições porque ele era negro e tinha tido uma infância pobre? Eu não dava a mínima para as raízes dele, se ele era negro ou branco: ele era um saco de bosta que correra para procurar abrigo depois de ter afirmado com todas as letras que ficaria comigo até o fim. Rambo nos deixou na mão. Ele havia tomado conhecimento dos fatos, e Maguire, o ex-fuzileiro naval que dava a palavra final em todos os assuntos, havia decidido exibir a matéria enquanto se servia de uma dose de uísque Wild Turkey.

Quando a minha fúria cedeu, minha culpa se infiltrou e me mostrou uma imagem bem mais complexa. Vi que Maguire não precisava cair conosco se ele conseguisse articular uma suposta distância. Minha raiva me torturava com pensamentos confusos e contraditórios. No final, Bill Maguire conseguiu manter o emprego, prometendo manter um controle maior sobre as produções e organizar uma equipe para o processo de verificação dos fatos na emissora.

E o que dizer de Goodman? O homem para quem trabalhei por uma década? Ajudando-o a ficar mais bonito e a parecer mais inteligente do que realmente era? Eu corrigia os roteiros, afiava mais as perguntas, colocava pó sobre sua testa brilhante e penteava seu cabelo duro. Ele também disse que não tinha participado da produção quando as facas começaram a ser atiradas. Disse que todos sabiam que os âncoras de noticiário viajavam muito, que eles não acompanhavam a produção de todas as histórias que cobriam, que não poderia ser responsabilizado por todo o trabalho investigativo. Era para isso que serviam os produtores. Os produtores verificavam os fatos.

Então, o Monstro e Âncora Sr. Joe Goodman foi subjugado, mas não destruído. Eles o repreenderam publicamente, tiraram-no do *Newsnight*, mas deram-lhe um programa de uma hora para especiais. E era exatamente isso que ele queria mesmo. Ele já estava pedindo havia anos para sair do trabalho pesado do *Newsnight* e ter um programa só dele, de uma hora de duração, para cobrir "assuntos maiores" de uma forma mais profunda. Grande punição.

No final das contas, quem pagou o pato foram os produtores. Erik, fiel ao que dissera, se manteve ao meu lado até o fim. Não tenho certeza se ele teve escolha. Pediram que eu e Erik pedíssemos demissão, já que havíamos traído a confiança do público. *Mesmo que não tivesse como sabermos disso. Mesmo que nunca tivéssemos imaginado uma coisa dessas.*

Uma semana depois que a entrevista foi ao ar, aguardei do lado de fora do escritório de Maguire. Desde as revelações da Facts News, ele começara a deliberar sobre o meu futuro com o chefe *dele*, o presidente da empresa que era dono da NBS. A diretoria queria ver cabeças rolando. Estavam tentando salvar a pele e tinham esperança de não perder os clientes de outras divisões a cabo por causa do fiasco de Theresa Boudreaux na NBS, a emissora que era a menina dos olhos do grupo.

Maguire me chamou e eu soube na hora o que estava por vir.

— Jamie, não vou tentar enganá-la. Vamos direto ao assunto. Eu tive uma reunião com a diretoria. Vamos ter de demiti-la. Agora mesmo. Claro que o rompimento...

Sentei na frente dele sem fala. Passei os olhos pela sala. Certamente não parecia que *ele* estava indo embora. Imagino que os mais fracos perdem os empregos, enquanto os poderosos conseguem se manter seguros. Não era a primeira vez que isso acontecia.

— O rompimento? Então é isso? Dez anos da minha vida aqui e agora temos a palavra rompimento na segunda frase?

— Jamie, não torne as coisas mais difíceis do que já são.

— Bill, eu não fiz nada de errado. Eu trabalhei aqui a vida toda, ou quase toda a minha carreira. Isso... isso não é justo. Eu não tinha como saber que estava sendo intencionalmente enganada por pessoas loucas que tinham um desejo de vingança contra a emissora! O alvo eram *vocês* e não apenas uma peça das engrenagens como eu.

Maguire deu de ombros, e eu continuei:

— Eu verifiquei a história toda umas dez vezes. Não tínhamos como saber.

— Você produziu a matéria que denegriu a nossa imagem.

— Eu verbalizei as minhas dúvidas. *Você*, que nunca deixa seus homens para trás, disse que já havia coberto campanhas desse tipo, que sabia o que estava fazendo e que o problema pararia em você.

— Você não está em posição de jogar isso na minha cara. E o problema parou bem aqui mesmo.

— Então eu vou perder o meu emprego? *Você* é o presidente da divisão de jornalismo! Você deu sinal verde para a exibição.

— É assim que funcionam as coisas.

— Por que você não salva os seus homens? Não é isso que os fuzileiros navais fazem? Não é isso que o lema *Sempre Fiel* quer dizer? Será que você não aprendeu nada lá?

— Jamie, já está feito. Já acabou.

— Mas eu...

— Acabou.

Não havia mais nada que eu pudesse dizer.

— Talvez eu pudesse ter caído com você. Mas não vou cair por causa disso. Eu sempre disse que essa matéria era um projeto seu. — Ele se apoiou na mesa. — Como eu disse no escritório de Erik, você foi a produtora responsável pela matéria. E você está muito errada quanto a tudo que acabou de dizer. Errada demais. Você levantou dúvidas, mas não insistiu em cortar a matéria, e é aí que está toda a diferença.

Fiquei em silêncio. O fuzileiro estava certo. E o mais estranho de tudo era que nesse momento terrível, em que eu estava sendo demitida, eu só conseguia pensar em Peter. Por que eu não o ouvi? Por que não ouvi a opinião dele? Tudo para manter os meus sentimentos por ele sob controle.

— Talvez nós a tenhamos pressionado, mas você vai ter de viver com o fato de que você permitiu que a pressionássemos. Eu disse que se você fosse ao meu escritório e pulasse feito louca, eu não exibiria a matéria. Você tentou um pouco, mas não o suficiente. Você não socou com força, apenas golpeou o ar e depois bateu em retirada. Você estava atingindo um dos homens mais importantes do nosso governo. Estamos no mundo dos adultos. Não adianta chorar e espernear. Eu não traí você, Jamie. Você é a minha melhor produtora. Você se traiu. Não confiou na sua intuição. Você afrouxou diante de três homens mais velhos e mais experientes. Esse foi o seu erro e, ironicamente, esse é o verdadeiro motivo por que está perdendo o seu emprego.

Abby ficou louca da vida quando voltei da sala de Maguire.

— O que eu vou fazer sem você? — perguntou ela, entre lágrimas.

— Bem, o que você acha que eu vou fazer sem o meu emprego?

— Você encontrará outro, você é boa demais no que faz — raciocinou ela.

— Sou radioativa, Abby. Ninguém vai querer me contratar. Eles não podem. Meu nome apareceu em todos os jornais do país. Estou ligada a esse fiasco. Mesmo que quisessem, sairia nos jornais que eles haviam me contratado e isso não teria um bom reflexo na imagem deles.

— Nada disso — consolou ela.

Ergui uma sobrancelha.

— Tudo bem — continuou ela. — Talvez você esteja radioativa no momento, mas vai passar. Como Chernobyl.

— Abby, ninguém mora em um raio de 32 quilômetros de Chernobyl. O local continuará radioativo por mais um século.

— Ah!

— Ah... Como se você não soubesse disso.

— Tudo bem. Então você não será como Chernobyl. Você será como um acidente de um reator nuclear que quase aconteceu, mas que não terminou.

— Abby, nessa história o acidente aconteceu.

Mais tarde naquele dia, levei Dylan para andar no parque e contar a ele que eu havia sido mandada embora da NBS. Ele precisava de um apoio, precisava que eu lhe explicasse em termos simples exatamente o que acontecera com o emprego da mamãe. Theresa Boudreaux tinha mentido para mim, ela não queria me atingir, mas sim a toda a emissora. Não tinha nada a ver comigo. Ele ficou aliviado ao saber que eu não era o alvo. Depois de conversarmos, fomos até o castelo Belvedere para dar uma olhada na vida silvestre. Eu estava sentada três metros atrás do meu filho, com as costas apoiadas na parede da varanda mais alta do castelo. O vento soprou um pouco mais forte e eu puxei um pouco o enorme casaco de pele. O frio amargo era um pouco suavizado pelo sol forte da tarde que brilhava sobre nós. A familiaridade do local era reconfortante em um mundo que tinha ruído abaixo de mim.

— As tartarugas não param de se mexer. Estou perdendo as contas.

— Você já está contando há dez minutos Dylan.

Dentro do meu bolso, passei os dedos sobre a inscrição nas costas do cronômetro que Peter me deu de presente — *Já está na hora de outra dança.*

— Tem uma tartaruga que não consegue se levantar. Ela quase consegue subir nas rochas, mas fica patinando como uma louca e depois desiste. Procura outro lugar que pareça mais fácil e começa tudo de novo.

— Estou com frio, querido. Então acho que podemos observar a vida silvestre um outro dia. Temos de ir.

— Acho que ela também deve estar com frio. Por que as outras não a ajudam com a cabeça? Elas só observam enquanto ela sofre.

— Você também Dylan.

— É, mas eu quero que ela consiga. E eu a ajudaria. Elas não. Eu quero ficar.

— Tudo bem. Sei que este é o seu local favorito. Então, vamos ficar mais um pouco.

— Aquela mulher vai para a cadeia? Você vai para a cadeia por mentir na TV?

— Infelizmente, não. Ela se mudou para um lugar muito longe. Tipo uma ilha. Ninguém sabe onde ela está.

— Isso é estranho. É estranho que Peter não esteja aqui.

— Ele adoraria estar aqui querido.

— O que aconteceu na festa de Anthony?

As nuvens cobriram o sol.

— Foi naquele dia que a mulher apareceu na TV. E mamãe e papai tiveram uma briga lá. Como a tartaruga está se saindo?

— Acho que já superei isso.

Coloquei meu braço ao redor dos ombros dele.

— Você quer ir para casa agora?

— Não, eu quero fazer mais algumas perguntas.

— Diga.

— Será que você e papai um dia vão voltar a se amar?

— Eu já disse, querido. Nós sempre nos amaremos. Mas nós precisamos de um tempo. Isso é muito confuso para as crianças. Mas não é culpa sua.

— Eu sei. Por que todos ficam repetindo isso? Eu nunca disse que era minha culpa.

— Não sei, querido. Os adultos às vezes não pensam direito.

33

Uma coisa engraçada chamada medo

Seis semanas depois
Primeiro de fevereiro, a manhã do evento beneficente do Hermitage, e eu acordei atrasada. Um pouco de insônia exacerbada pela dor de cabeça que me acompanhava todas as manhãs desde aquela tarde medonha no apartamento de Susannah. Com a cabeça coberta e o rosto enfiado embaixo do travesseiro, tentei afastar a dor. Sem chance.

O telefone tocou.

— Tenho uma ideia. Uma ideia muito mais do que genial. Oscar já está a caminho.

— Ingrid. Pare. Estou dormindo.

— Não está mais. Já são 9 horas. Tire esse pijama e se vista. Ele já deve estar com o dedo na campainha.

— E por que ele está vindo para cá?

— Vamos refazer a sua vida. Já é hora de se organizar. Tenho uma nova linha de trabalho para você. Já planejei tudo. Um novo emprego. Você não vai entrar nesse lance de desemprego.

Eu consegui me sentar na cama.

— Ingrid, você é uma ótima amiga, mas...

— Eu já disse ao Oscar que não importa o que você faça, ele tem de ir direto ao seu closet. Com uma câmera. Caso contrário, vou colocá-lo no olho da rua.

— O quê?

— Ele vai fotografar as suas roupas. Ele é bom com câmeras digitais. Depois ele vai para Bridgehampton fazer o mesmo.
— Não tenho roupas lá.
— Então, ele vai fotografar as suas roupas lá.
Ela não estava ouvindo. Ela estava em um momento Ingrid, toda excitada como se tivesse descoberto o código nuclear da Coreia do Norte.
— Depois, ele vai para a Kinko para imprimir as fotos e catalogá-las por cor, depois por estação, depois pela qualidade e depois por casa, em um caderno. É chique demais. O jeito como você sabe onde tudo está. Você é organizada. Você nunca procura nada. Então você as combina. Como fazíamos com as bonecas. É claro que o seu livro vai ser patético, mas você vai entender o conceito melhor se passar por todas as etapas com ele. Ele fez isso para mim. E está trazendo o meu. É maravilhoso. O seu vai ser horrível, mas pelo menos você tem jeito.
— Você enlouqueceu?
— Todo mundo quer um, mas não sabem como executar. E só existe um Oscar.
— E...
— E você vai produzir esses livros! Vai dirigir as sessões de foto e organizar os livros. Agora você será uma produtora *e* uma autora. Pronto!
Carolina enfiou a cabeça entre o batente e a porta.
— O motorista da Sra. Harris está aqui.
Não havia meio de parar Oscar. Ingrid era realmente aterrorizante quando dava uma ordem. Então eu deixei o cara fazer o que tinha de fazer. Agora as mulheres de Park Avenue estavam tentando gerenciar a minha carreira. Deprimente.
Mas eu já estava acostumada com a depressão. Eu mantinha um sorriso falso no rosto durante todo o dia, enquanto tentava valentemente agir como se estivesse de fato, feliz na frente das crianças. Eu ainda tentava representar o meu papel, fazer um esforço para passarmos um tempo junto com a família e jantar com Phillip. Havia dias em que eu realmente queria salvar o meu casamento — por mim, por nós e, principalmente, pelas crianças.

Phillip, banido primeiro para o sofá do estúdio, tentou parecer arrependido, mas não foi bem-sucedido. Ele sempre ia para a casa da mãe, onde estava ocupando o quarto de hóspedes. Fomos à terapia umas dez vezes para discutir os motivos por trás das ações dele — ele se sentia distante de mim, achou que eu não ligaria, pois não parecia mais estar ligada a ele. Ele precisava de atenção e de amor. Acho que todos eram bons motivos para explicar uma traição, mas ao mesmo tempo em que a terapia me ajudou a enxergar as coisas de uma maneira mais clara, ela não mudou a realidade vazia do meu coração.

Quanto a Peter, pelo menos ele esperou até o ano-novo.
Aconteceu na cozinha, depois que as crianças tinham ido dormir. Era a primeira sexta-feira de janeiro e Carolina estava de folga. Phillip, naquele momento, estava pegando um voo noturno em São Francisco.
Eu pensava constantemente na conversa que tivéramos na calçada. *Primeiro de tudo, não vou tocá-la de verdade a não ser que você me diga que realmente quer e até saber que você não está mais com ele...*
Ele me queria. Ele nos queria. E eu não estava pronta para isso. Eu simplesmente não podia ir passar a noite com ele no Carlyle Hotel e agir como se nada tivesse acontecido no dia seguinte. Não parecia haver um meio-termo para ele. O que iríamos fazer? Ir para a segunda base e parar por aí? Além disso, mesmo que Phillip tivesse me traído, isso não me dava o direito de fazer o mesmo.
Embora tivesse ficado chocada com a traição, não havia tido uma crise nervosa. Precisava de alguns meses para analisar tudo e ver que situação eu iria preferir. E Peter, sentindo a minha hesitação, tinha esfriado. Ele disse que estava envolvido com o programa, mas eu sabia que não. Ele estava claramente esperando por mim, perguntando-se por que eu não tinha largado o meu marido logo depois que descobri a traição. Mas eu estava paralisada, ainda tentando manter minha família unida por causa das crianças. Queria dar o meu melhor. E é claro que havia aquele pequeno sentimento chamado medo.

Eu estava tomando um chá de camomila no balcão quando Peter entrou. Eram umas 21 horas e Dylan tinha acabado de dormir.

— Então — disse ele, bem na minha frente. — O jogo acabou.

Ele envolveu minhas mãos com as dele. Mas nada de massagem excitante dessa vez.

— Será que você pode pelo menos olhar para mim? — pediu ele.

— Eu não sei.

Uma onda de tristeza passou pelo meu corpo.

— Então, o jogo terminou de um modo que eu não tinha imaginado.

— O quê? — Olhei para ele.

— Eu não posso mais ficar.

Fechei os olhos.

— Você não pode fazer isso.

— Você está certa, J.W. Eu não posso fazer isso. Então, vou embora.

— O que você não pode fazer?

— Esse jogo. Esse jogo de esconde-esconde e casa dos espelhos. Ou fazemos algo a respeito ou não. E você não está lidando com as coisas. Você não se mexe. É quase como se estivesse gostando de se sentir uma merda o dia todo.

— Será que você não pode ser um pouco mais paciente? Eu passei pelo inferno.

— Eu fui paciente. E agora eu vou finalmente dizer: não posso ficar aqui me sentindo do modo como me sinto por você.

— Mesmo?

— Será que dá para crescer um pouco? Claro que eu sinto. Em que estado bizarro de negação você está? Eu tentei ficar na minha e demonstrar o meu apoio. Mas está sendo muito difícil.

— Eu sei.

— Não poder abraçá-la, estar com você, mostrar como eu me sinto. Mas é difícil com você se controlando e ficando fria e estranha sem lidar com as coisas. E para quê? Para o traíra idiota. Você está esperando pelo OK dele.

— Não, mas é difícil demais romper com tudo.

— Do que você tem medo? Tem medo de poder ser feliz?
— Não é isso.
Pelo menos eu achava que não.
— Então, o que você está esperando?
— As crianças, Phillip... Eu ainda não posso mudar.
— Quer saber? — Peter parecia magoado, frustrado e resignado. —Tudo bem. Tudo bem mesmo, mas eu não vou ficar esperando por aqui até que você decida seguir em frente.
— Então o que você vai fazer?
— Eu já contei a Dylan.
Não gostei disso.
— Como você pôde?
— Ele está bem. Eu também já estava vindo menos. Ainda vou levá-lo ao grupo de esportes Adventures todas as segundas-feiras. Disse a ele que eu tinha muito trabalho, mas que eu ainda passaria as segundas com ele.
— Como ele reagiu?
— Ele estava cansado e é uma criança. Ele vive o presente. Lembrei a ele que só faltam dois dias para segunda-feira.
— Ah, então...
— Então, eu vou pegá-lo toda segunda e vou com ele até lá. Quando chegarmos aqui, vou deixá-lo na portaria. Ele pode subir sozinho.
— Parece que estamos nos divorciando e você nem pode subir.
— Ei, essa é a sua escolha.
E depois ele pegou o meu pescoço de forma gentil, deu um beijo suave nos meus lábios e saiu pela porta.
Fiquei arrasada. Sua boca era perfeita.

Naquela noite de fevereiro, Phillip e eu fingimos bravamente que éramos um casal feliz e bem casado. Saímos do carro alugado e subimos os degraus do DuPond Museum. Eu não tinha um bolero de pele branca nem um casaco branco até os pés. Então usei um xale de cashmere branco em volta dos ombros, o que funcionou tão bem quanto uma gaze contra o frio que chegava a temperaturas negativas. Phillip colocou o braço no meu ombro para me aquecer e eu me deixei apoiar nele, tentando tirar um pouco de calor do seu corpo. Enquanto subíamos as dezenas de degraus de mármore, pensei sobre a noite anterior e em por que eu tinha feito o que fizera. Tudo havia começado quando ele entrou no banheiro, depois de ter colocado as crianças para dormir.

Ele disse:

— Jamie, se você ainda me aceitar como seu acompanhante como havíamos planejado, eu gostaria muito de levá-la ao evento beneficente amanhã à noite.

Joguei água no rosto e olhei para ele.

— Eu não sei — respondi em um tom de voz neutro.

Eu não estava me sentindo especialmente zangada com ele para variar. Talvez porque não o tivesse visto nos últimos dois dias.

— Bem, eu esperava um pouco mais de informação do que essa que você acabou de me dar.

Segurei a escova de dentes como uma espada.

— Como você pode esperar qualquer coisa?

— Sei que estou esperando muito, mas achei que talvez, já que não temos brigado há um tempo, eu pudesse dormir na nossa cama pela primeira vez em sete semanas e, como algo especial, levá-la amanhã ao evento beneficente.

Eu não me divertia mais fazendo-o sofrer. Ele apenas olhou para mim: sem implorar nem nada, apenas do modo direto de Phillip. Ele tinha me traído, sem dúvida, mas tinha me explicado por que o fizera e tinha se desculpado. Ele não havia choramingado ou implorado perdão, o que eu apreciava e respeitava. Eu estava tentando perdoá-lo, aceitar as suas desculpas e consertar as coisas.

— Jamie, então, o que você acha? Eu ainda poso levá-la ao evento e depois posso dormir com você na nossa cama?

O Dr. Rubenstein havia dito que o sexo poderia nos curar, que poderia quebrar a parede de raiva. Mas como eu poderia transar com ele quando não conseguia parar de fantasiar como seria estar com Peter?

— Jamie, eu não vou pedir todos os dias, só de vez em quando, como tenho feito desde que essa tragédia começou. Negar-se a fazer sexo comigo é uma arma eficaz no seu arsenal, e eu entendo isso. Mas nós poderíamos pelo menos tentar. Você faz parte do comitê e estará usando um lindo vestido. Você vai querer ter um homem ao seu lado.

Eu não respondi.

— Além disso, se não quiser fazer isso por nós, faça por Gracie. Se toda a diretoria da Pembroke estará lá, seria bom se estivéssemos juntos, de braços dados. Sorrindo.

Ele colocou um dedo em cada ponta da boca para fazer um sorriso largo e falso.

Eu ri. Eu me sentia meio mal por ele, que estava se empenhando muito.

— Tudo bem, me acompanhe ao evento. Mas não estou certa quanto à questão da cama.

Então ele me abraçou.

Isso me pegou de surpresa; ainda mais quando ele se pendurou em mim como um enorme urso marrom. Ele esfregou os dedos nas minhas costas e não me soltou. Ficamos ali parados, sem saber bem como agir. Ele fechou os olhos e me beijou. De forma gentil no começo, depois com mais paixão. Senti uma lágrima escorrer pelo meu rosto, mas ele continuou me beijando.

— Vamos tentar. Eu sei do que você gosta.

Eu disse para mim mesma para deixar as minhas inibições de lado, do modo com se faz quando se vai dormir com um estranho. Ele me levou para a cama. E eu me sentei na beirada, esfregando os dedos na testa.

— Você tem fósforos Jamie?
— Na gaveta.

Ele estava preparando tudo porque eu não havia dito não. Será que deveria dizer agora? Será que eu deveria dizer que não o queria? Será que deveria tentar?

Phillip acendeu duas velas. Diminuiu as luzes e trancou a porta do quarto.

— Tenho planos para você.

Forcei-me a deitar.

— Eu ainda amo você Jamie. Você é adorável.

Phillip subiu na cama e começou a beijar a minha testa e depois a boca. Arqueei as costas, tentando me sentir mais confortável. Ele puxou minha camisola para cima e colocou a cabeça sobre a minha barriga. Talvez eu pudesse fazer isso.

— Só existe você.

Eu estava tentando pensar em algo sexy, mas, em vez disso, pensei em perguntar-lhe se ele tinha chupado minha ex-amiga Susannah do mesmo modo que fazia comigo.

— Você me deixou esperando e estou cheio de tesão.

Fechei os olhos de novo. Eu ia precisar de muita concentração se quisesse ir com isso até o fim. Obriguei-me a tocar o contorno familiar das costas, dos braços e das pernas finas. Tentei me concentrar no corpo de Phillip e não no homem Phillip. Comecei a me sentir em casa de novo.

Quando terminamos, ele disse:

— Não se esqueça de como somos bons juntos.

As lágrimas escorreram pelo meu rosto, e Phillip deu um sorriso carinhoso; eu sabia que ele achava que eu estava me apaixonando por ele de novo. Ele pegou o meu queixo.

— Vamos conseguir passar por isso.

Eu me afastei.

— Vamos lá, Jamie. Não resista apenas por resistir.

Será que eu só estava resistindo a ele por resistir? Talvez. Será que eu estava apenas prolongando a raiva? Será que Peter era real? Talvez. Olhei para o rosto do meu marido, vendo as pequenas linhas ao redor da boca e as sardas perto dos olhos. Havia algo... ali. Entre nós. Por algum motivo eu ficava, um motivo além das crianças e do conforto. Ou será que era apenas medo? A voz de Peter soou na minha cabeça. *Do que você tem medo? Tem medo de poder ser feliz?*

Ouvi o estalo de dedos na minha frente.

— Jamie, esqueça isso. Vamos perdoar e seguir em frente juntos.

— Phillip — suspirei. — Ainda não estou pronta para tomar uma decisão. E não é só o seu caso com Susannah...

— Eu sempre tomei conta de você e das crianças. Temos uma história juntos Jamie.

— Eu não estou desistindo. Estou decidindo o que vou fazer. O que eu quero. Há uma diferença nisso. Uma diferença muito grande.

Ficamos deitados em silêncio. Comecei a me sentir agitada e claustrofóbica, como se eu tivesse dado espaço para ele, sem querer realmente isso.

Sentei de forma abrupta.

— Phillip. Tudo está acontecendo rápido demais. E de forma totalmente inesperada. Por favor, preciso que vá dormir no sofá do estúdio. Ou vá para a casa de sua mãe.

Para minha surpresa, ele se levantou de bom grado. Ele sabia que tinha ido mais longe do que havia imaginado. Ele era inteligente o suficiente para não forçar ainda mais as coisas.

34

A bela do baile

Um mar de beijos lançados no ar. Braços erguidos. Mulheres girando em seus vestidos brancos como se fossem garotinhas de 5 anos brincando de princesa. Cumprimentos e elogios exagerados para todos os lados. Phillip e eu ficamos na entrada do museu com seu teto abobadado de mármore que amplificava as vozes, causando eco pelos arcos. Neve cenográfica de Hollywood havia sido colocada nos cantos de cada degrau da escadaria de mármore e ramos de sempre-viva adornavam o corrimão. Enormes ovos cravejados de pedras, réplicas das obras originas de Fabergé, estavam pendurados em cabos transparentes presos ao teto. Garçons usando smoking e luvas brancas serviram champanhe para mim e Phillip em uma bandeja de prata enquanto procurávamos por pessoas de quem realmente gostássemos e acenávamos com a cabeça para muitos conhecidos da elite ou da saída da escola das crianças.

— Tem uma ali. — Uma jovem mulher apontou para mim. O fotógrafo Punch Paris estava ao lado dela.

Ele estava a uns cinco metros de distância, ao lado de uma palmeira pintada de branco com ovos dourados pendurados. Punch estava muito preocupado com as alpinistas sociais que lotavam o lugar e o cercavam como hienas ao redor de um acampamento. Havia puxa-sacos rindo de cada palavra que ele dizia e dando tapinhas em seu braço a cada comentário maldoso.

— Oh, Punch, pare com isso! *Você é demais.*

Depois, as garotas legais demais que fingiam não ligar se ele tirasse uma foto delas, mas que queriam que ele as notasse, gritavam "Olá, Punch!", acenavam com o braço cheio de joias e passavam por ele sabendo muito bem que ele não teria tempo de tirar uma fotografia delas. Ele teria de fazer um esforço para encontrá-*las* durante a festa, ou assim desejavam elas secretamente. E as socialites de verdade, desesperadas pela atenção dele, andavam pela borda de sua órbita com uma indiferença estudada que poderia vencer o Oscar. Tudo isso por um homem com o qual elas nunca se dignariam a falar, não fosse pela câmera pendurada em seu pescoço.

A mulher da Verdura puxou a camisa de Punch.

— Ali também. Ela está bem-vestida. Lembra? Nós somos os seus clientes? Tá lembrado?

Exasperado, Punch tentou dar uma boa olhada em mim. Fingi não notar.

— Quem? — perguntou ele. — Por que ela?

Ela indicou as orelhas, sem dúvida explicando a ele que eu estava usando um brinco de 15 mil dólares da Verdura. Ela precisava de uma foto para a publicidade.

— Ela pode esperar. Nós a encontraremos mais tarde.

A mulher correu em nossa direção e se apresentou, Jennifer alguma coisa, relações públicas da Verdura.

— Esqueci o seu nome, mas sei que emprestamos os brincos a você e precisamos de algumas fotos. Por favor, Punch! Venha aqui! Preciso de uma foto dessa mulher! Talvez não a encontremos depois.

Ele a ignorou.

— A propósito, vamos precisar dos brincos de volta hoje à noite, logo depois do jantar. Temos um funcionário esperando em uma sala perto da cozinha.

— Eu sei. Já me explicaram tudo...

— Nós vamos encontrá-la. Qual é mesmo o seu nome?

Ela pegou um caderno. A princípio, eu gostara da ideia de usar um vestido e joias emprestados: era fácil e grátis. Agora eu em sentia usada, barata e vulgar, usando um produto para promover o negócio de alguém.

— Meu nome é Jamie Whitfield. Este é meu marido, Phillip.

— Ah, isso mesmo. Fiquem juntos e escondam as bebida atrás de vocês, por favor. Punch! Eles estão prontos! Por favor!

Ele apontou a câmera para nós, a uns três metros de distância, e nem olhou pelo visor. Dois flashes. Ele piscou e continuou conversando.

— Bom. — Ela olhou para as anotações. — Só faltam duas.

Ela se afastou sem agradecer nem se despedir.

— Tom!

Phillip agarrou o braço de um dos sócios da firma.

Tom Preston virou-se para nos olhar, sussurrou algo para a esposa, e nós dois vimos a esposa reclamar. Obviamente, ela não queria ficar conversando com os colegas de trabalho quando podia se misturar com um monte de galinhas. Enquanto os dois homens conversavam, ela ficava esticando o pescoço para olhar para a multidão que chegava. Assim como Tom. Eu os salvei.

— Phillip, com licença, mas temos de encontrar nossos anfitriões.

A esposa sorriu para mim pela primeira vez.

— Oh, Tom, não vamos atrapalhá-los.

O lugar estava insuportavelmente barulhento. Eu me sentia humilhada pelo lance dos brincos, zangada com a piranha da esposa do Tom e podia sentir a frustração de Phillip. Ele não estava no comando dessa situação. Eu queria que Peter me surpreendesse surgindo por trás de um ovo de dois metros de altura.

— Mas que droga, Jamie. Quem são essas pessoas?

— Eu não sei. São convidados de Christina.

— Você me traz aqui e não conhece ninguém.

— Conheço, sim... — comecei a me sentir agitada por um momento porque precisava consertar as coisas.

— Eu não vou ficar em pé aqui com cara de idiota. Vamos andando.

Ele agarrou minha mão e me puxou pelo salão, procurando encontrar alguém conhecido.

Christina beliscou o meu bumbum e eu levei um susto.

— Olá, querida! — cumprimentou ela. — Você está muito sexy. Não sei como o seu marido consegue manter as mãos longe de você. Phillip entrou na conversa.

— É quase impossível. Obrigado por nos receber, Christina.

Ele colocou o braço ao meu redor e me puxou para perto. Ninguém sabia sobre ele e Susannah. Ninguém sabia que a nossa vida como casal estava prestes a terminar.

— E, Jamie, sinto muito pela revista. Não acredito que John Henry tenha se atrevido a cortar *alguém* da minha mesa da capa — afirmou Christina.

— Tudo bem. Mesmo.

Christina, parecendo um cisne glorioso do ano passado, estava com um vestido tipo frente única de Carolina Herrera, com contas de cristal segurando-o ao redor do pescoço longo e uma caravana desordenada seguindo atrás dela. Mandei um beijo para o seu marido muito rico, George, que parecia o ser mais assexuado que já havia conhecido. Ele estava reto como um soldadinho de brinquedo com sua pequena pança. Uma grossa camada de Gumex segurava o cabelo preto para trás, acentuando a calvície e a fileira arrumada de cabelos que tentavam cobrir a careca.

— George, Christina, que convidados elegantes. Muito obrigada por nos convidar para sua mesa.

— Oh, Jamie. O prazer é nosso. — George beijou a minha mão. — Mal posso esperar para discutir as eleições com você.

Que Deus me ajudasse.

Um homem velho e baixinho, parecendo um pinguim com rabo branco, andou pelo salão tocando um sininho para anunciar o jantar. Andamos por um corredor nobre com os Patten e mais dois outros casais da nossa mesa. As esposas, Leelee e Fenoula, nem se lembravam de ter me conhecido na sessão de fotos.

O teto do DuPont Museum tinha sido completamente coberto por ramos de vidoeiro, formando uma grossa cobertura. Cerca de cinquenta mesas com dez lugares, cobertas com toalhas vermelho-sangue, enchiam o salão do átrio. Os centros de mesa eram adornados com arranjos de rosas vermelhas e brancas que desciam como cascatas. Mais neve cenográfica de Hollywood tinha sido usada para adornar os cantos do salão, as fendas das colunas e o salão de dança, espalhada pelo chão. A nossa mesa era bem na frente do palco.

Christina nos apresentou à presidente do comitê beneficente, Patsy Cabot, uma mulher rechonchuda com cerca de 60 anos e um corte de cabelo inteligente. Era ela quem comandava a diretoria da Pembroke School. Patsy ofereceu a mão gorducha e deu um sorriso simpático para mim e para meu marido — bem aquele tipo de sorriso sem sentido dos descendentes do *Mayflower* que adoravam Phillip. Notei que ela usava um relógio Timex simples com pulseira de couro, talvez a única mulher no salão que não estava usando um relógio de festa.

— É um prazer conhecê-la, Patsy. — Ele deu um aperto de mão como um perfeito escoteiro, como a mãe o ensinara. — Você tem feito um excelente trabalho para uma causa cultural e histórica.

— Muito obrigada, Phillip. Estou tentando.

Ele continuou:

— Apesar de tudo, o museu Hermitage, depois de noventa anos da negligência comunista, finalmente reconquistou sua estatura imperial. Como deve ser.

Patsy cravou os olhos no meu marido, intrigada por alguém parecer realmente interessado no objetivo do evento em vez das roupas das mulheres.

— Você sabe alguma coisa sobre o Palácio de Inverno, Phillip?

— Sei, sim.

Olhei para Phillip como se ele tivesse perdido o juízo.

— É mesmo? Você já foi a São Petersburgo?

Phillip ignorou a pergunta e deu um sorriso arrogante.

— Patsy. O Palácio de Inverno possui a maior coleção de ovos Fabergé, a maioria deles comprada por Alexandre III e Nicolau II para suas esposas. Obviamente o meu favorito é o ovo *Lily of the Valley*. O trabalho que você está fazendo aqui é crucial para proteger a herança dessas obras de arte.

Nunca na vida ele tinha falado sobre salvar uma instituição cultural ou citado a existência de ovos Fabergé.

— Também adoro esse ovo. Há um modelo bem ali — disse ela, apontando para o canto do salão.

— Eu sei. Com miniaturas de fotos de Nicolau II e das grã-duquesas Olga e Tatiana para a imperatriz Alexandra.

Ele tocou o ombro dela.

— Você parece conhecer bem os ovos.

— Como aos meus filhos.

Phillip olhou para baixo, com falsa modéstia. Ele sempre conquistava o júri, os colegas e os clientes com essa mesma mágica. Eu fiquei ali assistindo enquanto ele hipnotizava Patsy e senti um nó por dentro. Ele era ótimo nessas situações.

— É mesmo?

— Mesmo.

Patsy respirou fundo, enchendo o peito.

— Você viu o ovo da coroação com os próprios olhos?

— Sim. Uma experiência religiosa. Com o seu fundo de ouro com estrelas brilhante e a águia imperial em cada interseção da treliça com...

Ela terminou a frase por ele:

— ... com a miniatura da carruagem de Nicolau e Alexandra dentro dele. Como você sabe tanto...

— Não há necessidade maior do que preservar as obras de arte de nossa era — disse ele. Eu belisquei seu quadril, enquanto ele batia no meu ombro para me acalmar e ficar quieta. — Meu pai, Phillip Whitfield II, temos o mesmo nome, tinha uma fenomenal coleção de livros que eu e ele sempre estudávamos durante o verão em Plymouth. Sentávamos em uma rede à sombra do salgueiro e estudávamos as grandes obras de arte e onde elas se encontravam. Eu conheço todas as salas do Hermitage de cor. O exato local da *Madonna Litta*, de Da Vincci, do *Bacchus*, de Rubens, das *Três mulheres*, de Picasso.

Ele olhou bem no fundo dos olhos dela como se estivesse transando com ela até fazê-la perder os sentidos, algo que eu tinha certeza absoluta que ela nunca experimentara na vida.

— E todas as minhas obras favoritas estão trancadas no Hermitage, no *seu* museu, Patsy. Eu adoraria poder colocar as mãos nelas.

Ele respirou mais rápido, abrindo as narinas.

— A *minha* obra favorita, que está na sala da frente por um século, é *Dânae*, de Tiziano — disse Patsy, claramente tonta.

— Um século menos quatro anos, durante o Cerco de Leningrado, quando mais de um milhão de obras de artes Hermitage foram enviadas para os Montes Urais, em um lugar bem distante dos nazistas.

— Touché! — exclamou Patsy, como se ele tivesse acabado de penetrá-la.

E minha filha seria aceita em Pembroke mesmo antes de nossa solicitação.

O jantar não foi tão bem-sucedido. Depois de alguns comentários introdutórios feitos pela diretoria dos museus DuPond e Hermitage, eu mal podia esperar para ir embora. O marido incrivelmente chato de Christina, George, queria conversar sobre os eventos da atualidade pela primeira vez na vida com uma jornalista de verdade. Ele fazia perguntas vazias e primárias como "Quanto tempo a insurreição no Iraque vai durar?" e "Por que você acha que Hillary é uma figura política tão polarizada?"

Phillip estava sentado ao lado da esposa de um homem que desprezava, Jack Avins, o cara do negócio da Hadlow Holdings. Alexandra Avins, usando diamantes do tamanho de manchetes de jornal nas orelhas, não parava de contar como o arquiteto e o empreiteiro tinham brigado durante a construção da casa deles em Sun Valley. Phillip estava de cara amarrada durante a entrada, e eu sabia que as coisas iam piorar. Fui até o lugar dele e o convidei para dançar. Eu faria qualquer coisa para me afastar daquelas pessoas chatas e pretensiosas que estavam à mesa conosco.

Ele colocou a mão nas minhas costas, me levando para a pista de dança, onde fomos cercados por outros casais. Por um momento, me permiti aproveitar o toque firme dele e sua estrutura atraente e alta.

A orquestra formada por vinte músicos, todos homens de smoking branco, tocava "In the Mood". Phillip me fez girar, cheio de si, enquanto o seu humor briguento começava a ceder. Como se estivessem em sintonia conosco, eles começaram a tocar a música que dançamos no nosso casamento, "Fly Me to the Moon". Primeiro, eu tinha transado com meu marido, agora estávamos dançando ao ritmo de uma música arrebatadora sob ramos brancos de vidoeiro e mil velas. Ele me puxou mais.

— Obrigado por me ajudar a escapar de Alexandra Avins. Eu nem consigo olhar para a cara daquele marido presunçoso dela.

Cochichei no ouvido dele:

— Você foi demais com Patsy Cabot.

— Eu sei.

Ele me fez girar.

— Como você...?

— Foi como preparar os argumentos finais em um julgamento... com um pouco de ajuda de uma pesquisa que um associado preparou.

Talvez, talvez eu pudesse voltar para ele. Ele *era* um excelente dançarino.

— Você está linda. Esse vestido, os brincos... E nem me fale sobre ontem à noite. Fico cheio de tesão só de lembrar.

Ele me puxou mais para perto, e percebi que não estava brincando quando disse que estava excitado. Tentei me convencer de que Peter não me amava do jeito que um marido ama a esposa. Que era só um faz de conta para ele. Eu me senti confortável com Phillip pela primeira vez em seis semanas e lembrei que o sexo da noite passada não tinha sido ruim. E ele parecia deslizar em uma pista de dança. As crianças precisavam que ficássemos juntos. Talvez eu pudesse fechar os olhos e voltar no...

Ele olhou pelo salão.

— Tem muita gente rica neste salão. Vamos convidar George e Christina para jantar em breve. Eu quero que você tenha mais jantares. — Ele beijou minha testa. Eu não queria jantar mais com os Patten. — Vamos seguir por ali... Vi um cliente.

Ele nos guiou até a extremidade da pista de dança e acenou para um homem que estava sentado sozinho em uma mesa.

— Olá, Phillip! — cumprimentou o homem.

Phillip inclinou-se para apertar a mão dele, segurando as minhas costas firmemente com a outra.

— É isso que quero dizer. Mais clientes em potencial. Menos jornalistas, mais pessoas cultas.

Rodopiamos mais um pouco pelo salão.

— Essas pessoas não são cultas, Phillip. São metidas a besta e vulgares. Não têm um pingo de inteligência e são chatas.

— Discordo e vejo que você está se rebelando de novo.

Parei de dançar.

— Não estou me rebelando, Phillip. Só estou aqui porque quero que nossa filha vá para Pembroke.

— É mesmo?

— É. Eu não gosto dessas pessoas.

— Você está usando um vestido e joias pelos quais não precisou pagar. Você participou de uma sessão de fotos e eu achei que estivesse procurando se encaixar.

— Estou começando a me arrepender.

— É sempre a mesma coisa. Você não está mais no Kansas. Pare de lutar contra isso. — Ele me puxou. — Siga o fluxo.

— Isso não tem nada a ver com o fato de eu não ser de Nova York. Eu só não quero que essas pessoas fiquem íntimas.

— Deixe-me lembrá-la de que tiraram uma fotografia sua, Sra. Borboleta Social.

Fiquei rígida, mas ele pareceu não notar.

— Eu nem quero que a foto seja publicada. Eu não gosto de ser um joguete para a estratégia de marketing de alguém...

— Eu vi ou não uma página lustrosa com uma foto sua posando em um vestido branco com as socialites mais fabulosas de Nova York? Em frente dos ovos, não foi?

— Aquilo foi um grande erro.

— Você parecia bem no espírito da coisa. Sei que você odeia admitir.

Ele deu um tapinha no meu traseiro para me provocar como se tivéssemos voltado às boas. Sua familiaridade me enfureceu. Eu não estava pronta para ele voltar a usar o seu tom de reprimenda.

— Bem, eu não estou mais excitada com isso. Pode acreditar.
— Tudo bem. Eu acredito. Eu só acho ótimo você tentar se aproximar dessas pessoas. É bom para nós, como um casal. Quero dizer, uma vez que tenhamos passado desse estágio. Eu estou me divertindo. Se deixarmos de lado Jack Avins.
— Você não parecia estar se divertindo durante o jantar, é por isso que estamos dançando.
— Não importa se eu estava me divertindo ou não. Fiz alguns negócios. Talvez tenha convencido o cara da outra mesa a nos contratar para uma grande transação. Eu poderia fazer muito mais contatos sérios esta noite.

Quando chegamos em casa, Phillip brigava com os botões de seu black-tie. O glamour dramático da Noite Branca lhe subira um pouco à cabeça cheia de aspirações e tirara seu humor.
— Jack Avins é um idiota.
Ele tirou a calça e pendurou-a cuidadosamente no cabide.
— Você tem de superar isso.
— E a esposa tem um bafo de onça. Ajude-me com isso.
Eu soltei a gravata-borboleta dele como qualquer esposa faria.
— Fiquei muito feliz com o seu esforço com Patsy Cabot.
— Obrigado.
Ele parecia muito nervoso.
— Sinto muito que não tenha se divertido no jantar, Phillip. Não estávamos planejando ter...
— Não suporto Jack Avins.
— Já entendi.
— Não consigo acreditar que trabalhamos na mesma negociação e que aquele imbecil tenha o próprio avião.
— Jack Avins dirige um grande fundo. O pai dele...
— E o que eu recebi? Apenas os honorários advocatícios. — Phillip balançou a cabeça. — Isso não é certo. Eu fiz com que a negociação da Hadlow Holdings saísse do papel.
— Phillip, nós já falamos sobre isso...

— Não falamos, não, Jamie.

— Falamos, sim.

— Eu era o cara mais pobre do salão. Estou nadando contra a correnteza. — Ele estava puto da vida por eu estar sugerindo o contrário. — Você não entende, não é?

Eu entendia muito bem.

— Será que não vê? — Ele tirou as meias e fez uma pequena bola com elas. — Estou trabalhando como um filho da puta e ainda tenho muitos limites para ultrapassar. Limites que estão sempre à minha volta. Eu nem posso...

— Não, não pode.

— Sim, eu posso. Eu quero ser um cara *sem limites*, como os caras que estavam na nossa mesa e em todo o salão.

Ele tirou a camisa e atirou-a com força na cesta de roupa suja.

— Phillip, o que você está dizendo? Temos muito...

— Ouça o que estou dizendo: eu quero um avião. E quero que ele voe. — Ele esticou os braços e começou a correr pelo quarto dando umas voltinhas como se estivesse voando no céu. — Quero que o piloto diga "Para onde vamos senhor?", para que eu possa responder: "Eu não sei, eu vou dizer quando estiver a fim."

Cocei a cabeça. Ele me olhou sem expressão no rosto.

— Phillip, durma no sofá — foi tudo o que consegui dizer.

35

Tempo para os adultos

— Por que papai não vai para Aspen conosco, mamãe? — perguntou Gracie.

A cadeirinha dela estava colocada entre duas grandes malas de lona. Bolsas de esqui passavam da mala para a terceira fileira de assentos do carro. Tinha acabado de amanhecer, era sexta-feira, véspera do fim de semana do Dia do Presidente, e as crianças, Yvette e eu estávamos seguindo para o aeroporto Kennedy na nossa van.

— Porque a mamãe não gosta mais dele — respondeu Dylan como quem sabe tudo. — É por isso que ele tem dormido no estúdio ou na casa da vovó e é por isso que eles estão trocando os fins de semana.

— Dylan! — exclamei. — Você sabe que isso não é verdade. Eu tenho uma enorme admiração pelo pai de vocês. E ele ama muito vocês, não importa que estejamos nos desentendendo. — Olhei de cara feia para ele. — E você não está ajudando com os seus irmãos.

— Vocês estão divorciados? — perguntou Gracie.

— Querida, essa é uma palavra muito grande para uma menininha tão pequena como você. Vocês sabem que papai e eu somos muito amigos, que sempre seremos os pais de vocês e sempre os amaremos. Mas para sermos bons pais, precisamos dar um tempo um do outro.

Dylan continuou de forma desafiadora.

— Ela não gosta mais do papai. Do mesmo modo que ela não gosta mais da mãe do Anthony, a Sra. Briarcliff.

Ele estava certo quanto a isso. Eu ignorava Susannah no colégio e estava tornando impossível para ela tentar se desculpar comigo.

— Dylan, você está muito impertinente. Você e eu já conversamos muito sobre isso. Somos todos uma família. Se você tem alguma pergunta sobre o que está acontecendo, podemos conversar na hora de dormir. Agora não é o momento certo.

— Então, por que você não conversa com ela na hora da saída da escola se ela supostamente é sua melhora amiga?

— Ela nunca foi a minha melhor amiga! Kathryn é a minha melhor amiga.

— Tudo bem. Desculpe. Uma amiga *querida*.

Ele fungou e olhou pela janela.

Duas horas depois o 737 acelerava pela pista de decolagem. Enquanto ganhava velocidade, eu segurei a mão de Gracie e apoiei a cabeça na janela de plástico. Já haviam se passado dois meses desde o "incidente".

Os pedidos de Phillip para vir para Aspen conosco passaram pela minha cabeça. Nós havíamos planejado essa viagem juntos seis meses antes. Não havia reembolso. Se eu estivesse pagando, teria escolhido um local mais simples e longe da elite. Independentemente disso, pensei, acho que as montanhas talvez tivessem algum poder de cura. Senti um frio no estômago quando o avião começou a decolar. Gracie olhou para mim e sorriu. Coloquei o coelhinho dela na dobra de seu pescoço e ajudei-a a apoiar a cabeça no meu colo, e ela dormiu. Assim como eu.

Quando acordei, estávamos sobrevoando as Rochosas. As montanhas e o céu ocupavam a janelinha do avião e o mundo pareceu um local muito grande. Não sei se foi a beleza dos cumes das montanhas cortando as nuvens ou o surto de independência que senti com meus filhos na nossa primeira viagem juntos sem Phillip. Ou se era o simples fato de saber que tê-los só para mim como um conceito permanente não me assustava mais. Na verdade, era um alívio não ter de lidar com uma quarta criança resmungona e mimada de 1,80 metro. Então, olhando para o rio Colorado que cortava a paisagem montanhosa, senti-me feliz. Contente. Resolvida. Eu queria o divórcio. Eu até já começara a dizer a palavra. Ingrid tinha aparecido na noite anterior para tomarmos uma taça de vinho e notara que eu não havia feito as malas do meu marido. Quando expliquei que ele não sairia mais de férias conosco, ela sentiu o que se passava ("Querida, posso emprestar uns vídeos que vão ajudá-la a passar por esse período", ofereceu ela). Eu falaria com Phillip assim que voltássemos do fim de semana prolongado.

E isso significava que eu estava pronta para conversar com Peter de verdade. Pronta para dizer o que ele estava querendo ouvir. Ele estava me evitando desde a nossa conversa na cozinha. Nós havíamos nos encontrado no saguão do prédio algumas segundas-feiras antes, e ele dissera que estava com muita pressa para conversar. Também cancelara a visita a Dylan por causa de uma reunião no Vale do Silício e depois não retornara duas ligações minhas. Comecei a me preocupar com aquela garota-fada magra e bonita que estava no bar em Red Hook. Aposto que ele não disse não quando ela se deitou nua na cama dele. Será que eu o perdera? A incerteza estava acabando comigo. No fundo, eu sabia que ele ouviria o que eu tinha a dizer e que gostaria das notícias. Eu tinha de dizer isso para mim mesma. Fechei os olhos e repeti para mim mesma: *Ele vai estar lá. Ele vai estar lá.*

Alguém estava me acordando.

— Jamie? É você? Meu Deus! Na classe executiva? Por quê?

Abri os olhos e me deparei com um par de pernas finas bem na minha frente. Botas de caubói de couro de crocodilo. Um cinto com fivela de prata e uma turquesa e brincos combinando. Chaparejo marrom com franjas sobre a calça jeans. Pele de chinchila. E, o pior de tudo, um chapéu de caubói preto. Mas que merda, Christina Patten.

— Você está morrendo aqui?

— Está tudo bem.

Olhei por cima do ombro dela para ver se ela carregava uma corda para laçar.

— Há tanta gente com conjunto de náilon. Ai, meu Deus! — Então ela se ajoelhou e cochichou: — E todos se parecem com Joey Buttafuoco.

Eu queria dizer a ela que isso era preferível a se parecer com Dale Evans, mas não tive sangue frio para isso.

As pessoas da elite como Christina davam um novo significado para o termo "vítimas da moda". Por exemplo, elas pegavam um avião para Aspen no aeroporto de Nova York como se fossem a realeza da Costa Leste, vestidas com calças cáqui e blusas de cashmere coloridas e luxuosas. Mas depois, em algum lugar sobre as planícies do oeste, iam para o banheiro com a mala de mão e emergiam de lá vestidas de caubói. Elas tinham de estar prontas com as roupas de caubói chique na hora em que o avião entrasse no espaço aéreo do Colorado. Só para o caso de Ralph Lauren aparecer e convidá-las para andar a cavalo assim que tocassem o solo.

Do outro lado do corredor, Yvette me lançou um olhar.

— Não sabia que você viria. — Christina olhou para a fileira de bancos. — Phillip não veio?

— Não.

— Então vamos ficar juntas! Nos divertir! Vamos jantar no sábado. As crianças vão adorar. A sua casa tem um chef?

— Por incrível que pareça, não. E nós precisamos passar um tempo juntos. Só a família. Sinto muito, mas não vai dar.

— Tem certeza?

— Muito obrigada, mas não podemos.

— Tudo bem. — Ela passou os olhos pela pobreza da classe executiva. — Posso pelo menos trazer um drinque para você?

— Vou dormir agora, Christina.

P ousamos em Aspen mais ou menos às 15 horas, depois de uma conexão em Denver. Cinco pessoas com a roupa manchada de pizza e refrigerante passando pelo corredor, puxando as malas com rodinhas cheias de copos, cartões, tocadores portáteis de DVD, suéteres e casacos de neve. Yvette, usando um conjunto marrom apertado que só fazia com que parecesse maior, carregava nos braços Michael, aos berros por ter sido acordado de sua soneca. Atrás dela, eu tentava valentemente fazer com que Gracie e Dylan puxassem suas malas de rodinhas pelo corredor, pegando marcadores e roupas enquanto o meu grupo seguia a fila como se estivéssemos andando pela Patagônia.

Uma frota de aviões particulares estava parada na pista contra as montanhas brancas e geladas e o céu azul. Aqui estavam dezenas e dezenas de jatinhos que mostravam a afluência e o poder da elite de Aspen. Pensei que por ser um fim de semana prolongado, pelo menos um quinto daquelas monstruosidades de aço pertencesse a membros da elite de Nova York. Eles estavam alinhados lado a lado, como F-14s em um porta-aviões.

Então, um enorme jato, maior do que a maioria dos outros, taxiou na pista. Contei nove janelinhas e vi o *G-V* embelezando a cauda. Um Suburban SUV com insulfilm nos vidros e um carrinho de golfe gigante puxando um reboque para bagagem pararam bem ao lado do avião que chegava. As imagens de Aspen na revista *People* passaram pela minha cabeça. Jack Nicholson? David Beckham e Posh? A porta abriu e a escada começou a descer em um único e contínuo movimento hidráulico. Os carregadores se posicionaram e colocaram os ombros para trás. Olharam para a cabine, onde devia haver alguma realeza de Hollywood.

A escada tocou a pista. Protegi os olhos contra o sol forte do final de tarde nas montanhas. Uma passageira apareceu na porta do avião.

Susannah. Congelada nos degraus. Bem na minha frente. Nós já tínhamos nos visto na hora da entrada e da saída do colégio e depois seguido caminhos opostos. Ela tinha escrito um bilhete bem sucinto:

> *Jamie:*
> *Isso não teve nada a ver com você. O que fiz foi muito baixo. Durou pouco. E nunca deveria ter começado. Já acabou. Ninguém nunca saberá. Sinto muito.*
> *Susannah*

Eu não respondera. Agora eu não tinha escolha. Ela estava descendo rapidamente as escadas. Eu não podia fazer com que ela corresse atrás de mim na pista quando as crianças e Yvette estavam lá dentro. Seria um confronto cara a cara. Aqui e agora.

Coloquei os óculos escuros na cabeça e olhei-a diretamente nos olhos.

— Olá, Susannah.

Ela acabou de descer as escadas e quando pisou no asfalto liso e preto, também tirou os óculos.

— Jamie.

Ela apertou os lábios. Esta mulher elegante não tinha nada elegante a dizer.

Quebrei o gelo para ela.

— Você veio com a família?

— Eles chegaram ontem. Eu tive uma reunião de diretoria. E você?

— Só com as crianças.

— Ah. Que bom.

Houve um silêncio longo e desconfortável.

— Só uma coisa, Susannah: quando você me disse que o mais importante era sempre chupar o seu marido, eu não sabia que isso incluía o marido das suas amigas também.

— Eu não disse...

— Você poderia ter me avisado sobre esse pequeno detalhe, porque, com certeza, essa parte não ficou muito clara para mim.

— Foi só uma vez.

— Tem certeza?

Phillip me contara na terapia que eles tinham ido ao Plaza Athénée duas vezes à tarde.

— Não conte nada ao Tom. Por favor. Ele não faz ideia.

— Tem certeza?

— Absoluta. Isso vai acabar com ele.

— Tem certeza de que só foi aquela vez?

— Tudo bem. Foi mais do que aquela vez. Mas não tinha nada a ver com você.

— Como não?

— Porque não. Foi apenas uma bobagem, um flerte entre nós. Tom tem trabalhado demais nesses últimos meses... Ele nunca está em casa...

— Susannah. Tem tudo a ver comigo. Eu era sua amiga.

— Eu não sei, Jamie, ele é tão... e você parecia tão desinteressada...

— Você quer dizer que ele é atraente. Eu sei disso. Foi um dos motivos por que me casei com ele.

— Bem, eu...

— Você o quê? Sente muito por ter transado com o meu marido?

— Claro que sim. Sinto-me péssima com isso. Mas eu me sinto tão sozinha. Você deve estar arrasada.

— Eu fiquei arrasada. Mas não estou mais.

Ela se aproximou mais.

— Jamie, sinto muito.

Eu me afastei.

— Eu sinto muito por *você* Susannah.

Ela pareceu chocada.

— Sente?

— Dormir com o marido de sua amiga não é algo que uma pessoa feliz faça.

Entreato II

A Mercedes S600 prata seguiu caminho por uma pequena rua em Red Hook, depois parou ao lado de um Subaru velho e sujo. Do lado de fora de um bar, dois velhos cubanos usando casacos quentes de inverno estavam sentados em cadeiras de plástico brancas jogando dominó. Eles observaram o carro pretensioso e totalmente fora de lugar e souberam na hora que não se tratava do carro de um traficante de drogas. Embora os melhoramentos no bairro tivessem mandado a maioria dos criminosos para cidades próximas, os bandidos de vez em quando passavam por lá. Ainda assim, os velhos cubanos estavam certos de que não se tratava de um deles.

— ¿*Quien es eso*?

O outro deu de ombros.

O chofer com quepe estava sentado com uma postura muito reta no banco da frente, enquanto a janela escura descia na parte de trás. A mão de uma mulher cujo braço estava cheio de pulseiras de ouro apontou para o número 63.

— Oscar! Pare o carro. É bem aqui, ao lado dessas casinhas.

O velho e inteligente cubano bateu a cinza do cigarro e riu.

Ela tirou os brincos da Verdura.

— Coloque-os no porta-luvas.

Uma bota de couro de crocodilo saiu do carro, seguida por uma coxa muito bem torneada de uma mulher muito, muito rica, que, incredulamente, analisava a vizinhança.

— Oscar, me proteja! Proteja o carro! Se eu vir uma merda de um rato e ele me morder, pegue o meu Amex de Platina e solicite um helicóptero para me tirar desse buraco! Você tem o número?

— Está no painel, como sempre, senhora.

— E aperte aquele botão ao lado do painel. Não sei quem responde àquele botão, mas aperte cem vezes.

Oscar deu a volta no carro e gentilmente pegou o cotovelo, que segurava uma echarpe da Hermès.

— Seja lá o que for que você faça, não importa que 15 policiais digam para você tirar o carro daí e dar a volta no quarteirão, *espere. Diga que não. Resista à prisão. Talvez você acabe sendo preso, mas não me deixe aqui.* Se eu chegar aqui e você não estiver, algum criminoso pode me atacar e roubar as minhas botas favoritas.

— Essa vizinhança é bem segura, senhora — disse Oscar enquanto a acompanhava até a porta de uma casa marrom. — Mas vou ficar aqui. Não precisa se preocupar.

— Não preciso me preocupar? Como assim? Isso aqui é como cenário de *Mad Max*.

A mulher muito rica apertou o interfone do apartamento número cinco, Bailey.

— Alô!

— É você, Peter?

— Sim.

— É Ingrid Harris.

— Ai, meu Deus.

— Eu ouvi isso.

— Oh, eu... um... estou meio ocupado agora.

— Não dou a mínima. Preciso falar com você.

— Precisa?

— Preciso, sim. Não, na verdade eu estava passando pela vizinhança para visitar um amigo muito querido nesse lindo projeto ao lado de sua casa e pensei que poderia tocar para dar um oi. Olha só. Não é como daquela outra vez. Sei o que está pensando. Quero dizer, manterei as mãos longe de você, está bem?

Um cubano cutucou o outro.

— Ah, tudo bem... Obrigado. Isso seria muito bom.
— Sim. Eu prometo. Agora, abra a porta.
Ele apertou o botão e ela entrou.

A mulher bateu os saltos por cinco lances de escadas, que pareciam prestes a desmoronar. Agradeceu mentalmente ao personal trainer panamenho que a obrigava a usar aquele aparelho de *step*. Alguém destrancou três fechaduras quando ela estava chegando ao terceiro andar e a porta se abriu.

Um adolescente negro, bem-vestido e usando um gorro de esqui apareceu e desceu as escadas correndo. Depois parou e olhou para ela.

Ela congelou, os olhos arregalados, segurando o corrimão com força e encostando na parede para ficar o mais distante dele possível.

— Como vai? — perguntou ele, educadamente.

Ela tentou responder, mas as palavras ficaram presas na garganta. Ele fez que não com a cabeça e continuou descendo.

Ela começou a subir de novo mais rápido dessa vez. Peter Bailey estava aguardando com a porta aberta, e ela praticamente o derrubou quando correu para dentro. Havia uma bicicleta apoiada em uma parede, perto de um cabide com vários casacos de esqui pendurados e um suéter.

— Você está bem? Você quer um copo d'água, ou um pano molhado ou talvez uma máscara de oxigênio? Quero dizer, você veio até aqui...

Ela olhou por cima do ombro de Peter para ver se havia outra pessoa assustadora como a que ela acabara de encontrar nas escadas.

— Peter, juro para você que se alguém me matar aqui, eu vou voltar para assombrá-lo para sempre.

— Você já está fazendo isso — disse ele.

Ela passou por uma cozinha pequena com um minúsculo forno e uma geladeira. Pratos desencontrados estavam alinhados em um velho escorredor de plástico. Na frente do corredor, havia uma mesa de carvalho e três cadeiras diferentes. Livros, jornais e revistas estavam empilhados em prateleiras que ocupavam toda a parede da sala. Ela passou por cima de um monte de cabos de internet e TV e por fim chegou a um velho sofá verde que ficava no meio da sala.

— Você tem uma toalha ou algo assim?
— Para quê?
— Para eu me sentar.
— O sofá está limpo, Ingrid.
— Posso ver que sim, o apartamento até que é bem-arrumado. Mas eu estou preocupada com germes de insetos e coisas assim.
— Bem pensando. Eu encontrei um escorpião em uma almofada hoje de manhã.

Ele entregou a ela um cobertor que estava sobre uma poltrona grande e ela o colocou embaixo do traseiro. Ela estava em uma missão muito séria.

— Eu não vim até aqui para tentar nada.
— Bom ouvir isso. — Ele se sentou na poltrona grande ao lado dela. — Então, qual é a urgência?

Ela cruzou os dedos sob as coxas e disse a ele em um tom dramático.

— Só estou aqui porque não posso vê-lo sofrer tanto.
— Quem? Phillip?
— Não! Você acha que eu arriscaria a minha vida vindo até aqui por aquele fracassado?
— Então quem?

Mais drama.

— É o Dylan.
— O que há de errado com Dylan? Ele está em Aspen e deve estar se divertindo à beça. — Peter puxou uma folha de uma planta horrível que estava ao lado da mesa e disse, por fim: — Eu não pude encontrá-lo por algumas semanas.

Ingrid, para quem a manipulação era uma segunda natureza, de repente se sentiu mal em relação ao que estava prestes a fazer. Sentiu-se mal por mentir, principalmente sobre Dylan. Mas Jamie estava mal, e Ingrid achava que estava em débito com ela.

— Nem me diga. Ele está meio *catatônico*.
— Ai, meu Deus! É melhor eu ligar agora mesmo para ele.

Ele pulou da poltrona e pegou o telefone.

— Espere! Tenho uma ideia melhor.

— Você prometeu! E nós não temos um closet de roupa de cama.

— Meu Deus! E Jamie me disse que você era inteligente. Não tem nada a ver conosco. Nunca mais. Não que eu não tenha gostado! — riu ela. — E você também pareceu gostar.

— Eu gostei, Ingrid. Obrigado. Muito obrigado. Mas o que isso tem a ver com Dylan?

— Temos de levá-lo para Aspen. No meu avião, conosco. É só decolar e chegaremos em três horas.

— Você é doida.

— Já cansei de ouvir isso.

— Não.

— A neve é incrível e sei que você adora esquiar.

— Tenho de trabalhar. Tenho de corrigir algumas coisas no programa essa semana e na próxima.

— Querido, você tem de consertar as coisas com ele primeiro. Ele está arrasado. E ela, bem, ela está deixando Phillip para sempre. Não que isso seja um fator aqui.

36

Novo compromisso

Quando você olha ao redor de Caribou Club, o lugar mais moderno de Aspen, você vê exatamente as mesmas pessoas da elite de Nova York. Talvez você conheça metade das pessoas. Todos agem como se ainda estivessem em casa. Mas com mais frio. Eles misturam peles com roupas de caubói. Botas de pele que os fazem parecer o lendário Pé-grande, cachecóis de pele, protetores de orelha de pele, casacos de pele, pele em todos os lugares. E não é de *mink*. É mais caro que *mink*. É de zibelina ou de chinchila.

Abri a enorme porta de mogno e cobre e desci as escadas escuras até o vestíbulo do clube. Uma mulher que parecia uma animadora de torcida do Dallas Cowboys pegou meu casaco. Vim para a cidade para um jantar tardio entre amigas com Kathryn. Nós nos divertiríamos, dividiríamos uma garrafa de um bom vinho. Depois eu ligaria para Peter e contaria a minha decisão.

Olhei para as pessoas procurando os longos cabelos cacheados de Kathryn e percebi que ela não tinha chegado. Ela estava sempre atrasada. Uma garçonete anotou o meu pedido e eu encontrei um lugar na extremidade de um grande sofá coberto com cobertores no estilo do oeste.

— Você está sozinha? — perguntou um homem bonito de cabelos escuros e camisa xadrez aproximando-se mais.

— Estou esperando uma amiga. Mas ela ainda não chegou.

— Vocês estão sozinhas?

— Nós vamos jantar. Só nós duas... e somos casadas.
— Não me lembro de ter perguntado isso.
— É só que deve haver uma garota sortuda em algum lugar aqui e eu não gostaria que você a perdesse.
— Será que posso oferecer um drinque só porque você é bonita?
— Obrigada. É muito gentil de sua parte, mas não.

Ele não parava de olhar para as minhas pernas. Eu estava usando uma calça 501 da Levi's muito antiga, que não me servia desde antes de eu ter filhos.

— Então, vou sentar aqui e sentir o seu perfume.

Depois de ver algumas celebridades famosas, alguém bateu no meu ombro. Peguei o meu casaco que estava atrás de mim no sofá pronta para me levantar, pensando que era Kathryn.

Christina Patten. De novo. Bem no meio do meu campo de visão. Não tinha como fugir. Beijo, beijo. Ela colocou a mão no meu joelho.

— Estou tão feliz de encontrar você. Será que poderíamos reunir as meninas? Você poderia vir jantar? Ou, se você não quiser sair com a tropa toda, nós poderíamos ir à sua casa. Da maneira que você preferir.

Sorri de forma educada e olhei por sobre o ombro dela, torcendo para ver Kathryn chegando para me resgatar. Ela insistiu:

— Todos temos filhos, e os meus estão doidos para ter companhia à noite. — Christina me olhou com aqueles olhos castanhos suplicantes de cachorro sem dono. — Por favor? O que acha de amanhã? Pode ser na minha casa ou na sua. Tanto faz. — Ela riu.

Aspen deve ser o único lugar no mundo em que uma mulher cujo marido ganha um milhão e meio de dólares por ano se sente deslocada.

— Christina, para ser completamente sincera com você, estou precisando de um pouco de tranquilidade para ficar com os meus filhos. Sinto muito. Mas não estou a fim de jantares.

Ela se inclinou para a frente e colocou as duas mãos nos meus joelhos. Uma expressão doce aqueceu sua face, uma expressão que eu nunca tinha visto antes.

— Vi vocês no parque.
— O quê?
— *Vi* vocês no parque.

Pensei em Peter segurando a minha mão enquanto subíamos pelas pedras até chegar ao castelo.

— Eu...

— Você parecia feliz, Jamie.

— Eu...

— E eu sei que você acha que eu sou fútil, e você não é a única... Todo mundo acha isso. Mas eu quero dizer uma coisa muito séria.

— Quer?

— Faça tudo o que estiver ao seu alcance para ser feliz. Não pense nem por um minuto que as coisas são fáceis para qualquer uma de nós. Seja inteligente e fiel a si mesma e ao que deseja na vida.

Ela bateu com o copo no meu em um brinde e se afastou.

Eu ainda estava me recuperando do encontro quando Kathryn chegou cinco minutos depois e me afastou do Capitalista de Seattle.

Enquanto esperávamos, ela disse:

— Você é tão má.

— O quê?

— Olhe para você! Toda sexy.

— Você está atrasada. E *eu* deveria estar reclamando. Um cara chegou em mim, e eu não consegui me livrar dele.

— Bem, você está se separando. Deve estar dando a notar que está disponível ou algo do tipo.

— Pare de implicar. Eu só queria me sentir bem comigo mesma e não para alguém.

— Tá bom.

A energia era palpável no restaurante. Homens bonitos de todas as idades, usando blusas de gola rulê e blazers de camurça riam alto, com uma mulher de cada lado. O pessoal da elite de Nova York, ridículo com seus chapéus de caubói, se misturava entre eles. Louras altas, os cabelos em cachos no estilo texano e botas de cano longo de caubói, jeans justos e casacos de pele de chinchila de 20 mil dólares, se espalhavam pelo restaurante. As pessoas estavam se livrando do estresse, e a energia sexual que emanavam era contagiante.

Um garçom lindo de morrer se aproximou da nossa mesa. Estava bronzeado ao redor das linhas do contorno dos óculos de proteção para esqui, o que fazia com que parecesse um urso panda. Ele nos entregou o cardápio e disse que faria de tudo para que tivéssemos uma noite agradável.

— Você poderia facilitar as coisas e ir para cama com *ele*. Ele acabou de se oferecer — sugeriu Kathryn.

— Não. Eu não vou atrás do garçom.

— Então se preserve para Peter. Phillip já sabe de alguma coisa?

— Ele nem sabe o sobrenome dele. Ainda o chama de treinador.

— O que exatamente Phillip sabe sobre as coisas? Você já ligou para o advogado?

— Eu estava pensando em um mediador. E vou contar a ele que é oficial quando chegarmos. Talvez até mesmo na segunda-feira à noite.

— Já ouvi isso antes. Você tem certeza?

— Tenho, sim. Ele nem vai ficar chocado. Fiquei sabendo que ele está saindo com uma garota novinha. Só estamos adiando até termos a conversa definitiva.

Kathryn passou a mão pelo copo de vinho.

— E quando você ficar nervosa, lembre-se de que Peter está apaixonado por você. Mesmo que ele não esteja telefonando.

— Tenho medo que ele tenha partido para outra.

— Nada disso. Ele só fez uma jogada de xadrez.

— Bem, mesmo que ele telefone, não sei como serão as coisas entre Peter e eu como um casal. — Kathryn balançou a cabeça, negando de forma veemente o que eu estava dizendo. — Eu não quero que ele ache que é um substituto de pai para os meus filhos ou...

— Por que tem de ser assim? Pare com isso. Por que você não pode simplesmente ter se apaixonado por Peter pelo homem que ele é? Por que você tem de criar uma teoria patológica de substituição de Phillip? Vamos manter as coisas simples, está bem? Ele é fantástico. Ele adora os seus filhos. Ele adora você. Ponto.

— Você sabe muito bem que as coisas não funcionam assim, mas com certeza gosto de ouvir isso.

— Então, parta para o ataque assim que chegar. E também comece a fazer algo pela sua vida profissional. Isso fará com que se sinta melhor.

Ela estava se referindo ao projeto de um documentário que Erik e eu tínhamos começado a desenvolver juntos nas duas últimas semanas. Ele havia me ligado do nada e me convidado para almoçar. No instante em que nos sentamos, ele colocou uma pasta com a proposta na minha frente. Tratava-se de um projeto para um documentário que contaria o nosso lado da história de Theresa e, nas palavras dele, "não a versão açucarada vetada pelos advogados da NBS", e avançando na história dos blogueiros que prepararam a armadilha.

Eu sabia que Kathryn estava certa quanto a voltar ao trabalho assim que voltasse para Nova York.

Nosso condomínio ficava a alguns quilômetros da base da montanha de Aspen. Tinha quatro quartos e um pequeno quarto em cima da garagem. Havia sofás forrados com tecido de lã cor de canela pela sala e uma cozinha de fórmica branca que continha utensílios úteis e se abria para uma pequena sala de jantar. Aquele era o meu santuário, com a lareira e uma vista para o riacho e a floresta de pinheiros. Kathryn me deixou na porta um pouco antes das 23 horas. Eu estava meio tonta. Depois que o Jeep dela ganhou velocidade, eu me apoiei na porta e olhei para os bilhões de estrelas que salpicavam o céu. Em Nova York, os reflexos dos arranha-céus não permitiam que víssemos as constelações. Sentei-me em uma cadeira de madeira na varanda e coloquei um cobertor cinza sobre os joelhos.

Recostei-me e coloquei as mãos entre as pernas. A costura central da calça me pressionou, e eu senti um desejo sexual se espalhar pelo meu corpo. Estava inquieta. Eu queria me divertir como costumava fazer: fumar um pouco de maconha (algo que eu não fazia há anos) ou tomar uma taça de vinho tinto que me aqueceria por dentro no frio ar da noite. Ainda inquieta, me inclinei para a frente e comecei a fazer fumaça com a boca.

Debrucei-me sobre o braço da cadeira para ver o riacho e vi um brilho vermelho vindo da janela da sala de estar. Será que a casa estava pegando fogo? Não. Devia ser a lareira. Mas Yvette não acenderia a lareira tão tarde. Corri para dentro.

E lá estava ele, em pé atrás do sofá, a luz alaranjada da lareira dando um toque dramático com reflexos ondulados nas paredes. Ele parecia em pé no inferno. Eu ri.

— O que é tão engraçado? — sussurrou ele.

— A sua silhueta com as chamas por trás de você. Você parece o diabo.

— Você está linda.

Não me movi. Não podia.

— Quando você chegou aqui?

Como era bom vê-lo.

— Hoje à noite. Nem pergunte como, porque nunca vou contar. Yvette me deixou entrar. Eu tinha de ver Dylan antes que ele fosse dormir. Eu estava muito preocupado com ele.

— Por quê?

— Porque ele estava muito triste. Como costumava ser antes de eu entrar na vida dele.

— É?

— É. É por isso que estou aqui.

— Ele pareceu triste?

— Não, não mesmo.

— Bem, então do que você está falando?

— Eu disse que vim aqui porque fiquei sabendo que Dylan estava muito mal.

— Quem disse isso?

— Também não posso contar.

— Bem, era mentira. Ele está bem. Ele não gosta do fato de você estar no Vale do Silício, mas entende.

— Entende? Interessante.

Pela expressão de seu rosto, parecia que ele tinha acabado de entender algo.

— E então, Peter, como vai? Obrigada por retornar as minhas ligações.

— Tudo o que importa é que estou aqui agora. E feliz por estar aqui.

— Eu também.

Ele se virou e pegou duas taças vazias na mesinha de centro e uma garrafa de vinho tinto já aberta, mas intocada. Eu fiquei parada. Ai, meus Deus, eu não conseguia acreditar que isso realmente estava acontecendo.

Ele pegou a minha mão, acariciando-a por um instante como fizera no parque e me levou até o quarto.

— Estou com sede — foi tudo o que consegui dizer. E não era a altitude que estava afetando a minha fala.

Ele colocou um pouco de água em uma das taças e me ofereceu, os dedos dele tocando os meus por mais tempo do que o necessário. Pensei que fosse morrer.

— Beba isso.

Ele sorriu como se isso não fosse nada de mais. Como se eu devesse apenas relaxar.

Tomei um gole enquanto ele caminhava até a lareira do quarto. A luz no corredor o ajudou a chegar até lá. Peter arrumou a lenha, colocou algumas folhas de jornal entre as toras e acendeu o fósforo. Depois ficou ali, de camiseta branca e calça jeans, com as mãos nos quadris, observando enquanto o fogo começava a tremular. Ele era um tesão.

Ele foi até a porta e por um breve instante eu pensei, desapontada, que ele ia embora, mas ele só estava trancando a porta. Depois ele se aproximou de mim com um sorriso no rosto, um sorriso de matar. Olhei para baixo e aguardei. Ele comandava o show.

Ele dobrou um pouco os joelhos e olhou para mim. Depois pegou meu rosto em suas mãos e disse:

— Você é tão bonita...

E me beijou de forma suave, colocando os braços atrás dos meus ombros para me apoiar, aproximou-se mais, os joelhos entre as minhas pernas como se fosse um passo de uma coreografia de Fred Astaire, e me levou para a cama. E então ele começou a me beijar como um louco, pressionando o meu corpo contra a cama. Eu não conseguia acreditar em como o desejava. Então ele puxou as minhas pernas, colocando-as na cama para que eu me deitasse ao lado dele. Um dos joelhos dele mantinha minha perna esticada. E até isso me excitava

Ele era delicioso, doce como mel. Ele estava beijando o meu ombro e traçando uma linha com os dedos que descia da orelha, passava pelo pescoço e chegava à barriga. Colocando a mão na minha barriga sob a blusa, ele colocou a cabeça logo abaixo do meu ombro e desenhou com o indicador um círculo ao redor do meu umbigo, chegando à cintura da calça. Ai, meu Deus. Rezei para que Gracie não ficasse com sede nem sentisse dor de cabeça por causa da altitude e quisesse dormir comigo.

O fogo estalou e uma centelha bateu na tela.

— Você está bem?

Fechei os olhos.

— Estou um pouco nervosa. Mas está tudo bem.

Eu me afastei um pouco dele.

— Você quer tentar resistir?

— Estou tentando não resistir.

Ele sorriu, pegou a taça, bateu de leve na minha e tomou um gole de vinho. *Está tudo bem, Jamie.*

— Por que agora? — perguntei. Tinha de perguntar.

— Vamos dizer que as circunstâncias que cercam essa viagem estão a meu favor. E um passarinho verde me contou sobre o fim do seu casamento com Phillip. Além disso, a minha paciência estava acabando. — Ele deu um tapinha no meu nariz com o dedo. — E eu queria fazê-la feliz. E eu já queria isso há muito tempo.

— Há quanto tempo?

— Desde o primeiro dia no escritório.

— Isso tudo?

— É. Foi tão engraçado. E você estava tão bonita. E corajosa, ao tentar gerenciar os filhos, o trabalho e todo o resto.

— Foi mesmo?

— É. Bem ali. Na hora. E todo o tempo você estava ocupada demais para perceber.

— Eu não queria perceber.

— Eu sei. Pode acreditar. Foi uma tortura.

— Sinto muito.

Eu o beijei na boca.

— Você deve sentir mesmo, porque esse cara aqui não vai mais esperar.

Uma pequena gota de vinho escorreu pelo meu queixo e pelo meu pescoço. Ele lambeu-a. Depois, apoiou-se no cotovelo e começou a desabotoar a minha blusa.

— Tudo bem?
— Humm-Hum.

Ele levantou os meus braços e tirou minha blusa. Senti o ar fresco contra a minha pele. Nunca foi assim. Nem na faculdade. Eu não podia acreditar que tinha 36 anos e estava me sentindo desse modo. Eu o queria inteiro. Ele veio para cima de mim e tirou a camiseta. Ai, meu Deus, que peito lindo.

Ele parecia muito feliz, como se estivesse realmente tendo um momento especial.

Por fim, ele perguntou de novo:
— Tudo bem?
— Hum-Hum.
— Então.
— O quê?
— Tem certeza de que quer ir para a cama com o babá?

Comecei a rir.
— Certeza absoluta.

37

Despertar repentino

Eram 8h30 da manhã seguinte quando Peter e Dylan, lutando na sala, me acordaram. Eu me virei e lembrei que Peter tinha deixado o meu quarto duas horas antes. Tínhamos feito amor a noite toda como dois adolescentes, sedentos por momentos roubados, até que o dia clareou e ele foi para o pequeno quarto em cima da garagem. Eu nem podia acreditar que ele já estava de pé. Meu corpo parecia moído. Parecia que a minha cama tinha sido atacada por um bando de cachorros. Abri a porta para ouvi-los.

— Eu cresci nas montanhas seu fedelho. E vou deixar você para trás com a minha prancha de *snowboard*.

— Não é justo! Eu só pratiquei *snowboard* na primavera passada e por uma semana! — reclamou Dylan, meio rindo e meio resmungando.

— E, com sorte, conseguiremos surfar em algum *nar-nar pow-pow*.

— O que é isso? — perguntou Dylan.

Peter inclinou-se para ele.

— Fique frio, Dylan. Se você vai fazer *snowboard* comigo, você tem de conhecer a linguagem. Surfar no *nar-nar pow-pow* significa surfar em um dia com neve fresca. Como quando nevou a noite toda e há neve fresca, o que faz com que pareça que você está deslizando sobre penas por toda a descida. E quando você fizer manobras legais, eu vou dizer para você: "Trilha sinistra, doutor."

— O que é uma "trilha sinistra"?

— É quando você abre um caminho legal pela neve.

— Por que "doutor"?
— Sei lá, é só uma idiotice que os praticantes do esporte falam um para o outro.
— Uau! Que legal!
— E quando terminarmos, você vai estar fazendo as mesmas manobras e abrindo o mesmo tipo de trilha que eu.
— Você acha?
— Eu não acho, tenho certeza.

Passamos o sábado inteiro nas ladeiras, sendo que Peter e eu estávamos tão cansados que foi um milagre não termos batido em uma árvore e morrido. À tarde, deixamos as crianças na escola de esqui e ficamos sozinhos. Beijamo-nos intensamente no teleférico. Ele me envolveu em seus braços e esquiou bem atrás de mim, gritando instruções e rindo da minha falta de jeito quando conquistei um monte do tamanho de um carro pela primeira vez. Foi sublime e maravilhoso por causa do risco potencial de um coração partido.

No sábado à noite, depois que as crianças já estavam dormindo, repetimos a dose e nos amamos loucamente como na noite anterior. Rimos. Assistimos à TV. Comemos biscoitos e bebemos vinho. Depois começamos a fazer amor de novo, repetidas vezes e em todas as posições, até ficarmos esgotados.

Alguém socando a porta da frente da casa me acordou. Eram 7 horas da manhã de domingo. Devia ser algum engano. Um som alto da mão enluvada de alguém batendo forte na porta. Coloquei o travesseiro sobre a cabeça, esperando que o idiota que estava batendo na minha porta se tocasse do engano. Mas isso não aconteceu. As batidas continuaram, agora acompanhadas por pancadas na janela ao lado da porta.
— Merda!

Saí da cama, coloquei um roupão e analisei as taças sujas, a garrafa de vinho vazia e as minhas roupas espalhadas pelo chão. Uma lembrança do sexo. Eu estava furiosa e muito cansada. E com raiva desse fracassado que batia na porta errada. Olhei pelo vidro de uma das janelas. Ai, meu Deus!

Phillip. Aqui. Em Aspen.

Voltei correndo para o quarto para levar a segunda taça de vinho para o banheiro e me certificar de que Peter tinha levado a cueca. Revirei as cobertas, procurando-a, mas não podia dizer com certeza. Coloquei creme nas mãos para ocultar o cheiro de sexo que cobria todo o meu corpo, minhas mãos e minha boca. Eu não tinha tempo de lavar o rosto, então bati no rosto e passei um pouco de creme também. Pela primeira vez, depois de dez anos de casada, eu passara duas noites com outro homem.

E quando pensei nisso, decidi que não me sentia nem um pouco arrependida nem culpada.

Empinei as costas e destranquei a porta.

— Olá, Phillip.

— Olá, Jamie.

— Entre.

Ele me beijou no rosto de leve e entrou, puxando uma pequena mala de rodinhas. Phillip jogou o casaco no sofá. Ele estava péssimo. O cabelo estava embolado dos lados como os de Einstein, ele cheirava a avião.

— Você quer um café Phillip?

— Já tomei quatro xícaras. Fiquei acordado a noite toda. Peguei a conexão da madrugada por Houston. Dormi no Hilton do aeroporto de lá por cinco horas.

— Você não trouxe seu equipamento de esqui. O que pode ser tão urgente?

Mas eu sabia que ele estava vindo para implorar. Ele falou rápido:

— Eu também não vim por causa da gente. Quero dizer, não vim aqui para tentar resolver as coisas. Estou encrencado Jamie.

Então era por *isso* que ele parecia um fugitivo.

— Vamos até o seu quarto. Vamos conversar em particular.

Pensei sobre essa virada nos acontecimentos; havia muito a ser digerido tão cedo de manhã. O pobre homem precisava de uma bebida. Abri a geladeira e já ia pegar o suco de laranja com um monte de polpa, mas optei por uma garrafa de água. Seguimos rapidamente para o quarto.

Fazendo um gesto para ele se sentar na poltrona perto da lareira, joguei o edredom sobre a cama, rezando para que uma cueca não caísse de lá. Depois tranquei a porta e coloquei uma cadeira na frente do meu marido e me sentei.

— Tudo bem. Conte tudo.

— Eu não posso contar tudo. Não quero que saiba de tudo porque quero protegê-la.

Ergui as mãos.

— Phillip, será que estamos falando de uma grande encrenca, como a de Dennis Kozlowski e prisão, ou apenas de uma pequena encrenca, como um tapa na mão? Estamos falando sobre você perder o emprego e a sua licença?

— É uma grande encrenca em potencial.

— Tudo bem. — Estiquei as costas. — Mas você não pode me dizer do que se trata?

— Não tudo.

— Então, o que você quer que eu faça? Por que você está aqui?

Ele respirou fundo e olhou para o chão, sem graça.

— Preciso, que você esqueça certas coisas.

— Que coisas?

— Algumas coisas.

— É sobre a intimação para Laurie que você me disse que era um problema de rotina e que agora se tornou um problema maior?

Ele concordou.

— E sobre aquela vez que você ligou do trabalho pedindo para eu esconder o conteúdo do arquivo de Ridgefield?

Ele concordou de novo e depois acrescentou:

— E se você for intimada...

— Phillip, eu tenho privilégio de esposa. Eles não podem me intimar enquanto formos casados.

E de repente vi aonde isso estava levando. Se eu pedisse o divórcio por causa do adultério dele, então eles poderiam querer me interrogar. Mais precisamente, se eu o odiasse o suficiente, eu poderia começar a cantar como um canário. Ele estava preocupado que eu o entregasse.

— Você quer que eu esqueça os documentos que vi naquela pasta.
Ele se inclinou para a frente e me lançou um olhar malévolo.
— Você leu os documentos antes de guardá-los?
Eu me inclinei também.
— Não vou responder.
Ouvi uma batida na porta, bem fraca. Achei que eu ia vomitar. Abri uma fresta da porta e olhei. Graças a *Deus* não era Peter.
— Sim, Yvette?
— Gracie quer deitar na sua cama.
Yvette estava segurando Gracie adormecida nos braços.
— Agora não, Yvette. — Ergui a mão e acariciei o rosto de Gracie. — Agora a mamãe está ocupada. Fique com Yvette.
Fechei a porta. Gracie começou a gritar como uma hiena e o pequeno Michael começou a chorar três minutos depois. Duas crianças chorando significava que Peter e Dylan emergiriam do apartamento de cima da garagem. Agora eu estava preocupada que Peter voltasse para o meu quarto nesse momento horrível.

Passamos pelos detalhes pelos 15 minutos que se seguiram. A intimação de Phillip, a intimação de sua assistente, Laurie, seus advogados, seu emprego, as alegações, a repercussão. Ele parecia ser inocente das acusações de roubo de segredos comerciais, mas o arquivo Ridgefield poderia mudar as coisas para ele. Eu tinha de tomar algumas decisões muito rápido.

Phillip ficou em pé e socou o ar com a mão aberta quando me recusei a discutir o conteúdo do arquivo que eu supostamente havia escondido. Sem querer, ele derrubou um abajur grande, que se espatifou no chão. Ouvi passos apressados no corredor. Como os do lindo babá.

Uma batida forte na porta. Peter gritou:
— Tudo bem?
— Tudo — respondi da cadeira.
— Posso...
— Não!
Ele começou a empurrar a porta frágil, que começou a ceder. Ele achou que eu estava brincando.

— Qual é o problema desse cara? — Phillip foi até a porta e abriu-a.
— Pois não?
— Achei que talvez ela tivesse se machucado.
— Ela está bem. Muito bem.
Eu tinha de dizer algo. Não podia deixar esse homem fantástico com a pulga atrás da orelha. Mas não podia sair para falar com ele, então tentei dar a melhor explicação possível.
— Peter! Como você pode ver, Phillip tem negócios importantes a tratar que não puderam aguardar a minha volta. Está tudo bem. Juro!
Mais ou menos bem. E ele fechou a porta.
Meu futuro ex-marido e eu nos sentamos de novo. Ambos extremamente tensos.
— Sim, Phillip. Temos alguns assuntos a tratar. Alguns itens, na verdade.
Ele arregalou os olhos.
— Sobre a sua vida sexual.
Tentei parecer muito zangada.
Ele não respondeu.
— Você tem se ocupado de uma jovem loura nos últimos meses?
— Não sei como isso pode ser relevante para esta conversa.
— Phillip, há apenas alguns minutos eu comecei a perceber que você está em um beco sem saída.
— Eu penso diferente, mas você pode entender as coisas como bem quiser.
— Então eu quero tirar vantagem da minha posição e vou arrancar algumas respostas de você.
Ele limpou a garganta.
— Não minta para mim, Phillip. Afinal, você não tem certeza se eu fiz uma cópia daqueles documentos antes de...
Ele levantou a mão para mim pela primeira vez na vida, e eu realmente achei que ele fosse me socar. Temi que tivesse ultrapassado os limites. Um casamento desfeito já era o suficiente para mim, mas agora eu tinha de lidar com uma intimação e com Peter.
— Deus o ajude, Phillip, se você *tocar* em um fio de cabelo meu!

Ele sentou novamente.

— Eu nunca faria isso. Nunca. Você sabe disso, Jamie. Sinto muito se a assustei.

— Tudo bem. É melhor nos acalmarmos um pouco. E se você acha que este relacionamento tem alguma chance de sobreviver, mesmo que como uma parceria amigável entre os pais daqueles três filhos maravilhosos, é melhor que você seja muito honesto comigo.

Ele olhou para mim, e o veneno tinha sumido. Pelo menos por enquanto. Percebi que ele se sentia culpado. Ele amoleceu um pouco.

— Serei honesto.

— Tudo bem. Quem era a jovem loura cuja orelha você estava mordendo no Caprizio duas semana atrás?

— Com você sabe?

— Eu sei. As pessoas comentam.

Ele deu de ombros.

— Você me chutou do nosso quarto há dois meses, depois me mandou para o apartamento dos meus pais. Você nunca disse que eu não podia me encontrar com outras mulheres.

— Você está certo, Phillip. Eu só disse que não queria mais dividir a cama com você, mas eu preciso saber o que está acontecendo entre vocês. Vou ter mais facilidade para lidar com tudo isso se eu souber que você está sendo sincero.

Eu esperava ter um pouco de paz. Estava tentando falar com ele de forma racional e construtiva.

Ele suspirou.

— Ela é uma assistente legal. O nome dela é Sarah Tobin. Ela não é muito inteligente, mas gosta de cuidar de mim. E você não parece querer passar tempo de qualidade comigo.

— E Susannah sabe sobre Sarah?

— Susannah acabou tudo em dezembro. Você sabe disso. Ela só queria flertar. Quando as coisas se tornaram um pouco mais...

— Para mim, pareceu bem mais do que um flerte, Phillip. É claro, com as pernas para cima daquele jeito...

— Aquilo durou apenas uma semana.

— E o Plaza Athénée?

— Foi tudo na mesma semana. Eu estava me sentindo sozinho no casamento.

— Ah, tá — respondi em tom de sarcasmo.

— Você acha que entende os meus motivos melhor do que eu?

— Na verdade, acho.

— É mesmo? — Foi a vez de ele ser sarcástico. — Então vamos ouvir. Acho que isso vai ser interessante.

— Tudo bem. Vou dizer o que acho, mas, na verdade, acho que é óbvio demais. Acho que você só estava fodendo com ela na casa dela porque isso significava que você podia ter todas aquelas obras de arte, mesmo que só por dez minutos. Foder com ela fazia *você* se sentir mais rico.

Silêncio.

Depois:

— Não é nada disso.

— Phillip. Se você não puder ser honesto comigo, pelo menos seja sincero com você mesmo. Volto a repetir: *foder com ela fazia você se sentir mais rico*. Não rico como nós. Rico como você deseja ser. Rico com jatinho.

— Não posso responder a isso.

— Tudo bem.

— Foi um erro. Isso é tudo. Não sou o vilão da história. Você não estava doida para casar comigo, você sabe disso.

Eu podia ouvir as crianças brincando no quarto ao lado.

— Eu sei disso. Sei mesmo.

— Tem certeza?

— Tenho.

Ele tentou de novo.

— Você leu o arquivo ou não? Preciso saber. Preciso que *você* seja honesta comigo.

— Phillip, eu não vou responder.

Ele começou a andar de um lado para o outro, respirando como um touro.

— Mas que merda, Jamie! Você pode me odiar por tudo o que eu fiz. Pode acreditar que eu sei que não sou uma pessoa fácil de se lidar. Mas você me deve isso, Jamie. Pelas crianças, para me proteger.

— As cópias do arquivo Ridgefield estão em um cofre seguro em um banco.

— Você só pode estar brincando. — Ele bateu na coxa e soltou uma sonora gargalhada. — Pode dizer, você está brincando, Jamie!

— Não estou, não.

— Por que você faria uma coisa dessas? É tão impulsivo.

— Eu achei que era prudente.

— Você leu ou não?

— Não é relevante.

Será que ele achava que eu era tão idiota que não leria?

Ele andou mais pelo quarto.

— Tudo bem. O que você quer?

— Eu quero que você encontre uma jovem cuja missão na vida seja tomar conta de você. Alguém que fique impressionada com a sua educação, a sua paixão pela vida e o seu sucesso financeiro e profissional.

Ele pareceu confuso.

— Isso é tudo?

— Não.

— Não achei que fosse.

Ele se sentou.

— Eu quero fazer algumas mudanças. Quero ir para o centro da cidade.

— Você ficou maluca? Quem, nesse mundo de Deus, que tenha dinheiro iria querer morar lá com todas aquelas fábricas e sem porteiro nos prédios...

— Phillip, eu não quero mais viver enclausurada no ambiente de Park Avenue com todas aquelas famílias ricas e provincianas. E não quero criar nossos filhos ali.

— Se você vai atacar o modo como eu...

— Isso não é direcionado a você. Na verdade, não tem nada a ver com você. É sobre mim. E a minha felicidade e o bem-estar dos nossos filhos. Eu quero viver em uma comunidade diferente. Menos crítica... que julgue menos.

— Você não vai encontrar isso em Manhattan nem no Brooklyn. Não há ninguém mais crítico nem que julgue mais do que os artistas do centro que se acham tão legais.

— Mas eu quero tentar. Dylan vai continuar por mais dois anos no colégio e depois será transferido para um colégio no centro para a sétima série. E nós já havíamos inscrito Gracie no colégio St. Anthony's Church. Pareceu algo louco na época, mas agora parece fazer sentido.

— Isso é ótimo. Você estava planejando se mudar desde o outono, quando mandamos o pedido, e nunca me disse nada.

— O St. Anthony era apenas para o caso de não conseguirmos colocar Gracie na Pembroke. De qualquer forma, eu gostaria que você vendesse o nosso apartamento enorme e comprasse dois menores. Um para mim e um para você. E quero que todas as minhas despesas sejam pagas até que eu consiga me reerguer profissionalmente. Depois, vamos combinar uma porcentagem razoável com a qual eu vou contribuir com base no meu salário. Exatamente como antes. Vou dar a você o orçamento assim que voltarmos.

— Você tem ideia de quanto isso vai custar? Ter dois apartamentos?

— Eu sei Phillip. Sou quem faz a contabilidade da casa, lembra? E é exatamente por isso que sei exatamente o quanto você pode gastar. E eu não quero advogados metidos nisso. Quero um mediador, e não um advogado de uma empresa com os dentes afiados para resolver o divórcio.

Dizer isso me fez tremer, mas eu disse a palavra "divórcio" em tom firme. Quando ele ouviu a palavra, nem piscou. Não sei se foi o advogado que existe dentro dele ou se ele também queria isso.

Eu continuei:

— Esta é a minha única oferta. E é a minha palavra final. Quero um apartamento. Quero dinheiro para pagar todas as contas das crianças. E quero dinheiro para cuidar das minhas despesas enquanto eu precisar. Quero a custódia compartilhada e amigável para que você possa

visitar seus filhos quando quiser. Quero o mínimo de tensão possível. E quero que você me dê tudo o que estou pedindo em troca de...
— Em troca de quê?
— De eu esconder bem a chave do cofre no banco.
— Jamie, eu preciso saber onde ela está.
— Não. Eu juro pela vida dos nossos filhos que eu só vou trazer os documentos à tona se você negar a minha oferta.
— Por favor, Jamie, me diga o que sabe.
— Sei que me preocupo com você. Sei que quero que você ache uma mulher mais adequada para você, alguém que o faça mais feliz. Sei que quero que você sempre veja seus filhos e que tenha uma relação saudável com a mãe deles. E se você pensar em me enganar em relação às finanças, lembre-se de que tenho informações muito importantes em mãos.
— Mas você não me destruiria. Você nunca faria uma coisa dessas.
— Você não tem como saber. E você sabe que não ligo tanto para dinheiro quanto você. Aliás, nem chego perto. Então, se você me pressionar o suficiente...
— Tudo bem. Tudo bem. Vou pensar sobre isso por alguns dias. Deixe que eu me acostume com a ideia.
— Leve o tempo que quiser Phillip. Mas lembre-se de que não quero advogados envolvidos nisso.
— Posso ficar um pouco com os meus filhos?
— Claro que pode. Você quer que eu fique ou que eu saia?
— Pode ficar. Talvez eu precise de ajuda.
— Entendo.
— Vou voltar hoje à noite.
— Ótimo.

Foram necessários dez anos para termos essa conversa e finalmente tinha acabado. Antes que eu conseguisse absorver isso, tinha de procurar Peter e explicar tudo a ele.
— Papai! — gritou Gracie da sala de estar. — Eu sei esquiar! Você vai me ver?

Dylan entrou na conversa.

— Papai, você vai esquiar conosco? Vai mesmo?

— Crianças, papai não pode. Eu não vim com planos para esquiar.

Peter tinha desaparecido no pequeno apartamento em cima da garagem. O que ele devia estar pensando? Prometi a ele que ia terminar tudo com Phillip e, de repente, Phillip aparece quatro horas depois, como se fôssemos uma família feliz.

Com Dylan começando a descer o caminho da depressão porque o pai não ia esquiar com ele, Phillip começou a se sentir mal. Ele olhou para mim como sempre fazia quando ainda éramos casados. Seu olhar dizia: *"Jamie, me ajude aqui. Faça alguma coisa."* Todo esse lance de pais cooperativos durante o divórcio ia ser um pesadelo. Não tinha outro jeito. Então o rosto de Phillip se iluminou.

— Peter, Peter! — gritou ele das escadas. — Venha aqui, por favor!

Ai, meu Deus! O que Peter ia pensar *agora*? Ele desceu as escadas com a calça camuflada que se ajustava de forma perfeita ao seu lindo traseiro.

— Sim?

— Será que você poderia me fazer um favor?

— Querido, não é legal pedir um favor a Peter agora. Ele está ocupado com seus outros projetos. Muito, muito ocupado mesmo. Yvette ou eu podemos providenciar o que você precisar.

— Mas que inferno, ele está aqui, não está? — gritou Phillip, sentindo-se confiante de que mandava em tudo e em todos.

Juro que vi uma ereção se insinuar sob sua calça. *Coloque o cara para trabalhar, é bom para ele!* Como eu poderia explicar que Peter só estava nos visitando?

— Peter, por favor, ligue para aquelas lojas que alugam equipamento de esqui: esquis, botas e roupas. Luvas. Qual é o problema? Quero ver meus filhos esquiarem. Você se importaria de vir comigo? A Sra. Whitfield pode passar um tempo sozinha. Posso até ser útil enquanto estiver aqui. Você e eu podemos subir a montanha com Dylan e quando eu tiver de partir, ele pode ficar com você.

— Querido... — eu me arrependi de usar a palavra na hora, pois Peter me lançou um olhar que dizia: *"Como você pode chamar esse cara de querido?"* — Phillip, pare já com esse comportamento de general. Por favor. Peter não vai esquiar conosco.

— Mãe! — gritou Dylan. — Fala sério! Peter veio até aqui para esquiar conosco.

— Concordo com Dylan! Você está certo, filho! Se Dylan quer que Peter vá, eu digo que irá!

E Phillip brincou com o cabelo de Dylan e bateu nas costas de Peter como se fossem velhos amigos.

— Parece ótimo — concordou Peter, e me deu um tapinha no traseiro enquanto passava pelo corredor.

Pouco depois eu estava no teleférico com Peter, meu marido e meu filho. Eu só conseguia pensar que ia ter um ataque cardíaco grave. Phillip, na ponta da cadeira, estava agindo como Fred MacMurray na série *My Three Sons*, ou seja, todo carinhoso e atencioso. É assim que os protestantes brancos anglo-saxões agem na adversidade; eles erguem a cabeça e seguem em frente. Dylan, sentado ao lado dele, estava feliz da vida. E ao lado dele estava Peter, impressionado com o tanto de explicação que eu lhe devia. Enquanto Dylan e Phillip planejavam onde iam esquiar com a ajuda de um mapa e o teleférico fazia barulho, sussurrei no ouvido de Peter:

— Sei que você me odeia agora. E sei que só veio esquiar por causa de Dylan. Não por minha causa. E sei também que você planeja me infernizar e vai me fazer pagar por tudo isso. Bem, mas o que acha disso: eu acabei de dizer a ele que vamos nos divorciar.

Ele continuou olhando para a frente, mas esfregou discretamente o ombro no meu.

No alto da montanha, Peter ajoelhou ao lado de Dylan.

— Mostre ao seu pai o que pode fazer, doutor. Mostre-lhe as novas manobras. Eu prometi que veria você dessa vez, mas só vou ficar um pouco; depois vou ter de ir embora. Preciso ver alguns amigos.

E Dylan começou a mostrar as novas manobras, deixando Phillip, eu e Peter um ao lado do outro, com nossos esquis, vendo-o ficar cada vez menor.

— Querida — perguntou Phillip —, você quer esquiar conosco ou quer que Peter fique?

Eu não podia acreditar que ele ainda achasse que Peter trabalhava para nós.

— Peter tem de ir. Ele acabou de dizer isso — expliquei. — Por que você não passa um tempo de qualidade com Dylan e eu vou esquiar sozinha?

— Preciso de você — respondeu Phillip. — Para o caso de ter de descer a montanha. Não vou conseguir ficar com Dylan o dia todo. Estou cansado demais.

— Você pode me ligar. Eu vou voltar para casa.

— Ele está certo. — Peter estava concordando com Phillip por algum motivo maluco. Eu só podia imaginar que ele estava querendo me irritar. Ou será que ele realmente estava magoado por Phillip e eu estarmos agindo como se ainda estivéssemos casados? — Vá com o seu *marido* e o seu filho. Dylan está cheio de energia e vai querer descer todas as ladeiras. Talvez eu fale com vocês na segunda-feira antes de vocês partirem.

Depois, ele me olhou por cima dos óculos com uma expressão inescrutável no rosto e se afastou.

— Sabe, Jamie? — perguntou Phillip. — Odeio dizer isso, mas eu gosto desse cara. Quanto estamos pagando a ele?

38

Solução

Peter traçou as linhas da minha boca às 2 horas da manhã da nossa última noite em Aspen. Ele ligara às 23 horas de domingo para dizer que já tinha jantado com os amigos e que agora que Phillip tinha partido queria vir até a casa. Tentei me desculpar pela visita surpresa de Phillip, e ele simplesmente disse: "Podemos deixar isso pra lá."

Ficamos deitados quietos. Ele passava os dedos pelos meus seios exatamente do modo como eu costumava fantasiar. Só que já tínhamos feito amor, então esse momento de carícia era familiar, e não um passo em direção a um lugar desconhecido.

Ele falou primeiro.

— Acho que quando disse que já estava na hora, eu estava errado.

— Na verdade, você disse que já tinha passado da hora.

— Você ainda não está pronta, Jamie.

— Acho que só eu posso dizer isso.

Era exatamente isso que eu temia. Que a chegada de Phillip atrapalhasse o nosso caso. O fato de Peter achar que eu não estava pronta era culpa de Phillip. Mas aí eu fiquei nervosa porque parte de mim sabia que ele estava certo. Mas tirei isso da cabeça. Eu tinha passado por muita coisa por causa desse homem incrível e era bem mais fácil ser romântica e ousada. Sua boca era tão doce e seu pescoço cheirava bem. Tudo o que eu queria era mergulhar de novo em uma sessão de sexo entre os lençóis até ficar exausta. Eu não podia lidar com uma dose de realidade agora.

— Não diga isso. Passamos um tempo maravilhoso juntos. Sinto muito, muito mesmo, por Phillip ter aparecido. Foi em um momento horrível, mas ele está com um problema profissional. Não tinha nada a ver comigo.

— Isso não tem nada a ver com o fato de ele ter aparecido. Vocês ainda não terminaram tudo. Você assumiu o seu papel assim que ele apareceu. Vi isso hoje.

— Fiz isso por Dylan. Você sabe disso. E o que mais posso fazer? Eu disse a ele que quero o divórcio. O que mais posso fazer?

— Você precisa de espaço.

— Quem disse que eu preciso de espaço? Passei anos presa a esse casamento sem amor, anos tentando justificá-lo. Já acabei com isso e me sinto ótima. Não quero esperar. Já esperei muito.

— Confie em mim. Sei o que estou dizendo.

— Você está sendo arrogante de novo. Por que está tomando a decisão por mim?

— Porque gosto de você e quero que fiquemos juntos. Isso é óbvio demais. Se você não se der um tempo, nunca conseguiremos ficar bem.

Percebi que ele estava falando de nós como uma entidade estabelecida. Mas não gostei do tom mandão dele. No fundo, porém, eu sabia que até um adolescente poderia perceber que o que ele estava dizendo fazia sentido. Mas eu não estava pronta para admitir.

— Tem outra coisa: eu tenho um compromisso. Consegui o financiamento.

— Eu sei. Seus amigos me contaram na sua festa de aniversário.

— Contaram? — Ele pareceu surpreso. — Por que não me contou que sabia?

— O financiamento era um motivo para você partir. Eu queria que ficasse comigo e com as crianças.

— Bem, eu também não consegui contar — respondeu ele. — Porque o assunto viria à tona. E eu teria de mentir. — Ele me beijou várias vezes e parou de forma abrupta. — Então, este programa pode ser um grande negócio.

— Que bom.

— Então, nos próximos meses o meu tempo ficará comprometido em aperfeiçoar o programa e divulgá-lo.

— Entendo.

Será que isso era um código que significava que ele não estava pronto? Será que o lance de me dar espaço não passava de um estratagema para me fazer pensar que não ficaríamos bem juntos? Não podia ser. Eu me inclinei na cama e vesti a blusa branca. Eu queria ter essa conversa vestida. Ou parcialmente vestida. Voltaríamos para Nova York na manhã seguinte, embora eu soubesse que as noites roubadas em Aspen pudessem sofrer durante o trajeto. Meu cérebro parou por um instante como uma TV fora de frequência. Depois os pensamentos clarearam, pelo menos o suficiente para eu perceber que Peter não costumava fazer joguinhos. Se ele não quisesse ficar comigo, ele seria sincero. Tudo bem. Então eu precisava de tempo? Será que eu realmente estava pronta para transplantar Peter amanhã mesmo na minha vida em Nova York, começando às 16 horas, quando o avião tocasse a pista do aeroporto Kennedy? Mencionar para Yvette e para Carolina que ele passaria a dormir comigo a partir de agora e que ele não exigia que o pijama fosse passado?

— Tudo bem — disse eu de forma racional. — Você precisa de tempo para o trabalho.

— Não é só isso. Estar aqui é ótimo. Eu vou ficar aqui alguns dias com meus amigos. De qualquer forma, vou ficar a maior parte do tempo na Califórnia até que o financiamento saia daqui a alguns meses. Depois vou para casa.

Meu coração quase parou. Eu não queria seguir por esse caminho.

— Por quê? Pelo menos volte conosco. Você tem uma passagem.

— Vocês dois têm um longo caminho a percorrer. Você tem de acertar os detalhes do divórcio, preparar as crianças, encontrar um novo apartamento. E o mais importante, precisa voltar a trabalhar. Você precisa de espaço para fazer isso tudo.

— Você ainda tem dúvidas sobre Phillip e eu?

— Além do fato de você continuar a chamá-lo de "querido", não. Mas não estou falando sobre ele, e sim sobre você. E quando você não está pronta ou está em transição, você tende a se retrair. Você tem ideia de como foi fria comigo em Nova York?

— Eu não fui fria. Eu estava traumatizada!
— Você está pronta para me dizer que quer pular nesse relacionamento de cabeça? De verdade?
— Eu... Ah... Acho que sim.
— Viu? Agora você disse tudo. Você não pode dizer com certeza porque *não* tem certeza. Sei que você gosta de mim. Sei que estamos ligados. E tenho esse negócio do trabalho que preciso resolver. Agora. Concentração total. E embora você odeie ouvir isso, eu sei que, no final das contas, você não sabe o que quer.
— Pare de dizer isso. Pense nesses dias que passamos juntos. Foi bom. Muito bom mesmo.
— Estou tentando fazer o que é certo. — Ele estava sério agora.
— Você não está pronta para me assumir. E eu não vou me colocar nessa posição.

Continuávamos andando em círculos. Eu estava cansada. Fazer o certo era algo valorizado demais. A independência era supervalorizada também. Os últimos meses haviam sido um inferno e tudo o que eu queria era devorar este homem. Por fim, deitei de costas e olhei para o teto, pensando em como os meses sem Peter seriam. Parecia que eu não ia mesmo ganhar a discussão.

— Quando foi que você ser tornou o Sr. Racionalidade?
— Só quando é muito importante.
— Mas Dylan...
— Vou manter contato com Dylan. Você tem de lidar com o seu marido. Você tem de descobrir o que quer. Os dias que passamos aqui foram maravilhosos. E talvez em alguns meses, depois que você resolver tudo, possamos ter algo maravilhoso de novo. Mas eu vou me manter distante.

As crianças estavam estranhamente calmas e bem comportadas, aguardando enquanto Peter preparava as famosas panquecas de *blueberry*, o café da manhã favorito deles. Um senso de mistério invadia o aposento. Os jogos que estavam na mesinha de centro da sala já haviam sido guardados: imagem e ação para crianças, dama e xadrez.

No corredor, as canetinhas e o caderno de desenho das crianças estavam dentro de sacos plásticos perto da mochila deles. Conferi a bolsa de Michael para a viagem. Havia um estoque adequado de fraldas, lenços umedecidos, pomada contra assaduras, um livro grosso *Bob, o construtor*, copinhos de suco e uma muda de roupa. Na varanda na frente havia três enormes malas de lona da L.L. Bean. Quando voltei para a cozinha, Peter me encontrou no meio do caminho e me deu um copo de suco de laranja.

— Os esquis estão no *rack* do carro — declarou ele com o rosto fechado de jogador de pôquer, sem sinal de emoção.

As crianças adoraram quando Peter não conseguiu pegar algumas panquecas e elas caíram no chão. Eu sabia que ele tinha feito isso de propósito. Passei por ele para me servir de granola. Ele não sorriu para mim, não esbarrou em mim, não acariciou a minha mão, enquanto me passava a xícara de café. Ele só ficava distraindo as crianças como se não houvesse nada entre nós.

Todos nos sentamos à mesa: eu, as crianças, Peter e Yvette. No meio da refeição, Peter bateu as mãos e disse em voz alta:

— Tudo bem, gente. Tenho uma coisa a dizer.

As três crianças arregalaram os olhos para ele. Yvette que, apesar de tudo, tinha começado a gostar dele, ouviu atentamente.

— Preciso fazer um trabalho muito importante. Vocês se lembram do software que mostrei a vocês? — As crianças concordaram.

— Bem, algumas pessoas me deram muito dinheiro para trabalhar ainda mais e conseguir ajudar um número maior de crianças nas escolas.

Os olhos de Dylan se encheram de lágrimas. Ele entendeu tudo antes dos irmãos menores.

Peter também notou, mas não parou para tentar lidar com isso. Tão diferente dele, pensei.

— Então, eu vou precisar passar muito tempo na Califórnia.

Gracie começou a entender.

— Quanto tempo? Um dia inteiro?

— Bem, vai ser um pouco mais do que isso, mas vou me dedicar ao máximo e prometo que vou ligar para vocês logo que eu souber.

Yvette suspirou e colocou a mão na boca. As lágrimas escorriam pelo rosto de Dylan.

— Por que Dylan está chorando? — perguntou Gracie.

Agora os olhos de Peter também estavam marejados, e isso me tirou do sério. Eu me levantei e fui para a cozinha. Inclinei-me sobre a pia com os braços esticados, e fechei os olhos. Eu me sentia completamente derrotada.

Quando voltei à sala, me lembrei de uma cena específica na noite anterior no chão do meu quarto, diante da lareira. Eu estava deitada de costas com um travesseiro sobre o rosto, apenas meio consciente do imenso prazer que sentia. Em um determinado momento, olhei para o peito dele ofegante e suado sobre mim. Se eu tivesse deixado a cena continuar se desenrolando na minha memória eu teria entrado parede adentro.

A cena triste em volta da mesa não tinha mudado. Michael parecia distraído, Yvette estava catando as migalhas da mesa, Gracie passava os dedos pelo cabelo da Barbie, tentando desfazer os nós. Notei que o lábio dela tremia, como sempre acontecia pouco antes de ela começar a chorar. De repente, Peter pegou Dylan no colo, algo que ele nunca tinha feito por causa do tamanho e do peso de Dylan. Ele o abraçou bem apertado. Dylan chorava como um bebê. Peter o embalou.

— Calma, calma, amigo. Não é para sempre. É apenas um tempo longe. Lembra-se da torre de aeroporto que construímos? Levamos quatro dias para conseguir terminar. Achei que você não conseguiria ser paciente. Eu estava doido para terminar, mas você me disse que "paciência era o segredo". Lembra-se disso? Paciência é o segredo? E aquela torre ficou muito maneira.

Dylan chorou ainda mais. Ele não dava a mínima para torres de Lego. Meu filho estava com o coração partido.

— Você não pode ir embora! Não é certo. Não é justo!

— Dylan, eu não estou abandonando você.

— Está, sim — soluçou ele, tentando respirar. — Primeiro o papai e agora você.

— Dylan, pode parar — Ele virou o rosto de Dylan para que olhasse para ele, enquanto meu filho tentava esconder o rosto com os braços. — Pode parar Dylan. Não tem nada a ver com o seu pai. O seu pai não vai deixá-lo. O seu pai o ama muito. Eu o amo muito.

— Você nem vai estar no mesmo estado!

Agora era Gracie que se aproximava de Peter.

— Você vai voltar para nos ver?

— Claro que sim. Só que não agora, querida.

Ela só fungou e ficou olhando para a frente com o dedo enfiado na boca, sem saber por que Dylan estava chorando tanto e sem conseguir compreender como Peter poderia sair da vida que ela conhecia tão bem.

Uma hora depois Peter colocou as últimas coisas no carro. Deixei a chave da casa na mesa da sala e andei até o carro. Peter sentou atrás do volante e eu, no banco do passageiro. As crianças foram no banco de trás em silêncio total. Eu estava agitada. Comecei a pensar. Senti os ouvidos estalarem à medida que descíamos a montanha em direção ao aeroporto.

Eu odiava o fato de ele estar certo, mas eu não podia incluí-lo na minha vida agora. Ele também estava certo quanto ao meu trabalho; mergulhar no documentário com Erik teria um efeito energizante e de cura na minha vida. Eu precisava do trabalho para canalizar a minha vontade. E então me lembrei de que em breve eu o teria de volta e não me senti mais agitada.

Passamos pela segurança em silêncio. Peter nos levou até o portão de embarque, consolando um Dylan desanimado, cuja cabeça estava apoiada no seu ombro. Ele se despediu das crianças quando chegamos ao portão e deixou que seguissem com Yvette, que praticamente o sufocou com seus seios enormes quando o abraçou pela primeira vez na vida. Então ela levou as crianças para o avião.

Peter me puxou para trás de uma parede, longe dos olhares dos outros passageiros.

— Você é muito linda. Você é tão forte e alegre. Você é o ser mais sensual que já conheci. Tudo o que desmoronou durante esse ano que passou vai ficar para trás. Você já superou quase tudo. Você está tão mais forte do que quando a conheci, tão mais esperta e mais consciente...

Ele passou pelas portas de vidro comigo. Olhei para fora e vi os últimos passageiros entrando. Ele me beijou apaixonadamente. Eu queria que meu corpo se fundisse com o dele. Ele havia feito um trabalho muito bom com a nossa família.

A voz da mulher da companhia aérea fez a chamada final de embarque.

Ele virou a cabeça e disse:

— Você sabe que está tudo bem.

— Sei?

— Sabe, sim.

Aproximei-me mais dele.

— Eu preciso que você esteja comigo. Você precisa estar comigo.

— Eu sei. E vou estar. — Ele segurou o meu rosto em suas mãos. — Só que não agora. Eu sei que é engraçado só dizer isto agora porque eu deveria ter dito isso ontem à noite. Mas eu realmente amo você. Amo você. Agora vá.

Eu precisava de mais um minuto para me acalmar.

— Eu só preciso saber quando ficaremos juntos de novo.

Ele olhou a data no relógio e pensou um pouco.

— Dezoito de agosto. Nove horas da manhã. Castelo Belvedere.

— De onde surgiu isso?

— São seis meses contados a partir de agora. Parece certo.

Então eu me acalmei.

— Olhe para mim. Eu também amo você. Eu deveria ter dito isso no parque.

Quando as portas se fecharam, gritei:

— Você vai estar lá?

— Claro que sim.

E ele realmente estava.

Agradecimentos

Gostaria de agradecer ao meu paciente marido, Rick Kimball, que de forma tão graciosa permitiu que eu escrevesse este livro sobre um marido insuportável, sabendo que as pessoas talvez se perguntassem se aquele marido se parece com o meu. Só para registrar: ele não tem nada a ver em forma, maneira ou modo de agir (a não ser quando ele vai às compras comigo). Meu amor, minha paixão e minha devoção ao meu Rick são infinitos, e ele sabe disso.

Devo muito à minha editora na The Dial Press — a inimitável Susan Kamil. Enquanto eu revisava suas edições, lembrei-me da mão precisa e delicada de um cirurgião plástico. A Nita Taublib e Irwyn Applebaum, da Bantam Dell, meus sinceros agradecimentos por acreditarem neste projeto. Barb Burg e Theresa Zoro fizeram a publicidade instrumental e Noah Eaker me salvou muitas vezes.

Kim Witherspoon, da Inkwell Management, foi a minha conselheira mais confiável desde o início. Também estou em débito com David Forrer, da Inkwell, por seus comentários certeiros e com Alexis Hurley por sua perspicácia. Meu padrasto, Michael Carlisle, também um sócio da Inkwell, me apresentou a Kim e sempre me deu bons conselhos.

Sou muito grata a todos os que dedicaram tempo para me ajudar nas leituras antes da publicação e sobre fatos reais de referência, principalmente a Peter Manning, com suas tiradas hilariantes sobre a vida. Kyle Gibson me guiou, Darren Walker e Heather Vincent responderam às minhas dúvidas, e Josh Steiner e Neal Shapiro me salvaram na última hora. E sem Ashley McDermott, eu nem saberia que existiam babás-homem.

Estou em dívida com: Lynne Greenberg, Juju Chang, Eric Avram, Amy Rosenberg, Ali Wentworth, Andrea Wong, Electra Toub, Andrew Wylie, Jeffrey Leeds, Susannah Aaron e Gary Ginsberg, Jay e Alice Peterson, Peter Meryash, o malvado Joel Schumacher, Barbara Walters, Susan Mercandetti, Harvey Weinstein e Jonathan Burnham (pela inspiração inicial), Danielle Mattoon, Charles Fagan, Tom Watson, Martha Pomerantz, Alex e Eliza Bolen, Jen Gasperini, Jody Friedman, Brenda Breslauer, Wilkie McCoy Cook, Betsy West, Barbara Kantrowitz, Carole Radziwill, Holly Parmelee, Cynthia McFadden, Fareed e Paula Zakaria, Keith Meacham, Kathy O'Hearn, Suzanne Goodson, Jeff Greenfield, Paul Hurley, Jess Cagle, David e Sarah Holbrooke, Rob e Vanessa Enserro, Ann Coley, Anastasia Vournas e Bill Uhrig, a aula de redação de Joe Caldwell na 92nd Street Y, Alannah Weston, Daniel Romualdez e Steven Shanstrom.

Muito obrigada aos que me ajudaram na "sala de parto" de várias formas e maneiras com todo o conceito disso, incluindo Tina Brown, Esther Newberg, Liz Smith, Pamela Gross, Plum Sykes, Lisa e Richard Plepler, Joe Armstrong, Silvia Guadalupe, Andre Bishop, Lisa Frelinghuysen, Muffie Potter Aston, Jeanne Greenberg, Marie Brenner, Marc Burstein, Dr. Wilbert Sykes, Brooke Garber Neidich, Peggy Noonan, Mike Nichols, Diane Sawyer, Leslie Singer, Christine e Ella Studdiford, Bobby Harling, Jill Gordon, John Margaritis, Carolyn Strauss, Sarah Condon, Kathy Deveny, Susannah Meadows, Trent Gegax, David Patrick Columbia, Patrick McMullen, Trampas Matney da mimeo.com, Jane Rosenthal, Jennifer Maguire, Perri Peltz, Alice Tisch, Sloan Lindemann Barnett, Beverly Grayson, Digna King, Celeste Ferreira e, é claro, David Enteles.

Os que me ajudaram de modo profissional, mas também amigos, incluem os meus chefes na *Newsweek*, Mark Whitaker, Jon Meacham e Alexis Gelver, que concordaram em me dar uma licença durante o processo de edição. Bob Levine, Conrad Rippy e Kim Schefler souberam lidar com o aspecto legal de maneira elegante.

Meu obrigada para Michael Lynton, Doug Wick, Lucy Fisher e Burr Steers por enviar este trabalho para filmagem.

E, por fim, eu nunca teria sido capaz sequer de pensar em escrever este livro sem o apoio da minha família amorosa e provocadora: meus pais, Sally Peterson e Pete Peterson, minha madrasta Joan Ganz Cooney e meu padrasto Michael Carlisle, meus sogros Anne e Dick Kimball, e Johnny, Jim e Patti, David e Wendy, Michael e a querida Meredith, que sempre estará conosco.

E por fim, mas não menos importantes, Chloe, Jack e Elisa, que sempre me fazem feliz e me enchem de orgulho. Meu momento favorito do dia é quando acordo e me lembro que sou a mãe deles.

Este livro foi composto na tipologia Minion,
em corpo 11/14,3, impresso em papel off-white 80g/m²,
no Sistema Cameron da Divisão Gráfica
da Distribuidora Record.